BASTEI
LÜBBE
STARS

Dean Koontz

Geisterbahn

Roman

Ins Deutsche übertragen von
Uwe Anton

BASTEI
LÜBBE
STARS

BASTEI-LÜBBE STARS
Band 77 078

Vollständige Taschenbuchausgabe
Bastei Lübbe Stars in der Verlagsgruppe Lübbe
Titel der englischen Originalausgabe: *The Funhouse*

Einbandgestaltung: Atelier Versen
Titelbild: zefa / masterfile / Daryl Benson, J. A. Kraulis
Satz: KCS GmbH, Buchholz / Hamburg
Druck und Verarbeitung: Oldenbourg Taschenbuch GmbH, Kirchheim
Printed in Czech Republic, November 2005
ISBN 3-404-77078-1

Dieses Buch ist Marion Bush
und Frank Scafati gewidmet –
zwei Menschen, die freundlicher sind
als der Sonnenschein in Kalifornien.

Man gewinnt mit jeder Erfahrung, bei der man wirklich innehält, um der Furcht ins Gesicht zu sehen, an Kraft, Mut und Zuversicht. Man kann sich dann sagen: ›Ich habe diese entsetzlichen Ereignisse überstanden. Ich werde auch mit dem fertig, was als nächstes kommt.‹ Man muß das tun, wovon man glaubt, daß man nicht dazu imstande ist.

Anna Roosevelt

Glückliche Familien sind alle gleich; jede unglückliche Familie ist auf ihre eigene Weise unglücklich.

Leo Tolstoi

Schau nicht zurück. Etwas könnte dich bald einholen.

Satchel Paige

PROLOG

Ellen Straker saß in dem Airstream-Wohnwagen am Küchentisch, lauschte dem Nachtwind und versuchte, das seltsame Kratzen zu überhören, das aus der Korbwiege des Babys kam.

Große Eichen, Ahornbäume und Birken schwankten in dem dunklen Wäldchen, in dem der Wohnwagen abgestellt war. Blätter raschelten wie die gestärkten, schwarzen Röcke von Hexen. Der Wind fegte vom bewölkten Himmel über Pennsylvania hinab, schob die Augustdunkelheit zwischen den Bäumen hindurch, brachte den Wohnanhänger leicht zum Schaukeln, ächzte, murmelte, seufzte und trieb den schweren Geruch bevorstehenden Regens vor sich hin. Er nahm die chaotischen Geräusche des nahen Jahrmarkts auf, zerfetzte sie, als wären sie Bruchstücke eines fadenscheinigen Stoffes, und trieb die zerlumpten Lärmfäden durch das Fliegengitter, das das offene Fenster über dem Küchentisch bedeckte.

Trotz des unaufhörlichen Lärms der Windböen konnte Ellen noch die schwachen, entnervenden Geräusche hören, die aus der Wiege am anderen Ende des sieben Meter langen Wohnwagens kamen. Ein unentwegtes Kratzen. Trockenes Krächzen. Sprödes Knistern. Ein Flüstern wie von Papier. Je mehr sie sich bemühte, diese Geräusche zu verdrängen, desto deutlicher hörte Ellen sie.

Sie fühlte sich leicht benommen. Das war wahrscheinlich der Fusel, dessen Wirkung endlich einsetzte. Sie war keine große Trinkerin, hatte in der letzten Stunde aber vier Bourbon hinuntergekippt. Vielleicht auch sechs. Sie konnte sich nicht mehr genau erinnern, ob sie drei- oder nur zweimal zur Flasche gegangen war.

Sie betrachtete ihre zitternden Hände und fragte sich, ob sie betrunken genug war, um wegen des Babys etwas zu unternehmen.

Hinter dem Fenster zuckten ferne Blitze. Donner rollte vom Rand des dunklen Horizonts heran.

Ellen richtete den Blick langsam auf die Korbwiege, die in dem Schatten am Fuß des Bettes stand, und allmählich wurde ihre Furcht von Wut verdrängt. Sie war wütend auf Conrad, ihren Mann, und auf sich selbst, weil sie sich das eingebrockt hatte. Aber hauptsächlich war sie wütend auf das Baby, weil das Baby der schreckliche, unbestreitbare Beweis für ihre Sünde war. Sie wollte es töten – töten und begraben und vergessen, daß es jemals existiert hatte –, aber sie wußte, sie mußte betrunken sein, um das Kind zu ersticken.

Jetzt glaubte sie, fast soweit zu sein.

Sie erhob sich vorsichtig und ging zur Spüle. Sie kippte die halb geschmolzenen Eiswürfel aus dem Glas, drehte das Wasser auf und spülte das Whiskeyglas aus.

Obwohl das strömende Wasser tosend auf die Metalloberfläche des Spülbeckens schlug, konnte Ellen das Baby noch immer hören. Es zischte. Zog die kleinen Finger über die Oberflächen der Innenseite der Korbwiege. Versuchte hinauszukommen.

Nein. Das bildete sie sich bestimmt nur ein. Sie konnte diese schwachen Geräusche bestimmt nicht über dem Trommeln des Wassers hören.

Sie drehte den Wasserhahn zu.

Einen Augenblick lang schien die Welt mit grabesähnlicher Stille erfüllt zu sein. Dann hörte sie wieder das Rauschen des Windes; er trug die verzerrte Musik einer Dampforgel mit sich, die schwungvoll auf dem Mittelgang pfiff.

Und aus der Wiege: ein Kratzen und Scharren.

Plötzlich schrie das Kind auf. Es war ein rauhes, knirschendes Kreischen, ein wütendes Plärren der Frustration und des Zorns. Dann Ruhe. Ein paar Sekunden lag das Baby still und völlig reglos da, bevor es wieder unruhig wurde.

Mit zitternden Händen gab Ellen frisches Eis in ihr Glas und goß Bourbon darüber. Es war nicht ihre Absicht gewesen, noch mehr zu trinken, aber der Schrei des Kindes war wie ein intensiver Hitzeschwall gewesen, der den Alkoholdunst verbrannte, in dem sie sich bewegt hatte. Sie war wieder nüchtern, und in diesem Zustand war sie allzu anfällig für Angst.

Obwohl die Nacht warm und feucht war, erschauerte sie.

Sie war nicht mehr imstande, das Kind zu ermorden. Sie brachte es nicht einmal über sich, näher an die Wiege heranzutreten.

Aber ich muß es tun! dachte sie.

Sie kehrte zur Sitzbank zurück, die den Küchentisch umringte, setzte sich und nippte an dem Whiskey, versuchte, den Mut zurückzuerlangen, der mit dem Rausch kam, die einzige Art von Mut, den sie anscheinend aufbringen konnte.

Ich bin zu jung, um diese Last zu tragen, dachte sie. Ich habe nicht die Kraft, um damit fertig zu werden. Ich gestehe es ein. Gott möge mir helfen, ich habe einfach nicht die Kraft.

Mit zwanzig Jahren war Ellen Straker nicht nur viel zu jung, um sich mit der trostlosen Zukunft abzufinden, die nun vor ihr zu liegen schien; sie war auch zu hübsch und temperamentvoll, um sich in ein Leben der nie nachlassenden Qual und niederdrückenden Verantwortung zu fügen. Sie war eine schlanke, wohlgeformte Kindfrau, ein Schmetterling, der nie die Gelegenheit erhalten hatte, seine Flügel auszuprobieren. Ihr Haar war dunkelbraun, fast schwarz, genau wie ihre großen Augen; und auf ihren Wangen lag eine natürliche rosige Färbung, die zu ihrer olivbraunen Haut paßte. Bevor sie Conrad Straker geheiratet hatte, war sie Ellen Teresa Marie Giavenetto gewesen, Tochter eines stattlichen italo-amerikanischen Vaters und einer italo-amerikanischen Mutter mit einem Madonnengesicht. Die mediterrane Schönheit war nicht die einzige Eigenschaft, die Ellens Herkunft enthüllte; sie hatte auch ein Talent, an kleinen Dingen große Freude zu finden, ging leicht aus sich heraus, lächelte gern und oft – alles Verhaltensweisen, die man den Italienern nachsagt. Sie war eine Frau, die für ein unbeschwertes Leben bestimmt war, für Partys und ausgelassene Tänze. Doch in den ersten zwanzig Jahren ihres Lebens hatte sie nicht sehr viel Grund zum Lachen gehabt.

Ihre Kindheit war grimmig gewesen.

Das Erwachsenwerden eine schwere Prüfung.

Joseph Giavenetto, ihr Vater, war zwar ein freundlicher, gutherziger Mann gewesen, aber zu nachgiebig. Er war nicht der Herr in seinem Haus und hatte nicht viel zu sagen, wenn es um die Erziehung seiner Tochter ging. Ellen war vom sanften Humor und der stillen Liebe ihres Vaters bei weitem nicht so oft getröstet worden, wie sie dem glühenden religiösen Eifer ihrer Mutter ausgesetzt gewesen war.

Gina hatte das Sagen im Haus der Giavenettos, und ihr gegenüber mußte Ellen sich für jede Unredlichkeit verantworten, ob sie nun echt oder nur eingebildet war. Es gab eine endlose Liste von Regeln, wie Ellen sich zu verhalten hatte, und Gina ließ keinen Zweifel daran, daß sie jede einzelne dieser Regeln strikt durchsetzen würde. Sie wollte ihre Tochter unbedingt zu einer moralischen, prüden und gottesfürchtigen Frau heranwachsen sehen.

Gina war schon immer religiös gewesen, doch nach dem Tod ihres einzigen Sohnes wurde sie geradezu fanatisch fromm. Anthony, Ellens Bruder, war im Alter von nur sieben Jahren an Krebs gestorben. Ellen war damals erst vier, noch zu jung, um zu verstehen, was mit ihrem Bruder passiert war, aber alt genug, um seinen erschreckend schnellen Verfall mitzubekommen. Für die Mutter war diese Tragödie wie ein Gottesurteil. Sie hatte den Eindruck, daß sie Gott aus irgendeinem Grund mißfallen und der Herr ihren kleinen Jungen zu sich geholt hatte, um sie zu bestrafen. Sie ging nun jeden Morgen statt nur sonntags zur Messe und schleppte ihre kleine Tochter mit sich. Jeden Tag zündete sie eine Kerze für Anthonys Seele an, ohne es auch nur einmal zu vergessen. Zu Hause las sie die Bibel von Anfang bis Ende, immer und immer wieder. Oftmals zwang sie Ellen, still dazusitzen und sich stundenlang die Heilige Schrift anzuhören, obwohl ihre Tochter damals noch nicht alt genug war, die Gleichnisse zu verstehen. Gina erzählte schreckliche Geschichten über die Hölle: Wie unwirtlich es dort war, welch grausige Qualen die Sünder dort unten erwartete, wie schnell ein ungezogenes Kind an diesem nach Pech und Schwefel stinkenden Ort enden konnte. Des Nachts wurde die junge Ellen von entsetzlichen, blutigen Alpträumen aus dem Schlaf gerissen, die auf den düsteren Geschichten ihrer Mutter über Feuer und Verdammnis beruhten. Und während Gina zunehmend religiöser wurde, fügte sie der Liste, nach der Ellen zu leben hatte, immer neue Regeln hinzu; der winzigste Verstoß war, Gina zufolge, ein weiterer Schritt auf der Straße zur Hölle.

Joseph, der schon früh in ihrer Ehe alle Autorität an seine Frau abgetreten hatte, übte selbst in normalen Zeiten kaum Einfluß auf Gina aus. Als sie sich in ihre seltsame Welt des religiösen Fanatismus zurückzog, befand sie sich so weit außerhalb seiner Reichweite, daß er nicht einmal mehr versuchte, Einfluß auf ihre Entscheidungen zu nehmen. Verwirrt von den Veränderungen ihrer Persönlichkeit und unfähig, mit der neuen Frau zurechtzukommen, die sie geworden war, verbrachte Joseph immer weniger Zeit zu Hause. Er hatte eine Schneiderei – kein äußerst einträgliches Geschäft, aber ein gleichmäßig zuverlässiges –, und er fing nun an, ungewöhnlich lange zu arbeiten. Seine Freizeit verbrachte er lieber mit seinen Freunden als mit seiner Familie, und so erhielt Ellen zu wenig von seiner Liebe und von seinem feinen Humor, als daß ein Ausgleich für die unzähligen schrecklichen Stunden geschaffen worden wäre, die sie stoisch unter der strengen, nüchternen, erstickenden Herrschaft ihrer Mutter verbrachte.

Jahrelang hatte Ellen von dem Tag geträumt, da sie ihr Elternhaus verlassen würde; sie hatte diesem Tag genauso eifrig entgegengefiebert wie ein Häftling der Entlassung aus einer Gefängniszelle. Doch nun, da sie auf eigenen Füßen stand, da sie seit über einem Jahr dem eisernen Griff ihrer Mutter entkommen war, sah ihre Zukunft, so unglaublich es auch anmutete, schlimmer aus denn je zuvor. Viel schlimmer.

Sie hörte ein Klopfen am Fliegengitter hinter der Eckbank.

Ellen fuhr herum und schaute erschrocken hoch. Einen Augenblick lang konnte sie nichts sehen. Da draußen war nur Dunkelheit.

Poch-poch-poch.

»Wer ist da?« fragte sie. Ihre Stimme war so dünn wie Seidenpapier, und ihr Herz schlug plötzlich ganz schnell.

Dann breitete ein Blitz sich über den Himmel aus, ein Filigranmuster feuriger Adern und Arterien. Im flackernden Puls des Lichts flatterten große weiße Motten gegen das Fliegengitter.

»Gott im Himmel«, sagte sie leise. »Nur Motten.«

Sie erschauerte, wandte sich von den hektischen Insekten ab und nippte an ihrem Bourbon.

Sie konnte mit dieser Anspannung nicht leben. Nicht mehr lange jedenfalls. Sie konnte nicht in ständiger Angst leben. Sie mußte bald irgend etwas unternehmen.

Das Baby töten.

Inder Wiege schrie das Baby erneut auf: ein kurzes, scharfes Geräusch, fast wie das Bellen eines Hundes.

Ein ferner Donnerschlag schien dem Kind zu antworten; das Poltern am Himmel übertönte kurz das unaufhörliche Rauschen des Windes und hallte in den Metallwänden des Wohnwagens wider.

Die Motten schlugen wieder gegen das Fliegengitter.

Ellen trank schnell den Rest des Bourbons aus und schüttete zwei weitere Fingerbreit in das Glas.

Sie konnte kaum glauben, daß sie an diesem schäbigen Ort gelandet war, in solchem Elend und Schmerz; es kam ihr wie ein Fiebertraum vor. Erst vor vierzehn Monaten hatte sie mit großen Erwartungen ein neues Leben angefangen, mit – wie sich später herausgestellt hatte – hoffnungslos naivem Optimismus. Ihre Welt war so schnell und so vollständig zu einem Trümmerhaufen zusammengebrochen, daß Ellen immer noch wie betäubt war.

Sechs Wochen vor ihrem neunzehnten Geburtstag hatte sie ihr Elternhaus verlassen. Sie hatte sich mitten in der Nacht davongeschlichen, vorher nichts von ihrem Aufbruch verlauten lassen, unfähig, ihrer Mutter ins Gesicht zu sehen. Sie hatte Gina eine kurze, verbitterte Nachricht auf den Tisch gelegt und war dann mit dem Mann durchgebrannt, den sie liebte.

Jedes unerfahrene Kleinstadtmädchen, das darauf brannte, der Langeweile oder den tyrannischen Eltern zu entkommen, wäre auf einen Mann wie Conrad Straker geflogen. Er war unbestreitbar stattlich. Sein glattes, pechschwarzes Haar war dicht und glänzend. Seine Gesichtszüge waren ziemlich aristokratisch: hohe Wangenknochen, eine Patriziernase, ein starkes Kinn. Er hatte betörend blaue Augen, ein Gasflammenblau. Er war groß, schlank und bewegte sich mit der Anmut eines Tänzers.

Aber es war nicht einmal Conrads Aussehen gewesen, das sie am tiefsten beeindruckt hatte. Er hatte sie mit seinem Stil, seinem Charme für sich eingenommen. Er konnte gut reden, war klug und verstand sich darauf, die übertriebenste Schmeichelei untertrieben und aufrichtig klingen zu lassen.

Es war ihr wild romantisch vorgekommen, mit einem stattlichen Ausrufer vom Jahrmarkt durchzubrennen. Sie würden durch das ganze Land reisen, und in einem Jahr hätte sie mehr von der Welt gesehen als die meisten Menschen in ihrem ganzen Leben. Es würde keine Langeweile mehr geben. Jeder Tag wäre mit Aufregung, Farbe, Musik und Lichtern erfüllt. Und die Welt des Rummels, die sich so stark von der ihrer Kleinstadt im ländlichen Illinois unterschied, wurde auch nicht von einer langen, komplizierten und frustrierenden Liste von Regeln bestimmt.

Sie und Conrad heirateten in bester Jahrmarkt-Tradition. Die Zeremonie bestand aus einer Fahrt auf dem Karussell nach Geschäftsschluß, während andere Budenbesitzer als Zeugen zusahen. In den Augen aller wahrer Jahrmarktsleute war ihre Ehe damit so bindend und heilig, als wäre sie von einem Geistlichen mit der entsprechenden Lizenz in der Hand in einer Kirche geschlossen worden.

Nachdem Ellen zu Mrs. Conrad Straker geworden war, war sie überzeugt gewesen, daß nur gute Zeiten vor ihr lagen. Sie irrte sich.

Als sie mit Conrad durchgebrannt war, kannte sie ihn erst seit zwei Wochen. Zu spät fand sie heraus, daß sie ihn lediglich von der besten Seite gesehen hatte. Nach der Hochzeit mußte sie herausfinden, daß er launenhaft und das Leben mit ihm nicht einfach war. Er neigte zu Gewalttätigkeiten. Manchmal war er so freundlich und charmant wie in der Zeit, als er ihr den Hof gemacht hatte. Aber er konnte mit der unerwarteten, unerklärlichen Plötzlichkeit eines wilden Tiers bösartig werden. Während des vergangenen Jahres hatten ihn mit zunehmender Häufigkeit dunkle Stimmungen ergriffen. Er wurde sarkastisch, pedantisch, gemein, streng und zögerte nicht, Ellen zu schlagen, wenn sie ihm nicht gehorchte. Es gefiel ihm sogar, sie zu schlagen, zu stoßen und zu kneifen. Am Anfang ihrer Ehe, bevor sie schwanger wurde, hatte er sie zweimal mit der Faust in den Magen geschlagen. Als sie dann ihr Kind austrug, hatte Conrad seinen Hang zur Brutalität ein wenig bezähmt. Aber wirklich nur ein wenig.

Im dritten Monat ihrer Schwangerschaft war Ellen so verzweifelt, daß sie fast nach Hause zu ihren Eltern zurückgekehrt wäre. Fast. Aber wenn sie an die Erniedrigung dachte, die sie dort würde ertragen müssen, wenn sie sich vorstellte, Gina um eine letzte Chance zu bitten, wenn sie an die selbstgefällige Selbstgerechtigkeit dachte, mit der ihre Mutter sie begrüßen würde, war sie nicht imstande, Straker zu verlassen.

Und sie konnte nirgendwo sonst hin.

Als ihr Bauch immer dicker wurde, redete sie sich ein, ein Baby würde dazu beitragen, daß Conrad ruhiger wurde. Er mochte Kinder wirklich; sie merkte es daran, wie er auf dem Jahrmarkt anderer Leute Kinder behandelte. Die Aussicht, Vater zu werden, schien ihn zu entzücken. Die Geburt des Babys, so hoffte sie, würde Conrad weicher machen, ihn reifen lassen und seine Laune heben.

Als sie vor sechs Wochen das Baby zur Welt gebracht hatte, wurde diese zerbrechliche Hoffnung zertrümmert.

Ellen war nicht ins Krankenhaus gegangen. Das war unter Jahrmarktsleuten nicht üblich. Sie gebar das Baby zu Hause, im Wohnwagen, mit Hilfe einer Hebamme vom Jahrmarkt. Die Entbindung war relativ einfach verlaufen. Da waren keine kritischen Situationen. Es gab keine Komplikationen. Außer …

Das Baby.

Sie erschauerte vor Ekel, sobald sie an das Baby dachte, und griff erneut nach ihrem Whiskey.

Als spürte das Kind ihre Gedanken, fing es wieder an zu brüllen.

»Sei still!« rief sie und drückte die Hände auf die Ohren. »Sei still, sei still!«

Es wurde aber nicht still.

Die Korbwiege zitterte, schaukelte, knarrte, als das Kleinkind sich vor Zorn wand und um sich trat.

Ellen kippte den letzten Bourbon in ihrem Glas runter, leckte sich nervös die Lippen und spürte endlich, wie die Kraft des Whiskeys wieder in sie strömte. Sie glitt von der Sitzbank. Schwankend stand sie in der winzigen Küche.

Die dissonante Musik des aufkommenden Sturms brach lauter denn je über ihr zusammen, nun direkt über dem Kirmesgelände, und schwoll zu einem wütenden Crescendo an.

Ellen torkelte durch den Wohnwagen und blieb am Fuß der Korbwiege stehen. Sie schaltete eine Lampe ein, die ein weiches, bernsteinfarbenes Licht warf, und die Schatten krochen davon und kauerten sich in den Ecken zusammen.

Das Kind hörte auf damit, sich mit seinen Decken herumzuschlagen. Es schaute zur Mutter auf, und in seinen Augen leuchtete der Haß.

Ihr wurde schlecht.

Töte es! sagte sie sich.

Aber das boshafte Starren des Kindes hatte eine hypnotische Kraft. Ellen konnte den Blick nicht von seinen medusenhaften Augen wenden; sie konnte sich nicht bewegen; sie kam sich vor, als wäre sie zu Stein verwandelt worden.

Ein Blitz drückte sein helles Antlitz wieder an das Fenster, und bei dem nachfolgenden Donnergrollen fielen die ersten fetten Regentropfen.

Sie starrte ihr Kind entsetzt an, und kalte Schweißperlen traten unter ihrem Haaransatz hervor. Das Baby war nicht normal; es war nicht mal annähernd normal; aber es gab keinen medizinischen Ausdruck für seine Verunstaltung. Eigentlich konnte man es noch nicht mal guten Gewissens als Kind bezeichnen. Es war kein Baby. Ja, Ellen dachte oft, daß es einer Spezies angehörte, die mit der Menschheit nichts zu tun hatte.

Es war schrecklich.

»O Gott«, sagte Ellen mit zitternder Stimme. »Lieber Gott, warum ich? Was habe ich getan, daß ich das verdient habe?«

Die großen, grünen, unmenschlichen Augen ihres Nachkommens betrachteten sie giftig.

Ellen wollte sich von dem Kind abwenden. Sie wollte aus dem Wohnwagen laufen, in den prasselnden Sturm, in die unermeßliche Dunkelheit, raus aus diesem Alptraum und in eine neue Dämmerung.

Die verbogenen, aufgeblähten Nasenflügel des Geschöpfs zitterten wie die eines Wolfes oder Hundes, und sie hörte sein eifriges Schnüffeln, mit dem es ihren Geruch von den anderen im Wohnwagen unterschied.

Töte es!

In der Bibel stand geschrieben: *Du sollst nicht töten.* Mord war eine Sünde. Wenn sie das Baby erwürgte, würde sie in der Hölle schmoren. Eine Reihe grausamer Bilder flackerte durch ihren Geist, Visionen einer Hölle, die Gina ihr an Tausenden von Leseabenden ausgemalt hatte: Grinsende Dämonen rissen bluttriefende Fleischbrocken aus lebenden, schreienden Frauen, und ihre lederartigen schwarzen Lippen glänzten vor Menschenblut; weißglühendes Feuer versengte die Körper von Sündern; bleiche Würmer nagten an Toten, die noch bei Bewußtsein waren; gequälte Menschen wanden sich unter großen Schmerzen in Hügeln aus unbeschreiblich entsetzlichem Schmutz. Das waren die schrecklichen Konsequenzen der Sünde. Ellen war keine praktizierende Katholikin, aber das hieß nicht, daß sie auch in ihrem Herzen keine Katholikin mehr war. Jahre der täglichen Messe und des nächtlichen Gebets, neunzehn endlose Jahre mit Ginas verrückten Predigten und strengen Ermahnungen konnten nicht einfach so abgeschüttelt und vergessen werden. Ellen glaubte noch immer aus vollem Herzen an Gott und Himmel und Hölle. Die Warnungen der Bibel hatten weiterhin Wert und Bedeutung für sie. *Du sollst nicht töten.*

Aber dieses Gebot, so rechtete sie mit sich selbst, traf doch ganz bestimmt nicht auf Tiere zu. Tiere durfte man töten; das galt nicht als Todsünde. Und dieses Wesen in der Korbwiege war nur ein Tier, ein Ungeheuer, ein Monstrum. Es war kein menschliches Wesen. Wenn sie es vernichtete, würde diese zerstörerische Tat daher auch nicht das Schicksal ihrer unsterblichen Seele besiegeln.

Andererseits … wie konnte sie sicher sein, daß es kein Mensch war? Es war von Menschen gezeugt. Es konnte kein grundlegenderes Kriterium für Menschlichkeit als dieses geben. Das Kind war ein Mutant, aber es war ein *menschlicher* Mutant.

Ihr Dilemma schien unlösbar zu sein.

In der Korbwiege hob das kleine, dunkelhäutige Geschöpf eine Hand und griff nach Ellen. Eigentlich war es gar keine Hand. Es war eine Klaue. Die langen, knochigen Finger waren viel zu lang für die eines sechs Wochen alten Kleinkinds, auch wenn dieses Baby für sein Alter groß war; wie die Pfoten eines Tiers waren die Hände dieses kleinen Ungeheuers im Verhältnis zum restlichen Körper übermäßig groß. Ein spärlicher schwarzer Pelz bedeckte die Handrücken und wuchs an den Handgelenken dichter zusammen. Bernsteinfarbenes Licht funkelte auf den scharfen Rändern der spitz zulaufenden Fingernägel. Das Kind holte immer wieder aus, kam aber nicht an Ellen heran.

Sie begriff einfach nicht, wie solch ein Ding aus ihr hervorgegangen sein konnte. Warum existierte es überhaupt? Sie wußte, daß es so etwas wie Freaks gab, Mißgebildete. Einige davon arbeiteten in einer Bude, einer sogenannten Nebenattraktion, auf diesem Rummel. Bizarr aussehende Leute. Aber nicht vergleichbar mit diesem Kind. Keiner von ihnen war auch nur halb so unheimlich wie dieses Geschöpf, das sie in ihrem Mutterleib genährt hatte. Warum war das geschehen? *Warum?*

Es wäre ein Gnadenakt, das Kind zu töten. Schließlich würde es niemals ein normales Leben genießen können. Es würde immer ein Freak sein, eine Zielscheibe des Spotts und der Schande. Seine Tage würden karg, verbittert und einsam sein. Selbst die langweiligsten und alltäglichsten Vergnügungen würden ihm versagt bleiben, und es würde keine Chance erhalten, jemals glücklich zu werden.

Aber da war noch etwas. Wenn sie gezwungen war, sich ihr Leben lang um dieses Geschöpf zu kümmern, würde auch sie kein Glück finden können. Die Aussicht, dieses groteske Kind aufziehen zu müssen, erfüllte sie mit Verzweiflung. Es zu töten wäre ein Gnadenakt sowohl für sie selbst als auch für den angsteinflößenden Mutanten, der sie jetzt aus der Korbwiege anstarrte.

Aber die römisch-katholische Kirche billigte die aktive Sterbehilfe nicht. Selbst die edelsten Motive würden sie nicht vor der Hölle bewahren. Und Ellen wußte, daß ihre Motive nicht rein waren; der Versuch, sich von dieser Last zu befreien, war zum Teil auch ein selbstsüchtiger Akt.

Das Geschöpf starrte sie weiterhin an, und bei ihr stellte sich das beunruhigende Gefühl ein, daß es sie mit seinen seltsamen Augen nicht nur *ansah,* sondern durch sie *hindurch* schaute, in ihren Verstand und ihre Seele, vorbei an jedem Vorwand. Es *wußte,* worüber sie nachdachte, und haßte sie dafür.

Seine bleiche, gesprenkelte Zunge fuhr langsam über die dunklen, so dunklen Lippen.

Es zischte sie trotzig an.

Ob dieses Ding nun menschlich war oder nicht, ob es nun eine Sünde war, es zu töten, oder nicht, sie wußte, daß es böse war. Es war nicht einfach nur ein mißgestaltetes Baby. Es war etwas anderes. Etwas Schlimmeres. Es war gefährlich. Böse. Sie fühlte diese Wahrheit in ihrem Herzen und ihren Knochen.

Oder bin ich verrückt? fragte sie sich. Nein. Sie konnte nicht zulassen, daß sich leiser Zweifel einschlich. Sie hatte nicht den Verstand verloren. Sie war untröstlich, zutiefst deprimiert, verängstigt, entsetzt, verwirrt – das alles traf zu. Aber sie war nicht verrückt. Sie erkannte, daß das Kind böse war, und in dieser Hinsicht war ihre Wahrnehmung völlig in Ordnung.

Töte es.

Das Kleinkind schrie. Seine rauhe, schrille Stimme ging Ellen auf die Nerven. Sie zuckte zusammen.

Es regnete noch immer in Strömen, und vom Wind getriebene Tropfen trommelten laut gegen den Wohnwagen. Ein Donnerschlag riß die Nacht auf und brachte ihn wieder heftig zum Klappern.

Das Kind wand sich, schlug um sich und schaffte es schließlich, die dünne Decke beiseite zu schieben, in die sie es gehüllt hatte. Es legte die knochigen Hände um die Ränder des Korbs, griff mit den üblen Klauen zu, zog sich hoch und setzte sich auf.

Ellen rang nach Luft. Es war viel zu jung, um sich ohne Hilfe aufzusetzen.

Es zischte sie an.

Das Wesen wuchs mit erschreckender Schnelligkeit; es war immer hungrig, und sie fütterte es doppelt so oft, wie sie ein normales Kind gefüttert hätte, wenn nicht sogar noch öfter. Woche um Woche konnte sie erstaunliche Veränderungen feststellen. Mit überraschender, beunruhigender Geschwindigkeit lernte es, seinen Körper zu benutzen. Kurz über lang würde es krabbeln und dann laufen können.

Und dann was? Wie groß und beweglich mußte es noch werden, bis Ellen nicht mehr die geringste Kontrolle über das Kind hatte?

Obwohl ihr Mund ganz trocken war, hatte sie einen sauren Geschmack darin. Sie versuchte, etwas Speichel zu erzeugen, schaffte es jedoch nicht.

Ein Rinnsal kalten Schweißes löste sich von ihrem Haaransatz und schlängelte sich ihre Stirn hinab in einen Augenwinkel. Sie blinzelte die salzige Flüssigkeit fort.

Wenn sie das Kind in einem Heim unterbringen könnte, wohin es auch gehörte, müßte sie es nicht ermorden. Aber Conrad hätte sich niemals einverstanden erklärt, sein Baby abzugeben. Er empfand nicht den geringsten Abscheu vor ihm. Er hatte auch keine Angst vor ihm. Er schien es sogar stärker zu lieben, als er vielleicht ein gesundes Kind geliebt hätte. Er war sehr stolz darauf, dieses Geschöpf gezeugt zu haben, und für Ellen war sein Stolz ein Zeichen von Wahnsinn.

Selbst wenn sie das Wesen in ein Heim bringen könnte, wäre diese Lösung nicht endgültig. Das Böse würde noch immer existieren. Sie wußte, das Kind war böse, wußte es ohne den geringsten Zweifel, und sie fühlte sich dafür verantwortlich, so ein Geschöpf auf die Welt gebracht zu haben. Sie konnte sich nicht einfach abwenden und davongehen und das Problem einem anderen überlassen.

Was, wenn es größer wurde und jemanden tötete? Würde die Verantwortung für diesen Todesfall dann nicht auf ihren Schultern lasten?

Die Luft, die durch die offenen Fenster hereinwehte, war viel kühler als zu dem Zeitpunkt, als es noch nicht geregnet hatte. Ein frostiger Luftzug streifte Ellens Nacken.

Das Kind versuchte, aus der Korbwiege herauszukommen.

Ellen nahm all ihren vom Bourbon eingeflößten Mut zusammen, obwohl ihre Zähne klapperten und ihre Hände zitterten, als leide sie an Kinderlähmung, und ergriff das Baby. Nein. Das *Ding*. Sie durfte es nicht als Baby bezeichnen. Sie durfte sich nicht den Luxus von Rührseligkeit leisten. Sie mußte handeln. Sie mußte kalt, ungerührt, erbarmungslos und willensstark sein.

Sie hatte vor, das abscheuliche Geschöpf hochzuheben, das Kissen mit dem Satinbezug zu ergreifen, das unter seinem Kopf lag, und es dann mit diesem Kissen zu ersticken. Sie wollte auf dem Körper keine offensichtlichen Spuren von Gewalteinwirkung hinterlassen. Es sollte aussehen, als wäre das Kind eines natürlichen Todes gestorben. Selbst gesunde Babys starben manchmal ohne augenscheinlichen Grund im Kindbett; niemand würde überrascht sein oder sogar mißtrauisch werden, wenn diese mitleiderregende Mißgeburt leise im Schlaf verschied.

Doch als sie das Ding vom Kissen hob, reagierte es mit

so schockierendem Zorn, daß ihr Plan augenblicklich unausführbar wurde. Das Geschöpf kreischte auf, griff sie mit seinen Krallen an.

Sie schrie vor Schmerz auf, als die scharfen Nägel ihre Unterarme aufschlitzten.

Blut. Schlanke Blutfäden.

Das Kleinkind wand sich und trat aus, und Ellen konnte es nur unter Mühen festhalten.

Das Ding spitzte den verdrehten Mund und spuckte es an. Ein dickflüssiger, übelriechender Klumpen gelblichen Speichels klatschte auf ihre Nase.

Sie erschauerte und würgte.

Das Kind-Ding schälte die dunklen Lippen vom gesprenkelten Zahnfleisch zurück und zischte.

Donner zerschlug die Porzellannacht, und die Lampen im Wohnwagen erloschen einmal, zweimal, und ein Blitz flammte in der kurzen Zeit der Herrschaft der Dunkelheit, bis die Lampen wieder aufleuchteten.

Bitte, lieber Gott, dachte sie verzweifelt, laß mich nicht mit diesem Ding im Dunkeln zurück.

Seine hervortretenden grünen Augen schienen ein eigentümliches Licht auszustrahlen, ein phosphoreszierendes Leuchten, das, so unmöglich es einem auch vorkam, aus ihnen selbst zu kommen schien.

Das Ding kreischte und wand sich.

Es urinierte.

Ellens Herz hämmerte wie verrückt.

Das Ding zerrte an ihren Händen, kratzte, bis Blut kam. Es biß in das weiche Fleisch ihrer Handflächen und riß ihr einen Daumennagel ab.

Sie vernahm ein unheimliches, hohes Heulen, das keinem Geräusch ähnelte, das sie jemals gehört hatte, und es dauerte mehrere Sekunden, bis ihr klar wurde, daß sie ihrem eigenen schrillen, panikerfüllten Schrei lauschte.

Hätte sie das Geschöpf abschütteln, sich von ihm abwenden und davonlaufen können, hätte sie genau das getan, doch plötzlich stellte sie fest, daß sie sich nicht von ihm lösen konnte. Das Ding hielt ihre Arme erbittert fest und wollte einfach nicht loslassen.

Sie kämpfte mit dem unmenschlich wilden Kind, und die Wiege wäre fast umgekippt. Ellens Schatten schwankte heftig über das danebenstehende Bett und die Wand hinauf und bewegte sich auf der abgerundeten Decke auf und nieder. Fluchend versuchte sie mit aller Kraft, das Ding auf Armeslänge zu halten, und schließlich gelang es ihr, ihm die linke Hand um die Kehle zu legen, und dann die rechte Hand, und sie drückte hart zu, bückte sich dabei, biß die Zähne aufeinander, abgestoßen von der Brutalität, die sie in sich aufkommen spürte, erschreckt von ihrer soeben entdeckten Fähigkeit zur Gewalt, aber entschlossen, das Leben aus dem Ding zu würgen.

Es würde nicht so leicht sterben. Ellen war überrascht, wie starr und widerstandsfähig seine Halsmuskulatur war. Es rutschte mit den Klauen ihre Arme hinauf und grub die Nägel wieder in sie, schuf zehn frische Stichwunden in ihrer Haut; und der Schmerz verhinderte, daß Ellen all ihre Kraft in den hektischen Versuch legen konnte, das Ding zu erwürgen.

Es verdrehte die Augen und richtete den Blick dann mit noch größerem Haß als zuvor auf sie.

Ein silbernes Rinnsal dicken Speichels sickerte aus einem seiner Mundwinkel und das weiße Kinn hinab.

Der verborgene Mund öffnete sich weit; die dunklen, lederartigen Lippen zuckten. Eine schlangenähnliche, bleiche, spitz zulaufende Zunge rollte sich obszön zusammen und wieder auf.

Das Kind zog Ellen mit unwahrscheinlicher Kraft zu sich heran. Sie konnte es nicht mehr ungefährdet auf

Armeslänge halten, wie sie es beabsichtigt hatte. Es zog sie unerbittlich zur Wiege hinab.

Stirb, verdammt! Stirb!

Sie stand jetzt über die Wiege gebeugt. Lehnte sich hinein. Durch ihre neue Haltung wurde ihr Griff um den Hals des Kindes geschwächt. Ihr Gesicht war nur fünfundzwanzig oder dreißig Zentimeter von dem abstoßenden Antlitz des Geschöpfs entfernt. Sein stinkender Atem spülte über sie hinweg. Es spuckte ihr erneut ins Gesicht.

Etwas streifte ihren Bauch.

Sie schnappte nach Luft, zuckte zurück.

Stoff riß. Ihre Bluse.

Das Kind trat mit seinen Füßen mit den langen, klauenähnlichen Zehen nach ihr. Es versuchte, ihre Brüste und den Bauch aufzuschlitzen. Sie wollte zurückweichen, doch das Ding hielt sie fest, hielt sie mit dämonischer Kraft und Beharrlichkeit gepackt.

Ellen war benommen, durcheinander. Ihr war schlecht vom Whiskey und vor Entsetzen, und ihr verschwamm alles vor den Augen, und ihre Ohren waren mit dem tosenden Soggeräusch ihres eigenen Atems erfüllt, aber sie schien nicht schnell genug atmen zu können; ihr wurde schwindlig. Schweiß floß von ihrer Stirn und spritzte auf das Kind, während sie mit ihm rang.

Das Ding grinste, als spürte es seinen bevorstehenden Triumph.

Ich verliere, dachte sie verzweifelt. Wie kann das sein? Mein Gott, es wird mich umbringen.

Donner schlug auf den Himmel ein, und ein Blitz entfuhr der zerrissenen Nacht. Ein Hammer aus Wind traf den Wohnwagen mit voller Breitseite.

Die Lampen erloschen erneut.

Und diesmal blieb es dunkel.

Das Kind kämpfte mit erneutem Zorn.

Es war nicht schwach wie ein menschliches Kleinkind. Bei der Geburt hatte es fast zehn Pfund gewogen und, so unglaublich es klang, in den letzten sechs Wochen mehr als zwölf Pfund zugenommen. Jetzt wog es fast dreiundzwanzig Pfund. Und kein Fett. Nur Muskeln. Ein hartes, sehniges, knorpeliges Kleinkind, wie ein junger Gorilla. Es war so stark und lebhaft wie der sechs Monate alte Schimpanse, der in einer der beliebteren Nebenattraktionen des Jahrmarkts auftrat.

Die Korbwiege kippte mit einem Krachen um, und Ellen stolperte über sie. Sie stürzte. Mit dem Kind. Jetzt war es ganz nah bei ihr. Nicht mehr eine sichere Armeslänge entfernt. Es war über ihr. Gurgelte. Schnaubte. Seine klauenbewehrten Füße fanden an ihren Hüften Halt, und es versuchte, den Stoff der schweren Jeans zu erreichen, die sie trug.

»Nein!« rief sie.

Ein Gedanke ging ihr durch den Kopf: *Ich muß aufwachen!*

Aber sie wußte, daß sie schon wach war.

Das Ding hielt weiterhin ihren rechten Arm fest, seine Nägel schienen sich in ihrem Fleisch verhakt zu haben, aber den linken Arm ließ es los. In der Dunkelheit spürte sie, daß die mit Haken versehene Klaue nach ihrer Kehle griff, nach ihrer verletzbaren Drosselvene. Sie drehte den Kopf zur Seite. Die kleine, aber trotzdem unglaublich langfingrigre, tödliche Hand streifte an ihrer Kehle vorbei und verfehlte sie knapp.

Sie rollte sich herum, und nun lag das Kind-Ding unten. Wimmernd, schwankend, am Rand der Hysterie stehend, befreite Ellen Straker ihren rechten Arm aus dem stählernen Griff des Geschöpfs und tastete in der Dunkelheit nach seinen Armen, fand die Handgelenke, drückte seine Hände von ihrem Gesicht zurück.

Das Ding wollte ihr wieder in den Magen treten, aber sie wich seinen kurzen, starken Beinen aus. Es gelang ihr, ein Knie auf seine Brust zu setzen und es einzuklemmen. Sie drückte mit all ihrem Gewicht; die Rippen und das Brustbein des Geschöpfs gaben unter ihr nach. Sie hörte, wie in dem Ding etwas zerbrach. Es jaulte klagend wie ein irischer Totengeist. Ellen wußte nun, daß sie eine Chance hatte, diesen Kampf zu gewinnen. Es knirschte widerwärtig, ein nasses Geräusch, und ihr Gegner gab alle Gegenwehr auf. Seine Arme erschlafften und leisteten ihr keinen Widerstand mehr. Das Geschöpf verstummte abrupt und fiel zurück.

Ellen hatte Angst, das Knie von seiner Brust zu nehmen. Sie war überzeugt, daß es den Tod nur vortäuschte. Wenn sie ihr Gewicht verlagerte, wenn sie ihm nur die geringste Möglichkeit gab, würde das Ding sich so schnell wie eine Schlange bewegen, ihre Kehle zerfetzen und ihr dann mit den stachligen Füßen den Bauch aufschneiden.

Ein paar Sekunden verstrichen.

Dann Minuten.

In der Dunkelheit begann sie ein dringliches, geflüstertes Gebet: »Gott, steh mir bei. Heilige Elena, meine Schutzpatronin, Schutzheilige, tritt für mich ein. Maria, Mutter Gottes, hör mich, hilf mir. Bitte, bitte, bitte. Maria, hilf mir, Maria, bitte ...«

Der Strom kam zurück, und Ellen schrie auf, als es völlig unerwartet hell wurde.

Unter ihr lag das Kind-Ding auf dem Rücken; Blut floß noch aus seinen Nasenöffnungen und dem Mund, und es starrte sie mit glitzernden, hervortretenden, blutunterlaufenen Augen an. Aber es konnte sie nicht sehen. Es schaute in eine andere Welt, in die Hölle, in die sie seine Seele geschickt hatte – falls es überhaupt eine Seele hatte.

Es war viel Blut geflossen. Das meiste davon stammte nicht von Ellen.

Sie ließ das Kind-Ding los.

Es kehrte nicht auf magische Weise ins Leben zurück, wie sie es erwartet hatte. Es griff nicht an.

Es sah aus wie ein großer, zertretener Käfer.

Ellen kroch von der Leiche davon, die sie im Auge behielt, denn sie war immer noch nicht ganz überzeugt, daß es tot war. Sie war noch nicht kräftig genug, sich schon wieder aufzurichten. Sie kroch zur nächsten Wand und lehnte sich mit dem Rücken dagegen.

Die Nachtluft war schwer vom kupfernen Geruch des Blutes, dem Gestank ihres eigenen Schweißes und dem sauberen Ozon des Gewitters.

Ellens Atem klang nun leiser, ein rhythmisches Schlaflied des Einatmens, Ausatmens, Einatmens, und auch das Herz schlug allmählich wieder in normalem Tempo.

Als die Furcht von ihr wich, wurde Ellen sich ihrer Schmerzen bewußt. Ihr linker Daumen blutete dort, wo der Nagel abgerissen worden war; das bloßliegende Fleisch brannte, als würde es von Säure zerfressen. Ihre zerkratzten, abgeschabten Finger taten weh, und die Bißwunde in der rechten Handfläche pochte. Beide ihrer Unterarme waren wiederholt von den scharfen Fingernägeln des Geschöpfs eingekerbt und aufgeschrammt worden. Beide Oberarme waren mit je fünf häßlichen, blutenden Einstichen gekennzeichnet.

Sie weinte. Es waren nicht so sehr die körperlichen Schmerzen. Vielmehr halfen die Tränen ihr, viel von den Strapazen und zumindest einen kleinen Teil ihrer schweren Last der Schuld davonzuspülen.

Ich bin eine Mörderin.

Nein. Es war nur ein Tier.

Es war mein Kind.

Kein Kind. Ein Ding. Ein Fluch.

Sie haderte mit sich selbst, versuchte nach wie vor, Begründungen zu finden, die es ihr erlauben würden, mit ihrem Verbrechen zu leben. In diesem Augenblick flog die Tür des Wohnwagens auf, und Conrad trat herein, erhellt vom stroboskopähnlichen Flackern eines Blitzes. Er trug einen tropfnassen Regenmantel aus Plastik; sein dichtes, schwarzes Haar war klatschnaß, und einzelne Strähnen klebten auf seiner breiten Stirn. Wind stob hinter ihm hinein, drehte, wie ein Hund, einen Kreis durch den Raum und beschnüffelte alles neugierig. Nackte Furcht ergriff Ellen und schnürte ihr die Kehle zu.

Conrad zog die Tür hinter sich zu. Als er sich umdrehte, sah er, daß sie auf dem Boden saß, den Rücken gegen die Wand gelehnt, die Bluse zerfetzt, Arme und Hände blutig.

Sie wollte versuchen, ihm zu erklären, warum sie das Kind getötet hatte. Aber sie konnte nicht sprechen. Ihr Mund bewegte sich, aber es kam lediglich ein trockenes, furchterregendes Krächzen daraus hervor.

Conrads eindringliche blaue Augen schauten einen Moment lang verwirrt drein. Dann wanderte sein Blick von Ellen zu dem ebenfalls mit Blutflecken verschmierten Kind, das vielleicht einen Meter von ihr entfernt leblos auf dem Boden lag.

Seine starken Hände ballten sich zu großen, harten Fäusten. »Nein«, sagte er leise und ungläubig. »Nein … nein … nein …«

Er trat langsam zu dem kleinen Leichnam.

Ellen schaute mit wachsender Beklommenheit zu ihm hoch.

Benommen kniete Conrad neben dem toten Geschöpf nieder und starrte es lange an; ihr kam es wie eine Ewigkeit vor. Dann rollten Tränen seine Wangen hinab. Ellen hatte ihn noch nie zuvor weinen sehen. Schließlich hob er den schlaffen Körper auf und drückte ihn an sich. Das helle Blut des Kindes tropfte auf das Plastik des Regenmantels.

»Mein Baby, mein kleines Baby, mein süßer kleiner Junge«, sagte Conrad zärtlich. »Mein Junge ... mein Sohn ... was ist mit dir geschehen? Was hat sie dir angetan? Was hat sie getan?«

Ellens wachsende Furcht verlieh ihr neue Kraft. Sie stützte sich mit einer Hand an der Wand ab und richtete sich auf. Ihre Beine zitterten; sie hatte weiche Knie und wagte es nicht, auch nur einen einzigen Schritt zu machen.

Conrad hörte, daß sie sich bewegte, und sah sie an.

»Ich ... ich mußte es tun«, stammelte sie.

Seine blauen Augen waren kalt.

»Es hat mich angegriffen«, sagte sie.

Conrad legte die Leiche auf den Boden. Sanft. Zärtlich.

So zärtlich wird er mit mir nicht umspringen, dachte Ellen.

»Bitte, Conrad. Bitte, versteh mich doch.«

Er erhob sich und machte einen Schritt auf sie zu.

Sie wollte davonlaufen. Sie konnte es nicht.

»Du hast Victor umgebracht«, sagte Conrad mit schwerer Zunge.

Er hatte dem Kind-Ding einen Namen gegeben – Victor Martin Straker –, was Ellen lächerlich vorgekommen war. Mehr als nur lächerlich. Gefährlich. Wenn man erst einmal anfing, es bei einem Namen zu nennen, würde man es früher oder später für ein menschliches Baby halten. Und es war nicht menschlich. Es *war* kein Mensch, verdammt. Es war böse. In seiner Nähe konnte man sich keinen Augenblick lang ungezwungen verhalten; Gefühle machten einen verletzbar. Sie weigerte sich, es Victor zu nennen. Und sie weigerte sich sogar einzugestehen, daß es eine geschlechtliche Identität hatte. Es war kein kleiner Junge. Es war ein kleines *Ungeheuer.*

»Warum? Warum hast du meinen Victor getötet?«

»Es hat mich angegriffen«, wiederholte sie.

»Du lügst.«

»Nein!«

»Verlogene Schlampe.«

»Sieh mich an!« Sie hob ihre blutenden Hände und Arme. »Sieh doch, was es mir angetan hat.«

Die Trauer auf Conrads Gesicht war einem Ausdruck des schwärzesten Hasses gewichen. »Du hast versucht, ihn umzubringen, und er wollte sich verteidigen und hat sich gewehrt.«

»Nein. Es war schrecklich. Entsetzlich. Es hat mich gekratzt. Es hat versucht, mir die Kehle herauszureißen. Es hat versucht ...«

»Halt die Klappe«, sagte er durch zusammengebissene Zähne.

»Conrad, du weißt, daß es gewalttätig war. Es hat auch dich manchmal gekratzt. Wenn du der Wahrheit ins Gesicht siehst, wenn du einfach in dein Herz schaust, wirst du eingestehen müssen, daß ich recht habe. Wir haben kein Kind geschaffen. Wir haben ein *Ding* geschaffen. Und es war schlecht. Es war böse, Conrad. Es ...«

»Ich hab' dir gesagt, du sollst deine dreckige Klappe halten, du verdammtes Miststück.«

Er zitterte vor Wut. Flecke aus schaumigem Speichel sprenkelten seine Lippen.

Ellen zuckte zusammen. »Wirst du die Polizei rufen?«

»Du weißt doch, daß Schausteller niemals zu den Bullen laufen. Die klären ihre Probleme selbst. Ich weiß genau, wie ich mit so widerwärtigem Dreck wie dir umzugehen habe.«

Er würde sie umbringen. Davon war sie überzeugt.

»Warte, hör zu, gib mir Gelegenheit, es dir zu erklären.

Was für ein Leben hätte es überhaupt führen können?« wandte sie verzweifelt ein.

Conrad funkelte sie an. Seine Augen waren mit kaltem Zorn, aber auch mit Wahnsinn erfüllt. Sein frostiger Blick durchbohrte sie, und sie hatte fast den Eindruck, als triebe eine langsame, stumme, kaum wahrnehmbare, aber trotzdem verheerende Explosion Eissplitter durch ihren Körper. Das waren nicht die Augen eines normalen Menschen.

Sie erschauderte. »Es hätte doch nur ein ganz erbärmliches Leben führen können, wäre immer unglücklich gewesen. Es wäre ein Freak geworden, man hätte es überall nur verspottet, zurückgewiesen, verachtet. Es hätte nicht mal die einfachsten Vergnügungen genießen können. Ich habe nichts Falsches getan. Ich habe das arme Ding nur von seinem Elend erlöst. Mehr habe ich nicht getan. Ich habe es vor vielen Jahren der Einsamkeit bewahrt, vor ...«

Conrad schlug ihr ins Gesicht. Hart.

Sie schaute hektisch nach links und rechts, sah aber nicht die geringste Möglichkeit zur Flucht.

Seine scharfen, klar geschnittenen Gesichtszüge wirkten jetzt nicht mehr aristokratisch, sondern starr und angsteinflößend. Die Schatten im Raum meißelten sein Gesicht zu einer wolfsähnlichen Fratze.

Er trat noch näher an sie heran, gab ihr eine weitere Ohrfeige. Dann benutzte er seine Fäuste – einmal, zweimal, dreimal. Harte Schläge in den Magen und gegen die Rippen.

Sie war zu erschöpft, sich zu wehren. Sie glitt unaufhaltsam dem Boden und, wie sie vermutete, dem Tod entgegen.

Maria, Mutter Gottes!

Conrad packte Ellen, riß sie mit einer Hand hoch, teilte mit der anderen weitere Ohrfeigen aus und verfluchte seine Frau lautstark. Bald wußte sie nicht mehr, wie oft er sie geschlagen hatte, und verlor die Fähigkeit, neue

Schmerzen von der Myriade alter Schmerzen zu unterscheiden, die sie quälten. Und endlich verlor sie auch das Bewußtsein.

Nach einer unbestimmbaren Zeitspanne trieb sie von einem dunklen Ort zurück, an dem gutturale Stimmen sie in fremden Sprachen bedrohten. Sie öffnete die Augen, und einen Moment lang wußte sie nicht, wo sie war.

Dann sah sie eine kleine, abscheuliche Leiche auf dem Boden, nur einen Meter von ihr entfernt. Das knorrige Gesicht, für alle Zeiten zu einem bösartigen Schnauben gefroren, war ihr zugewandt.

Regen trommelte hohl auf das runde Dach des Wohnwagens.

Ellen lag flach auf dem Boden. Sie setzte sich auf. Sie fühlte sich schrecklich, innerlich völlig kaputt.

Conrad stand neben dem Bett. Ihre zwei Koffer waren geöffnet, und er warf Kleider in sie hinein.

Er hatte sie nicht umgebracht. Warum nicht? Er hatte sie totschlagen wollen, davon war sie überzeugt. Warum hatte er es sich anders überlegt?

Stöhnend erhob sie sich auf die Knie. Sie schmeckte Blut; ein paar Zähne hatten sich gelockert. Mit einer gewaltigen Anstrengung stand sie auf.

Conrad schloß die Koffer, trug sie an ihr vorbei, stieß die Tür des Wohnwagens auf und warf die Gepäckstücke hinaus. Ihre Handtasche lag auf der Küchenzeile, und die warf er den Taschen hinterher. Dann wirbelte er zu ihr herum. »Und jetzt du. Scher dich zum Teufel, und komm nie wieder zurück!«

Sie konnte nicht glauben, daß er sie leben lassen würde. Es mußte ein Trick sein.

Er sprach lauter. »Raus hier, du Schlampe! Beweg dich. Sofort!«

Wacklig wie ein Fohlen, das seine ersten Schritte wagt,

ging Ellen an Conrad vorbei. Sie verkrampfte sich vor Angst, rechnete mit einem weiteren Angriff, aber er hob nicht die Hand gegen sie.

»Noch etwas«, sagte Conrad, als sie die Tür erreichte, über deren Schwelle der vom Wind gepeitschte Regen schlug.

Sie drehte sich zu ihm um, hob einen Arm, um den Schlag abzuwehren, von dem sie gewußt hatte, daß er früher oder später kommen würde.

Aber er wollte sie nicht schlagen. Er war noch immer wütend, hatte sich nun aber in der Gewalt. »Eines Tages wirst du in der normalen Welt wieder heiraten. Du wirst ein anderes Kind bekommen. Vielleicht zwei oder drei.«

Seine Stimme verriet, daß es eine Drohung sein sollte, aber die Frau war zu benommen, um zu begreifen, worauf er hinauswollte. Sie wartete, daß er mehr sagte.

Seine schmalen, blutleeren Lippen zogen sich langsam zu einem arktischen Lächeln zurück. »Wenn du wieder Kinder hast, wenn du Kinder hast, die *du* liebst und umsorgst, werde ich kommen und sie dir wegnehmen. Ganz gleich, wohin du gehst, ganz egal, wie weit weg, ganz egal, wie du dann heißen wirst. Ich werde dich finden. Das schwöre ich dir. Ich werde dich finden, und dann werde ich dir deine Kinder nehmen, genau wie du mir meinen kleinen Jungen genommen hast. Ich werde sie töten.«

»Du bist verrückt«, sagte sie.

Sein Lächeln wurde zum breiten, humorlosen Grinsen eines Totenkopfs. »Du wirst dich nirgendwo verstecken können. Für dich wird es auf der ganzen Welt keinen sicheren Ort mehr geben. Nirgendwo. Du wirst dein ganzes Leben lang über die Schulter zurückschauen müssen. Und jetzt hau endlich ab, du Miststück! Verschwinde, bevor ich mich dazu entschließe, dir doch noch den verdammten Schädel einzuschlagen.«

Er trat einen Schritt auf sie zu.

Ellen verließ schnell den Wohnwagen, stieg die beiden metallenen Stufen in die Dunkelheit hinab. Der Wohnwagen war auf einer kleinen Lichtung abgestellt und von Bäumen umgeben, aber direkt über ihr war nichts, was den strömenden Regen aufhalten konnte, und nach ein paar Sekunden war Ellen naß bis auf die Haut.

Einen Augenblick lang zeichnete Conrad sich im Umriß im bernsteinfarbenen Licht ab, das die offene Tür ausfüllte. Dann schlug er die Tür zu.

Ellen spürte, wie die Bäume rings um sie im Wind erzitterten. Die Blätter erzeugten ein Geräusch, als würde die Hoffnung selbst zerknüllt und fallengelassen.

Schließlich hob Ellen ihre Handtasche und die schmutzigen Koffer auf. Sie ging durch die motorisierte Schaustellerstadt, kam an anderen Wohnwagen, Trucks und Autos vorbei; und unter den beharrlichen Fingern des Regens trug jedes Fahrzeug seine blechernen Noten zur Musik des Sturms hinzu.

Sie hatte in einigen dieser Wohnwagen Freunde. Sie mochte viele der Schausteller, die sie kennengelernt hatte, gut leiden und wußte, daß viele von ihnen sie ebenfalls mochten. Während sie durch den Schlamm trottete, schaute sie sehnsüchtig zu einigen der erhellten Fenster, blieb aber nicht stehen. Sie wußte nicht genau, wie ihre Schaustellerfreunde auf die Nachricht reagieren würden, daß sie Victor Martin Straker getötet hatte. Die meisten Jahrmarktsleute waren Ausgestoßene, Menschen, die nirgendwo hineinpaßten; daher beschützten sie einander inbrünstig, und alle anderen sahen sie als Fremde an, die man in der einen oder anderen Hinsicht neppen oder ausnehmen konnte. Ihr starker Gemeinschaftssinn erstreckte sich vielleicht auch auf das schreckliche Kind-Ding. Überdies würden sie sich wohl eher auf Conrads als auf ihre

Seite schlagen, denn Conrad war der Sohn von Schaustellern und tingelte von Geburt an mit dem Jahrmarkt durch die Lande, während sie erst vor vierzehn Monaten zum Leben auf dem Rummel übergetreten war.

Sie ging weiter.

Sie verließ das Wäldchen und betrat den Mittelgang des Jahrmarkts. Der Sturm schlug noch kräftiger auf sie ein als in dem Hain; er hämmerte auf die Kieswege. Aus einigen Buden quoll Sägemehl hervor.

Der Jahrmarkt hatte schon geschlossen. Nur ein paar Lampen brannten noch. Sie schwangen an vom Wind gepeitschten Kabeln und schufen amorphe, tanzende Schatten. Die Besucher der Kirmes waren schon längst nach Hause gegangen, vertrieben vom schlechten Wetter. Der Festplatz war verlassen. Ellen sah lediglich zwei Zwerge in gelben Regenmänteln; sie eilten zwischen dem Karussell und der knallbunt bemalten Tanzbude entlang. Ihre Augen wurden vom Mondschein erhellt und schauten in der Dunkelheit neugierig unter den Kapuzen ihrer Regenjacken zu Ellen hinüber, die sich aufs Haupttor zubewegte.

Dabei schaute sie mehrmals zurück, aus Angst, Conrad könnte es sich anders überlegen und ihr folgen.

Zelte kräuselten sich, trommelten und schnappten im Wind und zerrten an Verankerungshaken.

Im strömenden Regen, der nun von Nebelranken durchsetzt wurde, drängte sich das dunkle Riesenrad wie ein prähistorisches Skelett in die Höhe, unheimlich und mysteriös; seine vertrauten Umrisse wurden von der Nacht und dem Nebel verdunkelt und ins Phantastische verzerrt.

Sie ging auch an der Geisterbahn vorbei, für die Conrad die Konzession hatte. Sie war sein Besitz, und er arbeitete dort jeden Tag. Das riesige, spöttisch blickende Gesicht eines Clowns spähte von der Geisterbahn zu ihr hinab; zum Scherz hatte der Künstler es nach Conrads Gesicht geformt. Ellen konnte die Ähnlichkeit selbst im Halbdunkeln ausmachen. Bei ihr stellte sich das irritierende Gefühl ein, daß die großen gemalten Augen des Clowns sie beobachteten. Sie wandte den Blick ab und eilte weiter.

Als sie das Haupttor des Festplatzes erreicht hatte, blieb sie stehen. Abrupt war ihr klargeworden, daß sie gar kein Ziel im Sinn hatte. Sie konnte nirgendwohin. Sie hatte niemanden, an den sie sich wenden konnte.

Der heulende Wind schien sie zu verspotten.

Später an diesem Abend, nachdem die Sturmfront vorbeigezogen war und nur noch dünner, grauer Nieselregen fiel, stieg Conrad auf das dunkle Karussell in der Mitte des verlassenen Mittelgangs. Er setzte sich auf eine der bunt bemalten, kunstvoll geschnitzten Bänke, nicht auf ein Pferd.

Cory Baker, der Mann, der das Karussell bediente, stand an den Kontrollsperren hinter dem Kassenhäuschen und schaltete das Licht des Karussells ein. Er warf den großen Motor an, zog einen Hebel, und die Plattform drehte sich langsam rückwärts. Dampforgelmusik pfiff laut, konnte aber nicht die trostlose Atmosphäre zerstreuen, die diese Zeremonie umgab.

Die glänzenden Messingstäbe pumpten auf und ab, auf und ab.

Die hölzernen Hengste und Stuten galoppierten rückwärts, mit dem Schweif voran, immer und immer wieder herum.

Conrad Straker, der einzige Passagier, starrte starr geradeaus, grimmig und mit verkniffenen Lippen.

Mit einer solchen Fahrt auf einem Karussell löste man

auf dem Jahrmarkt traditionell eine Ehe auf. Wenn die Braut und der Bräutigam heiraten wollten, fuhren sie in die normale Richtung, nach vorn; die Scheidung jedoch wurde besiegelt, indem man allein rückwärts fuhr. Diese Zeremonien mochten in den Augen Außenstehender absurd sein, aber für die Jahrmarktsleute waren diese Traditionen weniger lächerlich als die religiösen und legalen Rituale der normalen Welt.

Fünf Schausteller, Zeugen der Scheidung, beobachteten das Karussell: Cory Baker und seine Frau. Zena Penetsky, eines der Mädchen aus der Wurfbude. Zwei Freaks: die dicke Dame, die gleichzeitig auch die bärtige Dame war, und der Alligatormann, dessen Haut sehr dick und schuppig war. Die Fünf drängten sich im Regen zusammen und beobachteten stumm, wie Conrad im Kreis durch die kühle Luft, die hohle Musik und den Nebel fuhr.

Nachdem das Karussell ein halbes Dutzend Umdrehungen mit normaler Geschwindigkeit vollzogen hatte, schaltete Cory den Motor aus. Die Plattform drehte sich allmählich langsamer.

Als Conrad darauf wartete, daß das Karussell anhielt, dachte er an die Kinder, die Ellen eines Tages haben würde. Er hob die Hände und betrachtete sie, versuchte sich vorzustellen, wie seine Finger ganz rot von dem Blut von Ellens Nachkommen waren. In ein paar Jahren würde sie wieder heiraten; sie war zu hübsch, um lange ungebunden zu bleiben. In zehn Jahren würde sie bestimmt ein Kind haben, vielleicht auch mehrere. In zehn Jahren würde Conrad anfangen, nach ihr zu suchen. Er würde Privatdetektive anheuern, keine Kosten scheuen. Er wußte, daß Ellen seine Drohung am nächsten Morgen nicht mehr ernst nehmen würde, aber er meinte es todernst. Und wenn er sie dann in ein paar Jahren fand, weil sie sich sicher und ungefährdet fühlte, würde er ihr das stehlen, was ihr am meisten bedeutete.

Nun hatte Conrad Straker mehr denn je zuvor in seinem größtenteils unglücklichen Leben etwas, wofür er leben konnte: Rache.

Ellen verbrachte die Nacht in einem Motel in der Nähe des Jahrmarktgeländes.

Sie schlief nicht gut. Obwohl sie ihre Wunden verbunden hatte, brannten sie noch, und sie fand einfach keine bequeme Position. Noch schlimmer war, daß sie jedesmal, wenn sie für ein paar Minuten eindöste, von blutigen Alpträumen aufgeschreckt wurde.

Wenn sie wach lag, starrte sie an die Decke und machte sich Sorgen um die Zukunft. Wohin würde sie gehen? Was würde sie tun? Sie hatte nicht viel Geld.

Einmal, am tiefsten Punkt ihrer Niedergeschlagenheit, zog sie Selbstmord in Betracht. Aber diesen Gedanken gab sie schnell wieder auf. Sie würde vielleicht nicht in die Hölle kommen, weil sie das Kind-Ding getötet hatte, aber wenn sie sich das Leben nahm, war ihr die ewige Verdammnis sicher. Für einen Katholiken war Selbstmord eine Todsünde.

Nachdem sie sich von der Kirche losgesagt hatte, als Reaktion auf die glühende Gläubigkeit ihrer Mutter, und ein paar Jahre lang ohne Glauben gewesen war, fand Ellen heraus, daß sie nun *glaubte.* Sie war wieder Katholikin, und sie sehnte sich nach der Reinigung der Beichte, der geistigen Erhebung der Messe. Die Geburt dieses grotesken, boshaften Kindes und besonders ihr Kampf mit ihm hatten die junge Frau überzeugt, daß so abstrakte Begriffe wie das Böse und das Gute ihre Berechtigung hatten, daß Gottes und Satans Kräfte in der Welt wirksam waren.

Sie zog die Laken des Motelbetts bis ans Kinn. In dieser Nacht sollte sie noch oft beten.

Die Dämmerung hatte schon eingesetzt, da schlief sie endlich für ein paar Stunden ein, und als sie aufwachte, fühlte Ellen sich nicht mehr ganz so niedergeschlagen. Ein Schaft aus goldenem Sonnenlicht fiel durch die Dachluke, und als sie sich in der Wärme und Helligkeit rekelte, stellte sich bei ihr das Gefühl ein, daß es für die Zukunft Hoffnung gab. Conrad lag hinter ihr. Für immer. Das monströse Kind war tot. Für immer. Die Welt war voller interessanter Möglichkeiten. Nach all der Trauer, dem Schmerz und der Furcht, die sie ertragen hatte, stand ihr, so fand sie, ein wenig Glück zu.

Conrads Drohung hatte sie bereits aus ihren Gedanken gestrichen.

Es war Dienstag, der 16. August 1955.

EINS

AMY HARPER

1

Am Abend des Schulballs der Abschlußklasse wollte Jerry Galloway mit Amy Liebe machen. Sein Wunsch überraschte sie nicht. Er wollte immer Liebe machen. Ständig befummelte er sie. Er konnte nicht genug von ihr kriegen.

Aber Amy war allmählich der Ansicht, daß sie genug von Jerry hatte. Eigentlich schon zuviel von ihm. Sie war schwanger.

Wann immer sie an ihre Schwangerschaft dachte, stellte sich ein hohles, kaltes Gefühl in ihrer Brust ein. Aus Angst vor dem, was sie in den bevorstehenden Tagen durchmachen mußte – die Erniedrigung, die Enttäuschung ihres Vaters, der Zorn ihrer Mutter –, erschauerte sie.

Jerry bemerkte an diesem Abend, daß sie mehrere Male erschauerte. Er vermutete, daß es ihr zugig war, weil die Klimaanlage der Turnhalle zu hoch eingestellt war. Sie trug ein spitzenbesetztes, grünes, schulterfreies Kleid, und er schlug immer wieder vor, sie solle sich ihren Schal über die Schultern legen.

Sie tanzten auf wenige der schnellen Lieder, ließen aber kein einziges langsames aus. Jerry stand auf langsame Tänze. Er fand es scharf, Amy zu umarmen, fest an sich zu drücken, während sie etwas unbeholfen über den Boden glitten. Er flüsterte ihr unentwegt Komplimente ins Ohr, während sie tanzten; er sagte ihr, sie sehe sexy aus, sei das tollste Mädchen, das er je gesehen hatte, alle anderen Jungs würden verstohlen auf ihr Dekolleté blicken, und sie mache ihn heiß, richtig heiß. Er drückte sich so eng an sie, daß sie seine Erektion fühlen konnte. Er wollte, daß Amy sie fühlte, denn sie sollte wissen, wie sehr ihr Körper ihn anmachte. Jerrys Meinung zufolge war seine Erektion das größte Kompliment, das er ihr machen konnte.

Jerry war ein Arschloch.

Während Amy ihm erlaubte, sie durch den überfüllten Raum zu manövrieren, während sie ihm gestattete, unter dem Vorwand des Tanzens seinen Körper an ihr zu reiben, fragte sie sich, warum sie sich überhaupt von ihm hatte anfassen lassen. Er war wirklich ein Fiesling …

Allerdings sah er blendend aus. Er war einer der stattlichsten Jungs in der Abschlußklasse. Eine Menge Mädchen waren der Ansicht, Amy habe einen wunderbaren Fang gemacht, als sie sich Jerry Galloway geangelt hatte.

Aber man schenkt seinen Körper nicht einem Jungen, nur weil er gut aussieht, sagte sie sich. Mein Gott, da muß man schon höhere Ansprüche haben!

Leider konnten Jerrys geistige Fähigkeiten sich nicht mit seinen körperlichen Vorzügen messen. Er war weder witzig noch klug, geschweige denn freundlich. Er hielt sich für cool, und er war gut darin, den Studenten zu spielen, aber es steckte keine Substanz dahinter.

Amy schaute sehnsüchtig zu den anderen Mädchen in ihren taillierten Kleidern aus Seide und Satin und Spitze und Chiffon, in ihren tief ausgeschnittenen Miedern, den rückenfreien Gewändern und langen Röcken und Pumps, mit ihren komplizierten Frisuren, dem sorgfältig aufgelegten Make-up und dem geborgten Schmuck. Diese Mädchen lachten und gaben vor, überaus kultiviert und mondän zu sein. Amy beneidete sie. Sie hatten solch einen Spaß.

Und sie war schwanger.

Sie hatte Angst, jeden Augenblick loszuweinen. Sie biß sich auf die Zunge und hielt die Tränen zurück.

Der Ball würde bis ein Uhr morgens dauern. Von halb

zwei bis drei Uhr war ein extravagantes Frühstück in einem der besten Restaurants der Stadt angesagt.

Amy hatte auf den Ball gehen dürfen, aber nicht die Erlaubnis erhalten, am Frühstück teilzunehmen. Ihr Vater hatte nichts dagegen gehabt, aber ihre Mutter hatte, wie üblich, Einwände erhoben. Da es ein ganz besonderer Abend war, hatte ihr Vater Amy Ausgang bis drei Uhr morgens gestatten wollen, aber ihre Mutter bestand darauf, daß sie um zehn Uhr zu Hause war – drei volle Stunden, bevor der Ball endete. An Wochenenden mußte sie immer um zehn Uhr zu Hause sein, und in der Woche, wenn sie am nächsten Tag Schule hatte, um neun. Aber da es ein Abschlußball war, hatte der Vater sich für sie eingesetzt, und ihre Mutter hatte knirschend nachgegeben: Heute mußte Amy erst um ein Uhr zu Hause sein. Ihre Mutter hatte dieses Zugeständnis nicht gerade frohen Herzens gemacht und würde Amy später in Form von hundert kleinen Nadelstichen dafür bezahlen lassen.

Wenn Mutter ihren Willen bekäme, dachte Amy, wenn Daddy nicht dann und wann für mich eintreten würde, dann dürfte ich mich überhaupt nicht mit Jungs verabreden. Dann dürfte ich nur noch in die Kirche gehen.

»Du bist eine Wucht«, flüsterte Jerry Galloway, als er sie für einen weiteren Tanz in die Arme nahm. »Du machst mich so heiß, Baby.«

Liebe, liebe Mutter, dachte Amy verbittert, sieh dir doch nur an, wie gut all deine Regeln und Vorschriften funktioniert haben. All deine Gebete, all diese Jahre, die du mich drei oder vier oder fünf Mal wöchentlich in die Messe geschleppt hast, all diese abendlichen Rezitationen des Rosenkranzes, an denen ich teilhaben mußte, bevor ich schlafen gehen durfte. Siehst du, Mutter? Siehst du, wie gut das alles funktioniert hat? Ich bin schwanger. Angebraten. Was würde Gott davon halten? Und was wirst du davon halten, sobald du es erfährst? Wie wird es dir gefallen, ein uneheliches Enkelkind zu bekommen, Mutter?

»Du zitterst schon wieder«, sagte Jerry.

»Mir ist nur etwas kalt.«

Als das Orchester kurz nach zehn Uhr ›Scarborough Fair‹ spielte und Jerry seine Freundin über das Parkett schob, schlug er vor, sie sollten sich verdrücken und den Rest des Abends zusammen verbringen, ungestört, nur sie beide, und sich (wie er es so durchsichtig ausdrückte) gegenseitig ihre Liebe beweisen. Es sollte eigentlich eine ganz besondere Nacht für ein Mädchen sein, eine Gelegenheit, schöne Erinnerungen zu sammeln, nicht nur eine weitere billige Gelegenheit, auf dem Rücksitz des Wagens ihres Freundes zu vögeln. Außerdem waren sie erst vor zweieinhalb Stunden auf dem Ball eingetroffen. Jerrys Eifer war ungebührlich und mehr als nur etwas selbstsüchtig. Aber schließlich, sagte sie sich, war er nur ein geiler Teenager, kein richtiger Mann, und ganz bestimmt kein Romantiker. Außerdem machte der Ball ihr sowieso keinen Spaß, nicht bei den Sorgen, die nun auf ihr lasteten. Sie erklärte sich bereit, mit ihm aufzubrechen, obwohl sie für den Rest des Abends etwas ganz anderes im Sinn hatte als das heiße Schäferstündchen, nach dem ihm der Kopf stand.

Als sie die Turnhalle verließen, die das Festkomitee verzweifelt in einen Ballsaal zu verwandeln versucht hatte, schaute Amy sehnsüchtig zurück und warf einen letzten Blick auf das Kreppapier und das Lametta und die aus Kleenex geformten Papierblumen. Das Licht war gedämpft. Eine sich langsam drehende, verspiegelte Kugel hing über der Tanzfläche und warf von ihren Tausenden von Facetten Farbsplitter hinab. Der Raum hätte exotisch, verzaubert aussehen sollen. Aber auf Amy wirkte er nur traurig.

Jerry besaß einen sorgfältig restaurierten und gewarteten, zwanzig Jahre alten Chevrolet. Er fuhr auf der schmalen, kurvenreichen Black Hollow Road aus der Stadt. Schließlich bog er auf einen einspurigen, unbefestigten Weg, der zum Fluß führte, und zwängte den Wagen zwischen die hohen Büsche und vereinzelten Bäume. Er schaltete Scheinwerfer und Motor aus und kurbelte sein Fenster ein paar Zentimeter hinunter, um einen warmen Schwall frischer Nachtluft einzulassen.

Das hier war der Ort ihrer intimen Zusammenkünfte. Hier, auf diesem abgelegenen Weg, war Amy schwanger geworden.

Jerry glitt hinter dem Lenkrad hervor und rutschte zu ihr hinüber. Er lächelte sie an, und seine Zähne strahlten phosphoreszierend im gekalkten Mondlicht, das durch die Baumkronen und die Windschutzscheibe fiel. Er nahm Amys rechte Hand und drückte sie fest auf seinen Schritt. »Fühlst du das, Baby? Siehst du, wie du mich anmachst?«

»Jerry ...«

»Kein Mädchen hat mich je so angemacht wie du.«

Er schob eine Hand in ihr Mieder und betastete ihre Brüste.

»Jerry, warte noch.«

Er beugte sich zu ihr hinüber, küßte ihren Hals und Nacken. Er roch nach Old Spice.

Sie nahm die Hand von seinem Glied und leistete ihm Widerstand.

Er wollte es nicht verstehen. Zwar nahm er seine Hand von ihrem Oberteil, aber nur, um auf ihrem Rücken nach dem Reißverschluß ihres Kleides zu greifen.

»Jerry, verdammt!« Sie stieß ihn zurück.

Er blinzelte einfältig. »Häh? Was ist los?«

»Du hechelst wie ein Hund.«

»Du machst mich an.«

»Dich würde auch ein Astloch anmachen.«

»Was soll das denn heißen?«

»Ich will mit dir reden«, sagte sie.

»Reden?«

»Die Leute machen das schon mal. Sie unterhalten sich, bevor sie bumsen.«

Er betrachtete sie lange und seufzte dann. »Na schön«, sagte er. »Worüber willst du sprechen?«

»Es geht nicht darum, worüber ich sprechen will«, sagte sie. »Sondern, worüber wir sprechen müssen.«

»Das kapier' ich nicht, Baby. Was ist das – ein Rätsel oder so?«

Sie atmete tief ein und platzte mit der schlechten Nachricht heraus: »Ich bin schwanger.«

Ein paar Sekunden lang war die Nacht so völlig still, daß sie das leise Gurgeln des Flusses hören konnte, der sechs Meter entfernt über das Ufer spülte. Ein Frosch quakte.

»Ist das ein Scherz?« fragte Jerry schließlich.

»Nein.«

»Du bist wirklich schwanger?«

»Ja.«

»Ach, du Scheiße.«

»Ah«, sagte sie sarkastisch, »was für eine eloquente Zusammenfassung der Situation.«

»Hast du deine Periode nicht gehabt oder so?«

»Ich hab' sie letzten Monat schon nicht gekriegt. Und diesen Monat bin ich schon wieder überfällig.«

»Warst du bei einem Arzt?«

»Nein.«

»Vielleicht bist du gar nicht schwanger.«

»Ich bin schwanger.«

»Du hast noch keinen dicken Bauch.«

»Dafür ist es noch zu früh.«

Er schwieg eine Zeitlang und schaute hinaus zu den Bäumen und dem schwarzen, öligen Fluß dahinter. »Wie konntest du mir das antun?«

Seine Frage versetzte ihr einen Schlag vor den Kopf. Sie schnappte nach Luft und starrte ihn an, und als sie sah, daß er es ernst meinte, lachte Amy verbittert. »Vielleicht habe ich im Biologieunterricht nicht genau aufgepaßt, aber wie ich es verstanden habe, hast *du mir* das angetan und nicht anders herum. Und versuche ja nicht, es auf die Parthenogenese zu schieben.«

»Auf die Parto-was?«

»Parthenogenese. Dabei wird das Weibchen schwanger, ohne ein Männchen finden zu müssen, das ihr ein Ei befruchtet.«

»He«, sagte er mit einem Anflug von Hoffnung in der Stimme, »gibt's so was wirklich?«

Großer Gott, was war er für ein Trottel! Wie hatte sie sich überhaupt mit ihm einlassen können? Sie hatten nichts gemeinsam. Sie war künstlerisch begabt, spielte Flöte und malte gern. Jerry hatte an den Künsten nicht das geringste Interesse. Er mochte Autos und Sport, und Amy konnte sich für diese beiden Themen nicht erwärmen. Sie las für ihr Leben gern; er hingegen war der Ansicht, daß Bücher nur etwas für Mädchen und Waschlappen waren. Abgesehen von Sex, Autos und Football konnte ihn kein Thema länger als zehn Minuten bei der Stange halten; er hatte die Aufmerksamkeitsspanne eines Kindes. Warum also hatte sie sich ausgerechnet ihm hingegeben? *Warum?*

»Na klar«, beantwortete sie seine Frage. »Klar, Parthenogenese wäre möglich – wenn ich ein Insekt wäre oder eine bestimmte Pflanze.«

»Und du weißt genau, daß das bei Menschen nicht geht?« fragte er.

»Mein Gott, Jerry, so dumm kannst du doch wirklich nicht sein. Du willst mich verarschen, oder?«

»Verdammt, ich hab' dem alten Amöbengesicht Peterson im Biologieunterricht nie zugehört«, versuchte Jerry sich in übertriebener Weise zu rechtfertigen. »Das war doch immer stinklangweilig.« Er schwieg einen Augenblick, und sie wartete, und schließlich sagte er: »Und was hast du jetzt vor?«

»Ich werde das Kind abtreiben lassen«, sagte sie.

Seine Miene hellte sich sofort wieder auf. »Ja. Ja, das ist das beste. Wirklich. Das ist klug. Das ist das beste für uns beide. Ich meine, weißt du, wir sind zu jung, um durch ein Kind gebunden zu werden.«

»Wir schwänzen am Montag die Schule«, sagte sie. »Wir suchen uns einen Arzt und vereinbaren einen Termin.«

»Du meinst, ich soll dich begleiten?«

»Natürlich.«

»Warum?«

»Um Himmels willen, Jerry, ich will nicht allein gehen. Ich will die Sache nicht allein durchstehen müssen.«

»Du mußt keine Angst haben«, sagte er. »Du schaffst das schon. Ich weiß es genau.«

Sie warf ihm einen finsteren Blick zu. »Du kommst mit. Du mußt einfach mitkommen. Zum einen mußt du das Honorar des Arztes übernehmen. Vielleicht werden wir feilschen und uns umhören müssen, wo es am günstigsten ist.« Sie erschauerte. »Das ist deine Aufgabe.«

»Du meinst … ich soll für die Abtreibung bezahlen?«

»Das halte ich nur für fair.«

»Wieviel?«

»Keine Ahnung. Wahrscheinlich ein paar hundert Dollar.«

»Das kann ich nicht«, sagte er.

»Was?«

»Ich kann die Abtreibung nicht bezahlen, Amy.«

»Du hast in den letzten beiden Sommern richtig gute Jobs gehabt. Und du arbeitest fast das ganze Jahr über an den Wochenenden.«

»Weißt du, Amy, man wird nicht gerade gut bezahlt, wenn man in einem Supermarkt die Regale auffüllt.«

»Tariflöhne.«

»Ja, aber …«

»Du hast dieses Auto gekauft und repariert. Du hast ein ziemlich solides Sparkonto. Du hast ja oft genug damit geprahlt.«

Er wand sich. »Meine Ersparnisse kann ich nicht anrühren.«

»Warum nicht?«

»Ich brauche jeden Dollar für Kalifornien.«

»Das verstehe ich nicht.«

»Wenn ich in zwei Wochen meinen Abschluß habe, haue ich aus dieser blöden Stadt ab. Hier gibt's keine Zukunft für mich. Royal City. Was für ein Witz. An diesem Kaff ist doch überhaupt nichts königlich. Und eine Stadt ist es auch nicht. Es sind nur fünfzehntausend Leute, die in einem Drecksloch mitten in Ohio wohnen, und das ist auch nur eine etwas größere Müllkippe.«

»Mir gefällt's hier.«

»Mir nicht.«

»Aber was erwartest du denn von Kalifornien?«

»Machst du Witze? Da gibt es eine Million Gelegenheiten für einen Burschen, der gut mit dem Ball umgehen kann.«

»Aber was hoffst du da für *dich* zu finden?« fragte sie.

Er verstand nicht, was sie meinte, bekam gar nicht mit, daß er sich bei ihr um Kopf und Kragen redete. »Ich hab's dir doch gerade gesagt, Baby. In Kalifornien gibt's mehr Gelegenheiten als überall sonst auf der Welt. Los Angeles.

Das ist die richtige Stadt für mich. Verdammt, ja. Ein Junge wie ich kann es in einer Stadt wie L.A. richtig weit bringen.«

»Indem du was tust?«

»Alles.«

»Zum Beispiel?«

»Absolut alles.«

»Seit wann hast du schon vor, nach L.A. zu gehen?«

»Seit etwa einem Jahr«, sagte er verlegen.

»Du hast mir nie was davon erzählt.«

»Ich wollte dich nicht aufregen.«

»Du wolltest einfach nur klammheimlich verschwinden.«

»Ach was. Nein, ich wäre mit dir in Verbindung geblieben, Baby. Ich hab' mir gedacht, vielleicht kommst du sogar mit.«

»Den Teufel hast du. Jerry, du mußt die Abtreibung bezahlen.«

»Warum kannst du sie denn nicht bezahlen?« jammerte er. »Du hast im vergangenen Sommer doch auch gearbeitet. Und an den Wochenenden, genau wie ich.«

»Meine Mutter hält den Daumen auf meinem Sparbuch. Ich kann unmöglich so viel Geld abheben, ohne ihr zu sagen, wofür ich es brauche. Auf keinen Fall.«

»Dann sag's ihr doch.«

»Mein Gott, das kann ich nicht. Sie würde mich umbringen.«

»Sie wird 'ne Weile herumschreien, und du bekommst wahrscheinlich Stubenarrest. Aber sie wird schon drüber wegkommen.«

»Das wird sie nicht. Sie wird mich umbringen.«

»Mach dich doch nicht lächerlich. Sie wird dir schon nichts tun.«

»Du kennst meine Mutter nicht. Sie ist sehr streng. Und

manchmal … richtig gemein. Außerdem sind wir katholisch. Meine Mutter ist sehr gläubig. Sehr, sehr gläubig. Und für einen gläubigen Katholiken ist Abtreibung eine schreckliche Sünde. Es ist Mord. Mein Vater arbeitet sogar kostenlos für die Right-to- Life-League. Er ist nicht so fanatisch religiös wie meine Mutter. Er ist schon ziemlich in Ordnung, aber ich glaube nicht, daß er eine Abtreibung billigen würde. Und ich weiß, daß meine Mutter das nie tun würde. Nicht in einer Million Jahren. Sie wird mich zwingen, das Baby zur Welt zu bringen. Ich weiß es einfach. Und das kann ich nicht. Ich kann es einfach nicht. O Gott, ich kann es nicht.«

Sie fing an zu weinen.

»He, Baby, das ist doch nicht das Ende der Welt.« Er legte einen Arm um sie. »Du wirst das schon durchstehen. Es ist nicht so schlimm, wie du glaubst. Weißt du, das Leben geht weiter.«

Sie wollte seinen Trost nicht annehmen. Nicht von ihm. Aber sie kam nicht dagegen an. Sie legte den Kopf an seine Schulter und verachtete sich für diese Schwäche.

»Ganz ruhig«, sagte er. »Nimm's leicht. Alles wird gut.«

»Jerry, du mußt mir helfen«, sagte sie schließlich, als die Tränen nicht mehr flossen. »Du mußt mir einfach helfen.«

»Na ja …«

»Jerry, bitte.«

»Du weißt, wenn ich könnte, würde ich dir helfen.«

Sie setzte sich auf und tupfte die Augen mit einem Taschentuch ab. »Jerry, ein Teil der Verantwortung liegt bei dir. Ein Teil …«

»Ich kann es nicht«, entgegnete er fest und nahm seinen Arm von ihr.

»Dann leih mir das Geld einfach. Ich zahle es dir zurück.«

»Du kannst es mir nicht innerhalb von vierzehn Tagen

zurückzahlen. Und ich brauche jeden Dollar, den ich habe, wenn ich am ersten Juni nach Kalifornien fahre.«

»Nur ein Darlehen«, sagte sie. Sie wollte nicht betteln, hatte aber keine andere Wahl.

»Ich kann es nicht, kann es nicht, kann es nicht!« Er schrie wie ein Kind, das einen Wutanfall erleidet. Seine Stimme war hoch, kreischend. »Kommt nicht in Frage! Kommt einfach nicht in Frage, Amy! Wenn ich aus dieser stinkenden Stadt rauskomme, brauche ich jeden Penny, den ich habe.«

O Gott, wie ich ihn hasse!

Und sie haßte sich selbst auch, für das, was sie ihm erlaubt hatte.

»Wenn du mir das Geld nicht zumindest leihst, werde ich deine Eltern anrufen. Ich werde ihnen sagen, daß ich dein Kind trage. Ich werde dich unter Druck setzen, Jerry.« Sie glaubte nicht, daß sie dazu tatsächlich imstande wäre, hoffte aber, daß allein die Drohung ihn zur Vernunft bringen würde. »Gott steh mir bei, ich werde dich sogar zwingen, mich zu heiraten, wenn das der letzte Ausweg ist, aber ich werde nicht allein untergehen.«

»Verdammt noch mal, was willst du von mir?«

»Nur ein wenig Hilfe. Anstand. Mehr nicht.«

»Du kannst mich nicht zwingen, dich zu heiraten.«

»Vielleicht nicht«, gestand sie ein. »Aber ich kann dir jede Menge Ärger machen, und vielleicht kann ich dich zwingen, zum Unterhalt des Babys beizutragen.«

»Du kannst mich zu gar nichts zwingen, wenn ich in einem anderen Staat bin. Du kannst mich nicht zwingen, von Kalifornien aus zu zahlen.«

»Das werden wir ja sehen«, sagte sie, obwohl sie befürchtete, daß er recht hatte.

»Auf jeden Fall kannst du nicht beweisen, daß ich der Vater bin.«

»Wer sollte es denn sonst sein?«

»Woher soll ich das denn wissen?«

»Du bist der einzige, mit dem ich es gemacht habe.«

»Ich war bestimmt nicht der erste«, sagte er.

»Du Mistkerl!«

»Eddie Talbot war der erste.«

»Ich hab' mit keinem mehr was gehabt, seit ich vor sechs Monaten anfing, mit dir zu gehen.«

»Woher soll ich denn wissen, ob das stimmt?«

»Du weißt es«, sagte Amy voller Abscheu. Sie wollte ihn treten und schlagen und sein Gesicht zerkratzen, bis es nur noch eine blutige Masse war, hielt sich aber zurück, weil sie hoffte, doch noch irgendein Zugeständnis von ihm zu bekommen. »Es ist *dein* Baby, Jerry. Daran besteht kein Zweifel.«

»Ich bin nie in dir gekommen«, hielt er dagegen.

»Ein paarmal schon. Und mehr als einmal ist nicht nötig.«

»Wenn du versuchst, mich vor Gericht festzunageln oder so, werde ich fünf oder sechs Freunde auftreiben, die schwören, daß sie in den letzten paar Monaten in deinem Höschen waren.«

»In meinem ganzen Leben hat es außer Eddie und dann dir keinen anderen gegeben!«

»Vor Gericht steht dann dein Wort gegen ihres.«

»Sie würden einen Meineid leisten.«

»Ich habe Kumpels, die alles tun würden, um mir zu helfen.«

»Sogar, meinen Ruf zu zerstören?«

»Was für einen Ruf?« fragte er höhnisch.

Amy wurde schlecht. Es war hoffnungslos. Sie konnte ihn nicht zwingen, das Richtige zu tun. Sie war auf sich allein gestellt.

»Bring mich nach Hause«, sagte sie.

»Gern«, sagte er.

Die Fahrt zurück in die Stadt dauerte eine halbe Stunde. Während dieser Zeit sprach keiner von ihnen ein Wort.

Das Haus der Harpers lag an der Maple Lane, in einem ordentlichen Mittelklasseviertel mit gepflegten Rasenflächen und Sträuchern, frischer Farbe und Doppelgaragen. Die Harpers wohnten in einem zweistöckigen Haus im Neokolonialstil, weiß mit grünen Schlagläden vor den Fenstern. Unten im Wohnzimmer brannte Licht.

»Wir werden uns wahrscheinlich während der letzten Prüfungswoche in der Schule sehen«, sagte Amy, als Jerry den Chevy an den Bordstein lenkte und vor dem Haus bremste. »Und auch in zwei Wochen bei der Abschlußfeier. Aber das ist wohl das letzte Mal, daß wir miteinander sprechen.«

»Darauf kannst du dich verlassen«, sagte er kalt.

»Deshalb möchte ich nicht die Gelegenheit verpassen, dir zu sagen, was für ein verdammtes Arschloch zu bist«, sagte sie so ruhig, wie es ihr möglich war.

Er starrte sie an, sagte aber nichts.

»Du bist ein unreifer kleiner Junge, Jerry. Du bist kein Mann und wirst wahrscheinlich nie einer sein.«

Er antwortete nicht. Sie standen unter einer Straßenlampe, und sie konnte deutlich sein Gesicht sehen: Es war ausdruckslos.

Sie war von seiner Weigerung erzürnt, auf ihre Worte zu reagieren. Sie wollte mit dem Wissen gehen, daß sie ihn so schlimm verletzt hatte, wie er sie mit dem Kommentar über ihren Ruf verletzt hatte. Aber sie verstand sich nicht besonders gut darauf, Schmähungen vorzubringen. Sie hatte keine Begabung zum Streiten. Normalerweise zog sie den Wahlspruch *Leben und leben lassen* vor, aber in diesem Fall hatte Jerry ihr ein so großes Unrecht zugefügt, daß sie den für sie völlig untypischen Drang verspürte, sich zu rächen. Sie wappnete sich für einen letzten Versuch, ihm einen Stich zu versetzen.

»Ich will dir noch eins sagen, eigentlich nur, um deiner nächsten Freundin einen Gefallen zu tun«, fuhr Amy fort. »Du bist in einer weiteren Hinsicht wie ein kleiner Junge, Jerry. Du bumst wie ein kleiner Junge. Du bist auch in dieser Hinsicht unreif. Ich hatte gehofft, daß du mal besser wirst, aber das ist nicht eingetreten. Weißt du, wie oft es dir gelungen ist, mich zum Kommen zu bringen? Dreimal. An all diesen Abenden, an denen wir miteinander geschlafen haben, bin ich nur dreimal zum Höhepunkt gekommen. Du bist unbeholfen, grob und kommst viel zu schnell. Ein richtiger Rammler. Tu deiner nächsten Freundin einen Gefallen und lies wenigstens mal ein paar Bücher über Sex. Eddie Talbot war gar nicht so toll, aber im Vergleich zu ihm bist du wirklich lausig im Bett.«

Während sie sprach, sah sie, daß sein Gesicht sich verfinsterte und verkrampfte, und wußte, daß sie endlich zu ihm vorgedrungen war. Mit einem widerwärtigen Gefühl des Triumphs öffnete sie die Beifahrertür und wollte aussteigen.

Er packte ihr Handgelenk und zog sie in den Wagen zurück. »Weißt du, was du bist? Du bist ein Schwein, das bist du.«

»Laß mich los«, sagte sie scharf und versuchte, sich von ihm loszureißen. »Wenn du mich nicht losläßt, erzähle ich dir vielleicht, wie elend klein das Ding zwischen deinen Beinen im Vergleich zu dem Eddie Talbots ist, und das willst du bestimmt nicht hören.«

Sie vernahm ihre Worte, und ihr gefiel nicht, wie hart und schlampig sie klang; doch gleichzeitig empfand sie eine wilde, primitive Freude über den Schock, der auf seinem Gesicht zu sehen war.

Im letzten halben Jahr hatte sie mehrmals seine sexuelle

Unsicherheit gespürt, und jetzt hatte sie diese Unsicherheit ausgenutzt. Er war wütend. Er ließ ihr Handgelenk nicht einfach los, er stieß es von sich, als hätte er plötzlich gemerkt, daß er eine Schlange festhielt.

»Du Hure!« sagte er, als sie aus dem Wagen stieg. »Ich hoffe, deine Alte zwingt dich tatsächlich, das Kind zu behalten. Und weißt du was? Ich hoffe, das verdammte Ding ist nicht in Ordnung. Ja. Ich hoffe, es ist nicht in Ordnung. Ich hoffe, es ist nicht normal. Du bist eine dermaßene Klugscheißerin, daß ich hoffe, du mußt dich mit 'nem sabbernden kleinen Idioten rumschlagen, der nicht normal ist. Dann hilft dir dein fieses Mundwerk auch nicht weiter.«

Sie sah ihn an. »Du bist widerlich!« sagte sie. Bevor er antworten konnte, schlug sie die Tür zu.

Er legte den Gang ein, trat auf das Gaspedal und beschleunigte den Chevy so stark, daß die Reifen durchdrehten und protestierend quietschten, bevor der Wagen losfuhr.

In der darauffolgenden Stille schrie ein Nachtvogel.

Durch eine Wolke beißenden blauen Rauchs, der nach verbranntem Gummi roch, ging Amy die Auffahrt zum Haus hinauf. Nach ein paar Schritten begann sie heftig zu zittern.

Als ihr Vater ihr erlaubt hatte, später als üblich nach Hause zu kommen, hatte er gesagt: »Der Abschlußball ist ein besonderer Abend im Leben eines Mädchens. Es ist ein Ereignis. Wie ein sechzehnter oder einundzwanzigster Geburtstag. Eigentlich läßt sich kein anderer Abend mit dem des Abschlußballs eines Mädchens vergleichen.«

Wie sich herausgestellt hatte, bargen seine Worte eine abgründige Wahrheit. Nein, einen solchen Abend hatte Amy noch nie erlebt. Und sie hoffte, daß sie nie wieder einen ähnlichen erleben würde.

Der Abend des Abschlußballs. Samstag, 17. Mai 1980.

Dieses Datum würde sich auf ewig in ihr Gedächtnis einbrennen.

Als sie die Haustür erreichte, hielt sie inne. Ihre Hand lag bereits auf dem Türknopf, doch Amy spürte deutlichen Widerwillen, das Haus zu betreten. Heute abend wollte sie ihre Mutter nicht mehr sehen.

Amy hatte nicht vor, die Tatsache zu enthüllen, daß sie schwanger war. Noch nicht. Vielleicht in ein paar Tagen. In einer oder zwei Wochen. Und nur, wenn ihr keine andere Wahl blieb. Bis dahin würde sie eifrig nach anderen Auswegen aus ihrer Zwangslage suchen. Aber sie hegte keine große Hoffnung, einen zu finden.

Sie wollte jetzt nicht mit ihren Eltern sprechen, weil sie so nervös war und sich so sehr über Jerrys gemeines Verhalten aufgeregt hatte, daß sie befürchtete, sich schnell zu verraten. Vielleicht verplapperte sie sich zufällig oder aus dem unterbewußten Bedürfnis heraus, bestraft oder bemitleidet zu werden.

Ihre schweißnasse Hand lag noch immer auf dem Türknopf.

Sie überlegte, einfach davonzugehen, die Stadt zu verlassen, ein neues Leben anzufangen. Aber sie konnte nirgendwohin. Sie hatte kein Geld.

Die Last der Verantwortung, die sie sich aufgebürdet hatte, war fast zuviel für sie. Und als Jerry in einem kindischen Versuch, sie zu verletzen, um sich geschlagen, als er ihr ein mißgestaltetes Kind gewünscht hatte, hatte er der Last, die sie trug, ein weiteres Gewicht hinzugefügt. Sie glaubte natürlich nicht, daß Jerrys Fluch eine echte Macht hatte. Aber es war möglich, daß ihre Mutter sie zwingen würde, das Baby zu bekommen, und es war möglich, daß das Baby mißgestaltet und ewig von ihr abhängig sein würde. Die Chance dafür war gering, aber nicht so gering, daß sie die Gedanken daran völlig verdrängen konnte; die Launen der Natur waren unergründlich. Verkrüppelte Kinder wurden jeden Tag geboren. Babys ohne Arme und Beine. Mißgestaltete Babys. Kinder mit Gehirnschäden. Die Liste der möglichen Geburtsfehler war sehr lang – beängstigend lang.

Erneut schrie ein Nachtvogel. Es war ein klagendes Geräusch, das zu ihrer Stimmung paßte.

Schließlich öffnete sie die Tür und betrat das Haus.

2

Mager, puderweiß, mit glatt hinabfallendem Haar von der Farbe und Beschaffenheit von Spinnennetzen und ganz in Weiß gekleidet – so eilte Ghost über den belebten Mittelgang des Jahrmarkts. Er bewegte sich wie eine bleiche Rauchsäule, schlüpfte mühelos durch die schmalsten Lücken in der Menge; er schien mit den Luftströmungen der nächtlichen Brise zu fließen.

Conrad Straker beobachtete den Albino von der Ausrufer-Plattform der Geisterbahn aus, gut eineinviertel Meter über dem Boden. In dem Augenblick, da er Ghost sah, hatte Straker mit seinem ›Hereinspaziert!‹ aufgehört. Hinter Straker plärrte unablässig die wilde Musik der Geisterbahn. Jede halbe Minute blinzelte das riesige Clownsgesicht – eine wesentlich größere, kompliziertere und lebhaftere Version als das Gesicht, das vor siebenundzwanzig Jahren seine erste Geisterbahn geziert hatte – zu den Passanten hinab und stieß ein auf Tonband aufgezeichnetes bellendes Gelächter aus: *Haa, haa, haa, haaaaa.*

Während Straker auf den Albino wartete, zündete er sich eine Zigarette an. Seine Hand zitterte; das Streichholz hüpfte auf und ab.

Endlich erreichte Ghost die Geisterbahn und zog sich auf die Plattform des Ausrufers hinauf. »Alles klar«, sagte er. »Ich habe ihr die Freikarte gegeben.« Er hatte eine kalte, federleichte Stimme, die dennoch mühelos durch den Lärm des Jahrmarkts drang.

»Sie hat keinen Verdacht geschöpft?«

»Natürlich nicht. Sie war begeistert, daß man ihr kostenlos wahrsagt. Sie hat sich aufgeführt, als glaube sie wirklich, daß Madame Zena die Zukunft sehen kann.«

»Sie soll nicht glauben, sie wäre eigens ausgewählt worden«, sagte Straker besorgt.

»Immer mit der Ruhe«, erwiderte Ghost. »Ich hab' ihr die übliche dumme Geschichte erzählt, und die hat sie mir abgekauft. Ich hab' gesagt, es sei mein Job, den Mittelgang auf und ab zu wandern und Freikarten für diese oder jene Attraktion zu verteilen, nur um Interesse zu wecken. Die Werbetrommel zu rühren.«

»Bist du sicher, daß du auch das richtige Mädchen angesprochen hast?« fragte Straker stirnrunzelnd.

»Die, die du mir gezeigt hast.«

Über ihnen gab das riesige Clownsgesicht ein weiteres blechernes Gelächter von sich.

Straker zog kurz an seiner Zigarette. »Sie war sechzehn oder siebzehn«, sagte er. »Sehr dunkles, fast schwarzes Haar. Dunkle Augen. Etwa einsfünfundsechzig groß.«

»Klar«, sagte Ghost. »Wie die anderen im letzten Jahr.«

»Die hier trug einen blaugrauen Pulli. Sie wurde von einem blonden Jungen in ihrem Alter begleitet.«

»Das ist sie«, sagte Ghost und fuhr sich mit den langen, schlanken, milchweißen Fingern durch das glatt herabhängende Haar. »Und sie hat die Freikarte auch benutzt?«

»Ja. Ich hab' das Mädchen direkt zu Zenas Zelt gebracht.«

»Vielleicht diesmal ...«

»Was hat Zena mit diesen Kindern zu tun, die du zu ihr schickst?«

»Während sie ihnen wahrsagt, findet sie so viel wie möglich über sie heraus – ihre Namen, die ihrer Eltern, jede Menge solcher Dinge.«

»Warum?«

»Weil ich diese Sachen wissen will.«

»Aber warum willst du sie wissen?«

»Das geht dich nichts an.«

Hinter ihnen, in der riesigen Geisterbahn, schrien mehrere junge Mädchen auf, als ihnen etwas aus der Dunkelheit entgegensprang. Das entsetzte Kreischen klang irgendwie falsch; wie Tausende von Teenagern vor ihnen taten sie so, als wären sie verrückt vor Angst, damit sie eine Entschuldigung hatten, sich enger an die jungen Männer neben ihnen zu drücken.

Ghost ignorierte den Lärm und musterte Straker eindringlich; die fast farblosen, halb durchsichtigen Augen des Albinos machten ihn nervös. »Etwas muß ich aber wissen. Hast du jemals ... na ja ... hast du je eins dieser Kinder angefaßt, die ich zu Zena schicke?«

Straker sah ihn wütend an. »Wenn du mich fragst, ob ich die Mädchen und Jungen, an denen ich Interesse gezeigt habe, sexuell belästigt habe, lautet die Antwort nein. Das ist doch lächerlich.«

»Mit so was will ich nämlich nichts zu tun haben«, sagte Ghost.

»Du hast eine häßliche, schmutzige Phantasie«, sagte Straker angewidert. »Um Gottes willen, ich habe es nicht auf Frischfleisch abgesehen. Ich suche ein ganz bestimmtes Kind, ein besonderes.«

»Warum?«

»Das geht dich nichts an.« Die wenn auch nur vage Aussicht, seine lange Suche endlich erfolgreich abschließen zu können, versetzte Conrad wieder einmal in große Aufregung. »Ich muß zu Zenas Zelt rüber«, sagte er. »Sie ist wahrscheinlich gerade fertig mit dem Mädchen. Das könnte sie sein. Das könnte sie sein, nach der ich gesucht habe.«

In der Geisterbahn schrien die Mädchen erneut auf; ihre Stimmen wurden durch die Wände gedämpft.

Als Straker, der ganz begierig war zu hören, was Zena herausgefunden hatte, die Treppe hinuntersteigen wollte, legte der Albino eine Hand auf seinen Arm und hielt ihn zurück. »In der letzten Saison gab es in fast jeder Stadt, in der wir waren, ein Kind, das dir aufgefallen ist. Manchmal zwei oder drei Kinder. Wie lange suchst du schon?«

»Seit fünfzehn Jahren.«

Ghost blinzelte. Einen Moment lang bedeckten zwei dünne, durchscheinende Lider seine seltsamen Augen, verbargen sie aber nicht vollständig. »Seit fünfzehn Jahren? Das ergibt doch keinen Sinn.«

»Für mich schon«, sagte Straker kalt.

»Hör mal, die letzte Saison war die erste, die ich für dich gearbeitet habe, und ich wollte mich über nichts beschweren, bis ich deine festgelegten Abläufe kenne. Aber diese Sache mit den Kindern hat mich wirklich gestört. Die kommt mir unheimlich vor. Und jetzt fängt es in diesem Jahr schon wieder von vorn an. Mir gefällt es einfach nicht, dabei mitzumachen.«

»Dann kündige«, sagte Straker scharf. »Arbeite doch für jemand anders.«

»Aber der Job gefällt mir. Die Arbeit ist gut und wird auch gut bezahlt.«

»Dann tu, was man dir sagt, sack deinen Lohn ein und

halt die Klappe«, sagte Straker. »Oder verschwinde, verdammt noch mal. Du hast die Wahl.«

Straker versuchte, sich von dem Albino loszureißen, doch Ghost hielt den Arm des größeren Mannes fest. Er konnte überraschend fest zupacken mit dieser knochigen, kalten, schweißigen und bleichen Hand. »Sag mir nur eins. Nur, damit ich beruhigt bin.«

»Was denn?« fragte Straker ungeduldig.

»Wenn du gefunden hast, wen du suchst … wirst du ihm dann etwas antun? Oder ihr?«

»Natürlich nicht«, log Straker. »Warum sollte ich ihr oder ihm etwas antun?«

»Na ja, ich kann mir nicht vorstellen, warum du so besessen von dieser Suche bist, außer …«

»Hör zu«, sagte Straker, »da gibt es eine Frau, und ich stehe tief in ihrer Schuld. Ich habe sie im Lauf der Jahre aus den Augen verloren. Ich weiß, daß sie mittlerweile Kinder hat, und jedesmal, wenn ich ein Kind sehe, das ihr ähnelt, überprüfe ich es. Vielleicht habe ich Glück, stolpere über ihre Tochter oder ihren Sohn, finde sie und kann die Schuld dann zurückzahlen.«

Ghost runzelte die Stirn. »Du nimmst ja eine fürchterliche Mühe auf dich, nur um …«

»Es ist eine schrecklich große Schuld«, unterbrach Straker ihn. »Sie lastet auf meinem Gewissen. Ich werde nicht ruhen, bis ich sie zurückgezahlt habe.«

»Aber die Chance, daß diese Frau ein Kind hat, das ihr ähnlich sieht, und die Chance, daß dieses Kind eines Tages an deiner Geisterbahn vorbeispaziert … Ist dir klar, wie gering diese Aussicht ist?«

»Ich weiß, es ist ziemlich unwahrscheinlich«, sagte Straker. »Aber es kostet mich nichts, nach Kindern Ausschau zu halten, die ihr ähnlich sehen. Und es sind schon verrücktere Dinge passiert.«

Der Albino sah Straker in die Augen und suchte nach Anzeichen von Betrug oder Wahrheit.

Straker seinerseits war nicht imstande, in Ghosts Augen zu lesen, denn sie waren viel zu seltsam, als daß man sie hätte deuten können. Da sie farblos waren, waren sie auch eigenschaftslos. Weiß und bleiches Rosa. Wäßrig. Bodenlose Augen. Der Blick des Albinos war durchdringend, aber kalt, gefühllos.

»Na schön«, sagte Ghost schließlich. »Wenn du nur versuchst, jemanden zu finden, um eine alte Schuld abzugleichen ... so spricht nichts dagegen, daß ich dir helfe.«

»Gut. Dann ist alles klar. Jetzt muß ich kurz mit Gunther sprechen, und anschließend gehe ich zu Zena hinüber. Du löst mich hier auf der Ausrufer-Plattform ab«, sagte Straker, und endlich gelang es ihm, sich von der feuchten Hand des Albinos zu befreien.

In der Geisterbahn heulte ein neuer Chor mädchenhafter Stimmen in einer schrillen Imitation von Entsetzen auf.

Während das riesige Clownsgesicht ein weiteres mechanisches Gelächter ausspuckte, eilte Straker über die Ausrufer-Plattform, unter einem Transparent hinweg, auf dem DIE GRÖSSTE GEISTERBAHN DER WELT! geschrieben stand. Er stieg die Holztreppe hinab, ging an dem roten und schwarzen Kassenhäuschen vorbei und blieb einen Augenblick lang neben dem Steg stehen, auf dem zahlreiche junge Leute, die Karten erstanden hatten, in die bunt lackierten Gondeln stiegen, die sie durch die Geisterbahn bringen würden.

Conrad schaute zu Gunther hinauf, der auf einer zwei Meter großen Plattform links vom Steg und einen Meter und zwanzig darüber stand. Gunther winkte mit den langen Armen, knurrte die Passanten unter ihm an und tat so, als würde er sie bedrohen. Er war eine beeindruckende Gestalt, an die zwei Meter groß und fast zweihundertdreißig Pfund schwer. Seine Schultern waren riesig. Er war ganz in Schwarz gekleidet, und sein Kopf steckte unter einer Maske von Frankensteins Ungeheuer, die Hollywood-Qualität hatte. Er trug auch Monsterhandschuhe – große, grüne Gummihände, mit nachgemachtem Blut befleckt –, die sich bis unter die Aufschläge seiner Jacke erstreckten. Plötzlich bemerkte Gunther, daß Conrad zu ihm hochsah, und drehte sich um und bedachte ihn mit einem besonders finsteren Knurren.

Der Eigentümer der Geisterbahn grinste. Er bildete mit Daumen und Zeigefinger seiner rechten Hand einen Kreis und gab Gunther ein anerkennendes Zeichen.

Gunther tollte im unbeholfenen Freudentanz eines Ungeheuers auf der Plattform herum.

Die Leute, die darauf warteten, die Gondeln besteigen zu können, lachten und applaudierten der Aufführung des Monstrums.

Mit einem feinen Gespür für theatralische Effekte wurde Gunther plötzlich wieder bösartig und brüllte sein Publikum an. Ein paar Mädchen schrien.

Gunther bellte, schüttelte wild den Kopf, er schnaubte und stampfte mit dem Fuß und zischte und winkte mit den Armen. Kein Zweifel: er hatte Spaß an seiner Arbeit.

Lächelnd wandte Straker sich von der Geisterbahn ab und begab sich in den Menschenstrom, der über den Mittelgang floß. Auf dem Weg zu Zenas Zelt verblich sein Lächeln. Er dachte an das dunkelhaarige, dunkeläugige Mädchen, das er vor kurzem von der Ausrufer-Plattform aus gesehen hatte. Vielleicht war sie das Kind, das er suchte. Vielleicht war sie Ellens Tochter. Nach all den Jahren erfüllte ihn der Gedanke daran, was sie seinem kleinen Jungen angetan hatte, immer noch mit heftigem Zorn. Die Aussicht auf Rache ließ sein Herz schneller schlagen und sein Blut voller Erregung durch die Adern rasen. Lange, bevor er Zenas Zelt erreichte, hatte sein Lächeln sich in ein Stirnrunzeln verwandelt.

Zena trug ein rot-schwarzes Gewand, ein sternbesätes Kopftuch, eine Menge Ringe und zuviel Mascara. Sie saß allein in dem schwach erhellten Zelt und wartete auf Conrad. Vier Kerzen brannten gleichmäßig in vier verschiedenen Zylindern und warfen einen orangefarbenen Schein, der nicht in die Ecken reichte. Die einzige andere Lichtquelle war die beleuchtete Kristallkugel, die mitten auf dem Tisch lag.

Musik, aufgeregte Stimmen, das Geschrei der Ausrufer und das Klappern der Karussells und Bahnen drang von draußen durch die Segeltuchwände herein.

Links vom Tisch befand sich ein großer Käfig. Der Rabe darin hatte den Kopf auf die Seite gelegt und ein leuchtendes schwarzes Auge auf die Kristallkugel gerichtet.

Zena, die sich Madame Zena nannte und behauptete, Zigeunerin mit übersinnlichen Kräften zu sein, hatte keinen Tropfen Romablut in ihren Adern und wußte von der Zukunft nicht mehr, als daß die Sonne am nächsten Tag auf- und wieder untergehen würde. Sie war von polnischer Herkunft. Ihr voller Name lautete Zena Anna Penetsky.

Sie war seit achtundzwanzig Jahren auf dem Rummel, seitdem sie fünfzehn war, und hatte sich nie nach einem anderen Leben gesehnt. Sie mochte das Reisen, die Freiheit und die Schausteller.

Doch gelegentlich wurde sie es leid, den Leuten zu wahrsagen, und erregte sich über die endlose Leichtgläubigkeit der Kunden. Sie kannte tausend Möglichkeiten, einen Kunden auszunehmen, tausend Möglichkeiten, ihn zu überzeugen (nachdem er bereits dafür gezahlt hatte, daß sie ihm aus der Hand las), noch ein paar Dollar für einen angeblich besonders tiefen Blick in seine Zukunft springen zu lassen. Die Leichtigkeit, mit der sie Menschen manipulierte, brachte sie in Verlegenheit. Sie sagte sich, daß ihr Tun in Ordnung sei, weil es nur Fremde waren, keine Schausteller, und daher keine *richtigen* Leute. Das war die traditionelle Einstellung der Schausteller, die alle Kirmesbesucher ›Deppen‹ und ›Schussel‹ nannten, aber Zena konnte nicht immer so hart sein. Dann und wann machten ihr die Schuldgefühle so sehr zu schaffen, daß sie mit dem Gedanken spielte, das Wahrsagen aufzugeben. Sie konnte sich ja einen Partner ins Geschäft holen, jemanden, der Erfahrung mit der Handlese-Masche hatte. Dann würde sie die Einnahmen zwar teilen müssen, aber das bereitete ihr keine Probleme. Ihr gehörte auch eine Wurfbude und eine sehr profitable Imbißbude, und nach Abzug der Gemeinkosten und Steuern verdiente sie jährlich mehr als ein halbes Dutzend ›Schussel‹, die sich bei ihr die Zukunft vorhersagen ließen, gemeinsam mit ihren langweiligen Jobs in der normalen Welt. Aber sie spielte weiterhin die Zigeunerwahrsagerin, weil sie irgend etwas tun mußte; sie konnte sich nicht einfach zurücklehnen und es ruhig angehen lassen.

Mit fünfzehn Jahren war sie schon eine körperlich reife Frau gewesen, und sie hatte ihre Karriere auf dem Jahrmarkt als Tänzerin begonnen. Immer, wenn sie heutzutage unzufrieden mit ihrer Rolle als Madame Zena war, dachte sie darüber nach, selbst einen Tanzschuppen aufzumachen. Sie spielte sogar mit dem Gedanken, wieder aufzutreten. Das würde ihr vielleicht einen Riesenspaß machen.

Sie war dreiundvierzig, wußte aber, daß sie noch immer ein Zelt voller geiler ›Schussel‹ in Aufruhr bringen konnte. Sie sah zehn Jahre jünger aus, als sie war. Ihr Haar war kastanienbraun und dicht, noch von keinem Grau berührt;

es rahmte ein starkes, ansprechendes, faltenloses Gesicht ein. Ihre Augen waren von einer seltenen violetten Tönung – warme, freundliche Augen. Als sie vor Jahren als Tänzerin gearbeitet hatte, war sie sehr knackig gewesen. Sie war es immer noch. Durch eine strenge Diät und viel Bewegung hatte sie ihre ausgezeichnete Figur erhalten, und die Natur hatte das Ihre dazu beigetragen, indem sie ihre großen Brüste wie durch ein Wunder vor dem Abwärtssog der Schwerkraft bewahrt hatte.

Doch während sie noch ihren Phantastereien darüber nachhing, auf die Bühne zurückzukehren, wußte sie, daß das Tanzen und Hüftenschwingen nicht in ihrer Zukunft lag. Das Tanzen war nur eine andere Methode, die ›Deppen‹ zu manipulieren, und unterschied sich kaum vom Wahrsagen; im Prinzip war es genau das, was sie für eine Weile aufgeben wollte. Sie mußte sich etwas anderes einfallen lassen, was sie tun konnte.

Der Rabe rührte sich auf seiner Sitzstange, schlug mit den Flügeln und riß sie aus ihren Gedanken.

Einen Augenblick später betrat Conrad Straker das Zelt. Er nahm auf dem Stuhl Platz, auf den die ›Deppen‹ sich immer setzten, gegenüber von Zena. Ungeduldig und verkrampft beugte er sich vor. »Nun?«

»Kein Glück«, sagte Zena.

Er beugte sich noch näher zu ihr. »Bist du sicher, daß wir vom selben Mädchen sprechen?«

»Ja.«

»Sie hat einen blaugrauen Pulli getragen.«

»Ja, ja«, sagte Zena ungeduldig. »Sie hatte die Freikarte, die Ghost ihr gegeben hat.«

»Wie heißt sie? Hast du ihren Namen herausgefunden?«

»Natürlich. Laura Alwine.«

»Und der Name ihrer Mutter?«

»Sandra. Nicht Ellen. Sandra. Und Sandra ist eine

Naturblonde, keine Brünette, wie Ellen eine war. Laura hat das dunkle Haar und die Augen von ihrem Vater, sagt sie. Es tut mir leid, Conrad. Ich habe das Mädchen um jede Menge Informationen erleichtert, während ich ihr wahrgesagt habe, aber nichts paßt mit dem überein, wonach du suchst. Kein einziges Detail.«

»Ich war mir sicher, daß sie es ist.«

»Du bist dir immer sicher.«

Er starrte sie an, und allmählich lief sein Gesicht rot an. Er schaute auf die Tischplatte hinab und wurde sichtbar wütend, als sehe er etwas in der Maserung des Holzes, das ihn erzürnte. Er schlug mit der Faust auf den Tisch. Schlug einmal, zweimal zu. Hart. Ein halbes dutzendmal. Dann immer und immer wieder. Das Zelt wurde vom lauten, rhythmischen Trommelschlag seines Zorns erfüllt. Er zitterte, keuchte, schwitzte. Sein Blick war glasig. Er begann zu fluchen und sprühte Speichel über den Tisch. Er erzeugte tief in seiner Kehle seltsame, rauhe, animalische Geräusche und hämmerte weiterhin auf den Tisch, als wäre dieser ein Lebewesen, das ihm unrecht getan hatte.

Zena war über seinen Ausbruch nicht erschrocken. Sie war seine wahnsinnigen Wutanfälle gewöhnt. Sie war einmal zwei Jahre lang mit ihm verheiratet gewesen.

In einer stürmischen Nacht im August 1955 hatte sie im Regen gestanden und beobachtet, wie er rückwärts auf dem Karussell fuhr. Er hatte damals so stattlich ausgesehen, so romantisch, so verletzlich und untröstlich, daß er sowohl ihre fleischlichen als auch mütterlichen Instinkte angesprochen hatte, und sie war von ihm auf eine Weise angezogen worden, wie sie es bei keinem anderen Mann erlebt hatte. Im Februar des folgenden Jahres fuhren sie gemeinsam auf dem Karussell vorwärts.

Nur zwei Wochen nach der Hochzeit geriet Conrad

wegen einer kleinen Nachlässigkeit seiner Frau in Wut und schlug sie – mehrmals. Zena war zu verblüfft, um sich zu verteidigen. Anschließend war er zerknirscht, verlegen, entsetzt über das, was er angerichtet hatte. Er weinte und bat um Verzeihung. Sie war überzeugt, daß dieser Anfall von Gewalttätigkeit nur eine Verirrung war, nicht sein normales Verhalten. Doch drei Wochen später schlug er sie erneut zusammen, verpaßte ihr diesmal einige schlimme blaue Flecken. Als er sie bei seinem nächsten Tobsuchtsanfall zwei Wochen darauf verprügeln wollte, kam Zena ihm zuvor und schlug als erste zu: Sie rammte ein Knie zwischen seine Beine und zerkratzte ihm mit solcher Raserei das Gesicht, daß er von ihr abließ. Danach war sie gewarnt, hielt ständig nach dem ersten Anzeichen eines solchen Anfalls Ausschau und wußte sich schlecht und recht zu verteidigen.

Zena arbeitete hart an ihrer Ehe, versuchte, sie trotz des explosiven Temperaments ihres Gatten zu retten. Es gab zwei Conrad Strakers; sie haßte und fürchtete den einen, liebte aber den anderen. Der erste Conrad war ein grübelnder, pessimistischer, zur Gewalttätigkeit neigender Mann, so unberechenbar wie ein Tier, mit einem schockierenden Talent und Geschmack für Sadismus. Der zweite Conrad war freundlich, aufmerksam, sogar charmant, ein guter Liebhaber, intelligent und kreativ. Eine Zeitlang glaubte Zena, daß sie ihn mit viel Liebe, Geduld und Verständnis ändern konnte. Sie war überzeugt, daß die angsteinflößende Persönlichkeit des Mr. Hyde völlig verschwinden und Conrad sich mit der Zeit beruhigen und nur noch der gute Dr. Jekyll sein würde. Doch je mehr Liebe und Verständnis sie ihm schenkte, desto häufiger wurde er gewalttätig und ausfallend, als sei er entschlossen, ihr zu beweisen, daß er ihrer Liebe nicht würdig war.

Sie wußte, daß er sich selbst verachtete. Seine Unfähigkeit, mit sich selbst ins reine zu kommen, die Frustration, die von seinem unheilbaren Haß auf sich selbst erzeugt wurde – das war die Wurzel seiner regelmäßig wiederkehrenden wahnsinnigen Wutanfälle. Vor langer, langer Zeit war ihm irgend etwas Ungeheuerliches zugestoßen, in seinen prägenden Lebensjahren, eine unaussprechliche Kindheitstragödie, die ihm so tiefe Narben zugefügt hatte, daß nichts, nicht mal Zenas Liebe, ihn heilen konnte. Irgendein entsetzlicher Vorfall in der fernen Vergangenheit, eine schreckliche Katastrophe, für die er sich verantwortlich fühlte, bescherte ihm in jeder Nacht seines Lebens schlimme Träume. Er wurde von einer unstillbaren Schuld verzehrt, die sich Jahr um Jahr mit unverminderter Helligkeit bei ihm eingebrannt und sein Herz Stück für Stück in bittere Asche verwandelt hatte. Zena hatte oft versucht, das Geheimnis in Erfahrung zu bringen, das an Conrad nagte, doch er hatte Angst gehabt, es ihr zu sagen, Angst, die Wahrheit würde sie abstoßen und sie auf ewig gegen ihn aufbringen. Sie hatte ihm versichert, nichts, was er ihr erzählte, könne sie dazu bringen, ihn zu verabscheuen. Es hätte ihm gutgetan, endlich jemandem sein Herz auszuschütten. Aber er konnte es einfach nicht. Zena bekam nur eins heraus: Das Ereignis, das ihn verfolgte, hatte sich am Heiligabend zugetragen, als er erst zwölf Jahre alt gewesen war. Von dieser Nacht an war er ein anderer Mensch gewesen; von Tag zu Tag war er immer verdrossener und zunehmend gewalttätiger geworden. Nachdem Ellen ihm sein ersehntes Kind geschenkt hatte, war Conrad für eine kurze Weile besser mit sich klargekommen – obwohl das Baby schrecklich mißgestaltet gewesen war. Doch als Ellen das Kind getötet hatte, war Conrad noch tiefer in Selbsthaß und Verzweiflung versunken, und es war unwahrscheinlich, daß jemand ihn aus der Grube ziehen konnte, in die er sich selbst gestürzt hatte.

Nachdem Zena zwei Jahre um den Erhalt ihrer Ehe gekämpft und die gesamte Zeit über in Angst vor Conrads Zorn gelebt hatte, wurde ihr schließlich klar, daß eine Scheidung unvermeidbar war. Sie verließ ihn, aber sie verkehrten noch freundschaftlich miteinander. Sie hatten gewisse Bande gemeinsam, die nicht zerrissen werden konnten, aber ihnen beiden war klar, daß sie gemeinsam kein glückliches Leben führen konnten. Sie fuhren auf dem Karussell rückwärts.

Während Zena nun beobachtete, wie Conrad seine Wut an dem Tisch ausließ, wurde ihr klar, daß der Großteil ihrer Liebe für ihn, wenn nicht sogar alles davon, sich in Mitleid verwandelt hatte. Sie verspürte keine Leidenschaft mehr – nur noch eine beständige Sorge um ihn.

Conrad fluchte, wetterte durch blutlose Lippen, schnaubte, schlug auf den Tisch.

Der Rabe schlug mit seinen leuchtenden schwarzen Schwingen und kreischte schrill in seinem Käfig.

Zena wartete geduldig.

Mit der Zeit wurde Conrad müde und hielt damit inne, auf die Tischplatte zu schlagen. Er lehnte sich auf dem Stuhl zurück und blinzelte benommen, als wisse er nicht genau, wo er sei.

Nachdem er eine Minute lang geschwiegen hatte, verstummte auch der Rabe, und Zena sagte: »Conrad, du wirst Ellens Kind nicht finden. Warum gibst du nicht einfach auf?«

»Niemals«, sagte er etwas heiser.

»Seit zehn Jahren hast du einen Haufen Privatdetektive darauf angesetzt. Einen nach dem anderen. Mehrere gleichzeitig. Du hast ein kleines Vermögen für sie zum Fenster rausgeworfen. Und sie haben nichts gefunden. Keinen einzigen Hinweis.«

»Sie waren alle unfähig«, sagte er verdrossen.

»Seit Jahren suchst du nun auf eigene Faust nach ihnen. Erfolglos.«

»Ich werde finden, was ich suche.«

»Heute hast du dich schon wieder geirrt. Hast du wirklich geglaubt, du würdest ausgerechnet hier über ihre Kinder stolpern? Im Kohlenland, Coal County, Pennsylvania? Ziemlich unwahrscheinlich, wenn du mich fragst.«

»So wahrscheinlich wie jeder andere Ort.«

»Vielleicht hat Ellen nicht mal lange genug gelebt, um mit einem anderen Mann eine Familie zu gründen. Hast du mal daran gedacht? Vielleicht ist sie schon längst tot.«

»Sie lebt.«

»Das kannst du nicht wissen.«

»Ganz bestimmt.«

»Selbst wenn sie lebt, hat sie vielleicht keine Kinder.«

»Sie hat welche. Sie sind da draußen – irgendwo.«

»Verdammt, du hast nicht den geringsten Grund, dir so sicher zu sein!«

»Ich habe Zeichen gesehen. Omen.«

Zena sah in seine kalten, kristallblauen Augen und erschrak. Zeichen? Omen? War Conrad noch immer nur halb verrückt, oder war er jetzt völlig durchgedreht?

Der Rabe klopfte mit dem Schnabel gegen die Metallstäbe seines Käfigs.

»Und was«, sagte Zena, »wenn du durch irgendein Wunder Ellens Kinder finden solltest?«

»Das habe ich dir doch schon gesagt.«

»Sag's mir noch mal«, erwiderte sie und beobachtete ihn genau.

»Ich will ihren Kindern sagen, was sie getan hat«, erklärte Conrad. »Sie sollen wissen, daß sie ein Baby ermordet hat. Ich will sie gegen sie aufbringen. Ich will meine ganze Macht als Ausrufer einsetzen, um sie zu überzeugen, daß ihre Mutter ein schlechter, verachtenswerter

Mensch ist, die schlimmste Verbrecherin überhaupt. Eine Kindermörderin. Ich werde sie dazu bringen, sie so sehr zu hassen, wie ich sie hasse. Ja, ich werde ihr ihre Kinder sogar wegnehmen, wenn auch nicht so brutal, wie sie mir meinen kleinen Jungen genommen hat.«

Wie immer, wenn er darüber sprach, Ellens Vergangenheit ihrer Familie bloßzulegen, sprach Conrad voller Leidenschaft.

Wie immer klangen seine Worte wie eine hohle Phantasie.

Und wie immer spürte Zena, daß er log. Sie war überzeugt, daß er etwas anderes im Sinn hatte, einen Racheakt, der noch brutaler war als das, was Ellen vor fünfundzwanzig Jahren diesem seltsamen, beunruhigenden, mutierten Baby angetan hatte.

Falls Conrad vorhatte, Ellens Kinder zu töten, wenn (und falls) er sie fand, wollte Zena nichts damit zu tun haben. Sie wollte keine Komplizin bei einem Mord sein.

Und doch unterstützte sie ihn weiterhin bei seiner Suche. Sie half ihm lediglich, weil sie nicht glaubte, daß er jemals fand, worauf er es abgesehen hatte. Sie war nicht der Ansicht, daß sie Schaden anrichten konnte, wenn sie ihm half; sie hielt ihn lediglich bei Laune. Das war alles. Seine Suche war hoffnungslos. Er würde Ellens Kinder niemals finden, falls sie überhaupt welche hatte.

Conrad wandte den Blick von ihr ab und schaute zu dem Raben.

Der Vogel fixierte ihn mit einem seiner öligen schwarzen Augen, und als ihre Blicke sich trafen, erstarrte der Rabe.

Draußen, auf dem Mittelgang, erklang Dampforgelmusik. Die hunderttausend Geräusche der Menge, die den Jahrmarkt am letzten Abend an diesem Ort besuchte, verschmolzen zu einem rhythmischen Gemurmel, das wie der Atem eines riesigen Ungeheuers klang.

In der Ferne lachte und lachte der riesige, mechanische Clown der Geisterbahn.

3

Als Amy um Viertel nach zwölf das Haus betrat, hörte sie in der Küche gedämpfte Stimmen. Sie dachte, ihr Vater sei noch wach, obwohl er am Samstagabend normalerweise früh zu Bett ging, um rechtzeitig zur ersten Sonntagsmesse aus den Federn zu kommen. Auf diese Weise stand ihm der Rest des Tages für sein Hobby zur Verfügung – das Bauen von Miniaturen für eine Modelleisenbahn. Als Amy in die Küche kam, fand sie dort nur ihre Mutter vor. Die Stimmen kamen aus dem Radio; es war auf einen Sender aus Chicago eingestellt, der gerade eine Telefon-Talkshow übertrug, und die Lautstärke war heruntergedreht.

Der Raum roch schwach nach Knoblauch, Zwiebeln und Tomatenpaste.

Er war nicht besonders hell erleuchtet. Eine Glühbirne brannte über der Spüle, und über dem Herd war das Licht der Haube eingeschaltet. Die Skala des Radios verbreitete einen schwachen grünen Glanz.

Ellen Harper saß am Küchentisch. Genauer: Sie war darüber zusammengesunken, die Arme über der Tischfläche gefaltet, den Kopf auf den Armen ruhend, das Gesicht von der Schwelle abgewandt, auf der Amy stehenblieb. Ein hohes Glas, halb mit einer gelben Flüssigkeit gefüllt, stand in Ellens Reichweite. Amy mußte das Getränk nicht probieren, um zu wissen, was es war; ihre Mutter trank immer dasselbe – Wodka und Orangensaft, und zuviel davon.

Sie schläft, dachte Amy erleichtert.

Sie wandte sich von ihrer Mutter ab, um sich aus dem Raum und oben ins Bett zu schleichen, doch Ellen sagte: »Du.«

Amy seufzte und schaute wieder zu ihr.

Ellens Augen waren verschwommen, blutunterlaufen; die Lider hingen herunter. Sie blinzelte überrascht. »Was machst du schon zu Hause?« fragte sie benommen. »Du bist über eine Stunde zu früh.«

»Jerry ist schlecht geworden«, log Amy. »Er mußte nach Hause.«

»Aber du bist über eine Stunde zu früh«, sagte ihre Mutter erneut und schaute verwirrt zu ihr hoch. Sie blinzelte noch immer duselig und versuchte, den Alkoholnebel zu durchdringen, der die Umrisse ihrer Gedanken aufweichte.

»Jerry ist schlecht geworden, Mama. Irgend etwas, das er auf dem Ball gegessen hat.«

»Es war ein Tanzabend, nicht wahr?«

»Klar. Aber es gab auch was zu essen. Hors d'œuvres, Plätzchen, Kuchen, Punsch, alles mögliche. Irgend etwas ist ihm nicht bekommen.«

»Wem?«

»Jerry«, sagte Amy geduldig.

Ihre Mutter runzelte die Stirn. »Bist du sicher, daß nicht mehr passiert ist?«

»Was meinst du?«

»Kommt ... mir komisch vor«, sagte Ellen mit schwerer Zunge und griff nach ihrem Glas. »Verdächtig.«

»Was ist denn daran verdächtig, daß es Jerry schlecht geworden ist?« fragte Amy.

Ellen nippte am Wodka mit Orangensaft. Sie betrachtete

Amy über den Glasrand hinweg, und ihr Blick war schärfer als noch eine Minute zuvor.

Verärgert ergriff Amy das Wort, bevor Ellen Gelegenheit bekam, ihr Vorhaltungen zu machen. »Mama, ich bin nicht zu spät nach Hause gekommen. Ich bin früher nach Hause gekommen. Deshalb habe ich es wohl kaum verdient, dem üblichen dritten Grad unterzogen zu werden.«

»Werd nicht frech«, sagte ihre Mutter.

Amy schaute zu Boden und verlagerte nervös ihr Gewicht von einem Fuß auf den anderen.

»Weißt du nicht mehr, was der liebe Gott sagt?« fragte Ellen. »›Du sollst Vater und Mutter ehren.‹ Das sagt er. Ist nach all diesen Jahren der Gottesdienste und Bibelstunden denn gar nichts bei dir hängengeblieben?«

Amy antwortete nicht. Aus Erfahrung wußte sie, daß respektvolles Schweigen die beste Lösung war.

Ellen trank ihr Glas aus und stand auf. Als sie den Stuhl zurückschob, scharrte er laut über den gefliesten Boden. Sie kam leicht schwankend um den Tisch herum und blieb vor Amy stehen. Ihr Atem roch sauer. »Ich habe mich sehr, so sehr, bemüht, ein anständiges Mädchen aus dir zu machen. Ich habe dich in die Kirche gehen lassen. Ich habe dich gezwungen, die Bibel zu lesen und jeden Tag zu beten. Ich habe dir Predigten gehalten, bis ich blau im Gesicht war. Ich habe dich alles gelehrt, was richtig ist. Ich habe mein Bestes getan, um zu verhindern, daß du auf die schiefe Bahn kommst. Mir war immer klar, daß du beide Wege einschlagen konntest. Beide Wege. Den guten oder den schlechten.« Sie schwankte und legte eine Hand auf Amys Schulter, um sich festzuhalten. »Ich habe die Möglichkeiten in dir gesehen, Mädchen. Ich habe gesehen, es ist möglich, daß du böse wirst. Ich habe jeden Tag zu Unserer Lieben Frau gebetet, damit sie über dich wacht und dich behütet. Tief in dir gibt es eine Dunkelheit, und man darf ihr nie erlauben, an die Oberfläche zu kommen.«

Ellen beugte sich sehr nah heran, legte eine Hand unter Amys Kinn, schob den Kopf des Mädchens hoch und sah ihr in die Augen.

Amy hatte den Eindruck, eiskalte Schlangen würden sich in ihr strecken.

Ellen betrachtete sie mit einer eigentümlichen, betrunkenen Intensität, mit dem brennenden Blick einer Fieberkranken. Sie schien in der Seele ihrer Tochter zu lesen, und in ihrem Gesichtsausdruck lag eine Mischung aus Furcht und Zorn und harter Entschlossenheit.

»Ja«, sagte Ellen nun im Flüsterton. »In dir ist eine Dunkelheit. Du könntest so leicht ausgleiten. Es steckt in dir. Die Schwäche. Die Andersartigkeit. Etwas Böses ist in dir, und du mußt jede Minute dagegen ankämpfen. Du mußt vorsichtig sein, stets vorsichtig.«

»Bitte, Mama ...«

»Hast du dich heute abend von diesem Jungen anfassen lassen?«

»Nein, Mama.«

»Wenn du nicht verheiratet bist, ist das einfach schmutzig, widerlich. Wenn du ausrutschst, wird der Teufel dich holen. Das Ding in dir wird an die Oberfläche kommen, und jeder kann es dann sehen. Und niemand darf es je sehen. Niemand darf wissen, was du in dir hast. Du mußt mit diesem Bösen kämpfen, es im Zaum halten.«

»Ja, Mama.«

»Wenn du dich von dem Jungen anfassen läßt – das ist eine schreckliche Sünde.«

Sich jeden Abend besinnungslos zu trinken ist auch eine Sünde, Mama. Zu versuchen, mit Fusel vor seinen Sorgen zu fliehen, ist eine Sünde. Du benutzt den Schnaps und die Kirche auf dieselbe Weise, Mama. Du benutzt sie, um deine Sorgen zu vergessen, dich vor irgend etwas zu verstecken. Wovor versteckst du dich, Mama? Wovor hast du solche Angst?

Amy wünschte, sie könnte das alles sagen. Sie wagte es aber nicht.

»Hat er dich angefaßt?« fragte ihre Mutter.

»Ich hab's dir doch gesagt – nein.«

»Er hat dich angefaßt.«

»Nein.«

»Lüg mich nicht an!«

»Wir sind zum Ball gefahren«, sagte Amy zitternd, »und ihm wurde schlecht, und er hat mich nach Hause gebracht. Das ist alles, Mama.«

»Hat er deine Brüste berührt?«

»Nein«, antwortete Amy unsicher und verlegen.

»Hast du zugelassen, daß er seine Hände auf deine Beine legt?«

Amy schüttelte den Kopf.

Ellens Hand spannte sich um die Schulter des Mädchens, und die klauenähnlichen Finger gruben sich schmerzhaft tief in ihr Fleisch. »Du hast ihn angefaßt.«

»Nein«, widersprach Amy. »Das habe ich nicht.«

»Du hast ihn zwischen den Beinen berührt.«

»Mama, ich bin früher nach Hause gekommen!«

Ellen starrte sie einige Sekunden lang an, suchte nach der Wahrheit, endlich verließ das Feuer ihre dunklen Augen; die schwächende Wirkung des Schnapses wurde wieder offensichtlich, und ihre Lider sackten hinab, und dann sackte das Fleisch ihres Gesichts von den Knochen hinab. Wenn sie nüchtern war, war sie eine hübsche Frau, doch wenn sie betrunken war, sah sie ausgezehrt aus, viel älter als sonst. Sie ließ Amy los, wandte sich ab, trottete zum Tisch zurück. Sie nahm ihr leeres Glas, trug es zum Kühlschrank, kippte ein paar Eiswürfel hinein. Dann fügte sie etwas Orangensaft und viel Wodka hinzu.

»Mama, kann ich jetzt zu Bett gehen?«

»Vergiß nicht, deine Gebete zu sprechen.«

»Werde ich nicht.«

»Sprich auch den Rosenkranz. Das kann dir nicht schaden.«

»Ja, Mama.«

Ihr langes Kleid raschelte laut, als Amy nach oben eilte. In ihrem Zimmer schaltete sie eine Lampe ein und blieb zitternd neben dem Bett stehen.

Wenn sie das Geld für die Abtreibung nicht aufbringen konnte, wenn sie es ihrer Mutter erzählen mußte, konnte sie nicht damit rechnen, daß ihr Vater sich für sie einsetzte. Diesmal nicht. Er würde wütend sein und jeder Strafe zustimmen, die ihre Mutter vorschlug.

Paul Harper war ein einigermaßen erfolgreicher Anwalt, ein Mann, der in der juristischen Arena die Kontrolle hatte, doch zu Hause verzichtete er zugunsten seiner Frau auf fast jede Autorität. Ellen traf die häuslichen Entscheidungen, und größtenteils war Paul zufrieden, daß sie ihm diese Verantwortung abnahm. Wenn Ellen darauf bestand, daß Amy das Baby austrug, würde Paul Harper diese Entscheidung unterstützen.

Und Mama wird darauf bestehen, dachte Amy unglücklich.

Sie betrachtete die katholischen Ikonen, die ihre Mutter in dem Raum aufgestellt hatte. Ein Kruzifix hing am Kopfende des Bettes, und ein kleineres hing über der Tür. Auf dem Nachttisch stand eine Statue der Gottesmutter. Zwei weitere bemalte religiöse Statuen standen auf der Kommode. An einer Wand hing ein Bild von Jesus; er zeigte auf sein Herz, das freilag und blutete.

In ihren Gedanken hörte Amy die Stimme ihrer Mutter: *Vergiß nicht, deine Gebete zu sprechen.*

»Leck mich«, sagte Amy laut und trotzig.

Worum sollte sie Gott denn bitten? Daß er ihr Geld für eine Abtreibung gab? Es bestanden kaum Aussichten, daß dieses Gebet erhört werden würde.

Sie zog sich aus. Ein paar Minuten lang stand sie vor einem großen Spiegel, in dem sie sich ganz sehen konnte, und betrachtete ihren nackten Körper. Sie konnte keine sicheren Anzeichen einer Schwangerschaft sehen. Ihr Bauch war flach.

Allmählich veränderte sich die medizinische Natur ihrer Selbstuntersuchung und nahm eine intimere, stimulierendere Eigenschaft an. Sie zog die Hände langsam ihren Körper hinauf, legte sie um ihre vollen Brüste, spielte mit ihren Warzen.

Sie schaute zu den religiösen Statuen auf der Kommode. Ihre Brustwarzen hatten sich aufgerichtet.

Sie glitt mit den Händen an ihren Seiten hinab, griff nach hinten, kniff in ihren festen Po.

Sie sah das Gemälde Jesu an.

Indem sie ihren Körper vor dem Bild Christi zur Schau stellte, erwuchs bei ihr irgendwie das Gefühl, sie würde ihre Mutter verletzen, ihr zutiefst weh tun. Amy wußte nicht, wieso sie der Ansicht war. Es ergab keinen Sinn. Das Gemälde war nur ein Gemälde; Jesus war nicht in Wirklichkeit hier, in diesem Raum, beobachtete sie nicht. Dennoch posierte sie weiterhin lasziv vor dem Spiegel, liebkoste sich, berührte sich auf obszöne Weise.

Nach zwei oder drei Minuten sah sie im Spiegel ihre eigenen Augen, und dieser kurze Blick in ihre Seele verblüffte und verstörte sie. Sie zog schnell ihr Flanellnachthemd über.

Was ist nur los mit mir? fragte sie sich. Bin ich im Inneren wirklich schlecht, wie Mama es behauptet? Bin ich böse?

Verwirrt kniete sie schließlich neben ihrem Bett nieder und sprach doch noch die Gebete.

Als sie eine Viertelstunde später die Bettdecke zurückschlug, lag eine Tarantel auf ihrem Kissen. Sie schnappte nach Luft, machte einen Satz – und erkannte dann, daß das schreckliche Ding nur ein Scherzartikel aus bemaltem Gummi war. Sie seufzte müde, legte die falsche Spinne in die Schublade ihres Nachttisches und ging zu Bett.

Ihr zehnjähriger Bruder Joey ließ keine Gelegenheit aus, ihr einen Streich zu spielen. Normalerweise suchte sie ihn, wenn er sie wieder mal reingelegt hatte, tat so, als wäre sie wütend, und drohte ihm schwerste körperliche Bestrafung an. Natürlich war sie nicht imstande, dem Jungen etwas zu tun. Sie liebte ihn zu sehr. Aber ihr falscher Zorn war der Teil des Spiels, der Joey am besten gefiel. Meistens revanchierte sie sich für seine Streiche lediglich, indem sie ihn festhielt und kitzelte, bis er versprach, brav zu sein.

Jetzt lag er in seinem Bett, war wahrscheinlich trotz der späten Stunde noch wach und wartete darauf, daß sie in sein Zimmer stürmte. Aber an diesem Abend würde sie ihn enttäuschen müssen. Sie war nicht in der Stimmung für ihr übliches Spiel und hatte auch nicht die Kraft dazu.

Sie ging zu Bett und schaltete das Licht aus.

Sie konnte nicht schlafen.

Sie dachte an Jerry Galloway. Sie hatte die Wahrheit gesagt, als sie seine Qualitäten als Liebhaber verspottet hatte. Sie hatte nur selten einen Orgasmus gehabt. Er war ein ungeschickter, unwissender, rücksichtsloser Bettgefährte. Und doch hatte sie sich von ihm Abend für Abend berühren lassen. Sie hatte nur wenig oder gar kein Vergnügen daraus gezogen, doch sie hatte ihm erlaubt, sie zu benutzen, wie er es wollte. Warum?

Sie war nicht schlecht. Sie war kein ungezügeltes oder lockeres Mädchen, jedenfalls nicht tief in ihrem Herzen. Noch während sie sich von Jerry benutzen ließ, verabscheute sie sich, daß sie so leicht zu haben gewesen war.

Wann immer sie mit einem Jungen in einem geparkten Auto rummachte, fühlte sie sich unbehaglich, verlegen, fehl am Platz, als versuche sie, eine andere und nicht sie selbst zu sein.

Sie war auch nicht faul. Sie hatte Ehrgeiz. Sie wollte aufs Royal City Junior College gehen, dann auf die Ohio State University, und ihren Abschluß in Kunst und Design machen. Sie würde einen Job als Werbegraphikerin bekommen und sich in ihrer Freizeit, an den Abenden und Wochenenden, den schönen Künsten widmen, und sollte sie herausfinden, daß sie genug Talent hatte, um sich einen guten Lebensunterhalt als Malerin zu verdienen, würde sie ihren Job in der Agentur kündigen und wunderbare Bilder malen und in Galerien verkaufen. Sie war entschlossen, sich ein erfolgreiches, interessantes Leben aufzubauen.

Aber jetzt war sie schwanger. Ihre Träume waren Asche.

Vielleicht hatte sie kein Glück verdient. Vielleicht war sie tief in ihrem Inneren wirklich schlecht.

Machte ein gutes Mädchen auf dem Rücksitz des Autos eines Jungen fast jeden Abend in der Woche die Beine breit? Ließ ein gutes Mädchen sich einen Braten in die Röhre schieben, wenn es noch an der High School war? Die dunklen Minuten der Nacht entfalteten sich wie schwarzer Faden von einer Spule, und auch Amys Gedanken entfalteten sich – verwickelte und verworrene Gedanken. Sie gelangte zu keinem Schluß, was die Frage nach ihrer eigenen Persönlichkeit betraf; sie konnte sich nicht entscheiden, ob sie im Prinzip ein guter oder ein schlechter Mensch war.

In ihrem Geist hörte Amy wieder die Stimme ihrer Mutter: *In dir ist eine Dunkelheit. Etwas Böses ist in dir, und du mußt jede Minute dagegen ankämpfen.*

Plötzlich fragte Amy sich, ob ihr schlampiges Benehmen

nur ein Versuch war, es ihrer Mutter heimzuzahlen. Das war ein beunruhigender Gedanke.

»Habe ich mir von Jerry nur was in die Röhre schieben lassen«, sagte sie leise in die Dunkelheit, die sie umgab, »weil ich wußte, daß die Nachricht Mama zerbrechen wird? Zerstöre ich meine eigene Zukunft, nur um diesem Miststück weh zu tun?«

Sie kannte als einzige die Antwort auf ihre eigene Frage; sie würde in sich selbst danach suchen müssen.

Sie lag ganz still unter der Bettdecke und dachte nach.

Draußen bewegte der Wind die Ahornbäume in der Nähe des Hauses.

In der Ferne pfiff ein Zug.

Die Tür schrammte auf, und Dielenbretter ächzten unter dem Teppich, als jemand ins Zimmer trat.

Das Geräusch weckte Joey Harper. Er öffnete die Augen und schaute auf den Wecker, der im bleichen Leuchten des Nachtlichts auszumachen war: 12:36.

Er hatte anderthalb Stunden geschlafen, war aber nicht benommen. Er war augenblicklich wach und voll da, denn er konnte es kaum abwarten, wie Amy auf die Tarantel in ihrem Bett reagierte. Er hatte den Wecker auf ein Uhr gestellt, denn dann sollte sie wieder zu Hause sein; offensichtlich war sie früher gekommen.

Schritte. Leise. Verstohlen. Sie näherten sich.

Joey spannte sich unter den Laken an. Tat aber weiterhin so, als würde er schlafen.

Die Schritte hielten an der Seite seines Bettes inne.

Joey spürte, wie ein Kichern in ihm hochkam. Er biß sich auf die Zunge und kämpfte darum, sein Lachen zurückzuhalten.

Er würde noch ein paar Sekunden warten, und dann,

wenn sie ihn gerade kitzeln wollte, würde er ihr ins Gesicht schreien und einen fürchterlichen Schrecken einjagen.

Er hielt die Augen geschlossen, atmete flach und gleichmäßig und zählte die Sekunden: eins ... zwei ... drei ...

Er wollte ihr gerade ins Gesicht schreien, als er merkte, daß die Person, die sich über ihn beugte, gar nicht Amy war. Er roch sauren, nach Alkohol stinkenden Atem, und sein Herz begann zu hämmern.

Ohne zu wissen, daß Joey wach war, sagte seine Mutter: »Süßer, süßer kleiner Joey. Mein kleines Baby. Mein Engel. Süßes, kostbares kleines Engelsgesicht.« Ihre Stimme war unheimlich. Ein seltsamer, halb geflüsterter, halb gegurrter, kehliger, seidiger Strom undeutlicher Worte.

Er wünschte sich verzweifelt, daß sie wieder ging. Sie war sehr betrunken, schlimmer als sonst. Sie war schon öfter in sein Zimmer gekommen, wenn sie in so einem Zustand war. Sie hatte gedacht, er würde schlafen, und hatte zu ihm gesprochen. Vielleicht kam sie an viel mehr Abenden, als er es wußte; vielleicht schlief er manchmal tatsächlich. Auf jeden Fall wußte er, was nun kam. Er wußte, was sie sagen und tun würde, und er verabscheute es.

»Kleiner Engel. Du siehst aus wie ein kleiner schlummernder Engel, ein Babyengel, du liegst so unschuldig da, so zart, so süß.« Sie beugte sich noch näher und badete sein Gesicht mit ihrem scharfen Atem. »Aber wie bist du innen, kleiner Engel? Bist du ganz und gar süß und gut und rein?«

Hör auf, hör auf, hör auf! dachte Joey. Bitte, mach das nicht schon wieder, Mama. Geh weg. Verschwinde von hier. *Bitte.*

Aber er sprach nicht zu ihr, und er bewegte sich nicht. Er ließ sie nicht wissen, daß er wach war, denn wenn sie so war, hatte er Angst vor ihr.

»Du siehst so rein aus«, sagte sie, und ihre vom Alkohol undeutliche Stimme wurde noch leiser, noch verschwommener. »Aber vielleicht ist dieses Engelsgesicht nur die Oberfläche ... die Maske. Vielleicht spielst du mir nur was vor. Nun? Spielst du mir etwas vor? Vielleicht ... darunter ... vielleicht bist du genau wie der andere. Bist du das, kleiner Engel? Bist du unter diesem süßen Gesicht wie der andere, das Ungeheuer, das Ding, das er Victor nannte?«

Joey hatte nie herausfinden können, wovon sie sprach, wenn sie sich des Nachts hier hereinschlich und betrunken vor sich hinmurmelte. Wer war Victor?

»Wenn ich einen wie dich hervorgebracht habe, warum nicht einen zweiten?« fragte sie sich laut, und Joey war der Ansicht, sie klinge jetzt etwas verängstigt. »Diesmal ... vielleicht ist es ein Ungeheuer im Inneren. Im Geist. Innen ein Monstrum ... das sich in einem normalen Körper versteckt ... hinter so einem netten Gesicht ... und wartet. Darauf wartet, hervorzukommen, wenn niemand hinsieht. Einfach nur geduldig wartet. Sowohl du als auch Amy. Was? Wölfe im Schafspelz. Könnte sein. Klar. Könnte so sein. Was, wenn es so ist? Was? Wann wird es geschehen? Wann werden die Dinge aus euch herauskommen, und jeder kann sie sehen? Kann ich dir den Rücken zuwenden, kleiner Engel? Bin ich jemals in Sicherheit? O Gott. O Jesus, Jesus, steh mir bei. Maria, steh mir bei. Ich hätte nie Kinder bekommen dürfen. Nicht nach dem ersten. Ich kann mir nie sicher sein, was ich geschaffen habe. Nie. Was, wenn ...«

Zunehmend benommen von den Unmengen von Schnaps, die sie getrunken hatte, waren ihre Zunge und Lippen kaum noch imstande, die Worte zu bilden, die sie sagen wollte, und schließlich sprach sie so leise, daß Joey sie kaum noch hören konnte, obwohl sie keine dreißig Zentimeter von ihm entfernt war. »Was, wenn ... eines

Tages … was, wenn ich dich töten muß, kleiner Engel?« Leiser, leiser, Wort um schreckliches Wort, leiser. »Was, wenn … ich dich … töten … muß … wie ich den … anderen … töten mußte?«

Sie weinte leise vor sich hin.

Joey war plötzlich bis in die Knochen kalt, und er hatte Angst, daß sein Zittern die Laken durcheinanderbringen und ihre Aufmerksamkeit erregen würde. Er hatte Angst, sie würde herausfinden, daß er jedes Wort gehört hatte.

Schließlich ließ ihr ersticktes Weinen nach.

Joey war überzeugt, sie könne sein hämmerndes Herz hören.

Er kam sich ganz seltsam vor. Er hatte Angst vor ihr, aber sie tat ihm auch leid. Er wollte sie umarmen und ihr sagen, alles würde gut werden – aber er wagte es nicht.

Schließlich – es kam ihm wie Stunden vor, hatte aber sicher nur zwei oder drei Minuten gedauert – verließ sie sein Zimmer und zog sie Tür sanft hinter sich zu.

Unter den Laken rollte Joey sich in die Fötusposition zusammen, zu einem kleinen Ball.

Was hatte das alles zu bedeuten? Wovon hatte sie gesprochen? War sie nur betrunken? Oder war sie verrückt?

Obwohl er Angst hatte, schämte er sich auch ein wenig, weil er solche Dinge über seine Mutter dachte.

Dennoch war er froh, daß er den fahlen, milchigen Schein des schwachen Nachtlichts hatte. Er wollte jetzt nicht allein im Dunkeln liegen.

In dem Alptraum war Amy von einem bizarr mißgebildeten Baby entbunden worden – einem widerwärtigen, bösartigen Ding, das eher wie eine Krabbe denn wie ein Mensch aussah. Sie befand sich mit ihm in einem kleinen, schlecht beleuchteten Raum, und es griff sie an, schnappte mit seinen knochigen Scheren und dem Spinnenkiefer nach ihr. In die Wände waren schmale Fenster eingelassen, und jedesmal, wenn sie an einem vorbeiging, sah sie auf der anderen Seite des Glases ihre Mutter und Jerry Galloway; sie schauten zu ihr hinein und lachten. Dann flitzte das Baby über den Boden, kam schnell näher und ergriff mit einer seiner Langustenzangen ihren Knöchel.

Amy erwachte in Schweiß gebadet, setzte sich im Bett auf und wollte einen Schrei ausstoßen. Sie unterdrückte ihn.

Nur ein Traum, sagte sie sich. Nur ein böser Traum, dank Jerry Galloway. Dieser Mistkerl!

Im Dunkeln rechts von ihr bewegte sich etwas.

Sie schaltete die Nachttischlampe ein.

Das Fenster stand ein paar Zentimeter weit offen, und eine leichte Brise bewegte die Vorhänge.

Draußen, einen oder zwei Häuserblocks entfernt, heulte klagend ein Hund.

Amy schaute auf die Uhr. Drei Uhr früh.

Sie saß eine Weile da, bis sie sich beruhigt hatte, aber als sie das Licht ausschaltete, konnte sie nicht wieder einschlafen. Die Dunkelheit war auf eine Weise bedrückend und bedrohlich, wie sie es nicht mehr empfunden hatte, seit sie ein kleines Kind gewesen war.

Sie hatte das eigentümliche Gefühl, daß sich draußen in der Nacht etwas Schreckliches dem Haus der Harpers näherte. Wie ein Tornado. Aber es war kein Tornado. Etwas anderes. Etwas Unheimliches, schlimmer als ein bloßer Sturm. Sie hatte eine eisige Vorahnung, daß sich ihr und der ganzen Familie eine unaufhaltsame zerstörerische Macht näherte. Sie versuchte sich vorzustellen, worum es sich dabei handeln konnte, fand jedoch keine Erklärung.

Der Eindruck einer sich unaufhaltsam nähernden Gefahr blieb formlos, namenlos, aber stark.

Das Gefühl war sogar so elektrisierend, daß sie schließlich aufstehen und zum Fenster gehen mußte, auch wenn sie sich deshalb töricht vorkam.

Die Maple Lane schlief friedlich, eingehüllt in nicht bedrohliche Schatten. Hinter dieser Straße erhob sich der Süden von Royal City, eine reine Wohngegend, auf sanften, niedrigen Hügeln; zu dieser Stunde war nur hier und da ein Licht auszumachen.

Weiter südlich, am Rand der Stadt, erstreckte sich das Kirmesgelände. Jetzt lag es dunkel und verlassen da, aber im Juli, wenn Jahrmarkt war, würde Amy an ihrem Fenster stehen und das Funkeln der bunten Lichter sehen, das magische, verschwommene Rund des sich langsam drehenden Riesenrads.

Diese Nacht war eigentlich mit vertrauten Dingen erfüllt. Nichts Neues darin, nichts Gefährliches.

Das Gefühl, daß sie im Weg eines aufziehenden, wütenden, zerstörerischen Sturms stand, verblich und wurde von Erschöpfung ersetzt. Sie kehrte ins Bett zurück.

Nur eine Drohung schwebte über dem Haus der Harpers, und das war ihre Schwangerschaft, die unausweichliche Konsequenz ihrer Sünde.

Amy legte die Hände auf den Bauch, und sie dachte daran, was ihre Mutter sagen würde, und sie fragte sich, ob sie immer so allein und hilflos wie jetzt sein würde.

4

Am Erfrischungsstand neben dem Karussell standen fünf Leute in der Schlange vor Chrissy Lampton und Bob Drew.

»Ich verschwende meine Zeit wirklich nicht gerne mit Warten«, sagte Chrissy, »aber ich will diesen kandierten Apfel haben.«

»Es wird nicht lange dauern«, sagte Bob.

»Ich will noch so viel unternehmen.«

»Immer mit der Ruhe. Es ist erst halb zwölf. Vor ein Uhr wird hier keine Bude schließen.«

»Aber es ist der letzte Abend.« Chrissy atmete tief ein und genoß das wilde Duftgemisch dieser Nacht: Popcorn, Zuckerwatte, mit Knoblauch gewürzte Pommes frites, heiße geröstete Erdnüsse und mehr. »Ahh! Mir läuft das Wasser im Mund zusammen. Ich habe mich den ganzen Abend vollgestopft und noch immer einen Bärenhunger! Ich kann einfach nicht glauben, daß ich so viel gegessen habe!«

»Das liegt sicher an der Aufregung«, beschwichtigte Bob. »Aufregung verbrennt Kalorien. Und dann die vielen Fahrten auf den Karussells und Bahnen. Auf den meisten warst du halbtot vor Angst, und Furcht verbrennt Kalorien noch schneller als eine anstrengende Tätigkeit.« Er war ernsthaft bemüht, ihren ungewöhnlichen Appetit zu analysieren. Bob war Buchhalter.

»Hör zu«, sagte Chrissy, »warum wartest du nicht in der Schlange und kaufst den kandierten Apfel, während ich mal eben auf die Toilette gehe? Wir treffen uns dann in ein paar Minuten beim Karussell. So schlagen wir zwei Fliegen gleichzeitig.«

»Mit einer Klappe«, sagte Bob.

»Was?«

»Der Ausdruck lautet: ›Wir schlagen zwei Fliegen mit einer Klappe.‹«

»Oh. Klar.«

»Aber hier ist er wohl nicht zutreffend«, sagte Bob. »Jedenfalls nicht ganz genau. Aber geh du ruhig schon mal auf die Toilette. Wir treffen uns dann am Karussell, wie du gesagt hast.«

Herrje! dachte Chrissy. Sind alle Buchhalter so?

Sie wandte sich vom Erfrischungsstand ab und stapfte über die feuchten Holzspäne, die den Boden bedeckten, durch die Dampforgelmusik des Karussells vorbei an einem Hau-den-Lukas, wo ein muskulöser junger Mann mit einem Hammer zuschlug, bis oben eine Glocke ertönte und seine Freundin gebührend beeindruckt war, vorbei an einem Dutzend Ausrufer, die wie am Schnürchen quasselten und versuchten, die Leute zu überreden, bei allen möglichen Spielen mitzumachen, bei denen man einen Teddybären oder eine Puppe gewinnen konnte. Aus hundert Buden plärrten hundert verschiedene Lieder, aber irgendwie klangen die verschiedenen Töne nicht im geringsten mißtönend, wenn sie zusammenkamen; alle verschmolzen zu einer einzigen, seltsamen, aber ansprechenden Melodie. Der Jahrmarkt war ein lärmender Fluß, und Chrissy watete mit einem zufriedenen Grinsen hindurch.

Chrissy Lampton liebte den Frühjahrsrummel des Coal County geradezu. Er war stets einer der Höhepunkte des Jahres. Die Kirmes, Weihnachten, Silvester, Thanksgiving, der Halloween-Tanz im Elks' Club, die Las-Vegas-Abende in der St. Thomas' Church (einer im April, einer im August) – das waren die einzigen aufregenden Tage im ganzen Jahr, die einzigen Ereignisse, auf die man sich im Coal County freuen konnte.

Sie erinnerte sich an ein paar Zeilen eines lustigen und

ziemlich schmutzigen Lieds, das die Runde gemacht hatte, als sie auf der High School gewesen war:

Jeder, der hier wohnt, hat einen Knall;
Das Coal County ist doch nur ein Ausfall.
Jeder mit Grips muß raus aus diesem Saustall;
Denn hier hockt Gott sich hin, wenn er mal hat Durchfall.

In der High School hatte sie über dieses Lied gelacht. Doch nun, im noch immer zarten Alter von einundzwanzig Jahren, wurde sie sich grimmig bewußt, wie beschränkt ihre Zukunft an diesem Ort war, und ihr kam der Text nicht mehr besonders humorvoll vor.

Eines Tages würde sie nach New York oder Los Angeles ziehen, in eine Stadt mit Möglichkeiten. Sobald sie genug Geld zusammengespart hatte, um sich ein halbes Jahr lang durchzuschlagen, würde sie abhauen. Und sie hatte schon so viel angespart, daß es für fünf Monate reichte.

Chrissy sog die Farbe und den Glanz des Jahrmarkts in sich auf, während sie zu den Attraktionen am Rand des Mittelgangs eilte. Dort sollten sich auch die Holzziegelhäuschen befinden, in denen die öffentlichen Toiletten untergebracht waren.

Während sie sich den Weg durch die Menge bahnte, pfiff der Ausrufer einer Schießbude laut hinter ihr her.

Sie grinste und winkte ihm zu.

Sie fühlte sich toll. Obwohl sie im Augenblick noch im Coal County festhing, hatte sie eine glänzende Zukunft vor sich. Sie wußte, daß sie gut aussah. Sie war auch ziemlich clever. Mit diesen Eigenschaften würde sie in der Großstadt in Rekordzeit eine Nische für sich schaffen, ganz bestimmt innerhalb eines halben Jahres. Zur Zeit verdingte sie sich noch als Schreibkraft, aber sie würde aufsteigen.

Ein anderer Schausteller, der ein Glücksrad bediente,

hörte das Pfeifen des Ausrufers und pfiff ihr ebenfalls hinterher. Dann machte ein dritter den Spaß mit, pfiff und rief ihr etwas zu.

Sie fühlte sich, als würde sie ewig leben.

Vor ihr lachte schrill das große Clownsgesicht auf der Geisterbahn.

Die Geisterbahn, die direkt neben dem Freak-o-rama stand, befand sich am östlichen Rand des Mittelgangs, und Chrissy vermutete, daß sie irgendwo dahinter eine Toilette finden würde. Sie bog neben dem großen, verschachtelten Gebäude ab, ließ die Freakshow rechts von sich liegen und bewegte sich durch die schmale Gasse zwischen den beiden Attraktionen, fort von der Menge und den Lichtern und der Musik.

Hier roch es nicht mehr nach Würstchen und Bratäpfeln, sondern nach nassen Sägespänen, Schmierfett und dem Benzin in den großen, trommelnden Generatoren.

In der Geisterbahn klirrten Ketten, Todesfeen heulten, Geister lachen unheimlich, Ghouls gackerten, und die Räder der Wagen schepperten unaufhörlich auf dem gewundenen Gleis. Unheimliche Musik schwoll an und klang wieder aus, um dann wieder aufs neue laut zu werden. Ein Mädchen schrie. Dann noch eins. Schließlich drei oder vier gleichzeitig.

Sie benehmen sich wie kleine Kinder, dachte Chrissy verächtlich. Sie sind so erbärmlich versessen darauf, ein Prickeln der Erregung zu verspüren, daß sie sich bereitwillig auf die schäbigsten Illusionen einlassen, nur um sich einmal kurz aus der öden Realität des Lebens im Coal County, Pennsylvania, hinauszukatapultieren.

Als sie vor einer oder zwei Stunden mit Bob Drew durch die Geisterbahn gefahren war, hatte Chrissy ebenfalls geschrien. Als sie sich nun an ihre Hysterie erinnerte, schämte sie sich ein wenig.

Während sie über Kabel und Taue trat und sich vorsichtig den Weg zur Rückseite der Geisterbahn bahnte, wurde ihr klar, daß sie in ein paar Jahren, wenn sie erst einmal die anspruchsvollere Unterhaltung der Großstadt genossen hatte, den Rummel wohl billig und geschmacklos statt exotisch und schillernd finden würde.

Sie hatte fast das Ende des langen, schmalen Gangs erreicht. Hier war es dunkler, als sie erwartet hatte.

Sie stolperte über ein dickes Stromkabel.

»Verdammt!«

Sie gewann ihr Gleichgewicht zurück und schaute blinzelnd auf den Boden vor ihr.

Es gab gerade genug Licht, um auf allen Seiten undurchdringliche, purpur-schwarze Schatten zu erzeugen.

Sie dachte daran, einfach umzukehren, aber sie hatte wirklich einen starken Druck auf der Blase, und hier mußte doch irgendwo in der Nähe eine Toilette sein.

Endlich hatte sie das Ende der Gasse erreicht. Hinter der Geisterbahn bog sie um die Ecke, hielt in der Dunkelheit nach einer hell erleuchteten Toilette Ausschau.

Sie wäre fast in den Mann hineingelaufen.

Er stand an der Rückwand der Geisterbahn, in einer ausgesprochen tiefen Pfütze der samtenen Schatten.

Chrissy schrie überrascht auf.

Sie konnte sein Gesicht nicht sehen, nur die Umrisse seiner Gestalt – er war groß. Sehr groß. Riesig.

Einen Augenblick, nachdem sie seine Anwesenheit zur Kenntnis genommen hatte – noch während sie schockiert nach Luft schnappte –, wurde ihr klar, daß er auf sie gewartet hatte. Sie fing an zu schreien.

Er schlug ihr mit brutaler Gewalt gegen die Schläfe. Der Schrei erstarb in ihrer Kehle. Sie sank auf die Knie, kippte auf die Seite und fiel in den Dreck, lag benommen und taub da, konnte sich nicht bewegen, kämpfte verzweifelt darum, bei Bewußtsein zu bleiben. Ihr Geist war ein dumpf leuchtender Schlittschuh auf einer Mondsichel aus silbernem Eis, auf beiden Seiten von tiefem, schwarzem Wasser umgeben.

Sie nahm verschwommen wahr, daß sie hochgehoben und getragen wurde.

Sie konnte ihm keinen Widerstand leisten; sie hatte nicht mehr die geringste Kraft.

Eine Tür knarrte laut.

Sie zwang sich, die Augen zu öffnen, und sah, daß sie aus der dunklen Nacht an einen noch dunkleren Ort getragen wurde.

Ihr Herz schlug so schnell, daß es jedesmal, wenn sie einzuatmen versuchte, die Luft aus ihren Lungen zu hämmern schien.

Er ließ sie grob auf einen harten Holzboden fallen.

Steh auf! Lauf! sagte sie sich.

Sie konnte sich nicht bewegen. Sie schien gelähmt zu sein.

Scharniere quietschten, als er die Tür wieder zuzog.

Das ist nur ein furchtbarer Traum! dachte sie.

Ein Riegel fiel knirschend an Ort und Stelle, und der Mann grunzte vor – wie sie annahm – Befriedigung. Er hatte sie eingesperrt.

Verwirrt, schwach wie ein Baby, aber nicht mehr in unmittelbarer Gefahr, das Bewußtsein zu verlieren, versuchte sie herauszubekommen, wo sie sich befand. Der Raum war völlig schwarz, so lichtlos wie das Innere einer Jackentasche des Teufels. Der Holzboden vibrierte von den gedämpften Geräuschen von Maschinen.

Jemand schrie. Dann noch jemand. Die Luft wurde von verrücktem Gelächter zerrissen. Musik wurde lauter. Die Vibrationen im Boden lösten sich zu dem *Klacker-*

Klacker-Klack stählerner Räder auf einem Metallgleis auf.

Sie befand sich also in der Geisterbahn. Wahrscheinlich im Wartungsbereich. Hinter den Gleisen, auf denen die Wagen fuhren.

Ein Rinnsal Kraft sickerte wieder in Chrissys Körper, doch sie war kaum imstande, eine Hand zu ihrer geprellten Schläfe zu heben. Sie hatte damit gerechnet, daß ihre Stirn blutete, aber das schien nicht der Fall zu sein. Die Kopfhaut war anscheinend nicht aufgerissen.

Der Fremde kniete neben ihr auf dem Boden nieder.

Sie konnte ihn hören und spüren, aber nicht sehen. Selbst in diesem pechschwarzen Loch war sie sich jedoch seiner Größe bewußt; er war riesig.

Er wird mich vergewaltigen, dachte sie. O Gott, nein. Bitte. Bitte, er darf es nicht tun!

Dieser Fremde atmete seltsam. Er schnüffelte wie ein Tier. Wie ein Hund, der versucht, einen Geruch aufzunehmen.

»Nein«, sagte sie.

Er grunzte erneut.

»Bob wird nach mir suchen«, stammelte sie. *Bob wird kommen; er muß kommen und mich retten, guter alter Bob, bitte, lieber Gott, bitte.*

Als ihr Kopf wieder klarer wurde und sie die Aussichtslosigkeit ihrer Lage deutlich spürte, erfaßte Chrissy Panik.

Der Fremde berührte ihre Hüfte.

Sie versuchte, ihm auszuweichen.

Er hielt sie fest.

Sie keuchte und zitterte. Die vorübergehende Lähmung ließ nach; die Taubheit in ihren Gliedern verschwand. Der Schmerz von dem Schlag auf den Kopf, den sie vor ein paar Minuten erhalten hatte, war für einen Augenblick ausgelöscht. Sie spürte nur noch Angst.

Der Fremde schob seine Hand ihren Bauch hinauf zu ihren Brüsten und riß ihre Bluse auf.

Sie schrie voller Entsetzen.

Er gab ihr eine Ohrfeige, daß ihre Zähne wackelten.

Ihr wurde klar, daß es sinnlos war, in einer Geisterbahn um Hilfe zu rufen. Selbst wenn ihre Stimme die laute Musik, das auf Band aufgezeichnete Heulen und Klagen der Geister und Ungeheuer durchdringen könnte, würden alle Leute glauben, es sei nur der Schrei einer Besucherin, die von einem Pirat, der aus der Dunkelheit sprang, oder einem Vampir, der sich aus dem Sarg erhob, erschreckt worden war.

Der Mann riß ihren BH ab.

Sie war ihm körperlich nicht gewachsen, doch mittlerweile war so viel Kraft zu ihr zurückgekehrt, daß sie einen gewissen Widerstand leisten konnte. Sie konnte nicht einfach liegenbleiben und darauf warten, daß er sie nahm. Sie griff nach seinen Händen, hielt sie fest, wollte sie wegstoßen, doch schockiert stellte sie fest, daß es sich nicht um gewöhnliche Hände handelte. Das waren nicht die Hände eines Menschen. Sie waren … anders.

O Gott.

Sie bemerkte zwei grüne Ovale in der Dunkelheit. Zwei schwach leuchtende grüne Flecke. Die über ihr trieben.

Augen.

Sie sah dem Fremden in die Augen.

Was ist das für ein Mensch, dessen Augen in der Dunkelheit leuchten?

Bob Drew stand mit zwei kandierten Äpfeln in den Händen in der Nähe des Karussells und wartete auf Chrissy. Nach fünf Minuten fing er an, seinen eigenen Apfel zu essen. Nach zehn Minuten wurde er ungeduldig und schritt auf und ab. Als fünfzehn Minuten verstrichen waren, wurde er wütend auf Chrissy; sie war ein hinreißendes Mädchen, und er war gern mit ihr zusammen, aber sie war manchmal flatterhaft und häufig unbedacht.

Nach zwanzig Minuten wich sein Zorn leiser Besorgnis; dann machte er sich ernsthafte Sorgen. Vielleicht war ihr schlecht geworden. Sie hatte eine unglaubliche Menge von ungesundem Zeug gefuttert, und alles durcheinander. Es wäre erstaunlich, wenn sie sich *nicht* übergeben müßte. Außerdem wußte man nie genau, wie bekömmlich das Essen auf dem Jahrmarkt war. Vielleicht war ihr Hotdog nicht in Ordnung gewesen, oder sie hatte mit ihrem Chilliburger unwissentlich irgendwelchen Dreck gegessen.

Als er diese Möglichkeiten in Betracht zog, wurde ihm ganz komisch im Magen. Er starrte den zur Hälfte gegessenen kandierten Apfel an und warf ihn schließlich in einen Mülleimer.

Er wollte sie suchen und sich überzeugen, daß sie in Ordnung war, doch er nahm nicht an, daß Chrissy sich übermäßig freuen würde, ihn zu sehen, während ihr Atem noch nach Kotze stank. Wenn sie sich gerade auf der Damentoilette übergeben hatte, brauchte sie Zeit, um sich frisch zu machen, ihr Make-up in Ordnung zu bringen und sich wieder zusammenzureißen.

Nach fünfundzwanzig Minuten warf er Chrissys Apfel zu dem seinen in die Mülltonne.

Die endlos galoppierenden Pferde und die rhythmisch aufblitzenden Messingstangen langweilten ihn unerträglich. Er machte sich immer größere Sorgen, und schließlich ging er auf die Suche nach Chrissy. Er hatte ihr nachgeschaut, wie sie sich vom Erfrischungsstand entfernt hatte, dabei ihren runden Hintern und ihre wohlgeformten Waden bewundert, und dann war sie in der Menge verschwunden. Eine oder zwei Minuten später hatte er geglaubt, ihren goldenen Haarschopf zu sehen, als sie den Mittelgang in der Nähe der Geisterbahn verließ, und nun faßte er den Entschluß, zuerst in dieser Richtung nachzusehen.

Zwischen der Geisterbahn und der Freakshow führte ein anderthalb Meter breiter Pfad auf eine offene Fläche hinter den Schaubuden, der äußere Ring des Kirmesgeländes, auf dem sich die Toiletten befanden. Am Ende des Durchgangs waren die Schatten so dunkel und dick, daß sie ihm berührbar vorkamen wie schwarze Vorhänge, und die Nacht war hier überraschend einsam angesichts der Tatsache, daß der gut besuchte Mittelgang sich nur fünfzehn, zwanzig Meter hinter ihm befand.

Bob spähte unbehaglich in die Schatten und fragte sich, ob Chrissy es mit ernsteren Schwierigkeiten als nur einem verdorbenen Magen zu tun bekommen hatte. Sie war ein sehr hübsches Mädchen, und heutzutage, da so viele Menschen jeden Respekt für das Gesetz verloren zu haben schienen, streiften einige Männer herum, die sich nichts dabei dachten, von hübschen Mädchen zu nehmen, was sie wollten, und sei es mit Gewalt. Bob vermutete, daß auf dem Jahrmarkt noch mehr Männer dieses Schlages herumliefen als sonstwo.

Mit wachsender Beklommenheit erreichte er das Ende des Weges und trat auf die offene Fläche hinter der Geisterbahn. Er schaute zuerst nach rechts und dann nach links und entdeckte die Toilette. Sie war etwa sechzig Meter entfernt, rechteckig, grau, bestand aus Zementziegeln und befand sich in der Mitte einer eng eingegrenzten Pfütze aus hellem, gelblichem Licht. Er konnte nicht das gesamte Gebäude sehen, nur ein Drittel davon, denn auf den dazwischen liegenden sechzig Metern waren zehn oder zwölf große Trucks vom Jahrmarkt abgestellt. Hier war die Dunkelheit noch tiefer; die Lastwagen waren nur wuchtige Umrisse und ließen Bob an schlafende urzeitliche Tiere denken.

Er hatte nur zwei Schritte in Richtung der fernen Toilette getan, als er seinen Fuß auf etwas setzte, das ihn fast der Länge nach hinfallen ließ. Als er das Gleichgewicht wiedererlangt hatte, bückte er sich und hob den tückischen Gegenstand auf.

Es war Chrissys rote Unterarmtasche.

Bob Drews Herz stürzte in einen bodenlosen Abgrund.

Am anderen Ende der Geisterbahn, an der Front, auf dem Mittelgang, spritzte das riesige Clownsgesicht ein sprödes Schrapnellgelächter in die Nacht hinaus.

Bobs Mund war trocken. Er schluckte heftig und versuchte, etwas Speichel zu produzieren. »Chrissy?«

Sie antwortete nicht.

»Chrissy, um Gottes willen, bist du da?«

Eine Tür quietschte auf geölten Scharnieren. Hinter ihm.

Als die Tür sich öffnete, wurde die Musik und das Geschrei in der Geisterbahn lauter.

Als Bob sich zu dem Geräusch umdrehte, fühlte er etwas, das er seit vielen Jahren nicht mehr gefühlt hatte, nicht mehr, seit er als kleiner Junge allein mit der schrecklichen Überzeugung in seinem dunklen Schlafzimmer gelegen hatte, ein grauenhaftes Geschöpf verberge sich im Schrank.

Er sah einen Wald von Schatten, und alle bis auf einen waren völlig still, aber dieser eine bewegte sich schnell. Er kam direkt auf ihn zu. Bob wurde von starken Schattenhänden ergriffen.

»Nein.«

Er wurde mit einer so unglaublichen Kraft gegen die Rückseite der Geisterbahn geschleudert, daß ihm die Luft aus den Lungen getrieben wurde, und sein Kopf schnappte zurück, und sein Schädel prallte hart gegen die Holzwand. Um seine brennenden Lungen zu besänftigen, sog er verzweifelt Nachtluft ein; sie war ganz kalt an seinen Zähnen.

Der Schatten stieß wieder zu ihm hinab.

Er bewegte sich nicht wie ein Mensch.

Bob sah grüne, leuchtende Augen.

Er riß einen Arm hoch, um sein Gesicht zu schützen, doch der Angreifer schlug tiefer zu; Bob bekam einen Schlag wie von einem Hammer in den Magen ab. Wenigstens glaubte er einen hoffnungslos optimistischen Augenblick lang, geschlagen worden zu sein. Aber das Schattending hatte ihn nicht mit der Faust getroffen. So sauber war das nicht abgelaufen. Es hatte ihn aufgeschlitzt. Er war schwer verletzt. Das nasse, entsetzliche, gleitende Gefühl, sich einfach aufzulösen, füllte ihn aus. Benommen griff er hinab, legte eine zitternde Hand auf seinen Bauch und würgte vor Ekel und Entsetzen, als er fühlte, wie groß die Wunde war.

Mein Gott, man hat mir den Bauch aufgeschlitzt!

Der Schatten trat zurück, ging in die Hocke, beobachtete ihn, schnaubte und schnüffelte wie ein Hund, obwohl er viel zu groß war, um solch ein Tier zu sein.

Hysterisch schnatternd versuchte Bob Drew, seine hinausquellenden Gedärme im Körper zu halten. Wenn sie hinausrutschten, bestand keine Chance mehr, daß man ihn zusammennähen konnte und er wieder gesund wurde.

Das Schattending zischte ihn an.

Bob hatte einen zu großen Schock erlitten, um mehr als einen ganz schwachen Schmerz zu fühlen, doch ein roter Schleier senkte sich über seine Augen. Seine Beine verwandelten sich in Wasser und verdunsteten dann langsam unter ihm. Er lehnte sich gegen die Wand der Geisterbahn, wurde sich bewußt, daß er kaum Chancen hatte, diese

Sache zu überleben, auch wenn es ihm gelang, auf den Füßen zu bleiben, aber auch, daß er nicht die geringste Chance hatte, wenn er fiel. Seine einzige Hoffnung bestand darin, seinen Bauch zusammenzuhalten. Geh zu einem Arzt. Vielleicht konnte man ihn zusammennähen. Vielleicht konnte man alles wieder an Ort und Stelle schaffen und eine Bauchfellentzündung verhindern. Es war eine reine Spekulation. Eine ziemlich gewagte. Aber vielleicht ... wenn er nicht fiel ... Er mußte auf den Füßen bleiben. Er durfte nicht fallen. Er würde nicht fallen.

Er fiel zu Boden.

Die Schausteller nannten es die ›Schlangenhautnacht‹ und freuten sich mit wahrem Zigeunergeist darauf. Der letzte Abend auf dem Platz. Die Nacht, in der sie abbauten. Die Nacht, in der sie einpackten und alle Vorbereitungen trafen, um zur nächsten Stadt weiterzuziehen. Der Jahrmarkt streifte auf ähnliche Art und Weise eine Stadt ab wie eine Schlange ihre tote, schmutzige, ungewollte Haut.

Für Conrad Straker war diese Schlangenhautnacht immer die beste in der Woche, denn er hoffte weiterhin, gegen jede Vernunft, daß die nächste Stadt die war, in der er Ellen und ihre Kinder fand.

Um halb zwei morgens hatten die letzten Besucher das Kirmesgelände des Coal County, Pennsylvania, verlassen. Schon vorher war mit dem Abbau einiger Buden angefangen worden, doch der Großteil der Arbeit lag noch vor ihnen.

Conrad hatte bereits den Abbau zweier Schaubuden beaufsichtigt, die ihm ebenfalls gehörten: Die Wurfbude hatte er gegen ein Uhr schließen und abbauen lassen. Die andere war ein Stehimbiß, eine Fastfood-Bude ohne Stühle; die Kunden mußten die Gerichte mitnehmen und unterwegs essen. Diese Bude hatte er schon früher geschlossen, gegen Mitternacht.

Nun, in der kühlen Mainacht, arbeitete er mit Gunther, Ghost, seinen übrigen Angestellten und ein paar Arbeitern aus dem Ort, die sich darauf freuten, vierzig Dollar pro Kopf verdienen zu können, sowie mit einigen freiberuflichen Roadies, die mit dem Jahrmarkt reisten, an der Geisterbahn. Sie bauten sie auseinander und verluden sie auf zwei große Trucks, die das zerlegte Monstrum in die nächste Stadt bringen würden.

Da Conrads Geisterbahn sich zu Recht brüsten konnte, die größte auf der Welt zu sein, und den Kunden ein ordentliches Entsetzen für ihr Geld bot, und da die Fahrt so lange dauerte und so dunkel war, daß die Jungs im Teenageralter ihre Mädchen ordentlich abknutschen konnten, handelte es sich um eine beliebte und profitable Attraktion. Er hatte viele Jahre damit verbracht und viel Geld ausgegeben, die Bahn immer weiter auszubauen, bis sie eine der besten ihrer Art war. Er war stolz auf seine Schöpfung.

Doch jedesmal, wenn die Geisterbahn auf- oder abgebaut werden mußte, haßte Conrad das Ding mit einer Inbrunst, wie sie wohl kaum ein zweiter Mensch einem unbelebten Gegenstand entgegenbringen konnte. Obwohl die Geisterbahn überaus klug entworfen worden und leicht zusammenzubauen war, kam es, zumindest in Conrads Vorstellung, den spektakulärsten und beschwerlichsten Bravourleistungen der Erbauer der antiken ägyptischen Pyramiden gleich, das Ding auseinanderzunehmen und wieder aufzubauen.

Über vier Stunden lang schwärmten Conrad und sein Trupp von zwölf Männern über dem Gebilde aus, das von den großen, von Generatoren betriebenen Scheinwerfern des Mittelgangs beleuchtet wurde. Sie bauten das riesige

Clownsgesicht ab und ließen es zu Boden, rollten Schnüre mit bunten Lampen und Tausende von Metern schwerer Verlängerungskabel zusammen. Sie zogen das Segeltuchdach ab und falteten es zusammen. Ächzend und schwitzend bauten sie die Gleise der Gondeln auseinander und verstauten sie im Lastwagen. Sie entfernten die mechanischen Ghouls, Geister und Axtmörder, die Tausende von Besuchern erschreckt hatten, und hüllten die belebten Figuren in Decken und andere Polsterungen. Sie schraubten hölzerne Wandtäfelungen ab, nahmen Balken und Verstrebungen auseinander, hoben Bodenbretter hoch und rissen sich dabei die Knöchel auf. Sie bauten das Kartenhaus ab, packten Generatoren und Transformatoren und eine Reihe weiterer Maschinen in die wartenden Lastwagen, die regelmäßig von Max Freed oder einem seiner Assistenten kontrolliert wurden.

Max, Transportleiter der Big American Midway Shows (BAM), überwachte den Abbau und das Verladen des großen Mittelgangs. Neben der berühmten Firma E. James Strates war BAM der größte Jahrmarkt der Welt. Es war kein lausiges kleines Unternehmen, das durch die Provinzen tingelte, sondern eine erstklassige Show. BAM war mit vierzig Eisenbahnwaggons und über sechzig riesigen Trucks unterwegs. Obwohl einige Attraktionen im Besitz unabhängiger Schausteller und nicht von BAM waren, wurde jeder Lastwagen von Max Freed inspiziert, denn das große Unternehmen würde die Schuld bekommen, sollte sich eins der Fahrzeuge als nicht straßentauglich erweisen und einen Unfall verursachen.

Während Conrad und seine Leute die Geisterbahn abbauten, waren ein paar hundert weitere Schausteller auf dem Mittelgang am Werk – Roadies, Lizenznehmer, Tiertrainer, ungelernte Helfer, Mechaniker, Ausrufer, Losverkäufer, Köche, Stripperinnen, Liliputaner, Zwerge, sogar die Elefanten. Außer den Männern, die in ein paar Stunden die Lastwagen vom Gelände fahren würden und nun fest schliefen, konnte niemand Feierabend machen, bis sein Bestandteil des Jahrmarkts zusammengepackt, festgezurrt und aufbruchbereit war.

Das Riesenrad wurde abgebaut. Die noch stehenden Teile sahen aus wie zwei riesige, gezackte Kiefer, die in den Himmel bissen.

Auch die anderen Fahrattraktionen wurden schnell auseinandergenommen. Der Sky Diver. Der Tip Top. Das Round-up. Das Karussell. Magische Maschinen des Vergnügens, die nun alle in ganz normal aussehenden, verstaubten, schmutzigen Lastwagen verstaut wurden.

In der einen Minute kräuselten die Zelte sich noch wie strömender dunkler Regen. In der nächsten lagen sie wie stille, schwarze Pfützen da.

Die grotesken Bilder auf den Transparenten der Freakshow – alle von dem berühmten Jahrmarktkünstler David ›Snap‹ Wyatt gemalt – flatterten und bauschten sich zwischen ihren Vertäuungen auf. Einige der großen Gemälde zeigten die verzerrten, mutierten Gesichter jener menschlichen Kuriositäten, die ihren Lebensunterhalt im Freak-o-rama verdienten, und sie schienen den Schaustellern, die unter ihnen arbeiteten, anzügliche Blicke zuzuwerfen oder zuzublinzeln, sie anzuknurren oder ihnen höhnisch zuzulächeln; eine vom Wind verursachte Täuschung, der mit der Leinwand spielte. Dann wurden die Taue gelöst, die Flaschenzüge ächzten, und die Transparente glitten an ihren Pfählen hinab auf die Plattform des Ausrufers, wo sie zusammengerollt und eingepackt wurden – Alpträume in großen Kartonröhren.

Um halb sechs morgens begutachtete Conrad erschöpft die Stelle, auf der die Geisterbahn gestanden hatte. Jetzt würde er endlich zu Bett gehen können. Alles war abgebaut worden. Ein kleiner Stapel an Geräten mußte noch verladen werden, doch das würde nur eine halbe Stunde dauern und konnte Ghost, Gunther und einem oder zwei der anderen überlassen werden. Conrad bezahlte die Arbeiter aus dem Ort und die Roadies. Er wies Ghost an, den Abschluß der Arbeiten zu beaufsichtigen und sich Max Freeds Genehmigung zum Abtransport einzuholen; Gunther trug er auf, genau das zu tun, was Ghost von ihm verlangte. Er bezahlte den beiden Roadies einen Vorschuß, die gerade aufgestanden waren, sich noch den Schlaf aus den Augen rieben und darauf vorbereiteten, die Trucks nach Clearfield, Pennsylvania, zu fahren, ihrem nächsten Halt; Conrad würde ihnen später am Tag in seinem fast zwölf Meter langen Travelmaster folgen. Endlich trottete er – jeder Muskel in seinem Körper schmerzte – zu seinem Wohnmobil, das zwischen über zweihundert ähnlichen Fahrzeugen, Wohnwagen und Wohnmobilen stand – auf dem hinteren Parkplatz am westlichen Ende des Kirmesgeländes.

Je näher er dem Travelmaster kam, desto langsamer bewegte er sich. Er trödelte. Es nahm sich ausgiebig Zeit, die Nacht zu genießen, die ruhig und klar war. Der Sturm hatte sich verzogen und blies nun in einem anderen Teil des Landes, und die Luft war unnatürlich still. Die Dämmerung zog auf, wenngleich noch kein Licht den östlichen Horizont berührte. Der Mond war gerade hinter den Bergen untergegangen. Nun jagten nur noch leicht phosphoreszierende Wolken über den Himmel; silberschwarz hoben sie sich vor dem dunkleren, blauschwarzen Firmament ab.

Conrad stand an der Tür seines Wohnmobils und atmete die scharfe, erfrischende Luft tief ein; er war nicht besonders versessen darauf, den Wagen zu betreten, und hatte Angst davor, was er darin finden würde.

Schließlich konnte er es nicht noch länger hinauszögern. Er bereitete sich auf das Schlimmste vor, öffnete die Tür, stieg in den Travelmaster hinauf und schaltete das Licht ein.

Es war niemand im Fahrerhaus. Die Küche war verlassen, ebenso der vordere Schlafbereich.

Conrad ging zum hinteren Teil des Hauptraums und blieb zitternd stehen. Er zögerte noch eine Weile, bevor er die Tür zum Hauptschlafzimmer aufschob. Er drückte auf den Lichtschalter.

Das Bett war noch immer ordentlich gemacht, genau, wie er es gestern morgen zurückgelassen hatte. Auf der Matratze lag keine Tote; denn genau das hatte er vorzufinden erwartet.

Er seufzte vor Erleichterung.

Eine Woche war verstrichen, seit er die letzte Frau gefunden hatte. Er würde in Kürze eine weitere finden. Davon war er überzeugt, grimmig überzeugt. Der Drang, zu vergewaltigen, zu töten und zu verstümmeln, kam jetzt in wöchentlichen Abständen, weit häufiger, als es früher der Fall gewesen war. Aber offensichtlich nicht in dieser Nacht.

Er trat in das kleine Badezimmer, wollte kurz heiß duschen, bevor er zu Bett ging. Erschrocken wich er einen Schritt zurück. Das Waschbecken war blutverschmiert. Die durchnäßten Handtücher wiesen dunkle Flecke auf und lagen in einem Haufen auf dem Boden.

Es war also doch passiert.

In der Seifenschale schwamm ein Stück Ivory-Seife in einer schleimigen Pfütze; sie war rotbraun vor Blut.

Fast eine Minute lang stand Conrad einfach auf der Schwelle und betrachtete besorgt die Duschkabine. Der Vorhang war zugezogen. Er wußte, er mußte ihn beiseite schieben und nachsehen, ob dahinter etwas auf ihn wartete, doch er scheute vor dieser Bewegung zurück.

Er schloß die Augen und lehnte sich müde gegen den Türpfosten, ruhte sich aus, bis er wieder genügend Kraft für das gesammelt hatte, was getan werden mußte.

Schon zweimal hatte in der Duschkabine etwas auf ihn gewartet. Etwas, das zerfetzt und zerschmettert, zerbrochen und angenagt worden war. Etwas, das früher ein Mensch gewesen war, im Moment der Entdeckung aber nicht mehr.

Er hörte, wie der Duschvorhang auf seiner Metallstange zurückrasselte: *Schnicker-schnicker-schnick.*

Er riß die Augen auf.

Der Vorhang war noch geschlossen, hing schlaff und unbewegt da. Conrad hatte sich das Geräusch nur eingebildet.

Er stieß pfeifend den Atem aus.

Bring es hinter dich, sagte er sich wütend.

Er fuhr sich nervös mit der Zunge über die Lippen, stieß sich von dem Türpfosten ab und trat zur Duschkabine. Noch einmal hielt er inne, hörte, wie sein Herz schneller schlug. Er ergriff den Vorhang mit einer Hand und zog ihn schnell beiseite.

Die Kabine war leer.

Wenigstens war die Leiche diesmal beseitigt worden. Dafür mußte er dankbar sein. Conrad haßte es, sich mit den widerlichen Überresten befassen zu müssen.

Natürlich würde er in Erfahrung bringen müssen, was mit der neuesten Leiche geschehen war. Wenn sie nicht weit genug vom Kirmesgelände weggebracht worden war, um den Verdacht der Polizei vom Jahrmarkt abzulenken, würde er bald wieder hinausgehen und sie wegschaffen müssen.

Er wandte sich von der Duschkabine ab und schickte sich an, das blutige Badezimmer zu säubern.

Fünfzehn Minuten später brauchte er dringend etwas

zu trinken. Er holte ein Glas, einen Behälter mit Eiswürfeln und eine Flasche Johnny Walker aus der Küche. Er trug diese Gegenstände in das große Schlafzimmer, setzte sich auf das Bett und schenkte sich zwei, drei Fingerbreit Scotch ein. Von drei Kissen gestützt, setzte er sich zurück, nippte an dem Whiskey und versuchte, sich wieder so weit zu beruhigen, daß er wenigstens das Glas halten konnte, ohne ständig die Eiswürfel darin zum Klirren zu bringen.

Auf dem Nachttisch lag eine Kopie des Zeitplans der Big American Midway für diese Saison. Sie war oft benutzt worden und ziemlich zerfleddert. Conrad ergriff sie.

Von Anfang November bis Mitte April war Saisonpause, und BAM ließ, wie die anderen Jahrmärkte auch, die Schlagläden herunter. Die meisten Schausteller, Leute von allen Unternehmen, überwinterten in Gibsonton, Florida – bei den Showleuten als ›Gibtown‹ bekannt –, wo sie eine Art ganzjährige Gemeinde für ihresgleichen gegründet hatten, ein Shangri-La für Schausteller, eine Zuflucht, einen Ort, wo die bärtige Dame und der Mann mit drei Augen in der Kneipe um die Ecke ein Glas Bier trinken konnten, ohne daß jemand sie anstarrte. Aber von April bis Oktober war Big American unablässig auf Reisen, zog jede Woche in eine neue Stadt und löste die zerbrechlichen Wurzeln sechs Tage später schon wieder.

Während Conrad Straker an dem Scotch nippte, las er den Terminplan von Big American, ließ den Blick auf jeder Zeile verweilen, kostete die Namen der Städte aus, versuchte, bei einem eine übersinnliche Reaktion zu erzielen, herauszufinden, in welchem Ort er (endlich) Ellens Kindern begegnen würde.

Er hoffte, daß sie mindestens eine Tochter hatte. Er hatte auch Pläne für ihren Sohn geschmiedet, falls sie einen Sohn haben sollte, aber für ihre Tochter hatte er ganz besondere Pläne.

Nachdem er sich mehrmals nachgeschenkt hatte, spürte er allmählich, daß der Scotch die gewünschte Wirkung erzielte. Doch wie immer beruhigten die Namen der Städte auf dem Terminplan seine Nerven wesentlich wirkungsvoller, als der Whiskey es je vermochte.

Schließlich schob er die Liste beiseite und schaute zu dem Kruzifix hoch, das über dem Fuß des Bettes an der Wand befestigt war. Es hing verkehrt herum. Und das leidende Gesicht Christi war sorgfältig schwarz bemalt worden.

Auf dem Nachttisch stand eine Votivkerze in einem durchsichtigen Glasbehälter. Conrad ließ sie rund um die Uhr brennen. Die Kerze war schwarz; das brennende Wachs erzeugte eine seltsame dunkle Flamme.

Conrad Straker war ein frommer Mann. Er betete regelmäßig jeden Abend. Aber er betete nicht zu Gott.

Vor über zwanzig Jahren, kurz nachdem Zena sich von ihm hatte scheiden lassen, war er zu einer satanischen Religion konvertiert. Er dachte mit großem Vergnügen über den Tod nach, sehnte sich danach, in die Hölle zu kommen. Er wußte, daß das sein Schicksal war. Die Hölle. Sein rechtmäßiges Zuhause. Er hatte keine Angst davor. Dort würde er Frieden finden. Satans Lieblingsministrant. Er gehörte in die Hölle. Er hatte es verdient, dort aufgenommen zu werden. Schließlich hatte er ja seit diesem tragischen, flammenerfüllten Heiligabend, als er zwölf Jahre alt gewesen war, in der einen oder anderen Hölle gelebt, Tag und Nacht, Nacht und Tag, ohne Erleichterung.

Die Tür am Bug des Travelmasters wurde geöffnet, und das Wohnmobil schaukelte, als es seinen anderen Untermieter aufnahm. Die Tür wurde mit einem Knall geschlossen.

»Ich bin hier hinten!« rief Conrad, der sich nicht die Mühe machte, vom Bett aufzustehen.

Es erfolgte keine Antwort, doch er wußte, wer dort war.

»Du hast das Bad wie einen Schweinestall hinterlassen, als du aufgeräumt hast«, rief Conrad.

Schwere Schritte näherten sich ihm.

Am Sonntag darauf wanderte ein Mann namens David Clippert mit seinem Hund, den er Moose rief, drei Kilometer vom Kirmesplatz entfernt über die frühlingsfrischen Hügeln des Coal County.

Als sie kurz vor vier Uhr einen Grashügel überquerten, stieß Moose, der seinem Herrn vorauslief, in einem kleinen Unterholz auf etwas, das seine Sinne gefangennahm. Er lief im Kreis herum und blieb auf dem Gras, drang nicht in das Gebüsch ein, war aber von dem fasziniert, was er darin erblickt hatte. Er bellte mehrmals, hielt inne, um zu schnüffeln, lief dann wieder im Kreis herum und meldete laut bellend seinen Fund.

David war zwanzig Meter hinter dem Hund und hatte keine Ahnung, was es mit dem ganzen Theater auf sich hatte. Er konnte es sich aber vorstellen. Höchstwahrscheinlich war es eine Schar Schmetterlinge, die zwischen den Gräsern hin und her flogen. Oder vielleicht eine winzige Eidechse, die auf einem Blatt erstarrt, aber nicht Mooses scharfen Augen entgangen war. Im äußersten Fall war es eine Feldmaus. Bei einem größeren Tier würde Moose nicht bleiben. Er war ein großer Irish Setter mit seidigem Fell, stark, freundlich und gutherzig, aber er war ein Feigling. Wäre er auf eine Schlange, einen Fuchs oder sogar ein Kaninchen gestoßen, wäre er mit eingeklemmtem Schwanz verduftet.

Als David sich dem hüfthohen Gebüsch näherte – hauptsächlich Gänsedisteln und Brombeersträucher –, wich Moose leise jaulend zurück.

»Was ist los, Junge?«

Der Hund blieb fünf Meter von seinem Fund entfernt stehen, sah seinen Herrn flehentlich an und winselte.

Seltsames Verhalten, dachte David stirnrunzelnd.

Es sah Moose nicht ähnlich, sich von einem Schmetterling oder einer Eidechse verscheuchen zu lassen. Sobald der große Hund eine solche Beute gestellt hatte, war er ein beeindruckender Gegner, absolut wild und unbeugsam.

Als David ein paar Sekunden später das Unterholz erreichte und sah, was die Aufmerksamkeit des Hundes erregt hatte, blieb er stehen, als wäre er gegen eine Ziegelsteinmauer geprallt.

»O Gott.«

Ein großer Strom arktischer Luft mußte im Himmel eine andere Richtung eingeschlagen haben, denn die warme Maibrise war plötzlich kalt, so kalt, daß einem das Blut in den Adern gefrieren konnte.

Zwei Leichen, die eines Mannes und einer Frau, lagen in dem Unterholz ausgebreitet; von den miteinander verflochtenen Zweigen der Brombeersträucher wurden sie in einer teilweise aufrechten Position gehalten. Beide Leichen lagen mit gespreizten Armen auf dem Rücken, fast, als wären sie an diesen Dornenzweigen gekreuzigt worden. Der Bauch des Mannes war aufgeschlitzt worden.

David erschauerte, wandte sich aber nicht von diesem scheußlichen Anblick ab. Ende der sechziger Jahre war er als Sanitäter zwei Jahre lang in Vietnam stationiert gewesen, bis er verwundet und nach Hause geschickt worden war; er hatte alle möglichen Darmwunden gesehen, Bäuche, die von Kugeln, Bajonetten, von Granatsplittern oder Tretminen aufgerissen worden waren. Er war nicht zimperlich.

Doch als er sich die Frau näher anschaute, als er sah, was man mit ihr gemacht hatte, schrie er unwillkürlich auf, wandte sich schnell von ihr ab, stolperte ein paar Schritte zurück ins Gras, fiel auf die Knie und übergab sich heftig und unter Krämpfen.

5

The Dive – die ›Spelunke‹ – war der Teenagertreff in Royal City. Es lag an der Main Street, vier Häuserblocks von der High School entfernt. Soweit Amy es sah, war nichts Besonderes daran. Ein Barbereich, in dem es hauptsächlich Erfrischungsgetränke gab. Ein Schnellgrill. Zehn Tische mit Wachstüchern. Acht U-förmige Eckbänke mit leuchtend roten Polstern. Ein halbes Dutzend Flipperautomaten in einem Hinterraum. Eine Jukebox. Das war's. Etwas ganz Schlichtes. Amy vermutete, daß es eine Million solcher Schuppen überall im ganzen Land gab. Sie kannte vier davon allein im kleinen alten Royal City. Aber aus einem geheimnisvollen Grund – vielleicht der Herdentrieb, vielleicht, weil der Name des Etablissements wie der eines anrüchigen Schuppens klang, den ihre Eltern niemals gutheißen würden – versammelten die Teenager der Stadt sich im Dive in größerer Anzahl als in jedem anderen Lokal in Royal City.

Amy hatte in den beiden letzten Sommern als Kellnerin im Dive gearbeitet und würde am ersten Juni wieder dort anfangen, diesmal ganztags, bis im September das College anfing. Auch während des Schuljahrs kellnerte sie immer mal für ein paar Stunden, an Feiertagen und den meisten Wochenenden. Von ihrem Verdienst genehmigte sie sich ein kleines Taschengeld, und der Rest ging auf ihr Sparbuch und wurde fürs College zurückgelegt.

Am Sonntag, dem Tag nach dem Abschlußball, arbeitete Amy von zwölf bis achtzehn Uhr. Im Dive gab es außergewöhnlich viel zu tun. Um vier Uhr nachmittags war sie fix und fertig. Um fünf war sie baff erstaunt, daß sie noch stehen konnte. Als der Schichtwechsel näher kam, ertappte sie sich, wie sie alle paar Minuten auf die Uhr schaute, als wolle sie die Zeiger zwingen, sich schneller zu bewegen.

Sie fragte sich, ob ihr ungewöhnlicher Mangel an Energie auf ihre Schwangerschaft zurückzuführen war. Wahrscheinlich. Ein Teil ihrer Kraft wurde auf das Baby umgeleitet. Selbst in einem so frühen Stadium mußte eine Schwangerschaft gewisse Auswirkungen auf den eigenen Körper haben. Oder nicht?

Der Gedanke an ihre Schwangerschaft deprimierte sie. Und wenn sie deprimiert war, kroch die Zeit noch langsamer voran.

Ein paar Minuten vor sechs platzte Liz Duncan ins Dive. Sie sah umwerfend aus. Sie trug hautenge Jeans und einen malvenfarbigen und blauen Pulli, der den Eindruck erweckte, er sei auf ihr gestrickt worden. Sie war eine hübsche Blondine mit einer extrem wohlgeformten Figur. Es konnte Amy nicht entgehen, daß überall im Raum Jungen aufschauten, als Liz zur Tür hereinkam.

Liz war solo, hatte sich gerade von ihrem Freund getrennt und noch keinen neuen. Sie war immer gerade ›zwischen Freunden‹, aber niemals lange; sie verbrauchte Jungs wie Amy Tempotaschentücher. Am gestrigen Abend war Liz mit einem Abenteuer für eine Nacht zum Abschlußball gekommen. Amy hatte den Eindruck, daß jede Beziehung, die Liz mit einem Jungen hatte, ein Abenteuer für eine Nacht war, auch wenn sie einen oder zwei Monate lang hielt; Liz stand nicht der Sinn nach etwas Dauerhaftem. Im Gegensatz zu anderen Mädchen auf der High School stieß der Gedanke sie ab, Ringe zu tauschen und fest mit nur einem Typ zu gehen. Sie mochte die Abwechslung und schien an der Vergänglichkeit zu gedeihen. Sie war das böse Mädchen der Abschlußklasse, und einige ihrer Heldentaten waren bei ihren Klassenkameradinnen legendär. Ihr schien völlig schnuppe zu sein, was die anderen von ihr hielten.

Amy zapfte gerade zwei Krüge Bier, als Liz zur Theke stürmte. »He, Kleine, wie geht's?« fragte sie.

»Ich bin völlig fertig«, bekannte Amy.

»Hast du bald Feierabend?«

»Noch fünf Minuten.«

»Hast du dann schon was vor?«

»Nein. Ich bin froh, daß du gekommen bist. Ich muß mit dir sprechen.«

»Klingt geheimnisvoll.«

»Es ist wichtig«, sagte Amy.

»Ob das Haus uns ein paar Kirsch-Cokes ausgeben wird?«

»Klar. Da drüben ist ein Tisch frei. Setz dich schon mal hin, und ich komme zu dir, sobald mein Dienst zu Ende ist.« Ein paar Minuten später brachte Amy die Cokes zum Tisch und nahm Liz gegenüber Platz.

»Was ist los?« fragte Liz.

Amy rührte mit einem Strohhalm in ihrer Coke. »Na ja ... ich muß ...«

»Ja?«

»Ich muß mir ... ein wenig Geld borgen.«

»Klar. Ich kann dir zehn Dollar überlassen. Hilft dir das weiter?«

»Liz, ich muß mindestens drei- oder vierhundert Dollar auftreiben. Wahrscheinlich noch mehr.«

»Ist das dein Ernst?«

»Ja.«

»Mein Gott, Amy, du kennst mich doch. Geld rinnt mir

wie Sand durch die Finger. Meine Eltern geben mir ordentlich was, wenn ich sie darum bitte, und dann, bevor ich es richtig mitbekommen habe – zack, ist es weg. Es ist das reinste Wunder, daß ich zehn Mäuse habe, die ich dir leihen kann, aber drei- oder vierhundert …«

Amy seufzte und nickte. »Ich hatte befürchtet, daß du das sagst.«

»Hör zu, wenn ich das Geld hätte, würde ich es dir geben.«

»Das weiß ich.«

Welche anderen Fehler Liz auch haben mochte – und es waren nicht wenige –, Geiz gehörte nicht dazu.

»Was ist mit deinen Ersparnissen?« fragte Liz.

Amy schüttelte den Kopf. »Ohne Mamas Zustimmung komme ich nicht an mein Sparbuch ran. Und ich hoffe, daß sie nichts davon erfährt.«

»Wovon? Wofür brauchst du denn so viel Schotter?«

Amy wollte ihr Geheimnis lüften, doch blieben ihr die Worte im Hals stecken. Sie nippte an der Coke und verschaffte sich damit die Zeit, in Ruhe darüber nachzudenken, ob es klug war, Liz von ihrem Elend zu berichten.

»Amy?«

Im Dive war es ziemlich laut: das Klicken, Piepen und Klingeln der Flipper-Automaten, dröhnender Rock and Roll in der Jukebox, ein Plätschern von Stimmen, gelegentlich aufbrandendes Gelächter.

»Amy, was ist los?«

Sie errötete unwillkürlich. »Es ist wohl albern von mir, aber ich … ich … schäme mich einfach zu sehr, um es dir zu sagen.«

»Das ist wirklich albern. Du kannst mir alles sagen. Ich bin deine beste Freundin, oder?«

»Ja.«

Ja, es stimmte: Liz Duncan war ihre beste Freundin. Um

nicht zu sagen, so ziemlich ihre einzige Freundin. Amy war nicht oft mit Mädchen ihres Alters zusammen. Sie hing fast ausschließlich mit Liz herum, und das war eigentlich recht verwunderlich. Sie und Liz unterschieden sich in vielerlei Hinsicht: Amy lernte angestrengt und war gut in der Schule; Liz waren Schulnoten völlig gleichgültig. Amy wollte aufs College gehen; Liz verabscheute diese Vorstellung. Amy war introvertiert, gelegentlich sogar richtig schüchtern; Liz war kontaktfreudig, kühn, manchmal sogar richtig dreist. Amy las gern Bücher; Liz zog Filme und Klatschzeitungen vor. Obwohl Amy gegen die übertriebene religiöse Inbrunst ihrer Mutter rebellierte, glaubte sie noch an Gott; aber Liz sagte, die ganze Vorstellung von Gott und dem Leben nach dem Tode würde sie abnerven. Amy gab nicht viel um Schnaps oder Pot und trank oder rauchte nur, wenn sie Liz gefallen wollte; aber Liz sagte, falls es einen Gott gäbe – und sie versicherte Amy, dem sei nicht so –, sei er es schon wert, verehrt zu werden, weil er Alkohol und Marihuana erschaffen habe. Obwohl die beiden Mädchen in vielerlei Hinsicht grundverschieden waren, hatte ihre Freundschaft Bestand. In erster Linie, weil Amy hart daran arbeitete. Sie tat so ziemlich das, was Liz tun wollte, sagte das, was Liz ihrer Meinung nach hören wollte. Sie kritisierte Liz niemals, heiterte sie immer auf, lachte immer über ihre Scherze und war fast immer einer Meinung mit ihr. Amy hatte sehr viel Zeit und Energie in ihre Freundschaft gesteckt, aber nie aufgehört, sich zu fragen, warum ihr so viel daran lag, Liz Duncans beste Freundin zu sein.

Als Amy in der vergangenen Nacht im Bett lag, hatte sie sich gefragt, ob sie sich im Unterbewußtsein *gewünscht* hatte, daß Jerry Galloway ihr einen Braten in die Röhre schob, nur um ihre Mutter zu ärgern. Das war ein bestürzender Gedanke gewesen. Nun fragte sie sich, ob sie aus einem ähnlich törichten Grund die Freundschaft mit Liz Duncan aufrecht hielt. Liz hatte (und genoß) den schlechtesten Ruf an der Schule; sie war unflätig und respektlos und promiskuitiv. Die Freundschaft mit ihr war für Amy vielleicht nur ein weiterer Akt der Rebellion gegen Mamas traditionelle Werte und Moralvorstellungen.

Der Gedanke, daß sie ihre Zukunft vielleicht nur verpfuschte, um ihrer Mutter Schmerz zuzufügen, erschütterte Amy. Wenn das stimmte, saßen der Groll und Zorn, die sie ihrer Mutter entgegenbrachte, viel tiefer, als sie bislang geahnt hatte. Das hieß auch, daß sie nicht die Kontrolle über ihr Leben hatte; es bedeutete, daß sie von einem schwarzen Haß und einer verzehrenden Verbitterung getrieben wurde, die sie nicht beherrschen konnte. Diese Vorstellung machte ihr dermaßen zu schaffen, daß sie sich weigerte, sie länger in Betracht zu ziehen; sie verdrängte sie schnell wieder.

»Also?« fragte Liz. »Willst du mir sagen, was los ist?«

Amy blinzelte. »Äh … na ja … ich habe mit Jerry Schluß gemacht.«

»Wann?«

»Gestern abend.«

»Nachdem ihr den Abschlußball verlassen habt? Warum?«

»Er ist ein blöder, gemeiner Mistkerl.«

»Das ist er schon immer gewesen«, sagte Liz. »Aber das hat dich doch vorher auch nicht gestört. Warum so plötzlich? Und was hat das damit zu tun, daß du drei- oder vierhundert Dollar brauchst?«

Amy schaute sich um, aus Angst, jemand könnte sie belauschen. Sie saßen am letzten Tisch an der Wand; hinter ihnen war also niemand. Auf der anderen Seite maßen sich hinter Liz vier Football-Fans lautstark im Armdrücken. Am Nebentisch saßen zwei Pärchen, Intellektuelle von besonderen Gnaden, und sprachen eindringlich über aktuelle Filme; sie nannten sie ›Streifen‹ und sprachen von Scriptwritern und Cuttern, als hätten sie jahrelang in Hollywood gearbeitet und wüßten, worum es ging. Niemand lauschte.

Amy sah Liz an. »In letzter Zeit wird mir morgens immer schlecht.«

Liz verstand sofort. »O nein. Was ist mit deiner Periode?«

»Ausgeblieben.«

»Verdammte Scheiße.«

»Jetzt weißt du, wofür ich das Geld brauche.«

»Eine Abtreibung«, sagte Liz leise. »Hast du es Jerry gesagt?«

»Deshalb haben wir uns ja getrennt. Er sagt, es ist nicht von ihm, und will mir nicht helfen.«

»Er ist ein mieser kleiner Scheißkerl.«

»Ich weiß nicht, was ich tun soll.«

»Verdammt!« sagte Liz. »Wärest du doch nur zu dem Arzt gegangen, den ich dir empfohlen habe. Hättest du dir doch nur die Pille verschreiben lassen.«

»Ich hatte Angst vor der Pille. Man hört alle möglichen Geschichten über Krebs und Blutgerinnsel ...«

»Sobald ich einundzwanzig bin«, sagte Liz, »lasse ich mich sterilisieren. Aber bis dahin ist die Pille unentbehrlich. Was ist schlimmer – das Risiko eines Blutgerinnsels, oder von einem Kerl angebraten zu werden?«

»Du hast recht«, sagte Amy elendig. »Ich weiß nicht, warum ich nicht getan habe, wozu du mir geraten hast.«

Außer vielleicht, daß ich schwanger werden wollte und es nicht mal wußte.

Liz beugte sich zu ihr. »Mein Gott, Kleine, es tut mir leid. Es tut mir verdammt leid. Mir ist ganz schlecht. Wirklich. Mir ist einfach schlecht, weil du in so einer Klemme steckst.«

»Dann stell dir mal vor, wie ich mich fühle.«

»Großer Gott, was für ein Pech.«

»Ich weiß nicht, was ich tun soll«, wiederholte Amy.

»Ich werde dir sagen, was du tun wirst«, erwiderte Liz. »Du wirst nach Hause gehen und es deinen Eltern sagen.«

»O nein. Das könnte ich nicht. Es wäre schrecklich.«

»Hör mal, ich weiß, daß es kein Zuckerschlecken sein wird. Sie werden schreien und brüllen und dich beschimpfen. Und sie werden dir jede Menge Vorwürfe machen. Das wird ganz bestimmt kein Zuckerschlecken sein. Aber sie werden dich nicht verprügeln oder umbringen.«

»Meine Mutter vielleicht schon.«

»Mach dich doch nicht lächerlich. Die alte Hexe wird toben und herumzetern und dir 'ne Weile ganz schön einheizen. Aber verlieren wir doch nicht aus den Augen, worauf es hier ankommt. Wichtig ist, daß man deinen Arsch so schnell wie möglich in eine Klinik schafft und dir das Baby auskratzt.«

Amy zuckte angesichts der Wortwahl ihrer Freundin zusammen.

»Du mußt nur die Zähne zusammenbeißen und das Geschrei über dich ergehen lassen«, sagte Liz, »und dann werden sie die Abtreibung bezahlen.«

»Nein. Du vergißt, daß meine Eltern erzkatholisch sind. Sie halten Abtreibung für eine Sünde.«

»Das mag schon sein, aber sie werden doch nicht eine junge Frau wie dich zwingen, ihr ganzes Leben zu ruinieren. Katholiken lassen ständig abtreiben, ganz gleich, was sie sagen.«

»Da hast du bestimmt recht«, sagte Amy. »Aber meine Mutter ist in diesen Dingen fanatisch. Sie wird sich niemals mit einer Abtreibung einverstanden erklären.«

»Glaubst du wirklich, sie ist bereit, mit der Schande eines unehelichen Enkelkinds unter ihrem Dach zu leben?«

»Ja ... um mich zu verletzen ... und hauptsächlich, um mir eine Lektion zu erteilen.«

»Bestimmt?«

»Ganz bestimmt.«

Sie saßen eine Weile in verdrossenem Schweigen da.

In der Jukebox sang Donna Summer von dem Preis, den man für die Liebe zahlen mußte.

Plötzlich schnippte Liz mit den Fingern. »Ich hab's!«

»Was?«

»Selbst Katholiken dulden eine Abtreibung, wenn das Leben der Mutter in Gefahr ist, nicht wahr?«

»Nicht alle Katholiken. Selbst unter diesen Umständen billigen nur die liberalsten eine Abtreibung.«

»Und deine alte Dame ist nicht liberal.«

»Wohl kaum.«

»Aber dein Vater denkt da doch anders, oder? Wenigstens, was die Religion betrifft?«

»Er ist nicht so fanatisch wie Mama. Vielleicht würde er mir erlauben, eine Abtreibung vornehmen zu lassen, wenn er wirklich glaubt, daß das Baby meine Gesundheit zerstört.«

»Na schön. Dann mußt du ihm weismachen, das Baby würde deine geistige Gesundheit zerstören. Kapiert? Du sprichst von Selbstmord. Droh, dich umzubringen, wenn du nicht abtreiben darfst. Tu so, als wärst du halb verrückt geworden. Sei hysterisch. Sei irrational. Schreie, weine, dann lache, ohne einen Grund dafür zu haben, dann schrei wieder, schlag Porzellan kurz und klein ... Und wenn das sie nicht überzeugt, tust du so, als wolltest du dir die Pulsadern aufschneiden, eine Verletzung, die gerade tief genug ist, daß etwas Blut kommt. Sie werden nicht genau wissen, ob du dir den Schnitt absichtlich oder zufällig zugefügt hast, und ganz bestimmt kein Risiko eingehen wollen.«

Amy schüttelte langsam den Kopf. »Das würde nicht funktionieren.«

»Warum nicht?«

»Ich bin keine gute Schauspielerin.«

»Ich wette, du legst sie rein.«

»Wenn ich das durchziehe und so tue, als ... Na ja, ich würde mir dumm vorkommen.«

»Willst du dir lieber schwanger vorkommen?«

»Es muß eine andere Möglichkeit geben.«

»Zum Beispiel?«

»Keine Ahnung.«

»Sieh es ein, Kleine. Das ist deine beste Chance.«

»Ich weiß nicht ...«

»Ich aber.«

Amy nippte an ihrer Coke. »Vielleicht hast du recht«, sagte sie, nachdem sie eine Weile nachgedacht hatte. »Vielleicht versuche ich es mit der Selbstmordmasche.«

»Es wird funktionieren. Ganz bestimmt. Du wirst schon sehen. Wann wirst du es ihnen sagen?«

»Na ja, ich hatte vor, es ihnen nach meinem Abschluß behutsam beizubringen, wenn ich bis dahin keinen anderen Ausweg gefunden habe.«

»Das sind doch noch zwei Wochen! Hör zu, Kleine, je eher, desto besser.«

»Zwei Wochen werden keinem schaden. Vielleicht habe ich bis dahin eine Möglichkeit gefunden, das Geld aufzutreiben.«

»Das wirst du nicht.«

»Vielleicht doch.«

»Nein«, entgegnete Liz scharf. »Und du bist doch erst siebzehn. Wahrscheinlich kriegst du ohne die schriftliche Einwilligung deiner Eltern gar keine Abtreibung, nicht mal, wenn du das Geld hättest, um sie zu bezahlen. Ich wette, du mußt mindestens achtzehn sein, um das selbst entscheiden zu können.«

An diese Möglichkeit hatte Amy gar nicht gedacht. Sie sah sich einfach nicht als Minderjährige; sie fühlte sich hundertundzehn Jahre alt.

»Jetzt sei doch mal vernünftig, Kleine«, sagte Liz. »Auf meinen Rat mit der Pille wolltest du nicht hören. Dann reiß dich wenigstens diesmal zusammen, ja? Bitte, bitte, um Gottes willen, hör auf mich. Je früher, desto besser.«

Amy sah ein, daß Liz recht hatte. Sie lehnte sich auf der Bank zurück, fort vom Tisch, und eine Welle der Resignation durchflutete sie. Sie sackte in sich zusammen wie eine Marionette, deren Fäden durchtrennt worden waren. »Na schön. Je früher, desto besser. Ich werde es ihnen heute abend oder morgen sagen.«

»Heute abend.«

»Ich glaube nicht, daß ich heute abend noch die Kraft dazu habe. Wenn ich die große Selbstmordmasche durchziehen will, muß ich auf Draht sein. Ausgeruht.«

»Dann morgen«, sagte Liz. »Spätestens morgen! Bring es hinter dich. Hör zu, uns steht ein toller Sommer bevor. Wenn ich am Ende des Jahres nach Westen gehe, wie ich es geplant habe, wird es wahrscheinlich der letzte Sommer sein, den wir gemeinsam verbringen können. Also müssen wir es richtig anstellen. Wir müssen Dinge erleben, an die wir uns noch lange erinnern können. Jede Menge Sonne, gutes Dope rauchen, ein paar neue Jungs ... Da geht die Post ab. Aber es wird nicht ganz so toll werden, wenn du mit einem dicken Bauch und angebraten rumläufst.«

Für Joey Harper erwies der Sonntag sich als schöner Tag.

Der Morgen fing natürlich mit der Messe und der Sonntagsschule an, die so langweilig wie immer war, aber dann wurde es schnell besser. Als sein Vater am Kiosk von Royal City anhielt, um die Sonntagszeitungen zu kaufen, fand Joey einen Stapel neuer Comichefte im Regal und hatte genug Kleingeld in der Tasche, um sich die beiden besten zu kaufen. Dann machte seine Mutter zum Mittagessen Hähnchen (und Waffeln zum Dessert), und das war sein Lieblingsessen.

Schließlich gab sein Vater ihm Geld, damit er ins Rialto gehen konnte, ein Kino, ein Wiederaufführungstheater, in dem nur alte Filme gezeigt wurden. Es war sechs Blocks von ihrem Haus entfernt, und gerade so weit – aber nicht weiter – durfte er mit dem Fahrrad fahren. Das Rialto zeigte in der Nachmittagsvorstellung zwei Monsterfilme – *Das Ding aus einer anderen Welt* und *Gefahr aus dem Weltall.* Beide Streifen waren super.

Joey mochte unheimliche Geschichten. Warum, wußte er nicht genau. Wenn er in einem dunklen Kino saß und zusah, wie sich ein schleimiges Ding an den Helden heranschlich, machte er sich manchmal fast in die Hosen. Aber er genoß jede Minute davon.

Nach den Filmen fuhr er zum Abendessen nach Hause, und seine Mutter machte Cheeseburger und gebackene Bohnen, was fast noch besser als Hähnchen und Waffeln war, einfach besser als alles andere, was ihm in den Sinn kam. Er aß, bis er glaubte, er würde platzen.

Amy kam um acht Uhr aus dem Dive nach Hause, anderthalb Stunden, bevor Joey zu Bett mußte, so daß er noch wach war, als sie die Gummischlange fand, die in ihrem Schrank an einem Kleiderbügel baumelte. Sie stürmte den Korridor entlang, rief seinen Namen und jagte ihn in seinem Zimmer herum, bis sie ihn erwischt hatte. Nachdem sie ihn gekitzelt und ihm das Versprechen abgerungen hatte, sie nie wieder so zu erschrecken (ein Versprechen, von dem sie beide wußten, daß er es nicht halten würde), überredet er sie, mit ihm eine Partie Monopoly mit einem Zeitlimit von einer Stunde zu spielen, und auch das machte ihm großen Spaß. Wie üblich gewann er; für jemanden, der fast erwachsen war, kannte sie sich nicht besonders gut mit finanziellen Mauscheleien aus.

Er liebte Amy über alles. Vielleicht war das ein Fehler. Man sollte Vater und Mutter am meisten lieben. Na ja, nach Gott. Gott kam zuerst. Dann Vater und Mutter. Aber es war nicht leicht, Mama zu lieben. Sie betete die ganze Zeit mit einem oder für einen oder hielt einem eine Vorlesung darüber, wie man sich richtig zu benehmen hatte, und sie erzählte einem immer und immer wieder, sie sorge dafür, daß man richtig aufwuchs, aber irgendwie zeigte sie einem nie, daß ihr wirklich etwas daran lag. Es war alles nur Gerede. Daddy konnte man leichter gern haben, aber er war nicht so oft zu Hause. Er war ständig mit juristischen Sachen beschäftigt, rettete wahrscheinlich Unschuldige vor dem elektrischen Stuhl und so weiter, und wenn er mal da war, verbrachte er viel Zeit allein und arbeitete an den Miniaturbauten für die Modelleisenbahn; er schätzte es nicht, wenn man in seiner Werkstatt herumalberte.

Womit Amy übrigblieb. Sie war oft zu Hause. Und sie war immer da, wenn man sie brauchte. Sie war der netteste Mensch, den Joey kannte, der netteste, den er je zu kennen erwartete, und er war froh, daß er sie zur Schwester hatte und nicht diese verdrossene, gemeine Veronica Culp, mit der sein bester Freund, Tommy Culp, unter einem Dach leben mußte.

Als er später, nach der Partie Monopoly, sich den Schlafanzug angezogen und die Zähne geputzt hatte und fertig fürs Bett war, sprach er seine Gebete mit Amy, was viel besser war, als sie mit Mama zu sprechen. Amy sprach sie schneller als Mama, und sie veränderte gelegentlich hier und da ein Wort, damit sie etwas lustiger wurden. Statt »Maria, Mutter Gottes, hör meine Bitte!« sagte sie vielleicht: »Maria, Mutter Gottes, hör meine Mitte!« Sie brachte Joey immer zum Kichern, aber er mußte darauf achten, nicht zu laut zu lachen, denn sonst würde Mama sich fragen, seit wann Beten lustig war, und dann würden sie Ärger kriegen.

Amy steckte ihn ins Bett und küßte ihn und ließ ihn schließlich allein. Er kuschelte sich ins Bett und schlief fast sofort ein.

Der Sonntag war wirklich ein schöner Tag gewesen.

Aber der Montag fing schlecht an.

Kurz nach Mitternacht, in den ersten paar Minuten des neuen Tages, wurde Joey von dem unheimlichen, undeutlichen Geräusch der geflüsterten Selbstgespräche seiner Mutter geweckt. Wie bei den anderen Gelegenheiten hielt er die Augen geschlossen und tat so, als würde er schlafen.

»Mein kleiner Engel ... vielleicht gar kein Engel ... im Innern ...«

Sie war sturzbesoffen. Tommy Culp pflegte dieses Stadium der Volltrunkenheit ›hackevoll‹ zu nennen.

Sie redete zusammenhangloses Zeug, daß sie sich nicht entscheiden könne, ob er gut oder schlecht war, rein oder böse, daß vielleicht etwas Häßliches in ihm verborgen war und darauf wartete auszubrechen, daß sie keine Teufel in die Welt bringen wolle, daß es Gottes Werk war, die Welt auf jede nur mögliche Weise von solchem Bösen zu befreien; und sie sprach wieder darüber, daß sie jemanden namens Victor getötet hatte und hoffte, ihrem kostbaren Engel so etwas niemals antun zu müssen.

Joey fing an zu zittern und hatte tödliche Angst, sie könne herausfinden, daß er wach war. Er wußte nicht, was sie tun würde, sollte sie herausfinden, daß er ihr unheimliches Murmeln gehört hatte.

Als er drauf und dran war, ihr zu sagen, sie solle die Klappe halten und verschwinden, versuchte Joey verzweifelt, sie einfach auszublenden. Er zwang sich, an etwas anderes zu denken. Er konzentrierte sich darauf, im Geiste ein genaues Bild des großen, bösartigen Außerirdischen aus dem Film *Das Ding aus einer anderen Welt* zusammenzusetzen, den er an diesem Nachmittag im Rialto gesehen hatte. Das Ding in dem Film war wie ein Mensch gewesen, nur ungleich größer. Mit riesigen Händen, die einen in einer Minute in Stücke reißen konnten. Und eingefallenen Augen voller Feuer. Und doch war es eine Pflanze. Eine außerirdische Pflanze, die fast unzerstörbar war und von Blut lebte. Er konnte sich lebhaft an die Szene erinnern, in der die Wissenschaftler hinter einer Reihe von Türen nach dem Alien suchten; sie fanden es nicht und gaben schließlich auf, und als sie dann die nächste Tür öffneten und eigentlich gar nichts mehr erwarteten, sprang das Ungeheuer sie an, knurrte und fauchte und wollte jemanden fressen. Als Joey sich an die unerwartete Heftigkeit des Angriffs des Ungeheuers erinnerte, fühlte er, wie sein Blut sich erneut in Eis verwandelte; so war es auch schon im Kino gewesen. Diese Szene war so gruselig, so gänsehauterregend schrecklich, daß ihm das betrunkene Schwafeln seiner Mutter im Vergleich dazu harmlos erschien. Was den Leuten in Horrorfilmen zustößt, war so fürchterlich, daß es einem die unheimlichen Dinge im richtigen Leben lahm vorkommen ließ. Plötzlich fragte Joey sich, ob er diese unheimlichen Geschichten deshalb so mochte.

6

Mama stand morgens immer als erste auf. Sie ging jeden Tag zur Messe, selbst wenn sie krank war oder einen wirklich schlimmen Kater hatte. Im Sommer erwartete sie von Amy und Joey, daß sie fast so häufig wie sie an Gottesdiensten und der heilige Kommunion teilnahmen.

Doch an diesem Montag morgen im Mai lag Amy noch im Bett, lauschte, wie ihre Mutter durchs Haus und dann in die Garage ging, die direkt unter Amys Zimmer lag. Der Toyota sprang beim zweiten Versuch an, und das automatische Garagentor öffnete sich polternd und kam dann mit einem dumpfen Schlag zum Stehen, der Amys Fenster klappern ließ.

Nachdem ihre Mutter losgefahren war, stand Amy auf, duschte, zog sich für die Schule an und ging nach unten in die Küche. Ihr Vater und Joey beendeten gerade ihr Frühstück aus getoasteten Muffins und Orangensaft.

»Du bist heute morgen spät dran«, sagte ihr Vater. »Iß schnell noch was. Wir fahren in fünf Minuten los.«

»Der Morgen ist so wunderschön«, sagte Amy. »Ich glaube, ich gehe heute zu Fuß zur Schule.«

»Hast du auch genug Zeit?«

»Ja, klar. Jede Menge.«

»Ich auch«, sagte Joey. »Ich will mit Amy gehen.«

»Die Grundschule ist dreimal so weit weg wie die High School«, sagte Paul Harper. »Wenn du da ankommst, hast du dir die Beine bis zu den Knien abgelaufen.«

»Ach was«, sagte Joey. »Das schaff' ich schon. Ich bin hart im Nehmen.«

»Ein ganz harter Bursche«, stimmte sein Vater ihm zu.

»Du ißt deine Cornflakes sogar ohne Milch. Aber trotzdem fährst du mit mir.«

»Ach, Schei ... benkleister!« sagte Joey.

»Platsch«, sagte Amy und verzog das Gesicht.

Joey grinste.

»Komm schon, harter Bursche«, sagte sein Vater. »Fahren wir los.«

Amy stand an einem der Wohnzimmerfenster und beobachtete, wie der Mann und der Junge in dem großen Familienwagen, einem Pontiac, davonfuhren.

Sie hatte ihren Vater belogen. Sie hatte nicht vor, zu Fuß zur Schule zu gehen. Sie würde heute überhaupt nicht in die Schule gehen.

Sie kehrte in die Küche zurück, kochte eine Kanne Kaffee und goß sich einen großen Becher voll ein. Dann setzte sie sich an den Küchentisch und wartete, daß ihre Mutter aus der Messe zurückkam.

Als sie sich in der vergangenen Nacht schlaflos im Bett gewälzt und überlegt hatte, wie sie ihr Geständnis am besten machen sollte, hatte sie sich entschlossen, es zuerst ihrer Mutter zu sagen.

Würde Amy es ihnen beiden gleichzeitig beichten, würde Mamas Reaktion auf die Nachricht darauf abzielen, nicht nur ihre Tochter, sondern auch ihren Mann zu beeindrucken; sie würde Amy gegenüber strenger sein, als sie es vielleicht war, wenn Amy es ihr unter vier Augen erzählte. Und Amy wußte auch, sollte sie es ihrem Vater zuerst erzählen, würde es aussehen, als hätte sie Geheimnisse vor ihr, als würde sie hinter ihrem Rücken versuchen, einen Keil zwischen ihre Eltern zu treiben, ihren Vater zum Verbündeten zu gewinnen. Wenn Mama auf diesen Gedanken kam, würde sie doppelt so aufbrausend reagieren. Indem sie es Mama zuerst sagte, indem sie ihr zumindest diesen Respekt erwies, hoffte Amy, ihre Chancen zu verbessern, die Abtreibung zu bekommen, die sie haben wollte.

Sie trank den Becher Kaffee aus. Sie schenkte sich einen zweiten ein und trank auch den.

Das Ticken der Uhr schien immer lauter zu werden, bis es ein Trommeln war, zu dessen Rhythmus ihre Nerven mitschwangen.

Als Mama schließlich von der Messe nach Hause kam und die Küche durch die Verbindungstür von der Garage aus betrat, war Amy so angespannt wie noch nie zuvor in ihrem Leben. Rücken und Unterarme ihrer Bluse waren schweißnaß. Trotz des heißen Kaffees schien in ihrem Magen ein Eisklumpen zu sitzen.

»Morgen, Mama.«

Ihre Mutter blieb überrascht stehen, hielt noch immer die Tür offen; das dunkle Innere der Garage war hinter ihr sichtbar. »Was machst du hier?«

»Ich wollte mit ...«

»Du müßtest in der Schule sein!«

»Ich bin zu Hause geblieben, damit ich ...«

»Habt ihr diese Woche nicht Abschlußprüfung?«

»Nein. Die ist nächste Woche. In dieser Woche sprechen wir nur die Prüfungsgebiete durch.«

»Das ist auch wichtig.«

»Ja, aber ich werde heute trotzdem nicht zur Schule gehen.«

Mama schloß die Tür zur Garage und trat näher. »Was ist los?« sagte sie. »Bist du krank?«

»Das nicht gerade. Ich ...«

»Was meinst du mit ›das nicht gerade‹?« fragte sie und legte die Handtasche auf die Arbeitsfläche neben der Spüle. »Entweder bist du krank, oder du bist nicht krank. Und wenn du nicht krank bist, solltest du in der Schule sein.«

»Ich muß mit dir sprechen«, sagte Amy.

Ihre Mutter stützte sich auf den Tisch und schaute zu ihr hinab. »Sprechen? Worüber?«

Amy konnte ihrer Mutter nicht in die Augen sehen. Sie wandte den Blick ab und richtete ihn auf den trüben Rest des kalten Kaffees auf dem Boden ihres Bechers.

»Nun?« fragte Mama.

Obwohl Amy viel Kaffee getrunken hatte, war ihr Mund so trocken, daß ihre Zunge am Gaumen klebte. Sie schluckte, leckte sich über die trockenen Lippen und räusperte sich. »Ich muß etwas Geld von meinem Sparbuch abheben«, sagte sie schließlich.

»Was meinst du damit?«

»Ich brauche ... vierhundert Dollar.«

»Das ist doch lächerlich.«

»Nein. Ich brauche das Geld wirklich, Mama.«

»Wofür?«

»Das möchte ich dir lieber nicht sagen.«

Ihre Mutter war erstaunt. »Du möchtest es mir lieber nicht sagen?«

»Genau.«

Das Erstaunen verwandelte sich in Aufregung. »Du willst vierhundert Dollar abheben, die als Schulgeld für das College bestimmt sind, und willst mir nicht sagen, was du damit anfangen willst?«

»Mama, bitte. Schließlich habe ich das Geld selbst verdient.«

Die Aufregung verwandelte sich in Zorn. »Jetzt hör mir mal zu, und zwar ganz genau, junge Dame. Dein Vater verdient zwar ganz gut mit seiner Kanzlei, aber so gut nun auch wieder nicht. Er ist kein F. Lee Bailey. Du willst aufs College gehen, und das College ist heutzutage teuer. Du wirst einen Teil davon bezahlen müssen. Du wirst sogar den Großteil des Schulgelds bezahlen müssen. Wir lassen dich natürlich hier wohnen, und wir kommen für dein Essen auf, die Kleidung und die Arztrechnungen, während du aufs College gehst, aber das Schulgeld mußt du schon selbst bestreiten. Wenn du dann in ein paar Jahren auf die Universität gehst, werden wir dir Geld für deinen Lebensunterhalt schicken, aber auch da mußt du die Unterrichtsgebühren selbst bezahlen. Mehr ist uns einfach nicht möglich. Wir opfern sowieso schon genug.«

Wenn du nicht so viel Geld ausgeben würdest, um Pater O'Hara deine Hingabe an die St. Mary's Church zu beweisen, wenn du und Daddy nicht den *Zehnten* und noch einmal die Hälfte dazu spenden würdet, könntest du vielleicht mehr für deine eigenen Kinder tun, dachte Amy. Nächstenliebe fängt zu Hause an, Mama. Steht das nicht in der Bibel? Außerdem ... hättest du mich nicht gezwungen, ebenfalls den Zehnten an St. Mary's zu spenden, hätte ich die zusätzlichen vierhundert Mäuse jetzt, wo ich sie brauche.

Amy wünschte, sie könne das alles sagen, wagte es aber nicht. Sie wollte sich ihrer Mutter nicht vollständig entfremden, bevor sie Gelegenheit gehabt hatte, die Schwangerschaft zu erwähnen. Und ganz gleich, welche Worte sie wählte, wie sie ihre Gedanken auszudrücken versuchte, sie würde kleinlich und egoistisch klingen.

Aber sie war nicht egoistisch, verdammt.

Sie wußte, daß es lobenswert war, der Kirche Geld zu spenden, aber alles hatte seine Grenzen. Und man mußte aus den richtigen Gründen spenden, sonst war das Opfer völlig bedeutungslos. Manchmal vermutete Amy, ihre Mutter hoffe, sich einen Platz im Himmel erkaufen zu können, und das war eindeutig der falsche Grund für Spenden an die Kirche.

Amy zwang sich, zu ihrer Mutter aufzusehen und zu lächeln. »Mama, ich bekomme nächstes Jahr doch schon das kleine Stipendium. Wenn ich richtig hart arbeite, erhalte ich wahrscheinlich jedes Jahr ein Stipendium, auch wenn das nicht besonders üppig bemessen ist. Und im Sommer und an den Wochenenden werde ich im Dive arbeiten. Mit dem, was ich verdiene, und dem, was ich bereits gespart habe, werde ich bequem für mich selbst sorgen können. Wenn ich auf die Universität gehe, werde ich euch nicht um Hilfe bitten müssen, nicht mal für meinen Lebensunterhalt. Ich habe die vierhundert Dollar übrig, Mama. Ich kann sie problemlos entbehren.«

»Nein«, sagte ihre Mutter. »Und glaube ja nicht, du könntest das Geld einfach hinter meinem Rücken abheben. Mein Name steht gemeinsam mit deinem auf dem Sparbuch. Vergiß nicht, du bist noch minderjährig. Solange ich es kann, werde ich dich vor dir selbst schützen. Ich lasse nicht zu, daß du dein Collegegeld für modische neue Kleider rauswirfst, die du nicht brauchst, oder für anderen dummen Flitter, den du in einem Schaufenster gesehen hast.«

»Ich will mir keine neuen Kleider kaufen, Mama.«

»Wie dem auch sei. Ich lasse nicht zu ...«

»Und auch keinen dummen Flitter.«

»Mir ist völlig egal, was für törichte ...«

»Eine Abtreibung«, sagte Amy.

Ihre Mutter starrte sie an. »Was?«

Während Amys Furcht immer größer wurde, quollen die Worte geradezu aus ihr heraus: »Mir ist morgens schlecht, meine Periode ist ausgeblieben, ich bin wirklich schwanger ... Ich weiß es genau, Jerry Galloway hat mich geschwängert ... Ich habe es nicht gewollt, es tut mir so leid, daß es passiert ist ... so leid ... Ich verabscheue mich dafür, wirklich, ich verabscheue mich wirklich, aber ich muß eine Abtreibung haben ... Ich muß einfach eine haben, bitte, bitte, es geht nicht anders.«

Das Gesicht ihrer Mutter wurde plötzlich weiß, kreidebleich. Sogar ihre Lippen waren bleich.

»Mama? Ist dir nicht klar, daß ich dieses Baby einfach nicht bekommen kann? Ich kann nicht ein Kind kriegen und gleichzeitig studieren.«

Ihre Mutter schloß die Augen. Sie schwankte, und einen Moment lang sah es so aus, als würde sie in Ohnmacht fallen.

»Ich weiß, was ich getan habe, war falsch, Mama«, sagte Amy und fing an zu weinen. »Ich komme mir ganz schmutzig vor. Ich weiß nicht, ob ich mich je wieder sauber fühlen werde. Ich hasse mich. Und ich weiß, daß eine Abtreibung eine noch schlimmere Sünde als das ist, was ich getan habe. Ich weiß das, und ich fürchte um meine Seele. Aber ich habe noch mehr Angst davor, nichts zu unternehmen und das Baby zu kriegen. Ich habe mein Leben noch vor mir, Mama. Ich habe mein Leben noch vor mir!«

Die Mutter riß die Augen weit auf. Sie starrte zu Amy hinab und versuchte, etwas zu sagen, war aber zu schockiert, um auch nur ein Wort über die Lippen zu bekommen. Ihr Mund bewegte sich, ohne ein Geräusch hervorzubringen.

»Mama?«

Mit solcher Schnelligkeit, daß Amy es kaum kommen sah, hob ihre Mutter eine Hand und schlug ihr ins Gesicht. Einmal. Zweimal. Hart.

Amy schrie vor Schmerz und Überraschung auf und hob einen Arm, um sich zu schützen.

Die Mutter packte sie an der Bluse und zerrte sie mit einer irritierenden Zurschaustellung von Kraft auf die Füße.

Der Stuhl kippte krachend um.

Ihre Mutter schüttelte sie, als wäre sie ein Bündel Lumpen.

»Bitte tu mir nichts, Mama«, sagte Amy weinend und verängstigt. »Verzeih mir, Mama. Bitte.«

»Du dreckige, verdorbene, undankbare kleine Hure!«

»Mama ...«

»Du bist dumm, so dumm, so verdammt dumm!« schrie ihre Mutter und benetzte sie mit ihrem Speichel, der so heiß und brennend wie Gift war. »Du bist ein unwissendes Kind, nur eine dumme kleine Schlampe! Dir ist gar nicht klar, was passieren kann. Du hast nicht die geringste Ahnung. Du bist unwissend. Du weißt nicht, was du vielleicht in die Welt setzen wirst. Du weißt es einfach nicht!«

Amy war nicht bereit und nicht imstande, sich zu verteidigen. Mama stieß sie zurück, zerrte sie vor, riß sie von einer Seite zur anderen, hierher und dorthin, schüttelte sie, schüttelte sie immer wieder, schüttelte sie wild, bis Amys Zähne klapperten und ihre Bluse zerriß.

»Du weißt nicht, was für ein Ding vielleicht aus dir rauskommt!« kreischte Mama wie eine Verrückte. »Gott allein weiß, was es sein könnte!«

Wovon spricht sie? fragte Amy sich verzweifelt. Sie klingt ganz so, als hätte sie Jerrys Fluch gehört und sei der Ansicht, daß er sich erfüllen wird. Was geht hier vor? Was ist nur los mit ihr?

Ihre Mutter wurde immer gewalttätiger. Amy hatte keine Sekunde lang geglaubt, Mama würde sie umbringen. Das hatte sie Liz zwar erzählt, aber sie hatte übertrieben. Zumindest glaubte sie, übertrieben zu haben. Doch als ihre Mutter sie nun weiterhin beschimpfte und schüttelte, bekam Amy es mit der Angst zu tun, Mama könne sie ernsthaft verletzen. Sie versuchte, sich aus ihrem Griff zu winden.

Die Mutter ließ sie nicht los.

Die beiden Frauen wankten zur Seite und prallten hart gegen den Tisch.

Der fast leere Kaffeebecher kippte um, drehte sich zweimal, fiel vom Tisch, verschüttete Tröpfchen kalten Kaffees und zerbrach in ein Dutzend Scherben, als er auf den Boden knallte.

Die Mutter hörte auf, Amy zu schütteln, doch in ihren Augen lag immer noch ein wahnsinniger, wild brennender Blick. »Bete!« sagte sie eindringlich. »Wir müssen beten, daß kein Baby in dir ist. Wir müssen beten, daß es ein Irrtum ist, daß du dich getäuscht hast.«

Sie zerrte Amy grob zu Boden, auf ihre Knie, und dann knieten sie nebeneinander auf den kalten Fliesen, und Mama begann laut zu beten, und sie hielt Amy an einem Arm fest, hielt sie so fest, daß ihre Finger Amys Fleisch zu durchdringen und den nackten Knochen zu berühren schienen, und Amy weinte und bat, sie möge sie doch loslassen, und Mama gab ihr noch eine Ohrfeige und befahl ihr zu beten, verlangte, daß sie betete, und Mama bat die Heilige Jungfrau um Gnade, aber Mama hatte keine Gnade, als sie sah, daß Amy den Kopf nicht tief genug gesenkt hatte, denn sie packte ihre Tochter am Nacken und zwang ihr Gesicht auf den Boden hinab, zwang es immer tiefer hinab, bis Amys Stirn die Fliesen berührte, bis sie die Nase in eine nasse Pfütze verschütteten Kaffees drückte, und Amy sagte immer wieder »Mama, bitte!«, immer wieder »Mama, bitte!«, aber die Mutter hörte sie nicht, denn sie war damit beschäftigt zu beten, zu Maria und Jesus und Josef und Gott dem Vater und Gott dem Heiligen Geist, und sie betete auch zu zahlreichen Heiligen, und als Amy nach Atem rang, drangen aus der kleinen Pfütze, in die sie das Gesicht drückte, ein paar Tropfen Kaffee in ihre Nase, und sie prustete und würgte, doch die Mutter hielt sie fest, drückte sie noch fester hinab als zuvor, hielt sie am Nacken gepackt und jammerte und heulte und schrie und schlug mit der freien Hand auf den Boden und trat um sich und erzitterte in religiöser Leidenschaft, bat und schwatzte und wimmerte um Gnade, Gnade für sich selbst und ihre ungezügelte Tochter, jaulte und weinte und betete auf eine Weise, für die Katholiken normalerweise zu stolz waren, in einem frommen Wahn, der eher zum ursprünglichen Christentum der Kirche des Mannes aus Nazareth gepaßt hätte, schlug um sich und plapperte wie im Fieber, bis sie sich schließlich ausgebetet hatte und heiser und erschöpft zu Boden sank.

Die nachfolgende Stille war dramatischer als jeder Donnerschlag.

Die Mutter ließ Amys Hals los.

Zuerst blieb Amy so hocken, wie ihre Mutter sie zu Boden gedrückt hatte, das Gesicht auf den Fliesen, aber nach ein paar Sekunden hob sie den Kopf und schaukelte auf den Knien hin und her.

Mamas Hand war ganz verkrampft, weil sie Amys Hals in einem so eisernen Griff gehalten hatte. Sie starrte auf die klauenähnlichen Finger hinab und massierte sie mit der anderen Hand. Sie atmete schwer.

Amy hob die Hände vors Gesicht und wischte den Kaffee und die Tränen fort. Sie konnte einfach nicht aufhören zu zittern.

Draußen glitten Wolken über die Sonne hinweg, und das Morgenlicht, das durch die Küchenfenster fiel, kräuselte sich wie strahlendes Wasser und wurde dann schwächer.

Die Uhr tickte hohl.

Für Amy war die Stille erschreckend, wie der endlose Augenblick zwischen einem stockenden Herzschlag und dem nächsten Geräusch des Pulses, in dem man sich unwillkürlich fragte, ob dieser lebenswichtige Muskel in der Brust sich je wieder ausdehnen und zusammenziehen würde.

Als Mama endlich etwas sagte, zuckte Amy unwillkürlich zusammen.

»Steh auf«, sagte Ellen Harper kalt. »Geh hinauf und wasch dir das Gesicht. Kämm dir das Haar.«

»Ja, Mama.«

Beide erhoben sich.

Amys Beine waren schwach. Ihr Rock war zerknittert; sie drückte ihn mit zitternden Händen hinab, glättete den zerknautschten Stoff.

»Zieh dir andere Sachen an.«

»Ja, Mama.«

»Ich rufe Dr. Spangler an und frage ihn, ob er heute morgen noch einen Termin frei hat. Wenn es irgendwie möglich ist, fahren wir sofort zu ihm.«

»Dr. Spangler?« fragte Amy verwirrt.

»Du mußt natürlich einen Schwangerschaftstest machen. Es gibt andere Gründe, aus denen vielleicht deine Periode ausgeblieben ist. Wir können erst wirklich sicher sein, wenn wir das Testergebnis haben.«

»Ich weiß, daß ich schwanger bin, Mama«, sagte Amy leise und zitternd. »Ich weiß, ich bekomme ein Baby.«

»Wenn der Test positiv ausfällt«, sagte ihre Mutter, »werden wir Vorkehrungen treffen und uns so schnell wie möglich um alles kümmern.«

Amy konnte die Bedeutung dieser Aussage nicht ganz erfassen. »Sich um alles kümmern?«

»Du bekommst die Abtreibung, die du haben willst«, sagte Ellen Harper und bedachte ihre Tochter mit einem Blick, in dem nicht die geringste Vergebung mitschwang.

»Das ist doch nicht dein Ernst.«

»Doch. Du *mußt* das Baby unbedingt abtreiben lassen. Es ist die einzige Möglichkeit.«

Amy hätte fast vor Erleichterung aufgeschrien. Doch gleichzeitig hatte sie Angst, denn sie vermutete, daß ihre

Mutter einen schrecklichen Preis für dieses erstaunliche Zugeständnis einfordern würde.

»Aber … eine Abtreibung … ist das keine Sünde?« fragte Amy und versuchte sich vorzustellen, was ihrer Mutter durch den Kopf gehen mochte.

»Deinem Vater dürfen wir es nicht sagen«, fuhr Ellen fort. »Wir müssen es vor ihm geheimhalten. Er würde es nicht billigen.«

»Aber … ich dachte, du würdest es auch nicht billigen«, sagte Amy verwirrt.

»Ich billige es auch nicht«, sagte die Mutter scharf, und eine Spur von Gefühl kehrte in ihre Stimme zurück. »Abtreibung ist Mord. Es ist eine Todsünde. Ich billige es ganz und gar nicht. Aber solange du in diesem Haus lebst, bin ich nicht bereit, daß dieses Damoklesschwert über meinem Haupt schwebt. Ich lasse es einfach nicht zu. Ich werde nicht in Furcht vor dem leben, was vielleicht kommt. Ich werde so etwas Entsetzliches nicht noch einmal mitmachen.«

»Mama, ich verstehe nicht. Du sprichst, als wüßtest du genau, daß das Baby mißgebildet oder so sein wird.«

Sie starrten einander einen Augenblick lang an, und Amy sah mehr als nur Zorn und Vorwürfe in den dunklen Augen ihrer Mutter. In ihnen lag auch Furcht, eine nackte und starke Furcht, die sich auf Amy übertrug und ihr eine Gänsehaut über den Rücken jagte.

»Eines Tages«, sagte Mama, »wenn der richtige Zeitpunkt gekommen wäre, wollte ich es dir sagen.«

»Mir was sagen?«

»Eines Tages, wenn du heiraten wolltest, wenn du dich anständig verlobt hättest, hätte ich dir gesagt, warum du nie ein Kind bekommen darfst. Aber du konntest ja nicht auf den richtigen Zeitpunkt warten, was? O nein. Du doch nicht. Du mußtest dich verschenken. Du mußtest bei der ersten Gelegenheit, die sich bot, deinen Rock hochziehen. Kaum mehr als selbst noch ein Kind, mußtest du dich irgendeinem High- School-Jungen an den Hals werfen. Du konntest es nicht abwarten und mußtest wie eine wertlose kleine Schlampe, wie die schlimmste Hure, auf dem Rücksitz eines Autos Unzucht treiben. Und jetzt ist es vielleicht in dir und wächst heran.«

»Wovon sprichst du?« fragte Amy. War ihre Mutter völlig verrückt geworden?

»Ich würde mir keinen Gefallen tun, wenn ich es dir sage«, erwiderte Mama. »Du würdest nicht zuhören. Du würdest wahrscheinlich sogar *solch* ein Kind willkommen heißen. Du würdest es annehmen, wie er es angenommen hat. Ich habe schon immer gesagt, daß etwas Böses in dir ist. Ich habe dir immer gesagt, daß du es in Schach halten mußt. Aber jetzt hast du die Zügel locker gelassen, und dieses dunkle Ding läuft frei herum, dieser böse Teil von dir. Du hast das Böse in dir freigelassen, und früher oder später, so oder so, wirst du ein Kind bekommen; du wirst einen von ihnen in die Welt setzen, ganz gleich, was ich dir sage, ganz gleich, wie sehr ich dich bitte. Aber du wirst es nicht in diesem Haus tun. Hier wird es nicht passieren. Dafür werde ich sorgen. Wir werden Dr. Spangler aufsuchen, und er wird es dir abtreiben. Und falls darin eine Sünde liegt, falls es eine Todsünde ist, und jemand muß diese Last tragen, wird sie vollständig auf deinen Schultern liegen und nicht auf meinen. Hast du verstanden?«

Amy nickte.

»Es ist dir völlig gleichgültig, nicht wahr?« fragte ihre Mutter. »Eine weitere Sünde spielt für dich keine Rolle, oder? Weil du sowieso schon in die Hölle kommen wirst, nicht wahr?«

»Nein. Nein, Mama, tu mir das ...«

»Doch. Du wirst in die Hölle kommen und dem Teufel

gehören. Eine seiner Kammerzofen wirst du sein, nicht wahr? Das weiß ich jetzt. Ich sehe es. All meine Anstrengungen sind vergebens gewesen. Es gibt keine Rettung mehr für dich. Was ist für dich dann schon eine weitere Sünde? Nichts. Gar nichts. Du tust sie einfach mit einem Lachen ab.«

»Mama, sprich nicht so mit mir.«

»Ich spreche so mit dir, wie du es verdient hast. Ein Mädchen, das sich so benimmt, wie du dich benommen hast – wie kann das erwarten, daß man anders zu ihm spricht?«

»Bitte ...«

»Nun beeile dich«, sagte Mama. »Wasch dich. Ich rufe den Arzt an.«

Verwirrt von der überraschenden Wendung, die diese Züchtigung genommen hatte, bestürzt angesichts der festen Überzeugung ihrer Mutter, daß das Baby mißgebildet sein würde, und besorgt um die geistige Gesundheit ihrer Mutter ging Amy nach oben. Im Bad wusch sie sich das Gesicht. Ihre Augen waren vom Weinen blutunterlaufen.

In ihrem Zimmer nahm sie einen anderen Rock und eine saubere Bluse aus dem Schrank. Sie zog ihre verschwitzte, zerknitterte Kleidung aus. Einen Augenblick lang blieb sie in BH und Höschen vor dem hohen Spiegel stehen und betrachtete ihren Bauch.

Warum ist Mama so überzeugt davon, daß mein Baby mißgestaltet sein wird? fragte Amy sich besorgt. Woher will sie das so genau wissen? Denkt sie das, weil sie glaubt, ich sei böse und hätte so etwas verdient – ein mißgebildetes Baby, ein Zeichen für die Welt, daß ich die Kammerzofe des Teufels bin? Das ist doch Irrsinn. Das ist ein völlig verqueres Denken. Es ist lächerlich und verrückt und unfair. Ich bin kein schlechter Mensch. Ich habe ein paar Fehler gemacht. Das gestehe ich ein. Ich habe für jemanden meines Alters viele Fehler gemacht, aber ich bin nicht böse, verdammt. Ich bin nicht böse.

Wirklich nicht?

Sie starrte in das Spiegelbild ihrer Augen.

Wirklich nicht? Zitternd kleidete sie sich für den Arztbesuch an.

7

Am Sonntag zog der Jahrmarkt auf Highway und Schiene nach Clearfield, Pennsylvania, weiter, und am Montag wurde der lange Mittelgang mit militärischer Tüchtigkeit wieder aufgebaut. Big American Midway Shows hatte sowohl ihren Angestellten als auch ihren Konzessionsnehmern einen festen Termin gesetzt. Bis Montag, sechzehn Uhr mußten alle Buden und Karussells – vom unbedeutendsten Schnellimbiß bis zur modernsten Fahrattraktion – in Betrieb sein.

Conrad Strakers drei Unternehmen, darunter die Geisterbahn, waren Montag nachmittag um drei Uhr schon wieder betriebsbereit. Es war ein wolkenloser, warmer Tag. Der Abend versprach mild zu werden. »Geldwetter«, sagten die Schausteller dazu. Obwohl sonst Freitag und Samstag die ertragreichsten Tage waren, würde es an einem so milden Abend, an dem auch noch eine leichte Brise ging, auch am Wochenanfang vor Kunden hier nur so wimmeln.

In seiner freien Stunde vor der Öffnung des Kirmesgeländes für die Öffentlichkeit tat Conrad, was er am ersten Nachmittag in einer neuen Stadt immer tat. Er verließ die Geisterbahn und ging in Yancy Barnets großes

Freak-o-rama, eine Bezeichnung, die manche Schausteller beleidigend fanden, die die Besucher aber wirksamer anzog als Honig die Fliegen. Ein schaurig illustriertes Transparent erstreckte sich vorn über Yancys Zelt: MENSCHLICHE KURIOSITÄTEN DER WELT.

Yancy hatte genausogroßen Respekt vor Terminen wie Conrad, und abgesehen von der Tatsache, daß die menschlichen Kuriositäten ihre Wohnwagen erst um sechzehn Uhr verlassen würden, war auch sein Laden schon weit vor dem Zeitplan für das Geschäft gerüstet. Das war besonders bemerkenswert, wenn man wußte, daß Yancy Barnet und ein paar seiner Freaks jeden Sonntag abend Poker spielten, und zwar bis in den frühen Montag morgen, und im Verlauf des Spiels beträchtliche Mengen eiskalten Biers sowie Seagram's tranken, was eine mörderische Mischung darstellt.

Yancys Zelt war ziemlich groß und in vier lange Räume unterteilt; durch alle vier Kammern schlängelte sich ein mit Seilen abgetrennter Gang. In jedem Raum gab es entweder zwei oder drei große Boxen, und in jeder Box befand sich eine Plattform, und auf jeder Plattform stand ein Stuhl. Hinter jedem Stuhl erklärte ein über die gesamte Breite der Box verlaufendes, bunt illustriertes Schild, was für ein wundersames und unglaubliches Geschöpf der Kunde gerade anstarrte. Mit einer Ausnahme waren diese wundersamen und unglaublichen Geschöpfe lebende und atmende menschliche Freaks, bei denen ein normaler Geist und Verstand in einem verqueren Körper gefangen war: die dickste Frau der Welt, der Alligatormann mit drei Augen, der Mann mit drei Armen und drei Beinen, die bärtige Dame und (wie der Ausrufer zwanzig oder dreißig Mal pro Stunde verkündete) andere mehr.

Nur eine dieser Kuriositäten lebte nicht mehr. Man fand sie in der Mitte des Zelts, auf halber Strecke des gewundenen Weges, in der schmalsten der Boxen. Das Ding lag in einer Formaldehydlösung in einem sehr großen, eigens dafür geblasenen, durchsichtigen Glasbehälter. Das Becken stand auf der Plattform – auf einen Stuhl wurde hier verzichtet – und wurde von oben und hinten dramatisch ausgeleuchtet.

Diesem Behälter näherte sich Conrad Straker an jenem Montag nachmittag in Clearfield. Er stand an dem Tau, das die Zuschauer zurückhielt und an dem er schon Hunderte von Malen gestanden hatte, und betrachtete bedauernd seinen schon lange toten Sohn.

Wie in den anderen Boxen befand sich auch hinter diesem Ausstellungsstück ein Schild. Die Buchstaben waren groß und leicht zu lesen.

VICTOR
›DER HÄSSLICHE ENGEL‹

Dieses Kind, von seinem Vater Victor genannt,
wurde 1955 als Sohn normaler Eltern geboren.
Victors geistige Fähigkeiten waren normal.
Er hatte ein süßes, bezauberndes Wesen.
Er war ein lachendes Baby, ein Engel.
Am Abend des 15. August 1955 hat Victors Mutter, Ellen, ihn ermordet.
Sie wurde von den körperlichen Mißbildungen des Kinds abgestoßen und war überzeugt, daß er ein böses Ungeheuer war.
Sie war nicht imstande, die spirituelle Schönheit in ihm zu sehen.

Wer war in Wirklichkeit der Böse?
Das hilflose Baby? Oder die Mutter, der es vertraut, die Frau, die es ermordet hat?

Wer war in Wirklichkeit das Ungeheuer?
Dieses arme, gepeinigte Kind? Oder die Mutter,
die sich geweigert hat,
es zu lieben?
Urteilen Sie selbst.

Conrad hatte den Text dieses Schilds vor fünfundzwanzig Jahren geschrieben, und damals hatte es seine Gefühle genau ausgedrückt. Er hatte der Welt sagen wollen, daß Ellen eine Kindesmörderin war, ein skrupelloses Ungeheuer; er wollte, daß die Leute sahen, was sie getan hatte, und sie wegen ihrer Grausamkeit schmähten.

Während der Nebensaison blieb das Kind in dem Behälter bei Conrad in seinem Haus in Gibsonton, Florida. Den Rest des Jahres über reiste es mit Yancy Barnets Kuriositätenkabinett, ein öffentlicher Beweis für Ellens Heimtücke.

In jeder neuen Stadt kam Conrad, sobald der Mittelgang wieder aufgebaut worden war und die Tore bald für die Öffentlichkeit geöffnet werden würden, in dieses Zelt, um sich zu überzeugen, daß das Gefäß unbeschadet transportiert worden war. Er verbrachte ein paar Minuten in der Gegenwart seines toten Jungen und bekräftigte stumm seinen Racheschwur.

Victor erwiderte den Blick seines Vaters mit großen, blicklosen Augen. Früher einmal war das Grün dieser Augen hell und leuchtend gewesen. Früher waren es aufmerksame, neugierige Augen gewesen, über ihre Jahre hinaus voller kühner Herausforderung und Selbstvertrauen. Aber jetzt waren sie schal und stumpf. Das Grün war nicht mehr halb so strahlend, wie es im Leben gewesen war; mit den Jahren hatten der Formaldehyd sie ausgebleicht und die erbarmungslosen Prozesse des Todes die Iriden milchig werden lassen.

Nachdem sein Hunger auf Vergeltung erneuert worden

war, verließ Conrad das Zelt und kehrte zur Geisterbahn zurück.

Gunther stand bereits in der Maske und den Handschuhen von Frankensteins Ungeheuer auf der Plattform neben dem Tor, durch das man gehen mußte, um zu den Gondeln zu gelangen. Er sah Conrad und begann sofort mit seinem Tanz für die Kunden, bei dem er schnaubte und um sich schlug.

Ghost war im Kartenhaus, brach Rollen mit Vierteldollarmünzen, Zehn- und Fünfcentstücken auf und kippte das Kleingeld in die Kasse; seine farblosen Augen waren mit den flackernden, silbernen Abbildern der fallenden Münzen gefüllt.

»Sie wollen das Tor eine halbe Stunde früher öffnen«, sagte Ghost. »Es haben schon alle aufgebaut, und draußen soll sich bereits eine beträchtliche Menge eingefunden haben.«

»Es wird eine gute Woche werden«, sagte Conrad.

»Ja«, erwiderte Ghost und fuhr mit einer schlanken Hand durch sein spinnwebähnliches Haar. »Ich habe dasselbe Gefühl. Vielleicht kriegst du sogar Gelegenheit, diese Schuld zurückzuzahlen.«

»Was?«

»Diese Frau, der du etwas schuldig bist«, sagte Ghost. »Diejenige, nach deren Kindern du immer suchst. Vielleicht hast du Glück und findest sie hier.«

»Ja«, sagte Conrad leise. »Vielleicht habe ich Glück.«

Um halb neun am Montag abend saß Ellen Harper im Wohnzimmer des Hauses an der Maple Lane und versuchte, einen Artikel in der neuesten Ausgabe von *Redbook* zu lesen. Sie konnte sich nicht konzentrieren. Jedesmal, wenn sie am Ende eines Absatzes angelangt war, konnte sie sich nicht mehr daran erinnern, was darin gestanden hatte, und mußte ihn noch einmal lesen. Schließlich gab sie auf und blätterte die Zeitschrift einfach nur durch, sah sich die Bilder an, während sie regelmäßig an einem Glas mit Wodka und Orangensaft nippte.

Obwohl es noch nicht spät war, hatte der Alkohol bereits Wirkung erzielt. Sie fühlte sich aber nicht gut. Aber auch nicht schlecht. Nur benommen. Aber vielleicht noch nicht benommen genug.

Sie saß allein in dem Zimmer. Paul war in seiner Werkstatt in der Garage. Er würde wie immer um elf Uhr ins Wohnzimmer kommen, um sich im Fernsehen die Spätnachrichten anzusehen, und dann zu Bett gehen. Joey war auf seinem Zimmer und arbeitete ebenfalls an einem Modell – einer Plastikfigur von Lon Chaney als Phantom der Oper. Amy war ebenfalls oben. Abgesehen von ihrem kurzen, zappligen Auftritt zum Abendessen, hatte das Mädchen sich auf seinem Zimmer verschanzt, seit sie an diesem Nachmittag von Dr. Spangler zurückgekehrt waren.

Dieses Mädchen. Das verdammte, trotzige, wollüstige Mädchen! *Schwanger!*

Natürlich hatten sie die Testergebnisse noch nicht. Das würde ein paar Tage dauern. Aber sie wußte es: Amy war schwanger.

Die Zeitschrift raschelte in Ellens zitternden Händen. Sie legte das *Redbook* beiseite und ging in die Küche, um sich noch einen Drink zu mixen.

Sie konnte einfach nicht aufhören, sich Sorgen über die Zwickmühle zu machen, in der sie steckte. Sie konnte Amy nicht erlauben, das Kind zu bekommen. Aber wenn Paul herausfand, daß sie hinter seinem Rücken Vorkehrungen für eine Abtreibung getroffen hatte, würde er nicht gerade begeistert sein. Eigentlich war er zu Hause ein sanftmütiger Mann, ruhig und gemütlich, bereit, seine Ehefrau das Haus und – im allgemeinen – auch ihr Leben führen zu lassen. Aber er konnte zornig werden, wenn man ihn weit genug trieb, und bei den seltenen Gelegenheiten, bei denen er die Beherrschung verlor, hatte er sich als ein harter Brocken erwiesen.

Sollte Paul im nachhinein von der Abtreibung erfahren, würde er wissen wollen, warum sie ihm nichts gesagt hatte, warum sie so etwas gebilligt hatte. Sie würde ihm eine überzeugende Erklärung abliefern müssen, eine leidenschaftliche Selbstverteidigung. Im Augenblick hatte sie jedoch nicht die geringste Ahnung, was in Gottes Namen sie zu ihrer Rechtfertigung vorbringen könnte.

Als sie Paul vor zwanzig Jahren geheiratet hatte, hätte sie ihm ihr Jahr auf dem Jahrmarkt beichten sollen. Sie hätte von Conrad und dem widerwärtigen Geschöpf, dem sie das Leben geschenkt hatte, erzählen sollen. Aber sie hatte nicht getan, was sie hätte tun sollen. Sie war zu schwach gewesen. Sie hatte ihm die Wahrheit verschwiegen. Aus Angst, er würde sie verabscheuen und sich von ihr abwenden, sollte er von ihren Fehlern erfahren. Aber hätte sie es ihm damals erzählt, am Anfang ihrer Beziehung, würde sie jetzt nicht in so schlimmen Schwierigkeiten stecken.

Im Laufe ihrer langen Ehe war sie mehrmals kurz davor gewesen, ihm ihre Geheimnisse zu enthüllen. Wenn er davon träumte, eines Tages eine große Familie zu haben, hatte sie hundertmal fast gesagt: ›Nein, Paul. Ich kann keine Kinder bekommen. Denn weißt du, ich habe schon mal eins gehabt, und es hat nichts getaugt. Überhaupt nichts. Es war entsetzlich. Es war nicht mal menschlich. Es wollte mich töten, und ich mußte es zuerst töten. Vielleicht war dieses schreckliche Kind einzig und allein ein Produkt der geschädigten Gene meines ersten Mannes. Vielleicht hat mein genetischer Beitrag keine Schuld daran gehabt. Aber ich kann kein Risiko eingehen.‹ Obwohl sie unzählige Male im Begriff gewesen war, ihm dieses Geständnis zu machen, hatte sie es nie über sich gebracht; sie hatte ihre Zunge im Zaum gehalten und die naive Überzeugung empfunden, daß Liebe alles überwinden würde – irgendwie.

Als sie später mit Amy schwanger ging, hatte sie vor Sorge und Angst fast den Verstand verloren. Aber das Baby war normal gewesen. Eine kurze Weile, ein paar gesegnete Wochen, hatte sie Erleichterung empfunden, hatte der Anblick dieses rosa, kichernden, überaus *normalen* Kleinkinds alle Zweifel an ihrer genetischen Eignung verbannt.

Doch kurz über lang war ihr in den Sinn gekommen, daß nicht alle Freaks unbedingt *körperlich* mißgebildet sein mußten. Der Makel, das Verdrehte, der schreckliche Unterschied zu normalen Menschen – das konnte auch ausschließlich im Verstand liegen. Das Baby, das sie Conrad geboren hatte, war nicht nur mißgebildet gewesen. Es war vor allem böse gewesen, es hatte Brutalität ausgestrahlt, ein Ungeheuer in jeder Hinsicht des Wortes. Aber war es nicht vorstellbar, daß ihr neues Mädchen genauso verderbt wie Victor war, auch wenn es keine äußerlichen Anzeichen dafür gab? Vielleicht war tief im Geiste dieses Kindes ein Wurm des Bösen eingebettet, der im verborgenen schwärte und auf die richtige Zeit und den richtigen Ort wartete, an die Oberfläche zu gelangen.

Eine so beunruhigende Möglichkeit war wie eine Säure. Sie verzehrte Ellens letzten Rest von Lebensfreude; sie fraß an ihrem Optimismus und zerstörte ihn. Schon bald fand sie kein Vergnügen mehr am Glucken und Gurren des Babys. Sie beobachtete das Kind aufmerksam, fragte sich, welche häßlichen Überraschungen es ihr in der Zukunft bereiten würde. Vielleicht würde es eines Nachts, wenn es groß und stark geworden war, in das Schlafzimmer der Eltern krabbeln und sie im Schlaf ermorden.

Oder vielleicht war sie, Ellen, verrückt; vielleicht war das Kind so normal, wie es zu sein schien, und sie bildete sich das Problem nur ein. Doch jedesmal, wenn sie ihre geistige Gesundheit in Frage stellte, erinnerte sie sich an den alptraumhaften Kampf mit Conrads bösartigem, blutdürstigem Nachkommen, und diese scheußliche, lebhafte Erinnerung überzeugte sie stets, daß sie guten Grund hatte, wachsam und verängstigt zu sein.

Oder etwa nicht?

Sieben Jahre lang widersetzte sie sich Pauls Wunsch, noch ein Kind in die Welt zu setzen, aber dann wurde sie trotz ihrer Vorsichtsmaßnahmen erneut schwanger. Wieder machte sie neun höllische Monate durch und fragte sich, was für ein seltsames Geschöpf sie in ihrem Leib trug.

Joey erwies sich jedoch als normaler kleiner Junge.

Äußerlich.

Aber im Inneren?

Diese Frage hatte sie sich unentwegt gestellt. Sie hatte ihn beobachtet, hatte gewartet und das Schlimmste befürchtet.

Heute, nach all diesen Jahren, war Ellen sich noch immer nicht sicher, was sie von ihren Kindern zu halten hatte.

Es war die reinste Hölle, so zu leben.

Manchmal war sie mit wildem Stolz und Liebe für Joey und Amy erfüllt, wollte sie in die Arme nehmen, küssen, an sich drücken. Manchmal wollte sie ihnen all die Zuneigung schenken, die sie ihnen in der Vergangenheit nie hatte geben können; doch nach so vielen Jahren der gespaltenen Gefühle und des ständigen Argwohns war es ihr unmöglich, Tochter und Sohn einfach so zu nehmen, wie sie waren. Es gab Zeiten, da sie vor Liebe zu Joey und Amy verbrannte, da ein Übermaß an nicht zum Ausdruck gebrachter Mutterliebe ihr Schmerzen bereitete, Zeiten, in denen sie des Nachts leise weinte, ohne Paul zu wecken, ihr Kissen durchtränkte und sich über ihr kaltes, totes Herz grämte.

Bei anderen Gelegenheiten glaubte sie, etwas Übernatürliches und Verderbtes in ihren Nachkommen zu sehen. Das waren schreckliche Tage, an denen sie überzeugt war, daß es sich bei den Kindern um kluge, berechnende, unendlich böse Wesen handelte, die ihre Mutter mit einer ausgeklügelten Maskerade täuschen wollten.

Auf und ab.

Auf und ab.

Am schlimmsten war ihre Einsamkeit. Sie konnte ihre Ängste nicht mit Paul teilen, denn dann hätte sie ihm von Conrad erzählen müssen, und er wäre am Boden zerstört gewesen, hätte er erfahren, daß sie ihm seit zwanzig Jahren ein solch schwerwiegendes Ereignis aus ihrer Vergangenheit verschwieg. Sie kannte ihn jetzt gut genug, um zu wissen, daß das, was sie in ihrer Jugend getan hatte, ihn nicht so sehr erzürnen würde wie die Tatsache, daß sie ihm etwas verheimlicht hatte. Also mußte sie ihre Ängste allein bewältigen.

Es war die reinste Hölle, so zu leben.

Selbst wenn sie sich hätte einreden können, ein für allemal, daß Joey und Amy einfach zwei Kinder wie alle anderen auch waren, hätten ihre Sorgen kein Ende genommen. Es bestand noch immer die Möglichkeit, daß eines von Amys oder Joeys zukünftigen Kindern ein Ungeheuer wie Victor werden würde. Dieser Fluch schlug vielleicht nur alle zwei Generationen zu – die Mutter, aber nicht das Kind, das Enkelkind, aber nicht der Urenkel. Er mochte willkürlich aussetzen und seinen häßlichen Kopf erheben, wenn man am wenigsten damit rechnete. Die moderne

Medizin hatte eine Reihe von genetisch übertragenen Krankheiten und vererbbaren Mißbildungen identifiziert, die einige Generationen in einer Familie ausließen und bei anderen zuschlugen, Bocksprünge durch die Jahrzehnte machten.

Wenn sie nur sicher sein könnte, daß ihr erstes, monströses Baby das Produkt von Conrads verdorbenen, degenerierten Spermien war, wenn sie nur sicher sein könnte, daß ihre Chromosomen nicht geschädigt waren, könnte sie ihre Furcht für immer ablegen. Aber natürlich war es unmöglich, der Wahrheit auf den Grund zu gehen.

Manchmal dachte sie, das Leben sei zu schwierig und viel zu grausam, um der Mühe wert zu sein, gelebt zu werden.

Deshalb stand sie nun, am Abend des Tages, da sie von Amys Schwangerschaft erfahren hatte, in der Küche und kippte den Rest des Drinks herunter, den sie erst vor ein paar Minuten gemixt hatte. Sie schenkte sich schnell einen neuen ein. Sie hatte zwei Krücken: Schnaps und Religion. Ohne diese beiden Hilfen hätte sie die letzten fünfundzwanzig Jahre nicht überstehen können.

Anfangs, im ersten Jahr, nachdem sie Conrad verlassen hatte, war die Religion ihr einziger Trost gewesen. Sie hatte als Kellnerin gearbeitet, nach einem holprigen Anfang auf eigenen Füßen gestanden und den größten Teil ihrer Freizeit in der Kirche verbracht. Sie hatte herausgefunden, daß das Beten ihre Nerven wie auch ihren Geist beruhigte, die Beichte tatsächlich gut für die Seele und eine sehr dünne Abendmahl-Hostie viel nahrhafter als ein Sechs-Gang-Menü war.

Am Ende des ersten Jahres, in dem sie sich allein durchgeschlagen hatte, und zwei Jahre nach ihrer Flucht aus dem Elternhaus war sie recht zufrieden mit sich und der Welt. Gewiß, in den meisten Nächten suchten sie immer noch heftige Alpträume heim. Sie rang noch immer mit ihrem Gewissen, versuchte, endlich darüber zu befinden, ob sie eine schreckliche Sünde begangen oder lediglich Gottes Auftrag erfüllt hatte, als sie Victor getötet hatte. Aber wenigstens hatte sie jetzt als hart arbeitende Kellnerin zum erstenmal in ihrem Leben eine gewisse Selbstachtung und Unabhängigkeit erlangt. Sie hatte sich sogar selbstsicher genug gefühlt, einen kurzen Besuch zu Hause zu wagen und die Differenzen mit ihren Eltern so gut beizulegen, wie sie es vermochte.

Zu ihrer Überraschung erfuhr sie jedoch, daß ihre Eltern in der Zwischenzeit verstorben waren. Joseph Giavenetto, ihr Vater, hatte nur einen Monat, nachdem Ellen von zu Hause fortgelaufen war, einen schweren Schlaganfall erlitten. Gina, ihre Mutter, war keine sechs Monate später gestorben. So ging es manchmal – Mann und Frau starben kurz hintereinander, als wären sie nicht imstande, die Trennung zu verkraften.

Obwohl Ellen ihren Eltern nicht nahgestanden und Ginas übermäßige Strenge und Religiosität eine große Spannung und Verbitterung zwischen Mutter und Tochter geschaffen hatte, war Ellen wie am Boden zerstört gewesen, als sie von ihrem Tod erfahren hatte. Sie wurde von einem kalten, leeren Gefühl niedergedrückt und machte sich Vorwürfe, welchen Kummer sie ihren Eltern bereitet hatte. Einfach davonzulaufen, ihrer Mutter nur eine kurze und bündige, unfreundliche Nachricht zu hinterlassen, sich von ihrem Vater gar nicht zu verabschieden – durch dieses Verhalten hatte sie den Schlaganfall ihres Vaters vielleicht ausgelöst. Vielleicht urteilte sie zu streng über sich selbst, aber sie war nicht imstande, das Joch der Schuld abzuschütteln.

Fortan konnte die Religion ihr nicht mehr genügend Trost spenden, und sie verstärkte die Gnade Jesu mit der

Gnade der Flasche. Sie trank zuviel. Nur ihre Familie wußte von ihrer Sucht. Die Kirchenfrauen, mit denen sie vier Tage in der Woche für wohltätige Zwecke arbeitete, wären schockiert gewesen, hätten sie herausgefunden, daß die stille, ernste, fleißige, fromme Ellen Harper des Nachts, in ihren eigenen vier Wänden, eine ganz andere Person war; nach Sonnenuntergang, hinter geschlossenen Türen, wurde aus der Heiligen eine Schnapsdrossel.

Sie verachtete sich für ihre sündhaft übertriebene Vorliebe für Wodka. Doch ohne Schnaps konnte sie nicht schlafen; er blockierte die Alpträume und schenkte ihr ein paar Stunden der Erleichterung von jenen Sorgen und Ängsten, die sie seit fünfundzwanzig Jahren bei lebendigem Leib auffraßen.

Jetzt stellte sie die Flasche Wodka und die Tüte Orangensaft auf den Küchentisch, zog einen Stuhl hervor und setzte sich. Wenn ihr Glas leer war, mußte sie nicht mehr aufstehen, um sich das nächste zu holen; sie mußte sich nur noch aufraffen, wenn ihr Eis geschmolzen war.

Eine Weile saß sie da und trank schweigend, doch als sie dann den Stuhl gegenüber dem ihren sah, durchzuckte sie ein Blitz der Erinnerung an Amy, die an diesem Morgen dort gesessen, aufgeschaut und gesagt hatte: »Mir ist morgens schlecht, meine Periode ist ausgeblieben, ich bin wirklich schwanger, ich weiß es genau ...« Ellen erinnerte sich – viel zu lebhaft – daran, wie sie das Mädchen geschlagen, brutal geschüttelt und verflucht hatte. Wenn sie die Augen schloß, konnte sie sehen, wie sie ihre Tochter auf den Boden zog, wie eine Verrückte herumschrie, lauthals betete ...

Sie erschauderte.

Mein Gott, dachte sie elendig, plötzlich von einer schmerzhaft scharfen Einsicht durchdrungen, *ich bin wie meine Mutter!* Ich bin genau wie Gina. Ich habe meinen

Mann so eingeschüchtert, daß er sich so unterordnet wie einst Joseph. Ich bin so streng zu meinen Kindern und so sehr mit der Religion beschäftigt, daß ich eine Mauer zwischen mir und meiner Familie errichtet habe – genau wie früher meine Mutter.

Ellen fühlte sich benommen, aber nicht nur vom Wodka. Die Muster der Geschichte, die Familienkreise, die von sich wiederholenden Ereignissen gezogen wurden, erschreckten und verwirrten sie.

Sie schlug die Hände vors Gesicht, beschämt von dem neuen Licht, in dem sie sich plötzlich sah. Ihre Hände waren kalt.

Die Küchenuhr klang wie eine tickende Bombe.

Ich bin genau wie Gina.

Ellen nahm ihren Drink und trank einen großen Schluck. Das Glas schepperte gegen ihre Zähne.

Genau wie Gina.

Sie schüttelte heftig den Kopf, als sei sie entschlossen, diesen unwillkommenen Gedanken abzuschütteln. Sie war nicht so streng, abweisend und furchteinflößend, wie ihre Mutter es gewesen war. Das war sie nicht. Und selbst wenn sie es sein sollte, konnte sie sich im Augenblick nicht damit befassen. Amys Schwangerschaft bereitete ihr schon mehr als genug Sorgen. Sie konnte nur mit einem Problem gleichzeitig fertig werden. Wenn im Leib des Mädchens ein schreckliches Geschöpf heranwuchs, mußte man es so schnell wie möglich loswerden. Vielleicht würde Ellen dann, nach der Abtreibung, über ihr Leben nachdenken können und herausfinden, was sie von der Frau hielt, zu der sie geworden war; vielleicht fand sie dann Zeit, um darüber nachzudenken, was sie ihrer Familie angetan hatte. Aber nicht jetzt. Lieber Gott, bitte, nicht jetzt.

Sie ergriff das Glas und kippte den Rest ihres Drinks, als

wäre es nur Wasser. Mit zitternder Hand füllte sie etwas Orangensaft und viel mehr Wodka nach.

An den meisten Abenden war Ellen erst so gegen elf oder zwölf Uhr betrunken, doch heute war sie schon um halb zehn völlig berauscht. Sie nahm ihre Umgebung nur noch unscharf wahr, und ihre Zunge war schwer. Ihr Geist trieb dumpf und verträumt dahin. Sie hatte den angenehmen, geistlosen Zustand der Gnade erreicht, den sie so sehr begehrte.

Als sie zur Küchenuhr schaute und sah, daß es halb zehn war, fiel ihr ein, daß Joey jetzt zu Bett mußte. Sie entschloß sich, nach oben zu gehen, ihn seine Gebete sprechen zu lassen und ins Bett zu stecken, ihm einen Gutenachtkuß zu geben und eine Gutenachtgeschichte zu erzählen. Sie hatte ihrem Sohn schon lange, sehr lange, keine Geschichte mehr erzählt. Das würde ihm bestimmt gefallen. Er war noch nicht zu alt für Gutenachtgeschichten, oder? Er war noch immer ein Baby. Ein kleiner Engel. Er hatte ein so süßes, engelhaftes Babygesicht. Manchmal liebte sie ihn so sehr, daß sie glaubte, sie würde platzen. Wie jetzt. Sie strotzte vor Liebe für den kleinen Joey. Sie wollte sein süßes Gesicht küssen. Sie wollte sich auf seine Bettkante setzen und ihm eine Geschichte von Elfen und Prinzessinnen erzählen. Das wäre schön, so schön, einfach auf der Bettkante zu sitzen, während er zu ihr hochlächelte.

Ellen trank das Glas aus und erhob sich. Sie stand zu schnell auf, und der Raum drehte sich um sie, und sie hielt sich an der Tischkante fest, um das Gleichgewicht nicht zu verlieren.

Als sie durch das Wohnzimmer ging, prallte sie gegen einen Beistelltisch und stieß eine schöne, handgeschnitzte Jesus-Holzstatue um, die sie vor langer Zeit gekauft hatte, in ihren Tagen als Kellnerin. Die Statue fiel auf den Teppich, und obwohl sie nur dreißig Zentimeter groß und nicht allzuschwer war, fummelte Ellen Harper unbeholfen daran herum und hatte Schwierigkeiten, sie aufzuheben und dorthin zu stellen, wohin sie gehörte; ihre Finger fühlten sich an wie fette Würste und schienen sich nicht auf die richtige Weise krümmen zu wollen.

Sie fragte sich flüchtig, ob die Gutenachtgeschichte wirklich eine gute Idee war. Vielleicht war sie der Aufgabe nicht gewachsen. Aber dann dachte sie an Joeys süßes Gesicht und sein engelhaftes Lächeln und stieg die nicht ganz ungefährliche Treppe hinauf. Sie erreichte den Gang im ersten Stock, ohne zu fallen.

Sie betrat das Zimmer des Jungen und stellte fest, daß er bereits zu Bett gegangen war. Nur das winzige Nachtlicht brannte noch, eine kleine Glühbirne in der Wandsteckdose, geisterhaft und mondbleich.

Sie blieb auf der Schwelle stehen und lauschte. Normalerweise schnarchte er leise, wenn er schlief, doch im Augenblick lag er völlig ruhig da. Vielleicht war er noch nicht eingeschlafen.

Bei jedem Schritt schwankend, näherte sie sich vorsichtig dem Bett und schaute auf ihren Sohn hinab. In dem schwachen Licht konnte sie nicht viel erkennen.

Ellen gelangte zu dem Schluß, daß er wohl schon schlief, und wollte ihm nur noch einen Kuß auf die Stirn drücken. Sie bückte sich …

Und ein grinsendes, leuchtendes, unmenschliches Gesicht sprang sie aus der Dunkelheit an und kreischte wie ein wütender Vogel.

Sie schrie auf und taumelte zurück. Sie stieß gegen die Kommode und prellte sich die Hüfte.

In ihrer Vorstellung sah sie ein kaleidoskopartiges Durcheinander dunkler, entsetzlicher Bilder: eine Korbwiege, die von dem Zorn ihres monströsen Inhalts geschüttelt wurde; riesige, grüne, animalische Augen, die vor Haß leuchteten; aufgeblähte, unförmige, schnüffelnde Nasenflügel; eine bleiche, gefleckte Zunge; lange und knochige Finger, die nach ihr griffen, während ein Blitz unruhig zuckte; Klauen, die an ihr zerrten ...

Die Nachttischlampe wurde eingeschaltet und vertrieb die fürchterlichen Erinnerungen.

Joey setzte sich im Bett auf. »Mama?« sagte er.

Ellen stützte sich auf die Kommode und atmete tief ein, dürstete nach der Luft, die sie ein paar Sekunden lang, die allerdings scheinbar ewig gedauert hatten, nicht in die Lunge hatte ziehen können. Das Ding in der Dunkelheit war nur Joey gewesen. Er trug eine Halloween-Maske, die mit phosphoreszierender Farbe bemalt war.

»Verdammt, was machst du?« fragte sie, stieß sich von der Kommode ab und trat ans Bett.

Er nahm die Maske schnell ab. Seine Augen waren riesig. »Mama, ich dachte, du wärest Amy.«

»Gib mir die«, sagte sie und riß ihm die Maske aus den Händen.

»Ich hatte einen Gummiwurm in Amys Nachttisch gelegt und dachte, sie wäre gekommen, um es mir heimzuzahlen«, sagte Joey, verzweifelt bemüht, sein Verhalten zu erklären.

»Wann wirst du endlich so vernünftig, daß du solchen Blödsinn unterläßt?« fragte Ellen, deren Herz noch immer rasend schnell schlug.

»Ich habe nicht gewußt, daß du es warst! Ich hab' es nicht gewußt!«

»Solche Streiche sind makaber«, sagte sie wütend. Ihr angenehmer Wodkaschleier war verdunstet. Ihre verträumte Trägheit hatte sich aufgelöst, war von einer alptraumhaften Spannung verdrängt worden. Ellen Harper war noch immer betrunken, doch ihr Zustand war jetzt nicht mehr heiter, sondern düster, nicht mehr glücklich, sondern verdrossen. »Makaber«, wiederholte sie und betrachtete die Halloween-Maske in ihrer Hand. »Makaber und pervers.«

Joey rutschte zurück, bis er das Kopfbrett berührte, und ergriff das Bettlaken mit beiden Händen, als wolle er es beiseite werfen, aus dem Bett springen und losrennen.

Noch immer von dem Schrecken zitternd, den ihr der Anblick dieses grinsenden, leuchtenden Gesichts mit den Fangzähnen versetzt hatte, das sie aus der Dunkelheit angesprungen hatte, schaute Ellen sich um und betrachtete die anderen unheimlichen Gegenstände im Zimmer des Jungen. Gespenstische Poster hingen an den Wänden: Boris Karloff als Frankensteins Ungeheuer; Bela Lugosi als Dracula; und ein weiteres Geschöpf aus einem Horrorfilm, das ihr unbekannt war. Auf der Kommode, dem Schreibtisch und den Bücherregalen standen Modelle von Ungeheuern – dreidimensionale Plastikfiguren, Bausätze, die Joey zusammengesetzt und bemalt hatte.

Paul erlaubte seinem Sohn, diesem makabren Hobby nachzugehen; er vertrat die Ansicht, daß sich viele Jungs in Joeys Alter dafür interessierten. Ellen hatte nie ernsthafte Einwände erhoben. Obwohl die Faszination des Jungen für Horror und Blut ihr Sorgen bereitete, war sie ihr doch ziemlich unbedeutend vorgekommen; und bei Kleinigkeiten gab sie Paul stets nach, damit er die Entscheidungen bei den größeren und wichtigeren Angelegenheiten ihr überließ.

Doch nun war ihr Urteilsvermögen vom Wodka und von der Angst verzerrt, die Joey ihr bereitet hatte, und auch von den ungewollten Erinnerungen, die der Streich heraufbeschworen hatte, so daß Ellen die Maske zornig in den Papierkorb schleuderte. »Es ist an der Zeit, daß ich diesem Unsinn ein Ende bereite. Es ist an der Zeit, daß du aufhörst, mit diesem unheimlichen Mist zu spielen, und dich wie ein normaler, gesunder Junge benimmst.« Sie pflückte ein paar Monstermodelle von der Kommode und warf sie ebenfalls in den Papierkorb. Sie fegte die Miniaturghouls und -gobelins von seinem Schreibtisch. »Bevor du morgen früh in die Schule gehst, nimmst du diese schrecklichen Poster ab und wirfst sie weg. Achte darauf, nicht den Putz zu lösen, wenn du die Heftklammern aus der Wand ziehst. Ich besorge dir ein paar vernünftige Drucke, die du hier aufhängen kannst. Hast du verstanden?«

Er nickte. Dicke Tränen liefen seine Wangen hinab, doch er gab kein Geräusch von sich.

»Und mit diesen gemeinen Streichen ist jetzt Schluß«, sagte Ellen barsch. »Keine Gummispinnen mehr! Keine falschen Schlangen. Keine Gummiwürmer im Nachttisch. Hast du das begriffen?« Er nickte erneut. Er lag ganz steif da und war fast krankhaft bleich. Er schien übermäßig heftig auf ihre Ermahnungen zu reagieren. Joey sah nicht aus wie ein Junge, der mit seiner strengen Mutter sprach, sondern wie einer, der dem sicheren Tod ins Auge sah. Er sah aus, als wäre er überzeugt, daß sie ihn an der Kehle packen und erwürgen würde.

Das Entsetzen in seinem Gesicht schreckte Ellen auf.

Ich bin genau wie Gina.

Nein! Das war nicht fair.

Sie tat nur, was getan werden mußte. Das Kind mußte zur Ordnung gerufen werden und brauchte eine strenge Hand. Sie erfüllte lediglich ihre Pflicht als Elternteil.

Genau wie Gina.

Sie schob diesen Gedanken beiseite.

»Leg dich hin«, sagte sie.

Joey glitt gehorsam wieder unter die Bettdecke.

Sie ging zum Nachttisch und legte die Hand auf den Schalter der Lampe. »Hast du deine Gebete gesprochen?«

»Ja«, antwortete er schwach.

»Alle?«

»Ja.«

»Morgen abend wirst du mehr Gebete als üblich sprechen.«

»Na schön.«

»Ich werde mit dir beten, damit du auch ja kein Wort ausläßt.«

»Okay, Mama.«

Sie schaltete das Licht aus.

»Ich habe nicht gewußt, daß du es warst, Mama«, sagte er leise und unsicher.

»Schlaf jetzt.«

»Ich dachte, es wäre Amy.«

Plötzlich wollte sie hinabgreifen, ihn aus dem Bett heben und an ihren Busen drücken. Sie wollte ihn fest umarmen und küssen und ihm sagen, alles sei in Ordnung.

Aber als sie sich zu ihm hinabbeugte, fiel ihr die Halloween-Maske wieder ein. Als sie dieses fürchterliche Antlitz gesehen hatte, hatte sie geglaubt, der Dämon in Joey sei endlich an die Oberfläche gekommen. Sie war sicher gewesen – nur eine oder zwei Sekunden lang, aber immerhin lang genug, um ihre zärtlichen Regungen zu verscheuchen –, daß die lange erwartete Verwandlung eingesetzt hatte. Und nun hatte sie Angst, erneut das schnaubende Gesicht eines Trolls zu sehen, wenn sie sich hinabbückte und ihn umarmte – nur, daß es diesmal keine Maske wäre. Vielleicht würde er sie diesmal ergreifen und zu sich hinabziehen, damit er ihr mit seinen scharfen, leuchtenden Klauen besser den Magen aufreißen konnte. Der Sturzbach der Liebe hatte sie durchströmt und war wieder hinausgeflossen und hinterließ eine karge Einöde aus Unsicherheit und Furcht. Sie hatte Angst vor ihrem eigenen Kind.

Auf und ab.

Auf und ab.

Erneut wurde sie sich ihrer Trunkenheit bewußt. Butterweiche Knie. Unsicher. Benommen und verletzlich.

Hinter dem verschwommenen Nachtlicht pulsierte und verlagerte sich die Dunkelheit und kam näher, als wäre sie ein Lebewesen.

Ellen wandte sich vom Bett ihres Sohnes ab und torkelte durch die Schatten aus dem Schlafzimmer hinaus. Sie zog Joeys Tür hinter sich zu und blieb einen Augenblick lang im Korridor im ersten Stock stehen. Ihr Herz knallte wie eine lockere, vom Wind bewegte Schlaglade in einem Sturm.

Bin ich verrückt? fragte sie sich. Bin ich genau wie meine Mutter – sehe ich Teufels Werk in jedem, in allem, an Orten, an denen es gar nicht existiert? Bin ich schlimmer als Gina?

Nein, sagte sie sich unnachgiebig. Ich bin nicht verrückt, und ich bin nicht wie Gina. Ich habe einen guten Grund. Und im Augenblick ... na ja ... vielleicht habe ich zuviel getrunken, und ich kann nicht mehr klar denken.

Ihr Mund war vom Schnaps trocken und sauer, aber sie brauchte noch einen Drink. Sie sehnte sich danach, dieses Gefühl des Treibens noch einmal zu durchleben, diese helle, angenehme Stimmung, die sie genossen hatte, bevor Joey ihr mit seiner Halloween-Maske einen riesigen Schrecken eingejagt hatte.

Sie spürte bereits die Vorzeichen eines Katers: ein leicht komisches Gefühl im Magen, das allmählich einer immer stärker werdenden, aufwühlenden Übelkeit wich; ein dumpfes Pochen in ihren Schläfen, das sich zu rasenden Kopfschmerzen steigern würde. Bevor sie sich noch schlechter fühlte, brauchte sie unbedingt einen Schluck gegen den Kater. Einen großen Schluck. Mehrere Schlucke, ach was, mehrere Gläser voll des guten Zeugs in der durchsichtigen Flasche, des Zeugs, das aus Kartoffeln gebrannt wurde. Wurde Wodka nicht aus Kartoffeln gemacht? Kartoffelsaft – dann würde sie sich wieder gut fühlen. Wenn sie ihre Rädchen mit etwas Kartoffelsaft schmierte, würde sie wieder in diese angenehme Stimmung gleiten, genauso problemlos, wie sie in einen weichen, flauschigen alten Bademantel schlüpfte.

Sie wußte, daß sie eine Sünderin war. Den Schnaps so runterzukippen, wie sie es sich angewöhnt hatte, war zweifellos eine Sünde, und wenn sie nüchtern war, konnte sie den spirituellen Fleck sehen, den der Alkohol auf ihr hinterlassen hatte.

Gott steh mir bei, dachte sie. Gott helfe mir, denn ich selbst scheine mir nicht mehr helfen zu können.

Sie ging die Treppe hinunter, um sich noch einen Drink zu holen.

Nachdem seine Mutter das Zimmer verlassen hatte, blieb Joey noch zehn Minuten lang im Bett. Als er glaubte, sich ungefährdet bewegen zu können, schaltete er die Lampe ein und stand auf.

Er ging zum Papierkorb neben der Kommode und starrte auf den Haufen der Monstermodelle hinab. Sie quollen aus dem Eimer heraus, ein Gewirr schnaubender, nach ihm greifender Plastikgeschöpfe. Draculas Kopf war abgerissen worden. Auch einige der anderen Figuren schienen beschädigt worden zu sein.

Ich werde nicht weinen, sprach Joey sich Mut zu. Ich werde nicht anfangen, wie ein Baby zu heulen. Das würde ihr gefallen. Ich werde nichts tun, was ihr gefallen würde.

Tränen glitten weiterhin seine Wangen hinab, aber das war für ihn kein Weinen. Weinen war, wenn man sich die Augen ausheulte und die Nase lief, wenn man plärrte und rot im Gesicht wurde und völlig die Kontrolle über sich verlor.

Er wandte sich von dem Papierkorb ab und trat an seinen Schreibtisch, von dem Mama alle Miniaturmonster entfernt hatte, die er gesammelt hatte. Übriggeblieben war lediglich seine Spardose. Er griff danach und trug sie zum Bett.

Es handelte sich um einen großen Mason-Krug. Die Münzen darin hatte er mühsam von seinem Taschengeld abgezweigt, das er dafür erhielt, daß er sein Zimmer in Ordnung hielt und im Haushalt half. Er verdiente sich auch etwas nebenbei, indem er für Mrs. Jannison, eine alte Nachbarin, Einkäufe erledigte. Es waren auch einige Dollarscheine in dem Krug; die meisten davon waren Geburtstagsgeschenke von seiner Oma Harper, seinem Onkel John Harper und seiner Tante Emma Williams, die Daddys Schwester war.

Joey leerte den Inhalt des Krugs auf dem Bett aus und begann zu zählen. Neunundzwanzig Dollar. Und ein Fünfcentstück. Er war alt genug, um zu wissen, daß es sich nicht um ein Vermögen handelte, dennoch war es für ihn viel Geld.

Mit neunundzwanzig Dollar konnte man doch weit kommen. Er wußte nicht genau, wie weit, schätzte aber, mindestens dreihundert Kilometer.

Er würde ein Bündel schnüren und von zu Hause ausreißen. Er mußte einfach davonlaufen. Falls er noch länger hier blieb, würde Mama eines Nachts, wenn sie richtig betrunken war, in sein Zimmer kommen und ihn umbringen.

Genau, wie sie Victor umgebracht hatte.

Wer auch immer dieser mysteriöse Victor gewesen war.

Er dachte darüber nach, wie es sein würde, allein in eine ferne, fremde Stadt zu fahren. Zuerst einmal würde er sehr einsam sein. Aber er würde Mama nicht vermissen. Nicht einmal seinen Vater würde er sehr vermissen. Amy hingegen um so mehr. Die Vorstellung, Amy zu verlassen und sie nie wiederzusehen, schnürte seine Kehle zu. Er hatte das Gefühl, schreien zu müssen.

Hör auf damit! Sei hart!

Er biß sich auf die Zunge, bis der Drang zu schreien nachließ und er sicher war, sich wieder unter Kontrolle zu haben.

Wenn er jetzt von zu Hause fortlief, bedeutete das keineswegs, daß er Amy nie wieder in seinem Leben sehen würde. Spätestens in ein paar Jahren würde auch sie ihr Elternhaus verlassen, ein eigenes Leben führen, und dann konnte er wieder zu ihr. Sie konnten zusammen in einer Wohnung in New York City oder an einem anderen tollen Ort leben, und Amy würde eine berühmte Malerin sein, und er würde endlich erwachsen werden. Wenn er in ein paar Jahren auf Amys Schwelle stand, würde sie ihn nicht zu Mama schicken; Amy nicht.

Jetzt fühlte er sich schon besser.

Er legte sein Geld zurück in den großen Mason-Krug und schraubte den Deckel fest zu. Dann stellte er die Spardose auf den Schreibtisch zurück.

Er würde sich von der Bank Münzpapier besorgen und die Vierteldollarmünzen, die Zehn- und Fünfcentstücke einrollen und in Scheine umtauschen müssen. Er konnte nicht mit den Taschen voller klingelnden Kleingelds von zu Hause weglaufen; das wäre kindisch.

Er schlüpfte wieder ins Bett und löschte das Licht.

Das einzig Dumme am Davonlaufen war, daß er den Jahrmarkt im Juli verpassen würde. Er hatte sich schon fast ein ganzes Jahr darauf gefreut.

Mama hielt nichts davon, auf die Kirmes zu gehen und sich unter die Schausteller zu mischen. Sie sagte, diese Leute seien schmutzig, gefährlich und allesamt Gauner.

Joey hatte jedoch kein großes Vertrauen mehr zu Mamas Urteilen über andere Menschen. Wenn man Mama Glauben schenkte, gab es auf der ganzen weiten Welt kaum einen Menschen, der ohne Sünde war.

In den letzten Jahren hatte sein Vater ihn einige Male am Samstag, dem letzten Tag, mit auf den Jahrmarkt genommen. Manchmal hatte er aber einfach zuviel in seiner Kanzlei zu arbeiten und konnte sich nicht freimachen.

Dieses Jahr hatte Joey vor, sich allein auf den Rummelplatz zu schleichen, der keine drei Kilometer vom Haus der Harpers entfernt lag: Man mußte nur zwei Straßen entlangfahren, um dorthin zu gelangen. Man fand den Platz problemlos; er lag hoch oben auf dem Hügel. Joey hatte vor, seiner Mutter zu sagen, er wolle an diesem Tag in die Stadtbücherei gehen. Aber dann wollte er mit dem Fahrrad zum Kirmesplatz fahren und sich einen schönen Vor- und Nachmittag machen, und Mama würde gar nichts davon erfahren.

Dieses Jahr wäre es besonders schade, den Jahrmarkt zu verpassen, weil er größer und besser denn je sein würde. Der Mittelgang wurde von einer anderen Firma als in den früheren Jahren gestellt. Dieser Jahrmarkt war wie aus einem Guß, der zweitgrößte der Welt, zwei- oder dreimal so groß wie der alte Jahrmarkt in Royal City. Es würde viel mehr Karussells als in den anderen Jahren geben, viele neue aufregende Dinge, die man sehen und erleben konnte.

Aber er würde davon nichts mitbekommen, wenn er dreihundert Kilometer weit weg war und ein neues Leben in einer fremden Stadt anfing.

Fast eine Minute lang lag Joey in der Dunkelheit und bedauerte sich – dann setzte er sich im Bett auf, wie elektrisiert von einer brillanten Idee. Er konnte von zu Hause ausreißen und trotzdem auf den Jahrmarkt gehen. Er konnte beides. Es war ganz einfach: Er würde mit dem Jahrmarkt durchbrennen!

Am Donnerstag morgen kamen die Testergebnisse aus dem Labor. Amy war offiziell schwanger.

Am Donnerstag nachmittag fuhren sie und Mama zur Bank und hoben von Amys Sparbuch Geld für die Abtreibung ab.

Am Samstag morgen sagten sie Amys Vater, sie würden ausgiebig einkaufen gehen. In Wahrheit fuhren sie zu Dr. Spanglers Klinik.

Am Empfangstresen kam Amy sich wie eine Kriminelle vor. Weder Dr. Spangler noch seine Kollegen, Dr. West und Dr. Lewis, noch irgendeine seiner Schwestern waren katholisch; sie nahmen jede Woche Abtreibungen vor, jahrein, jahraus, ohne ein moralisches Urteil über ihr Vorgehen zu fällen. Amy hingegen fühlte sich nach so vielen Jahren der intensiven religiösen Unterweisung so, als würde sie zu einer Komplizin bei einem Mord werden, und sie wußte, daß sie eine lange, lange Zeit mindestens einen Rest von Schuld empfinden würde, der einen Makel auf jedes Glück werfen würde, das sie vielleicht erlangen könnte. Sie konnte noch immer kaum glauben, daß Mama ihr die Erlaubnis erteilt hatte, den Fötus abzutreiben. Sie machte sich Gedanken über die Furcht, die sie in den Augen ihrer Mutter gelesen hatte.

Sie wurde als ambulante Patientin geführt, und eine Schwester brachte Amy in einen Raum, in dem sie sich ausziehen und ihre Kleidung in ein Schließfach legen konnte. Mama blieb im Wartezimmer.

Nachdem eine Krankenschwester ihr eine Blutprobe

entnommen hatte, trat Dr. Spangler ins Sprechzimmer und plauderte kurz mit ihr. Er versuchte, sie zu beruhigen. Er war ein jovialer, rundlicher Mann mit einer Glatze und buschigen grauen Koteletten.

»Sie sind noch nicht sehr weit«, sagte er. »Eine ganz einfache Prozedur. Ernste Komplikationen sind nicht zu erwarten. Machen Sie sich keine Sorgen, ja? Es wird vorbei sein, bevor Sie überhaupt mitbekommen haben, daß es richtig angefangen hat.«

In dem kleinen Operationsraum wurde Amy ein leichtes Betäubungsmittel verabreicht. Sie trieb langsam aus ihrem Körper, als wäre sie ein Ballon, der in einen unendlichen, blauen Himmel aufstieg.

Amy hörte, daß in der Ferne hinter einem Nebel aus Licht und einem Vorhang aus dumpfem Geflüster eine Krankenschwester leise sprach. »Sie ist ein sehr hübsches Mädchen, nicht wahr?« sagte die Frau.

»Ja, sehr hübsch«, erwiderte Dr. Spangler, und seine Stimme wurde von einer Silbe zur anderen leise, bis sie kaum noch verständlich war. »Und auch sehr nett. Ich bin ihr Arzt, seit sie ein kleines Kind war. Sie ist immer so höflich, so zurückhaltend …«

Während Amys Geist sich von ihnen entfernte, versuchte sie dem Arzt zu sagen, daß er sich geirrt hatte. Sie war kein nettes Mädchen. Sie war ein sehr böses Mädchen. Er hätte Mama fragen sollen. Mama würde ihm die Wahrheit sagen. Amy Harper war ein ungezogenes Mädchen, im Innern böse, ungezügelt, wild, unzuverlässig; sie taugte einfach nichts. Sie versuchte Dr. Spangler zu sagen, wie nichtswürdig sie war, doch ihre Lippen und die Zunge reagierten nicht auf ihre Befehle. Sie brachte keinen Ton hervor …

… bis sie »Ah« sagte und im Aufwachraum die Augen öffnete. Sie lag flach auf dem Rücken auf einem Bett mit

Rollen und einem Gitter an den Seiten und starrte zu einer Decke hoch, an der Fliesen für eine Schalldämpfung sorgten. Einen Augenblick lang wußte sie nicht, wo sie war.

Dann fiel ihr alles wieder ein, und sie war erstaunt, daß die Abtreibung so schnell und problemlos vonstatten gegangen war. Sie mußte noch eine Stunde lang im Aufwachraum liegenbleiben, nur um sicherzustellen, daß bei ihr keine Blutungen auftraten.

Um halb drei saß sie mit ihrer Mutter im Pontiac und war auf dem Weg nach Hause. Während der ersten Hälfte der kurzen Fahrt sagte keiner von ihnen etwas. Mamas Gesicht sah aus wie aus Stein gemeißelt.

»Mama«, sagte Amy schließlich, »ich weiß, du wirst mir ein paar Monate lang Stubenarrest erteilen wollen, aber ich hoffe, daß ich abends weiterhin im Dive arbeiten darf, falls Mr. Donnatelli mir diese Schicht gibt.«

»Du kannst arbeiten, wann immer du arbeiten willst«, erwiderte ihre Mutter kalt.

»Ich werde von der Arbeit direkt nach Hause kommen.«

»Das mußt du nicht«, erwiderte Mama. »Mir ist egal, was du treibst. Das interessiert mich einfach nicht mehr. Du wirst sowieso nicht mehr auf mich hören. Du wirst dich nicht anständig benehmen müssen. Du hast bei diesem Ding in dir die Zügel gelockert, und jetzt gibt es kein Halten mehr. Ich kann nichts mehr tun. Ich wasche meine Hände in Unschuld. Ich will nichts mehr mit dir zu tun haben.«

»Bitte, Mama. Bitte. Hasse mich nicht.«

»Ich hasse dich nicht. Ich fühle mich nur taub, leer. Im Augenblick bringe ich dir gar keine Empfindungen mehr entgegen.«

»Schreib mich nicht ab.«

»Es gibt nur einen Weg zum Himmel«, sagte die Mutter. »Aber wenn du zur Hölle fahren willst, wirst du tausend

Wege finden, die dich dorthin bringen. Ich kann sie nicht alle versperren.«

»Ich will nicht in die Hölle kommen«, sagte Amy.

»Es ist deine Entscheidung«, erwiderte ihre Mutter. »Von jetzt an trägst du die Verantwortung. Mach, was du willst. Du wirst sowieso nicht mehr auf mich hören, also will ich nichts mehr mit dir zu tun haben.« Während sie sprach, steuerte sie den Wagen auf die Auffahrt des Hauses an der Maple Lane. »Ich gehe nicht mit dir rein. Ich muß noch ein paar Lebensmittel einkaufen. Falls dein Vater schon aus dem Büro zurückgekehrt ist, sag ihm, du hättest im Einkaufszentrum einen Hamburger zu Mittag gegessen, der dir nicht bekommen sei. Geh auf dein Zimmer und halte dich von ihm fern. Je weniger er von dir sieht, desto unwahrscheinlicher ist es, daß er Verdacht schöpft.«

»In Ordnung, Mama.«

Amy betrat das Haus und stellte fest, daß ihr Vater noch nicht aus der Kanzlei zurückgekommen war. Joey war zum Spielen bei Tommy Culp. Sie war allein.

Sie zog einen Schlafanzug und einen Bademantel an und rief dann Liz Duncan an. »Es ist vorbei.«

»Wirklich?« fragte Liz.

»Ich bin gerade nach Hause gekommen.«

»Und du bist ausgekratzt?«

»Mußt du es so ordinär ausdrücken?« fragte Amy.

»Aber das tun sie nun mal«, erwiderte Liz unbekümmert. »Sie kratzen dich aus. Wie fühlst du dich?«

»Ausgekratzt«, gestand Amy traurig ein.

»Tut das Bäuchlein weh?«

»Ein wenig. Und ich habe … da unten Schmerzen.«

»Du meinst, du hast 'ne wunde Möse?« fragte Liz.

»Mußt du so reden?«

»Wie?«

»So grob.«

»Das ist eine meiner bezauberndsten Eigenschaften – daß ich überhaupt keine Hemmungen habe. Hör zu, wie fühlst du dich, von deinem Bauch und deiner Möse mal abgesehen?«

»Sehr, sehr müde.«

»Das ist alles?«

»Ja. Es war leichter, als ich befürchtet hatte«, gestand Amy.

»Mensch, da bin ich aber erleichtert. Ich habe mir Sorgen um dich gemacht, Kleine. Große, große Sorgen.«

»Danke, Liz.«

»Hängst du den Sommer über fest?«

»Nein. Ich dachte, ich würde eine Zeitlang Stubenarrest kriegen, aber Mama sagt, ihr ist egal, was ich tue. Sie will nichts mehr mit mir zu tun haben.«

»Das hat sie gesagt?«

»Ja.«

»Mein Gott, das ist ja toll!«

»Wirklich?« fragte Amy.

»Natürlich, du dumme Nudel. Jetzt kannst du nach deinen eigenen Regeln leben. Du bist frei, Kleine!« Liz setzte einen falschen Südstaaten-Dialekt auf: »Dein Massah dich haben freigelassen, Kind!«

Amy lachte nicht. »Im Augenblick liegt mir nur an einer Mütze Schlaf«, sagte sie. »Ich konnte die ganze Nacht kein Auge zudrücken, und die Nacht davor auch kaum. Und mit dieser Sache heute … Na ja, ich schlafe bald im Stehen ein.«

»Klar«, sagte Liz. »Das verstehe ich. Ich hab' auch nicht vor, noch 'ne Stunde mit dir zu quatschen. Ruh dich aus. Ruf mich morgen an. Dann machen wir Pläne für den Sommer. Das wird 'ne tolle Sache, wir machen in unserem letzten gemeinsamen Sommer so richtig einen drauf. Diese

Zeit werden wir nie vergessen. Ich hab' schon ein paar Jungs für dich ausgeguckt.«

»Ich glaube, nach Jungs steht mir im Augenblick überhaupt nicht der Sinn«, sagte Amy.

»Klar, in den nächsten zehn Minuten nicht«, pflichtete Liz ihr bei. »Aber nachdem du dich ein paar Wochen lang erholt hast, bist du schnell wieder richtig drin.«

»Das glaube ich nicht, Liz.«

»Aber sicher doch. Um Gottes willen, du willst doch keine Nonne werden, oder? Dann und wann brauchst du einen steifen Schwanz, Kleine. Du brauchst ihn genauso dringend wie ich. In dieser Hinsicht sind wir genau gleich. Keiner von uns kommt lange ohne einen Kerl aus.«

»Das werden wir ja sehen«, sagte Amy.

»Aber dieses Mal«, sagte Liz, »wirst du tun, was ich dir sage. Du wirst dir die Pille verschreiben lassen.«

»Ich glaube wirklich nicht, daß ich sie brauche.«

»Das hast du beim letzten Mal auch geglaubt, du Dummerchen.«

Ein paar Minuten später kniete Amy in ihrem Zimmer neben dem Bett nieder, um ihre Gebete zu sprechen. Aber nach zwei oder drei Minuten hörte sie auf, weil sie zum erstenmal in ihrem Leben das Gefühl hatte, Gott würde ihr nicht zuhören. Sie fragte sich, ob er ihr je wieder zuhören würde.

Im Bett weinte sie sich in den Schlaf, und niemand weckte sie am nächsten Morgen zum Frühstück oder für die Messe. Als sie die Augen wieder öffnete, war es elf Uhr am Sonntag morgen, und vereinzelte weiße Wolken rasten wie große Segelschiffe über den meeresblauen Himmel hinter ihrem Fenster. Sie hatte achtzehn Stunden lang geschlafen.

Soweit sie sich erinnern konnte, war das erst das zweite Mal in ihrem Leben, daß sie die Sonntagsmesse verpaßt hatte. Das erste Mal war sie neun Jahre alt gewesen und hatte im Krankenhaus gelegen und sich von einer Notoperation am Blinddarm erholt. Sie hatte am Montag entlassen werden sollen, und ihre Mutter hatte mit dem Arzt gestritten und verlangt, er solle sie einen Tag eher entlassen, damit sie zur Kirche gehen könne, aber der Arzt hatte gesagt, die Kirche sei nicht gerade der beste Ort für ein Kind, das sich von einer Operation erholte.

Sie war erleichtert, daß Mama sie an diesem Morgen nicht gezwungen hatte, in die Kirche zu gehen. Offensichtlich war sie der Ansicht, daß ihre verderbte Tochter in der Kirche nichts mehr zu suchen hatte.

Und vielleicht hatte Mama recht.

Am folgenden Tag, Montag, dem 26. Mai 1980, machten zwei Schildermaler sich an der großen Reklametafel am Eingang des Kirmesgeländes, knapp außerhalb der Stadtgrenze von Royal City, an die Arbeit. Am Nachmittag waren sie fertig.

DER JAHRMARKT KOMMT

30. JUNI BIS 5. JULI

DIE JÄHRLICHE BEZIRKSKIRMES

TRABRENNEN
KUNSTHANDWERK
VIEHAUKTIONEN
KARUSSELLS UND FAHRATTRAKTIONEN

MITTELGANG-ATTRAKTIONEN VON:
BIG AMERICAN MIDWAY SHOWS

ZWEI

DER JAHRMARKT KOMMT ...

8

Einen Monat nach der Abtreibung, in der letzten Juniwoche, arbeitete Amy montags bis freitags von neun bis fünf und samstags von zwölf bis sechs im Dive. In dem Schuppen wimmelte es ständig von sonnengebräunten und schwungvollen Teenagern.

Als Amy sich um sechs Uhr am Samstag abend anschickte, nach Hause zu gehen, platzte Liz Duncan herein. In den engen roten Shorts und in dem weißen T-Shirt, unter dem sie keinen BH trug, sah sie einfach umwerfend aus. »Ich bin heute abend mit Richie verabredet. Er wird mich hier um halb sieben treffen. Willst du mit mir warten, damit mir nicht einsam wird?«

»Du wirst schon nicht vereinsamen«, sagte Amy. »Wenn du dich allein an einen Tisch setzt, werden dir spätestens zwei Minuten später alle Jungs im Dive Gesellschaft leisten.«

Liz betrachtete die jungen Männer im Lokal nachdenklich und schüttelte dann den Kopf. »Nee. Wenn ich mich mal mit einem Jungen verabredet und ihn dann fallen lasse, weiß er, daß es endgültig vorbei ist; er weiß, daß es reine Zeitverschwendung wäre, mich noch mal anzubaggern.«

»Und?«

»Und die meisten Jungs hier würden mich in Ruhe lassen, wenn ich allein an einem Tisch sitze, weil ich sie schon gevögelt habe.«

»Ordinär«, sagte Amy.

»Aber fast wahr«, sagte Liz.

»Du bist ein schlimmes Mädchen.«

»Deshalb mögen die Jungs mich ja. Also, leistest du mir Gesellschaft, bis Richie kommt?«

»Klar.«

Sie ging hinter die Theke und zapfte zwei Cokes und nahm mit Liz zusammen am ersten Tisch ganz vorn Platz. Von hier aus konnten sie auf die Main Street hinausschauen. Liz' Auto stand vor der Kneipe. Es war ein gelber Toyota Celica. Ihre Eltern hatten ihn ihr als Überraschung zur bestandenen Abschlußprüfung geschenkt.

»Ganz gleich, wie sehr ich mich bemühe«, sagte Amy, »ich kann mir dich und Richie Atterbury einfach nicht als Paar vorstellen.«

»Warum nicht? Auf der Schule waren wir beide einzigartig«, sagte Liz. »Er war das Klassengenie mit einem IQ von hundertundachtzig, und ich war die Klassenschlampe, die schon hundertachtzig Jungs im Bett hatte.«

»Ich weiß nicht, warum du dich ständig so runtermachst«, sagte Amy. »Um Gottes willen, du hast doch längst keine hundertachtzig Jungs gehabt.«

»Ich mache mich nicht runter«, sagte Liz. »Schätzchen, ich schwelge darin. Ich liebe, was ich bin. Nur so kann man abheben.«

»Richie war immer so schüchtern.«

»Das ist er längst nicht mehr«, erwiderte Liz und blinzelte. »Hör zu, ich hab' Richie beigebracht, worum es geht. Er war so schlaksig und unbeholfen und naiv! Eine richtige Herausforderung. Aber er entwickelt sich. Er entwickelt sich wirklich gut. Er hat richtig Geschmack an der Verdorbenheit gefunden.«

»Und du verdirbst ihn?«

»Genau.«

»Ist das nicht etwas melodramatisch?«

»Nein. Denn genau das tue ich. Ich verderbe Richie Atterbury, das junge Genie.«

»Elizabeth Ann Duncan, die sinnliche Verführerin, die

allwissend wollüstige Frau des exotischen Royal City«, sagte Amy sarkastisch.

Liz grinste. »Genau das bin ich. Denk dir nur, vor nur drei Wochen, als ich zum erstenmal mit ihm ausging, hatte Richie noch nie Gras geraucht. Kannst du dir das vorstellen? Und jetzt ist er ein richtiger Kiffer.«

»Und nur aus dem Grund verabredest du dich mit ihm? Damit du ihn verderben kannst?«

»Nein«, sagte Liz. »Es macht verdammt großen Spaß, ihn für neue Erfahrungen, neue Erlebnisse zu öffnen. Doch selbst wenn er sich schon auskennen würde, würde es mir Spaß machen, mit ihm zusammenzusein. Er ist clever und witzig. Und er scheint über fast jedes Thema was Interessantes zu wissen. Ich bin noch nie mit einem Genie gegangen. Das ist etwas ganz anderes.«

»Klingt so, als würde das vielleicht etwas länger dauern als bei den anderen«, sagte Amy.

»Nichts da«, sagte Liz schnell. »Ich schätze noch einen Monat, höchstens sechs Wochen. Dann heißt es: bye-bye, Richie. Ganz gleich, wie klug er ist, irgendwann werde ich mich mit ihm langweilen. Außerdem … wenn ich fest mit jemandem gehen wollte, was ich nicht will, aber wenn ich es aus irgendeinem verrückten Grund wollte, würde ich mir keinen Burschen aus diesem Hinterwäldlerkaff aussuchen. Ich will nicht, daß jemand mich zurückhält, wenn ich endlich nach Westen ziehe.«

»Du willst immer noch weg von hier?«

»Verdammt, ja. Bis Mitte Dezember werde ich im Büro meines Vaters arbeiten und einen Notgroschen absparen, und ein paar Wochen vor Weihnachten werde ich abhauen. Nach den Ferien packe ich meine Sachen in mein kleines gelbes Auto, und dann geht's wie der Blitz ab ins Land der Sonne und der Gelegenheiten.«

»Kalifornien?«

»Ich habe mich für Vegas entschieden«, antwortete Liz.

»Las Vegas?«

»Das ist das einzige Vegas, das ich kenne.«

»Und was willst du da anfangen?«

»Ihn verkaufen«, sagte Liz und grinste erneut.

»Was verkaufen?«

»Sei nicht blöd.«

»Ich bin nicht blöd.«

»So blöd, wie du hübsch bist.«

»Ich verstehe nicht ganz. Was willst du verkaufen?«

»Meinen Arsch.«

»Was?«

»Ich werde ganz schwer als Nutte arbeiten.«

»Als Nutte?«

»Großer Gott!« sagte Liz. »Hör zu, Kleine, ist dir nicht klar, wieviel Schotter ein hochklassiges Callgirl in Vegas machen kann? Ein sechsstelliges Einkommen, so viel.«

Amy starrte sie ungläubig an. »Du willst mir weismachen, daß du nach Vegas gehst, um dort als Hure zu arbeiten?«

»Ich will dir gar nichts weismachen«, sagte Liz. »Ich erzähle dir lediglich die Tatsachen, Kleine. Außerdem werde ich keine normale Hure sein. Hure ist ein so billiges Wort. Huren sind billig. Ich werde als persönliche Begleiterin arbeiten, jeden Abend eine intime Beziehung mit einem neuen Gentleman. Weißt du, intime Begleiterinnen sind ziemlich teuer. Und ich werde teurer als die meisten anderen sein.«

»Das ist doch nicht dein Ernst.«

»Natürlich ist es das. Ich bin eine starke Persönlichkeit, habe ein verdammt nettes Gesicht, lange Beine, einen süßen kleinen Arsch, fast gar keine Taille und die hier.« Sie streckte ihre Brust heraus, und ihre großen, aufgerichteten Brüste spannten das dünne T-Shirt. »Ich kann lernen, nicht jeden Pfennig auszugeben, den ich verdiene, und wenn ich mein Geld geschickt anlege, werde ich mit fünfundzwanzig mindestens eine Million Dollar auf der hohen Kante haben.«

»Das hast du doch nicht ernsthaft vor.«

»Doch.«

»Du veräppelst mich.«

»Nein. Hör zu, ich bin 'ne richtige Nymphomanin. Ich weiß das. Du weißt das. Eigentlich wissen es alle. Ich kann die Hände nicht von den Jungs lassen, und ich liebe Abwechslung. Und wenn ich schon jeden Tag in der Woche herumbumse, kann ich mich auch dafür bezahlen lassen.«

Amy starrte sie fragend an, und Liz erwiderte ihren Blick. »Mein Gott«, erkannte Amy schließlich, »du meinst es wirklich ernst.«

»Warum nicht?«

»Liz, das Leben einer Prostituierten ist nicht angenehm. Es besteht nicht nur aus Vergnügungen. Es ist einsam und hart.«

»Wer sagt das?«

»Na ja ... alle sagen das.«

»Alle ist ein Haufen Scheiße.«

»Wenn du nach Vegas gehst und so was tust ... Liz, das wäre eine solche ... eine solche Tragödie. Das wäre es. Du wirfst dein ganzes Leben fort, ruinierst alles.«

»Du klingst wie deine Mutter«, sagte Liz verächtlich.

»Nein, bestimmt nicht.«

»O doch«, sagte Liz. »Du klingst genau wie sie.«

Amy runzelte die Stirn. »Wirklich?«

»Selbstgefällig, moralinsauer, selbstgerecht.«

»Ich mache mir nur Sorgen um dich.«

»Ich weiß, was ich tue«, sagte Liz. »He, als gut bezahltes Callgirl geht man die ganze Zeit auf Partys. Was ist so einsam und hart daran? Das Leben besteht aus Vergnügungen. Besonders in Vegas, wo es keine langweilige Minute gibt.«

Amy war wie vor den Kopf geschlagen. Niemals hätte sie sich vorstellen können, eines Tages eine Freundin zu haben, die Prostituierte war. Eine Weile saßen die beiden jungen Frauen schweigend da, nippten an ihren Cokes und lauschten dem Song von Bob Seger, der mit der Gewalt eines Schmiedehammers aus der Jukebox donnerte.

»Weißt du, was toll wäre?« sagte Liz, als die Gitarren für einen Moment schwiegen.

»Was?«

»Wenn du nach Vegas mitkommen würdest.«

»*Ich?*«

»Klar. Warum nicht?«

»Mein Gott«, sagte Amy. Die Vorstellung schockierte sie.

»Hör zu, ich weiß, daß ich ein verdammt begehrenswertes Mädchen bin«, sagte Liz. »Aber du bist genauso sexy wie ich. Du hast genau das, was man braucht, um in Vegas riesigen Erfolg zu haben.«

Amy lachte vor Verlegenheit.

»Nein, wirklich«, beharrte Liz.

»Ich doch nicht.«

»Die Männer würden Schlange stehen, um in dein Höschen zu kommen. Hör zu, Kleine, in dieser Stadt bist du mehr wert als Liberace und Frank Sinatra zusammen.«

»Ach, Liz, so etwas könnte ich nicht. Nicht in einer Million Jahren.«

»Du hast es doch auch mit Jerry gemacht.«

»Aber nicht für Geld.«

»Was töricht ist.«

»Außerdem war das etwas anderes. Jerry war mein fester Freund.«

»Was ist denn so toll an einem festen Freund?« fragte Liz. »Hat es Jerry irgend etwas bedeutet, daß du fest mit ihm gegangen bist? Er hat dich in der Sekunde fallen lassen, in der er hörte, daß er dir einen Braten in den Ofen geschoben hat. Er war nicht rücksichtsvoll oder mitfühlend oder treu oder sonst etwas, was ein fester Freund sein sollte. Ich garantiere dir, keiner der Männer, mit denen du dich in Vegas einläßt, würde dich so schäbig behandeln.«

»Bei meinem Glück«, sagte Amy, »würde mein erster Kunde sich als verrückter Mörder mit einem Schlachtermesser erweisen.«

»Nein, nein, nein«, sagte Liz. »Deine Kunden müßten erst von den Bossen der Hotelcasinos oder anderen leitenden Angestellten gebilligt werden. Man würde dir nur schwerreiche Säcke schicken – Ärzte, Anwälte, berühmte Entertainer, Millionäre ... Du würdest nur die Besten akzeptieren.«

»Vielleicht ist das eine Überraschung für dich«, sagte Amy, »aber sogar ein Millionär kann sich als Perversling mit einem Schlachtermesser erweisen. So was kommt nur selten vor. Das gestehe ich ein. Aber es ist nicht unmöglich.«

»Dann halt eben immer ein Messer in deiner Handtasche bereit«, wandte Liz ein. »Und wenn er dir unheimlich kommt, stichst du zuerst zu.«

»Du hast auf alles eine Antwort, was?«

»Ich bin nur ein Mädchen aus dem kleinen alten Royal City in Ohio«, meinte Liz, »aber ich bin kein Trampel vom Lande.«

»Na ja, ich glaube nicht, daß ich mit dir nach Vegas gehen werde«, sagte Amy. »Es wird noch sehr, sehr lange dauern, bis ich wieder eine nette, ruhige Verabredung ohne Sex eingehen werde. Ich habe Männern für eine Weile abgeschworen.«

»So ein Quatsch«, sagte Liz.

»Ehrlich?«

»Du bist in diesem Sommer bislang eine Trantüte gewesen«, sagte Liz. »Aber das wird sich legen.«

»Nein. Ich meine es ernst.«

»Letzte Woche bist du zu dem Arzt gegangen, den ich dir empfohlen habe«, sagte Liz selbstgefällig.

»Na und?«

»Und du hast dir ein Rezept für die Pille geben lassen. Würdest du dir die Pille verschreiben lassen, wenn du wirklich vorhättest, ein Mauerblümchen zu bleiben?«

»Du hast mich dazu überredet«, sagte Amy.

»Zu deinem eigenen Besten.«

»Ich wünschte, ich wäre nicht zu diesem Arzt gegangen. Bis ich mit dem College fertig bin, brauche ich weder die Pille noch sonst was. Ich werde mich bequem zurücklehnen, die Knie geschlossen halten und jungfräulich leben.«

»Den Teufel wirst du tun«, sagte Liz. »In zwei Wochen wirst du flachliegen und die Beine um den einen oder anderen Kerl schlingen. In höchstens zwei Wochen. Ich weiß es. Ich kenne dich ganz genau, in- und auswendig. Weißt du, wieso ich in dir lesen kann wie in einem aufgeschlagenen Buch? Weil du genau wie ich bist. Wir sind uns ähnlicher, als du glaubst. Wir gleichen uns wie ein Ei dem anderen. Oh, nicht unbedingt äußerlich. Aber tief im Inneren, tief in deinem Herzen, wo es drauf ankommt, bist du genau wie ich, Schätzchen. Deshalb wären wir in Vegas auch ein so gutes Gespann. Wir hätten alle Chancen.«

In diesem Augenblick trat Richie Atterbury an den Tisch. Er war ein großer, schlanker Junge, nicht stattlich, aber auch nicht unattraktiv. Er hatte dichtes, dunkles Haar und trug eine Hornbrille, die ihn ein wenig wie Clark Kent aussehen ließ. »Hallo, Liz. Hallo, Amy.«

»Hallo, Richie«, sagte Amy. »Da hast du aber ein schönes Hemd an.«

»Meinst du wirklich?« fragte er.

»Ja. Es gefällt mir.«

»Danke«, sagte Richie unbeholfen. Er sah Liz mit seinen großen, liebeskranken Welpenaugen an. »Fertig fürs Kino?« fragte er.

»Kann's kaum noch abwarten«, sagte Liz und stand auf. »Wir fahren ins Drive-in«, sagte sie zu Amy. »Ein wirklich treffender Name.« Sie grinste niederträchtig. »Denn Richie weiß genau, wie man ihn einfährt.«

Richie errötete.

Liz lachte. »Ich werde nur was von diesem Film mitkriegen«, sagte sie, »wenn wir ein paar Spiegel installieren, die ihn an den Himmel des Wagens projizieren.«

»Liz, du bist schrecklich«, sagte Amy.

»Findest du mich schrecklich?« fragte Liz den Jungen.

»Ich finde dich toll«, sagte Richie und wagte es, einen Arm um ihre Taille zu legen. Er wirkte noch immer etwas schüchtern, auch wenn es Liz tatsächlich gelungen war, ihm Sex und Drogen nahezubringen.

Liz sah Amy an. »Siehst du? Er findet mich toll, und er war der Klassenbeste. Was weißt du also schon davon?«

Amy mußte unwillkürlich lächeln.

»Hör zu«, sagte Liz, »ruf mich an, wenn du bereit bist, wieder zu leben anzufangen, wenn du es leid bist, die keusche Nonne zu spielen. Dann treib' ich jemanden für dich auf, und wir verabreden uns gemeinsam.«

Amy sah Liz und Richie nach, als sie hinausgingen und in den gelben Celica stiegen. Liz setzte sich hinter das Steuer. Sie fuhr so schnell an, daß die Reifen gequält aufkreischten und alle Gäste im Dive zu den Fenstern hinausschauten.

Nachdem Amy um zwanzig vor sieben das Lokal verlassen hatte, begab sie sich nicht direkt nach Hause. Über eine Stunde lang wanderte sie ziellos herum, ohne die Schaufensterauslagen der Läden richtig zu sehen, an denen sie vorbeikam, ohne auf die Häuser zu achten, die sie passierte, ohne den frischen Frühlingsabend zu genießen. Sie ging einfach spazieren und dachte über die Zukunft nach.

Als sie um acht Uhr nach Hause kam, war ihr Vater in der Werkstatt. Ihre Mutter saß am Küchentisch und blätterte eine Zeitschrift durch, lauschte einer Radiosendung, bei der Hörer anrufen konnten, und nippte an Wodka mit Orangensaft.

»Wenn du auf der Arbeit nichts gegessen hast«, sagte Mama, »im Kühlschrank steht kaltes Roastbeef.«

»Danke«, sagte Amy, »aber ich habe keinen Hunger. Ich habe viel zu Mittag gegessen.«

»Wie du willst«, sagte Mama und schaltete das Radio lauter.

Amy nahm dies als Zeichen, daß sie entlassen war. Sie ging nach oben.

Sie verbrachte eine Stunde mit Joey und spielte mit ihm Rommé bis fünfhundert Punkte, sein liebstes Kartenspiel. Der Junge schien nicht bei der Sache zu sein. Er war nicht mehr der alte, überschwengliche Joey, seit Mama ihn gezwungen hatte, seine Monstermodelle und Poster wegzuwerfen. Amy bemühte sich, ihn zum Lachen zu bringen, und er lachte auch, aber seine gute Laune kam ihr wie eine Fassade vor. Darunter war er verkrampft, und sie fand es schrecklich, ihn so zu sehen, wußte aber nicht, wie sie an ihn herankommen und ihn wirklich aufheitern konnte.

Später, auf ihrem Zimmer, stellte sie sich wieder nackt vor den großen Spiegel. Sie betrachtete ihren Körper mit kritischen Blicken und versuchte herauszufinden, ob sie wirklich mit Liz mithalten konnte. Ihre Beine waren lang und ziemlich gut geformt. Ihre Schenkel waren straff, die Nuancierung der Muskeln war im gesamten Körper hervorragend. Ihr Hintern war rund und gewissermaßen keck, sehr fest. Ihr Bauch war nicht nur flach, sondern leicht konkav. Ihre Brüste waren nicht so groß wie die von Liz, aber auch nicht gerade klein, und sie waren äußerst gut geformt, spitz und mit großen, dunklen Warzen.

Es war eindeutig ein Körper, der sich sehen lassen konnte, der einen Mann problemlos anziehen und befriedigen würde. Der Körper einer Kurtisane? Der Körper einer, wie Liz es ausgedrückt hatte, intimen Begleiterin? Die Beine und Hüften und Arschbacken und Brüste einer Hure? War sie dazu geboren worden? Sich zu verkaufen? War eine Zukunft als Prostituierte unvermeidbar? War es irgendwie ihr Schicksal, Tausende verschwitzter Nächte damit zu verbringen, völlig Fremde in Hotelzimmern zu umarmen?

Liz hatte gesagt, sie sehe Verdorbenheit in Amys Augen. Mama hatte dasselbe behauptet. Für Mama war diese Verdorbenheit ein monströses, böses Ding, das unter allen Umständen unterdrückt werden mußte; für Liz hingegen war es nichts, wovor man Angst haben, sondern etwas, das man umarmen mußte. Es konnte keine zwei Menschen geben, die gegensätzlicher als Liz und Mama waren, und doch stimmten sie in der Meinung überein, was in Amys Augen zu sehen war.

Ausdauernd betrachtete Amy ihr Ebenbild im Spiegel, spähte in die Fenster ihrer Seele; obwohl sie angestrengt hinschaute, konnte sie nicht mehr ausmachen als die eigenschaftslosen Oberflächen zweier dunkler und ziemlich hübscher Augen; sie konnte weder die Abgründe der Hölle noch die Gnade des Himmels sehen.

Sie war einsam, frustriert und schrecklich verwirrt. Sie wollte sich verstehen. Mehr als alles andere wollte sie die richtige Rolle für sich auf der Welt finden, so daß sie sich zum erstenmal in ihrem Leben nicht hoffnungslos fehl am Platz fühlte.

Wenn ihre Hoffnung, aufs College zu gehen, und ihr Traum, Künstlerin zu werden, unrealistisch waren, wollte sie nicht jahrelang für etwas kämpfen, was nicht für sie bestimmt war. Ihr Leben war schon allzulange ein anstrengender Kampf gewesen.

Sie berührte ihre Brüste, und die Warzen sprangen sofort hoch, steif, stolz, so groß wie die Spitzen ihrer kleinen Finger. Ja, das war böse, eine Sünde, wie Mama sagte, und doch fühlte es sich so gut an, so süß.

Wenn sie nur sicher sein könnte, daß Gott sie erhören würde, würde sie niederknien und ihn um ein Zeichen bitten, ein unwiderlegbar heiliges Zeichen, das ihr ein für allemal verraten würde, ob sie ein guter oder ein schlechter Mensch war. Aber sie konnte sich nicht vorstellen, daß Gott sie nach dem, was sie dem Baby angetan hatte, erhören würde.

Mama sagte, sie sei verdorben, etwas Böses lauere in ihr, und sie habe die Zügel losgelassen, die dieses Etwas zurückgehalten hatten. Mama sagte, sie habe das Potential, böse zu sein. Und eine Mutter sollte so etwas eigentlich von ihrer Tochter wissen.

Oder etwa nicht?

Bevor Joey zu Bett ging, zählte er wieder das Geld in seiner Spardose. Im letzten Monat hatte er dem Inhalt des Krugs zwei Dollar und fünfundneunzig Cent hinzugefügt, und nun besaß er genau zweiunddreißig Dollar.

Er fragte sich, ob er auf dem Jahrmarkt jemanden bestechen würde müssen, damit er mitkommen durfte, wenn die Schausteller die Stadt verließen. Er schätzte, daß er mindestens zwanzig Dollar brauchte, sich über Wasser zu halten, bis er das erste Geld als Schaustellergehilfe verdienen konnte, indem er den Elefanten hinterherputzte, oder was für eine Arbeit auch immer ein Zehnjähriger auf dem sogenannten Mittelgang fand. Damit blieben ihm als Bestechungsgeld also nur zwölf Mäuse.

Würde das reichen?

Er entschloß sich, seinen Vater um zwei Dollar für die Vorstellung im Rialto am Sonntag nachmittag zu bitten. Dieses Geld würde er dann in Wirklichkeit gar nicht für das Kino ausgeben. Er würde zu Tommy Culp gehen und mit ihm spielen und behaupten, er hätte die Filme gesehen, wenn Daddy sich danach erkundigte, und die zwei Dollar seinem Fluchtgeld hinzufügen.

Er stellte die Spardose auf den Schreibtisch zurück.

Als er seine Gebete sprach, bevor er zu Bett ging, bat er Gott zu verhindern, daß Mama sich betrank und wieder auf sein Zimmer kam.

Am nächsten Tag, einem Sonntag, rief Amy ihre Freundin an.

»Hallo«, sagte Liz.

»Hier ist die keusche Nonne«, sagte Amy.

»Oh, hallo, Nonne.«

»Ich habe mich entschlossen, das Kloster zu verlassen.«

»Halleluja!«

»Hier im Kloster ist es kalt und zugig.«

»Und bestimmt auch langweilig«, sagte Liz.

»Was hast du für mich, das ich nicht langweilig finden werde?«

»Wie wäre es mit Buzz Klemmet?«

»Den kenne ich nicht«, antwortete Amy.

»Er ist achtzehn, bald neunzehn, glaube ich. Er war eine Klasse vor uns …«

»Ah, ein älterer Mann!«

»... ist aber im siebten Schuljahr abgegangen. Er arbeitet an der Arco-Tankstelle Ecke Main und Broadway.«

»Du suchst dir ja immer tolle Typen aus«, sagte Amy sarkastisch.

»Er hört sich vielleicht nicht gerade toll an«, sagte Liz, »aber warte, bis du ihn siehst. Er ist ein stattlicher Brocken.«

»Ein Brocken wovon?«

»Fast nur Muskeln.«

»Kann er sprechen?«

»Es reicht gerade.«

»Kann er seine Schnürsenkel zubinden?«

»Da bin ich mir nicht sicher«, sagte Liz. »Aber er trägt normalerweise Slipper, so daß du dir darüber keine Sorgen machen mußt.«

»Ich hoffe nur, du weißt, was du tust.«

»Vertrau mir«, sagte Liz. »Er wird dir gefallen. Für welchen Abend soll ich die Verabredung treffen?«

»Spielt keine Rolle«, erwiderte Amy. »Ich arbeite in der Tagschicht.«

»Morgen abend?«

»Prima.«

»Wir gehen also zu viert aus«, sagte Liz. »Ich und Richie, du und Buzz.«

»Wohin wollen wir gehen?«

»Zu mir, würde ich vorschlagen. Wir hören ein paar Schallplatten, sehen uns einen Film auf dem Videorecorder meiner Eltern an, drehen uns ein paar Joints. Ich hab' verteufelt gutes Gras da, das uns richtig schnell high machen wird.«

»Was ist mit deinen Eltern?« fragte Amy.

»Die fahren morgen für vierzehn Tage in Urlaub. New Orleans. Ich hab' das Haus für mich allein.«

»Sie vertrauen dir so sehr, daß sie dich zwei Wochen lang allein lassen?«

»Sie vertrauen mir insofern, als sie berechtigte Hoffnungen hegen, daß ich nicht das Haus abfackeln werde«, antwortete Liz. »Und das ist das einzige, was sie interessiert. Hör zu, Kleine, ich bin froh, daß du endlich zur Vernunft gekommen bist. Ich hatte schon Angst, der Sommer würde ganz mies werden. Aber wenn du jetzt wieder mitmischst, machen wir ordentlich einen drauf.«

»Ich bin mir nicht sicher, ob ich wieder ordentlich einen draufmachen will. Zumindest soll es nicht zum Äußersten kommen, wenn du weißt, was ich meine. Ich will etwas Spaß haben. Ich will mich mit einem Jungen verabreden. Aber ich werde wohl nicht mehr herumvögeln. Jedenfalls nicht, bis ich mit dem College fertig bin.«

»Sicher doch«, sagte Liz.

»Ich meine es ernst.«

»Du bestimmst das Tempo, Schätzchen. Auf jeden Fall werden wir uns gut amüsieren, wenn meine Eltern verreist sind.«

»Und nächste Woche ist Kirmes«, sagte Amy.

»He, ja! Das ist toll ... Ich rauche richtig gutes Gras und hüpfe dann auf die Karussells.«

»Hab' mir gedacht, daß du das vorhast.«

»Bist du schon mal high Geisterbahn gefahren, und diese ganzen falschen Monster springen dich an?«

»Noch nie«, sagte Amy.

»Das ist rasend komisch.«

»Ich freue mich schon darauf«, sagte Amy.

9

Janet Middlemeir war Sicherheitsbeauftragte des Bezirks. Ihre Aufgabe war es, dafür zu sorgen, daß sämtliche öffentlichen Gebäude – Gerichts- und Verwaltungsgebäude, Feuerwachen, Bibliotheken, Polizeireviere, von der Regierung unterhaltene Sportarenen und Stadien – ständig sauber, gut beleuchtet und sowohl für Besucher als auch für Arbeiter ungefährlich waren. Sie war verantwortlich sowohl für die Inspektion der Bausubstanz dieser Gebäude als auch für den Zustand und die Eignung aller Maschinen und Gerätschaften innerhalb ihrer Mauern. Janet war jung, hatte vor ein paar Jahren das College verlassen, arbeitete erst seit zwei Jahren in diesem Job und widmete sich ihrer Arbeit hingebungsvoll; ihre Pflichten waren ihr fast heilig, und der Begriff ›Vertrauen der Öffentlichkeit‹ hatte noch eine gewisse Bedeutung für sie, wenn auch nicht unbedingt für einige der Leute, mit denen sie in den bürokratischen Organisationen des Bezirks und Staates zusammenarbeitete. Sie war noch nicht lange genug öffentliche Angestellte, um von den unausweichlichen korrumpierenden Einflüssen befleckt zu werden, die mit jedem Regierungsprogramm verbunden sind. Sie bemühte sich, ihre Arbeit ordentlich zu machen.

Als am Montag, dem 23. Juni, der Jahrmarkt nach Rockville, Maryland, kam, stellte Janet Middlemeir sich in dem Bürowohnwagen vor, der Mr. Frederick Frederickson, dem silberhaarigen Besitzer und Betreiber der Big American Midway Shows, als Arbeitsstätte diente. Mit der ihr eigenen Direktheit und Schärfe verkündete Janet ihre Absicht, den Jahrmarkt von einem Ende zum anderen zu inspizieren, bis sie vollständig davon überzeugt sei, daß die Karussells und anderen Fahrattraktionen sicher und den Vorschriften entsprechend errichtet waren. Falls sie den Eindruck gewinnen sollte, daß der Jahrmarkt eine Gefährdung der Sicherheit der Bürger ihres Bezirks darstellte, würde sie nicht zulassen, daß er eröffnet wurde.

Sie ging damit bis an den Rand ihrer Befugnisse, überschritt sie vielleicht sogar ein wenig. Sie konnte sich ja nicht einmal sicher sein, daß sie für die Attraktionen des Jahrmarkts zuständig war, obwohl er auf dem Kirmesgelände errichtet wurde, das dem Bezirk gehörte. Die Vorschriften waren in dieser Hinsicht verschwommen. Noch nie hatte jemand aus dem Bezirksamt für öffentliche Sicherheit den Jahrmarkt inspiziert, doch Janet war der Ansicht, daß sie sich dieser Verantwortung nicht entziehen konnte. Erst vor ein paar Wochen war eine junge Frau gestorben, als in Virginia ein Karussell zusammengebrochen war; und obwohl dieser tragische Unfall sich nicht auf dem Gelände der Big American Midway Shows ereignet hatte, war Janet entschlossen, deren Jahrmarkt mit der Lupe zu untersuchen, bevor die Tore des Kirmesgeländes geöffnet wurden.

Als sie Mr. Frederickson ihre Absicht erklärte, befürchtete sie, er glaube, sie wolle ihn ausnehmen, und sie wußte nicht genau, wie sie sich verhalten sollte, sollte er versuchen, sie zu bestechen. Sie wußte, daß einige Jahrmarktveranstalter eigens jemanden angestellt hatten, dessen Aufgabe es war, öffentliche Beamte zu bestechen; sie nannten ihn den ›Schmierer‹, weil er in die Stadt fuhr, bevor der Jahrmarkt dort eintraf, und Polizisten und anderen wichtigen Beamten ein paar Scheinchen und Hefte mit Freikarten für ihre Freunde und Familie zuschob. Falls der Schmierer seinen Job nicht erledigte, führte die Polizei eine Razzia auf dem Jahrmarkt durch und schloß alle Buden und Fahrattraktionen, selbst wenn es sich um ein ehrliches

Unternehmen handelte, das den Kunden nicht das Geld aus den Taschen zog; falls die Polizei nicht geschmiert worden und darüber wütend war, konnte es sogar vorkommen, daß sie die harmlosesten Stripshows schloß und die Fahrattraktionen für gefährlich erklärte, womit man den Jahrmarkt schnell und wirksam in die Knie zwang. Janet aber wollte unbedingt verhindern, daß die Leute von Big American den Eindruck gewannen, sie wäre auf einen schnellen Dollar aus.

Zum Glück war Mr. Frederickson ein gebildeter, sprachlich gewandter und höflicher Gentleman, der Janets Aufrichtigkeit erkannte und bewunderte. Er bot ihr kein Schmiergeld an. Er versicherte ihr, daß seine Angestellten um die Gesundheit und Sicherheit ihrer Kunden ebenso besorgt seien wie sie, und erteilte ihr die Erlaubnis, ihre Nase, solange sie wollte, in alle Ecken des Mittelgangs zu stecken. Fredericksons Transportleiter, Max Freed, gab ihr ein Abzeichen mit den Buchstaben VIP darauf, damit alle Schausteller sie unterstützten.

Den Großteil des Morgens und Nachmittags über stöberte Janet, mit einem Schutzhelm, einer großen Taschenlampe und einem Notizbuch bewehrt, auf dem Gelände herum, beobachtete, wie der Mittelgang sich wie ein Phönix erhob, überprüfte Schrauben und Nieten und Kugelgelenke, kroch, wenn nötig, in dunkle, enge Räume und spähte in alle Ecken. Sie gewann den Eindruck, daß Frederick Frederickson die Wahrheit gesagt hatte: Big American war sehr gewissenhaft, was die Wartung, und übermäßig gewissenhaft, ja direkt penibel, was den Aufbau der Fahrattraktionen und Buden betraf.

Um Viertel nach drei stand sie vor der Geisterbahn, die eine volle Stunde und fünfzehn Minuten vor dem planmäßigen Öffnen der Tore schon voll funktionsfähig zu sein schien. Sie wollte jemanden bitten, sie durch die Geisterbahn zu führen, fand aber niemanden, der hier arbeitete, und einen Augenblick lang spielte sie mit dem Gedanken, dieses Karussell zu übergehen. Bis zu diesem Augenblick hatte sie nirgendwo auf dem Gelände ein Sicherheitsrisiko entdeckt, und es war sehr unwahrscheinlich, daß sie ausgerechnet hier auf eine gefährliche Verletzung der Bauvorschriften stieß. Wahrscheinlich verschwendete sie nur ihre Zeit. Aber trotzdem …

Ihr Pflichtgefühl war sehr stark ausgeprägt.

Sie schritt die Rampe zu den Gondeln hinauf, vorbei am Kassenhäuschen, und trat in den umbauten Gang, wo die Gondeln ihre Fahrt begannen. Vom Einstiegsteg aus führte der Weg zu zwei großen Sperrholztüren, die so bemalt waren, daß sie an die massiven, hölzernen, eisenbeschlagenen Tore eines verbotenen Schlosses erinnerten. Wenn die Geisterbahn in Betrieb war, würden die Türen vor jedem Wagen aufschwingen und sich hinter ihm wieder schließen. Als Janet Middlemeir sich jetzt dem Eingang näherte, stand eine Tür offen. Sie spähte hinein.

Das Innere der Geisterbahn war noch nicht vollständig verdunkelt. Eine Lichterkette verlief entlang der Spur und verschwand fünfzehn Meter entfernt hinter einer Biegung; sobald die Gondeln sich in Bewegung setzten, würden sich diese Lampen ausschalten. Doch trotz dieser Schnur sanft leuchtender Glühbirnen war es schwer, irgend etwas hier drinnen genau zu erkennen.

Janet beugte sich über die Schwelle. »Hallo?«

Niemand antwortete.

»Ist da jemand?« fragte sie.

Stille.

Sie schaltete ihre Taschenlampe ein, zögerte nur eine Sekunde und trat hinein.

Die Geisterbahn roch muffig und ölig.

Sie kniete nieder und untersuchte die Bolzen, die die

beiden Teile der Spur verbanden. Sie waren bombenfest.

An beiden Seiten der Spur standen in verborgenen Nischen leicht erhöht lebensgroße mechanische Gestalten: ein häßlicher, schief grinsender Pirat mit einem Schwert in einer Hand; ein Werwolf, dessen Klauen mit einer silbern leuchtenden, phosphoreszierenden Farbe bemalt waren, die sie im Dunkeln wie funkelnde Klingen aussehen ließen, und mit falschem, aber echt wirkendem Blut an der Wolfsschnauze und den fünf Zentimeter langen Reißzähnen; ein grinsender, blutverschmierter Axtmörder, der über der schrecklich verstümmelten Leiche eines seiner Opfer stand; und viele andere, noch furchterregendere Gestalten. Im schwachen Licht sah Janet, daß es sich um sehr ausgeklügelt konstruierte, täuschend echt wirkende Puppen handelte, in deren Nähe sie sich unbehaglich fühlte. Obwohl sich noch keine von ihnen bewegte, wie es der Fall sein würde, sobald die Geisterbahn in Betrieb war, erweckten die Horrorfiguren den Anschein, als wollten sie sich jede Sekunde auf sie stürzen; zu ihrem Verdruß jagten die verdammten Dinger ihr einen gehörigen Schrecken ein. Aber das leise Grauen konnte sie nicht daran hindern, bei einigen Schauergestalten die Verankerung zu überprüfen, um sich zu vergewissern, daß sie nicht auf eine vorbeifahrende Gondel kippen und einen Fahrgast verletzen würden.

Als Janet den Gang abschritt und zu den Monstren hochschaute, wurde ihr klar, warum die Leute ein solches Karussell als *Geister*bahn bezeichneten.

Sie ging um die Kurve am Ende der ersten langen Gerade der Spur und bewegte sich tiefer in die Geisterbahn, bog nochmals um eine Ecke und staunte über den Einfallsreichtum, der beim Entwurf dieses Etablissements zum Einsatz entwickelt worden war. Es war riesig, so groß wie ein mittelgroßes Warenhaus, und vollgestopft mit unheimlichen Dingen. Es bot nicht die Art von Vergnügen, die sie bevorzugt hätte, doch Janet mußte die Arbeit bewundern, das handwerkliche Können und die Kreativität, die in die Konstruktion eingeflossen waren.

Sie befand sich in der Mitte des riesigen Gebäudes, stand auf der Spur der Gondeln und schaute zu einer menschengroßen Spinne hinauf, die unter der Decke hing, als jemand eine Hand auf ihre Schulter legte. Sie schnappte nach Luft, machte einen Satz, zuckte vor der unerwarteten Berührung zurück, drehte sich um und hätte geschrien, wäre ihre Kehle nicht wie zugeschnürt gewesen.

Ein Mann stand hinter ihr auf den Gleisen. Er war ungewöhnlich groß, mindestens zwei Meter, hatte breite Schultern, einen breiten, gewölbten Brustkorb und trug ein Frankenstein-Kostüm: schwarzer Anzug, schwarzer Rollkragenpullover, Monsterhandschuhe und eine Gummimaske, die seinen Kopf vollständig bedeckte.

»Angst?« fragte er. Seine Stimme war ungewöhnlich tief und heiser.

Sie schluckte heftig und atmete tief durch. »Ja, mein Gott!« sagte sie. »Sie haben mir einen fürchterlichen Schrecken eingejagt.«

»Mein Job«, sagte er.

»Was?«

»Schrecken einjagen. Den Kunden. Mein Job.«

»Oh. Sie arbeiten hier in der Geisterbahn?«

»Mein Job«, sagte er.

Offenbar hatte sie es mit einem Schwachsinnigen zu tun. Seine einfachen, zögernd vorgetragenen Erklärungen erinnerten an das Sprachmuster eines schwer zurückgebliebenen Kindes. In der Hoffnung, ihn so bei Laune zu halten, bemühte die Sicherheitsbeauftragte sich, freundlich zu ihm zu sein. »Ich heiße Janet«, sagte sie. »Wie heißen Sie?«

»Was?«
»Ihr Name.«
»Gunther.«
»Das ist ein schöner Name.«
»Gefällt mir nicht.«
»Ihnen gefällt Ihr Name nicht?«
»Nein«, antwortete der Riese.
»Wie würden Sie denn gern heißen?«
»Victor.«
»Das ist auch ein schöner Name.«
»Victor sein Liebling.«
»Wessen Liebling?«
»Seiner.«

Ihr wurde klar, daß sie sich an einem für sie ungünstigen Ort befand – an einer seltsamen und schlecht beleuchteten Stelle, außerhalb der Sicht- und wahrscheinlich auch der Hörweite aller, die ihr vielleicht helfen würden. Sie war allein mit einem geistig weit zurückgebliebenen Mann, der kräftig genug war, um sie einfach zu zerbrechen, wie er sonst ein Stangenbrot zerbrechen würde.

Er trat einen Schritt auf sie zu.

Sie wich zurück.

Er blieb stehen.

Sie blieb ebenfalls stehen. Sie zitterte, und ihr war klar, daß sie ihm nicht davonlaufen konnte. Seine Beine waren länger als die ihren, und er kannte sich in der Geisterbahn wahrscheinlich besser aus als sie.

Er erzeugte hinter der Maske ein komisches Geräusch; es klang wie das eines Hundes, der emsig schnüffelte, um eine Fährte aufzunehmen.

»Ich bin Verwaltungsangestellte«, sagte sie langsam, in der Hoffnung, er würde sie verstehen. »Eine sehr wichtige Angestellte im öffentlichen Dienst.«

Gunther sagte nichts.

»Eine sehr wichtige«, wiederholte Janet nervös. Sie tippte mit der Fingerspitze auf das VIP-Abzeichen, das Max Freed ihr gegeben hatte. »Mr. Frederickson hat mir gesagt, ich dürfe mich überall auf dem Mittelgang umsehen. Wissen Sie, wer er ist? Kennen Sie Mr. Frederickson?«

Gunther antwortete nicht. Er stand einfach da, groß wie ein Lastwagen, und schaute zu ihr hinab, das Gesicht hinter der Maske verborgen, die Arme schlaff an den Seiten hinabbaumelnd.

»Mr. Frederickson gehört dieser Jahrmarkt«, sagte sie geduldig. »Sie müssen ihn kennen. Er ist wahrscheinlich Ihr Boß. Er hat mir gesagt, ich könne mich überall umsehen.«

Schließlich ergriff Gunther wieder das Wort. »Rieche Frau.«

»Was?«

»Rieche Frau. Riecht gut. Hübsch.«

»O nein«, sagte sie, und ihr brach der Schweiß aus.

»Will hübsche Frau.«

»Nein, nein«, sagte sie. »Nein, Gunther. Das wäre nicht richtig. Das würde Sie nur in Schwierigkeiten bringen.«

Er schnüffelte erneut. Die Maske schien ihn daran zu hindern, den gewünschten Geruch aufzunehmen, und er hob die Hand, riß das Gesicht von Frankensteins Ungeheuer ab und enthüllte sein eigenes.

Als Janet sah, was von der Maske verborgen worden war, stolperte sie auf dem Gleis zurück und schrie.

Bevor jemand ihren Schrei hören konnte, war Gunther mit einem Satz bei ihr und brachte sie mit einem Schlag seiner großen Hand zum Schweigen.

Sie brach zusammen.

Er warf sich auf sie.

Fünfzehn Minuten, bevor die Tore des Jahrmarkts für die Öffentlichkeit geöffnet wurden, trat Conrad einen letzten Inspektionsgang der Geisterbahn an. Er schritt die gesamte Länge des Gleises ab, um sich zu vergewissern, daß keine Hindernisse darauf lagen, keine vergessenen Werkzeuge oder Bretter, die eine der Gondeln zum Entgleisen bringen konnten.

In der Halle der Riesenspinnen fand er die Tote. Sie lag auf den Gleisen, unter einer der riesigen falschen Taranteln. Sie lag mit gespreizten Gliedern auf ihrer blutigen Kleidung – nackt, voller Prellungen, aufgeschlitzt. Der Kopf war ihr abgerissen worden; er lag mit dem Gesicht nach oben einen Meter von ihrem Körper entfernt.

Conrads erster Gedanke war, Gunther hätte eine Frau vom Jahrmarkt getötet. Das wäre zweifellos das Schlimmste gewesen, was passieren hätte können. Die Leichen von Fremden konnte man so beseitigen, daß die Polizei von jedem abgelenkt wurde, der mit den Big American Midway Shows zu tun hatte. Wenn jedoch eine Schaustellerin vergewaltigt und verstümmelt aufgefunden wurde, müßte die Polizei sich auf dem Jahrmarkt selbst umsehen, und Gunther würde früher oder später ihr Interesse erregen. Die Schausteller akzeptierten den Jungen, wie sie alle Freaks akzeptierten, weil sie nichts von seinem unbeherrschbaren Drang wußten, zu vergewaltigen, zu töten und Blut zu schmecken. Er war nicht immer so gewalttätig gewesen. Die Schausteller wußten, daß er anders als sie war, hatten aber keine Ahnung, wie gefährlich anders er während der letzten drei Jahre geworden war, als sich bei ihm verspätet der Geschlechtstrieb eingestellt hatte. Niemand schenkte Gunther große Beachtung; er war fast sein Schatten in ihrer Mitte, eine marginale Erscheinung. Aber wäre eine Schaustellerin ermordet worden, würde man Gunther genauer unter die Lupe nehmen, und dann gäbe es keine Möglichkeit mehr, die Wahrheit zu verbergen.

Nach einem ersten Anflug von Panik erkannte Conrad, daß die Tote keine Schaustellerin war. Er hatte ihr Gesicht noch nie zuvor gesehen. Es bestand noch eine Chance, Gunther und sich zu retten.

Ihm war klar, daß er nicht viel Zeit hatte, die Leiche verschwinden zu lassen und alle Spuren zu verwischen. Er trat um die blutigen Überreste und eilte zum Ende der Halle der Riesenspinnen. Kurz bevor er die nächste Biegung der Gleise erreichte, trat er aus der Spur der Gondeln und kletterte auf ein Tableau, das zwei bewegliche Gestalten zeigte: einen Mann und eine mannsgroße Spinne, die sich in einem tödlichen Zweikampf fest umschlungen hielten, sich jetzt, da es keine Zeugen für ihren Kampf gab, allerdings nicht bewegten. Der Mann und die Tarantel posierten vor aufeinander liegenden Felsen aus Pappe. Conrad trat hinter die falschen Felsbrocken und kniete nieder.

Der Schein der Arbeitslampen über den Gleisen reichte nicht bis hierher. Er streckte eine Hand in die Dunkelheit vor ihm aus und tastete über den groben Bretterboden. Nach ein paar Sekunden fand er den Ringbolzen, nach dem er gesucht hatte. Er zog an dem Ring und öffnete eine Falltür, eine von sechs, die zu Wartungszwecken an verschiedenen Stellen der Geisterbahn angebracht waren.

Er glitt auf dem Bauch rückwärts durch die Öffnung und tastete mit den Füßen nach den Sprossen einer schräg abfallenden Leiter, von der er wußte, daß sie sich dort befand. Er trat auf die Leiter und stieg in pechschwarze Dunkelheit hinab. Nachdem sein Kopf sich knapp unter dem Boden der Geisterbahn befand, berührten seine Füße die Bretter der unteren Ebene, und er stieß sich von der Leiter ab und richtete sich auf.

Er griff rechts von sich in die Dunkelheit, streckte die Hand aus, fand die Lichtschnur und zog daran. Zwei Dutzend Glühbirnen leuchteten im Keller auf, aber es blieb ziemlich dunkel. Er befand sich in einem niedrigen Raum voller Maschinen, Zahnräder, Kabel, Riemen, Rollen und kettenbetriebener Konstruktion; es waren gleichsam die mechanischen Eingeweide der Geisterbahn.

Conrad wandte sich von der Leiter ab, glitt zwischen zwei Maschinen einher und trat in einen schmalen Gang zwischen Reihen langer, gekerbter Kabel, die über mehrere große Metallräder verliefen. Er eilte in die nordwestliche Ecke der Kammer, in der sich eine Werkbank, ein Werkzeugschrank, ein Metallregal voller Ersatzteile, mehrere Planen und einige Overalls befanden.

Er zog schnell seine Ausruferjacke aus, schlüpfte aus den Hosen und zwängte sich in einen Overall. Er wollte Ghost nicht erklären müssen, warum seine Kleidung blutbefleckt war.

Conrad nahm eine der Planen und stürzte zur Leiter zurück. Wieder auf der oberen Ebene der Geisterbahn angelangt, lief er zu der Toten auf den Gleisen.

Er warf einen Blick auf seine Armbanduhr. Halb fünf war es, genau die geplante Eröffnungszeit. In diesem Augenblick würden draußen die Tore des Jahrmarkts weit aufschwingen, und die Kunden strömten hindurch. In spätestens zehn Minuten würde der erste von ihnen eine Eintrittskarte für die Geisterbahn kaufen.

Ghost würde die Bahn erst in Betrieb nehmen, nachdem er einen letzten Bericht über den Zustand der Gleise erhalten hatte. Er mußte sich bereits fragen, warum Conrad so lange brauchte. In zwei oder drei Minuten würde er kommen und nach dem Rechten sehen.

Conrad breitete die Plane im Tunnel der Gondeln aus. Er hob die noch warme Leiche hoch und legte sie mitten auf das Segeltuch. Er ergriff das lange, hinabfallende Haar, hob den abgetrennten Kopf der Frau hoch – der Mund geöffnet, die Augen weit aufgerissen – und legte ihn ebenfalls auf die Plane. Er fügte diesem grausigen Stapel ihre zerfetzte, blutige Kleidung hinzu, dann eine Taschenlampe, ein kleines Notizbuch und einen Schutzhelm. Welche Frauen trugen Schutzhelme? Was hatte sie in der Geisterbahn zu suchen gehabt? Er suchte nach einer Handtasche. Eine Frau müßte eigentlich eine Handtasche dabeihaben, aber er konnte keine finden. Schließlich schlug er, vor Anstrengung keuchend, die Enden der Plane zusammen, hob sie hoch und schleppte sie aus dem Tunnel der Gondeln, auf den Vorsprung, wo der Mann und die Spinne noch in ihrem Kampf erstarrt waren.

Er kletterte auf den Vorsprung, als jemand seinen Namen rief. »Conrad?«

Das Herz rutschte ihm in die Hose; er schaute entlang den Gleisen zurück in den finsteren Gondeltunnel.

Es war Ghost. Der Albino stand fünfzehn Meter von ihm entfernt am anderen Ende des Tunnels, direkt am Eingang der Halle der Riesenspinnen. Er war nur eine bleiche Silhouette; Conrad konnte das Gesicht des Albinos nicht erkennen.

Und wenn ich ihn nicht deutlich sehen kann, kann er mich auch nicht besser sehen, dachte Conrad erleichtert. Er kann die Plane nicht sehen, und selbst wenn er sie sehen könnte, wüßte er nicht, was darin ist.

»Conrad?«

»Ja. Hier.«

»Stimmt etwas nicht?«

»Nein, nein. Alles in Ordnung.«

»Die Tore wurden geöffnet. In ein paar Minuten wimmelt es hier vor Kunden.«

Conrad kniete vor der Plane nieder, um sie vor Ghosts

Blicken zu verbergen. »Auf den Gleisen lag Plunder. Aber jetzt ist alles in Ordnung. Ich habe mich darum gekümmert.«

»Brauchst du Hilfe?« fragte Ghost und kam auf ihn zu.

»Nein! Nein, nein. Ich habe alles unter Kontrolle. Geh lieber nach vorn, leg den Hebel um und verkaufe Eintrittskarten. Ich bin in ein paar Minuten draußen.«

Ghost zögerte einen Augenblick, bevor er sich umdrehte und den Weg zurückkehrte, den er gekommen war.

Als der Albino außer Sicht war, zerrte Conrad die Plane hinter die Felsbrocken aus Pappmaché. Er hatte Schwierigkeiten, das gräßliche Bündel durch die Falltür zu zwängen. Er trat in die Öffnung, ließ das Paket seine Arme hinabgleiten und es dann fallen. Es landete am Fuß der Leiter. Die Plane klappte auf, und der scheußliche abgetrennte Kopf schaute zu ihm empor, den Mund zu einem stummen Schrei aufgerissen.

Conrad stieg wieder die Leiter hinab und schloß die Falltür über ihm. Er bückte sich, ergriff die Ecken der Plane und zerrte die Leiche zum Wartungsbereich in der nordwestlichen Ecke des Kellers der Geisterbahn.

Über ihm erklang abrupt unheimliche Tonbandmusik im Gebäude; Ghost hatte die Anlage eingeschaltet.

Conrad schnitt eine Grimasse, während er die blutbespritzte Kleidung der Frau aufhob, ein Stück nach dem anderen. Er durchsuchte die Taschen ihrer Jeans, der Jacke und der Bluse nach Ausweispapieren.

Er fand ihre Autoschlüssel sofort. An dem Schlüsselring war eines jener Miniatur-Nummernschilder befestigt, die von einigen Veteranenorganisationen verkauft wurden. Die Nummer darauf war die von ihren Autoschildern.

Noch bevor er mit der Durchsuchung ihrer Kleidung fertig war, sah er das VIP-Abzeichen der Big American

Midway an ihrer Bluse. Diese Entdeckung erschütterte ihn. Wenn sie auf dem Jahrmarkt wichtige Verbindungen hatte, ließ sich Gunthers Geheimnis nicht mehr verbergen.

Conrad fand, was er suchte, in der letzten Tasche, die er umdrehte. Es war ein plastiküberzogener Ausweis, der ihren Namen mit Janet Leigh Middlemeir angab; sie arbeitete für das Bezirksamt für öffentliche Sicherheit, war Sicherheitsingenieurin, was auch immer das sein mochte, und beim Staat Maryland angestellt.

Eine Verwaltungsangestellte. Das war schlimm. Aber nicht ganz so schlimm, wie er befürchtet hatte. Wenigstens war sie nicht die Schwester oder Kusine eines Schaustellers. Sie hatte hier auf dem Rummelplatz keine Freunde oder Verwandte, niemanden, der nach ihr suchen würde. Offensichtlich war sie aus rein beruflichen Gründen auf dem Mittelgang gewesen und hatte stichprobenhaft Sicherheitsüberprüfungen vorgenommen. Niemand würde mitbekommen haben, daß sie im Laufe einer solchen Inspektion verschwunden war, denn bestimmt hatte niemand ihr besondere Beachtung geschenkt. Es bestand eine gute Chance, daß Conrad die Leiche wegbringen und weit vom Jahrmarkt entfernt ablegen konnte, auf eine Weise, die die Polizei glauben ließ, sie sei getötet worden, nachdem sie ihre Arbeit hier beendet hatte.

Bis zum Einbruch der Dunkelheit konnte er nichts unternehmen; aber auch in der Nacht würde die Beseitigung der Leiche riskant sein. Jetzt mußte er hinausgehen, auf die Plattform des Ausrufers, bevor Ghost sich fragte, was ihm zugestoßen war, und sich erneut auf die Suche nach ihm machte.

Conrad nahm ein Stück Seil von einem der Regale und zog es durch die Ösen am Rand der Plane. Er straffte das Seil wie ein Durchziehband und formte aus der Plane einen Sack, in dem die Tote und ihre Besitztümer lagen. Er stellte den Sack in die Ecke, zog den blutigen Overall aus und legte ihn zu der Plane. Seine Hände waren blutverschmiert, und er wischte sie, so gut er konnte, an ein paar schmutzigen Lappen ab, die auf der Werkbank lagen; er warf die Lappen zum Overall. Schließlich verstaute er die anderen Planen über der mit den belastenden Beweisen, bis nur noch ein Haufen zerknitterter Sackleinwand zu sehen war. Niemand würde zufällig über die Tote stolpern, zumindest nicht während der nächsten paar Stunden.

Der Schausteller zog seine Straßenkleidung an und verließ die Geisterbahn durch die Hintertür. Da der Keller nicht unterirdisch lag, öffnete die Tür sich in den warmen Sonnenschein des Spätnachmittags hinter dem Gebäude.

Er eilte zur nächsten Toilette. Da die Tore erst vor ein paar Minuten geöffnet worden waren, befand sich noch niemand darin. Conrad schrubbte sich die Hände, bis sie so sauber wie die eines Chirurgen waren.

Er kehrte zur Geisterbahn zurück und begab sich zur Vorderseite. Das riesige Clownsgesicht lachte. Elton, einer von Conrads Angestellten, verkaufte die Eintrittskarten. Ghost arbeitete am Gondelsteg. Gunther war wie Frankensteins Ungeheuer gekleidet und knurrte die potentiellen Kunden voller Eifer an; er sah Conrad, und sie starrten sich einen Augenblick lang an, und obwohl sie zu weit voneinander entfernt waren, um einander in die Augen sehen zu können, verständigten sich die beiden stumm.

Ich habe es schon wieder getan.

Ich weiß. Ich habe sie gefunden.

Was nun?

Ich werde dich beschützen.

Conrad arbeitete auf der Plattform des Ausrufers, bis die Nacht sich über das Kirmesgelände senkte, lockte die Besucher, zog sie mit seinen geschliffenen Slogans geradezu magisch an. Als die Dunkelheit sich senkte, sagte er Ghost, daß er Kopfschmerzen habe und sich in seinem Wohnmobil etwas hinlegen wolle.

Statt dessen ging er zu dem großen Parkplatz neben dem Kirmesgelände und suchte Janet Middlemeirs Wagen. Er ließ sich von dem Miniatur-Nummernschild an ihrem Schlüsselring führen, und obwohl er sehr viele Wagen überprüfen mußte, hatte er ihren Dodge Omni in knapp einer halben Stunde gefunden.

Er fuhr den Wagen durch ein Lieferantentor auf das Gelände; er wußte sehr gut, daß andere Leute sich vielleicht daran erinnern würden und er eine Spur hinterließ, aber daran konnte er nichts ändern. Er stellte den Wagen hinter der Geisterbahn ab. Der Versorgungsweg war im Moment verlassen. Er hoffte, niemand würde ihn benutzen, um zur Toilette zu gelangen.

Er betrat den Keller der Geisterbahn durch den Hintereingang und trug die Plane mit der Leiche hinaus, während die Fahrgäste in den dunklen Tunnels über ihm angesichts der mechanischen Monster schrien. Er steckte das scheußliche Bündel in den Kofferraum des Dodge Omni und fuhr vom Kirmesgelände weg.

Obwohl es höchst gefährlich für ihn war, gelangte er zu der Überzeugung, der beste Ort zum Abladen der Toten sei ihre eigene Wohnung. Wenn die Polizei davon ausging, sie sei von einem Einbrecher in ihrem eigenen Domizil ermordet worden, würde sie den Mord wohl kaum mit dem Jahrmarkt in Verbindung bringen. Es würde einfach aussehen wie ein weiterer zufälliger Akt der sinnlosen Gewalt, wie die Cops sie Tag für Tag sahen.

Auf dem Parkplatz eines drei Kilometer vom Kirmesgelände entfernten Supermarkts durchsuchte er den Wagen nach einem Hinweis darauf, wo Janet Middlemeir wohnte. Er entdeckte ihre Handtasche unter dem Vordersitz. Janet hatte sie dort hingelegt, bevor sie zur Inspektion des Jahrmarkts aufgebrochen war. Er durchsuchte den Inhalt der Handtasche und fand ihre Adresse auf ihrem Führerschein.

Mit der Hilfe eines Stadtplans, den er an einer Tankstelle kaufte, gelang es Conrad, den angenehmen Apartmentkomplex zu finden, in dem die Frau wohnte. Er bestand aus einer Reihe langer, zwei- und dreistöckiger Gebäude im Kolonialstil, die auf einem parkähnlichen Gelände errichtet waren. Janet Middlemeirs Wohnung lag im Erdgeschoß, es war eine Eckwohnung, und direkt dahinter befand sich ein leerer Parkplatz, keine fünf Meter von ihrer Hintertür entfernt.

Die Wohnung war dunkel, und Conrad hoffte, daß die Sicherheitsingenieurin allein lebte. Er hatte nichts gefunden, was darauf hingewiesen hätte, daß sie verheiratet war. Sie trug keine Ringe an den Händen; das Wort ›Mrs.‹ tauchte auf keinem ihrer Ausweise auf. Natürlich konnte sie das Apartment gemeinsam mit einer Freundin bewohnen, oder sie lebte mit einem Freund zusammen. Das würde Ärger bedeuten. Aber Conrad fühlte, daß er bereit war, jeden zu töten, der ihn beim Beseitigen der Leiche überraschte.

Er stieg aus dem Wagen, ließ die Tote erst einmal im Kofferraum des Omni liegen und verschaffte sich mit dem Schlüssel Zutritt zum Apartment. Eine schnelle Durchsuchung des Kleiderschranks im einzigen Schlafzimmer überzeugte ihn, daß Janet Middlemeir allein lebte.

Er stand am Küchenfenster und beobachtete, wie ein Wagen auf den Parkplatz fuhr. Zwei Personen stiegen aus und schlenderten zu einer Wohnung zwei Türen weiter.

Kurz darauf verließ ein Mann ein anderes Apartment, stieg in einen Volkswagen und fuhr davon. Als alles wieder ruhig war, schlich Conrad zum Omni hinaus, holte die Plane aus dem Kofferraum und trug sie hinein. Er hoffte, daß niemand ihn von einem Fenster in einer der anderen Wohnungen beobachtete.

Er trug die Plane in das kleine Badezimmer und öffnete sie dort. Während er sorgsam darauf achtete, sich nicht zu beschmutzen, hob er das Segeltuch hoch und kippte den Inhalt in die Badewanne. Es befand sich noch viel Blut in den zerrissenen Körpergefäßen, und er verteilte etwas von dem dickflüssigen Stoff, verschmierte ihn auf die Wände und den Boden.

Er empfand einen makabren Stolz auf sein kluges Vorgehen. Hätte er die Tote ins Schlafzimmer gelegt, hätte der Polizeipathologe sofort gemerkt, daß sie dort nicht umgebracht worden war, denn man hätte auf dem Teppich nicht genug Blut gefunden, um diese Theorie aufrecht zu erhalten. Der Großteil ihres Bluts war in der Geisterbahn vergossen worden, auf den Gondelgleisen, und dort in die Bretter eingesickert. Aber wenn die Cops sie hier fanden, im Bad, würden sie vielleicht glauben, der fehlende Teil des Blutes sei einfach im Abfluß der Wanne verschwunden.

Conrad fiel das VIP-Abzeichen an ihrer Bluse ein. Er fischte es aus der Wanne und steckte es in seine Jackentasche.

Er holte auch den Schutzhelm, die Taschenlampe und das Notizbuch heraus, die allesamt blutverschmiert waren. Diese Gegenstände säuberte er im Waschbecken, trug sie zum Dielenschrank und legte sie auf das Regalbrett über dem Kleiderhaken. Er wußte nicht, ob sie ihre Ausrüstung normalerweise dort aufbewahrte, aber die Polizei würde es auch nicht wissen, und die Stelle kam ihm ziemlich wahrscheinlich vor.

Er faltete die leere Plane zusammen.

In der Küche inspizierte er im harten Licht der Neonlampe sorgfältig seine Hände. Er hatte sie im Badezimmer gewaschen, als er die Gegenstände gesäubert hatte, die er zum Wandschrank getragen hatte, doch unter seinen Fingernägeln war noch etwas Blut verkrustet. Über der Küchenspüle schrubbte er sich die Hände erneut kräftig ab.

Er fand die Schublade, in der die Tote ihre Geschirrtücher aufbewahrte. Er schlang eines der Tücher um die rechte Hand und nahm ein weiteres zur Küchentür mit. Der Schausteller öffnete die Tür, in deren Mitte sich drei kleine, dekorative Fenster befanden. Er schaute auf den Parkplatz hinaus; unter dem grellen Licht der Natriumdampflampe konnte er keine Bewegung ausmachen, und er hörte auch nichts. Er drückte das zusammengefaltete Geschirrtuch gegen die Außenseite einer der kleinen Scheiben und schlug dann mit der geschützten rechten Hand gegen die innere Oberfläche, wobei er sich bemühte, so leise wie möglich zu sein. Das Glas brach mit einem dumpfen Knacken, und mit Hilfe des zusammengefalteten Geschirrtuchs drückte er die Bruchstücke nach innen auf den Küchenboden, so daß es aussah, als hätte der Mörder die Scheibe von außen zerschlagen, um sich Zutritt zu verschaffen. Conrad schloß die Tür leise, schüttelte die Geschirrtücher aus, damit keine Glassplitter an dem Stoff hängenblieben, faltete sie wieder zusammen und legte sie in die Schublade zurück, wo er sie gefunden hatte.

Plötzlich wurde ihm klar, daß Fäden von den Geschirrtüchern vielleicht noch an den Glasscherben klebten. Er schaute auf die hellen Splitter hinab. Er hatte keine Zeit, jeden einzelnen zu untersuchen. Ebenso mangelte es ihm an der Zeit, den Kofferraum ihres Autos mit einem Vergrößerungsglas auf Blutspuren abzusuchen. Wahrscheinlich hatte er noch andere verräterische Spuren übersehen. Aber er hatte sein Bestes gegeben und mußte einfach auf den Schutz des dunklen Gottes hoffen, der ihn führte.

Er ließ Janet Middlemeirs Autoschlüssel auf der Küchenzeile liegen und klemmte sich die zusammengefaltete Plane unter den Arm. Als er aus der Wohnung trat, wischte er die Türknöpfe mit seinem Taschentuch ab. Er war nie verhaftet worden; seine Fingerabdrücke befanden sich in keiner Kartei, dennoch war Vorsicht geboten.

Er entfernte sich von der Wohnanlage. Der Kirmesplatz lag fünfzehn Kilometer entfernt, aber er hatte nicht vor, die gesamte Strecke zu Fuß zurückzulegen. Er wollte sich von einem Taxi zum Jahrmarkt zurückbringen lassen, aber nicht das Risiko eingehen, es in der Nähe Janet Middlemeirs Wohnung zu bestellen; der Chauffeur würde die Fahrt eintragen und sich später vielleicht sogar an das Gesicht seines Passagiers erinnern. Fast zwei Kilometer von der Wohnung der Frau entfernt, warf er die Plane in eine große Mülltonne hinter einem anderen Apartmentgebäude. Nachdem er einen weiteren Kilometer zurückgelegt hatte, erreichte er ein Holiday Inn. Er ging in die Hotelbar, trank zwei doppelte Scotch und bestellte sich dann ein Taxi.

Auf der Fahrt zum Kirmesgelände dachte er darüber nach, was er von dem Augenblick an getan hatte, da er die Leiche auf der Gondelspur gefunden hatte, und soweit er es sehen konnte, waren ihm keine schweren Fehler unterlaufen. Er hatte die wichtigsten Spuren beseitigt. Gunther würde nicht verhaftet werden – zumindest nicht in nächster Zeit.

Conrad konnte nicht zulassen, daß sie ihm Gunther nahmen. Gunther war sein Sohn, ein ganz besonderes Kind, sein eigen Fleisch und Blut. Aber mehr noch – Gunther war ein Geschenk der Hölle, Conrads Instrument der

Rache. Wenn Conrad endlich Ellens Kinder fand, würde er sie entführen, an einen einsamen Ort bringen, an dem man ihre Schreie nicht hörte, und sie dann Gunther überlassen. Er würde Gunther ermutigen, ein Katz-und-Maus-Spiel mit ihnen zu treiben. Er würde Gunther drängen, sie mehrere Tage lang zu foltern, immer wieder sexuell zu benutzen, ganz gleich, ob es sich um Jungen oder Mädchen handelte, und sie dann, erst dann, zu zerreißen.

Conrad saß hinten im Taxi in der Dunkelheit und lächelte. Das tat er heutzutage nur noch selten. Er hatte seit langer Zeit nicht mehr gelacht. Ihn amüsierten nicht die Dinge, die andere Personen erheiterten; nur Tod, Vernichtung, Grausamkeit und Verdammnis – das dunkle Werk des Gottes des Bösen, den er verehrte – konnten ein Lächeln auf seine Lippen bringen. Seit seinem zwölften Lebensjahr hatte er keine Freude oder Befriedigung aus unschuldigen Vergnügungen ziehen können.

Nicht mehr seit jener Nacht.

Dem Heiligabend.

Vor vierzig Jahren …

Die Familie Straker hatte ihr Haus in der Weihnachtszeit immer von oben bis unten geschmückt. Der Tannenbaum im Wohnzimmer reichte bis an die Decke. Jedes Zimmer war mit Kränzen und Tannenzweigen geschmückt, mit Kerzen, Krippenbildern, Lametta, Weihnachtskarten von Freunden und Verwandten.

In dem Jahr, da Conrad zwölf wurde, fügte seine Mutter der gewaltigen Familiensammlung von Weihnachtsschmuck ein neues Stück hinzu. Es war eine gläserne Öllampe; die Flamme wurde in den eckigen Wänden der Lampe reflektiert und gebrochen, so daß man Hunderte Feuer statt nur eines sah.

Der junge Conrad war von der Lampe fasziniert, durfte sie aber nicht anfassen, weil er sich vielleicht verbrennen würde. Er wußte, er konnte die Öllampe sicher handhaben, konnte seine Mutter aber nicht davon überzeugen. Als alle anderen schliefen, schlich er also ins Erdgeschoß hinunter, zündete ein Streichholz an, dann die Lampe – und stieß sie unabsichtlich um. Brennendes Öl spritzte auf den Wohnzimmerboden. Zuerst war er überzeugt, das Feuer mit einem Sofakissen ausschlagen zu können; doch als ihm eine Minute darauf klar wurde, wie töricht diese Hoffnung war, war es zu spät.

Er überstand den Brand als einziger ohne jeden Kratzer. Seine Mutter starb in den Flammen. Seine drei Schwestern starben. Seine beiden Brüder ebenso. Papa starb nicht, wurde aber für sein ganzes Leben gezeichnet – seine Brust, der linke Arm, der Hals, die linke Gesichtshälfte waren vernarbt.

Der Verlust der Familie rief bei Papa geistige und gefühlsmäßige Narben hervor, die genauso schrecklich wie seine körperlichen Verletzungen waren. Er konnte die Vorstellung nicht akzeptieren, daß Gott, an den Papa hingebungsvoll glaubte, zugelassen hatte, daß ein solch tragischer Unfall sich ausgerechnet am Heiligen Abend ereignete. Er wollte nicht glauben, daß es ein Unfall war. Er bildete mehr und mehr die Überzeugung aus, daß Conrad böse war und das Feuer absichtlich gelegt hatte.

Von diesem Tag an bis zu jenem mehrere Jahre später, da Conrad schließlich davonlief, war sein Leben die reinste Hölle. Der Vater ließ ihm keine Ruhe und machte ihm ständig Vorwürfe. Sein Sohn durfte nicht einen Augenblick vergessen, was er angerichtet hatte. Der Vater erinnerte ihn hundertmal am Tag daran. Conrad atmete Schuld und schwelgte im Haß auf sich selbst.

Er war nie imstande gewesen, vor seiner Schande davonzulaufen. Sie kehrte jede Nacht zu ihm zurück, in seinen Träumen, selbst jetzt noch, da er zweiundfünfzig

Jahre alt war. Seine Alpträume waren voller Feuer und Schreie und dem vernarbten, haßverzerrten Gesicht seines Vaters.

Als Ellen schwanger wurde, war Conrad überzeugt gewesen, daß Gott ihm endlich eine Chance gab, seine Schuld abzuzahlen. Indem er eine Familie gründete, indem er seinen Kindern ein wunderbares Heim voller Liebe und Glück schenkte, würde er vielleicht für den Tod seiner Mutter, seiner Schwestern und Brüder büßen können. Als Ellens Bauch von Monat zu Monat dicker wurde, wuchs Conrads Hoffnung, daß das Baby der Anfang seiner Erlösung war.

Dann wurde Victor geboren. Anfangs, nur ein paar Stunden lang, dachte Conrad, Gott würde ihm eine noch schwerere Strafe aufbürden. Statt ihm Gelegenheit zu geben, für seine Sünden zu büßen, schien Gott sie ihm unter die Nase zu halten, ihm mit eindeutigen Begriffen zu sagen, daß er niemals Gnade und geistlichen Trost finden würde.

Nachdem der erste bittere Schock verstrichen war, sah Conrad seinen mutierten Sohn allmählich in einem anderen Licht. Victor war nicht vom Himmel gekommen, sondern aus der Hölle. Das Baby war nicht Gottes Strafe; es war ein großer Segen Satans. Gott hatte Conrad Straker den Rücken zugewandt, aber Satan hatte ihm als Willkommensgruß ein Baby geschickt.

Diese Argumentation wäre einem normalen Menschen vielleicht verworren vorgekommen, doch für Conrad, der verzweifelt Erlösung von seiner Schuld und Schande suchte, war sie nur allzu logisch. Wenn die Tore des Himmels ihm für immer verschlossen blieben, konnte er auch bereitwillig vor die Tore der Hölle treten und sein Schicksal ohne Bedauern akzeptieren. Er sehnte sich danach, irgendwo hinzugehören, ganz gleich, wohin, und sei es in die Hölle. Wenn der Gott des Lichts und der Schönheit ihm keine Absolution erteilte, würde er sie eben vom Gott der Dunkelheit und des Bösen bekommen.

Er las Dutzende von Büchern über satanische Religionen und fand schnell heraus, daß die Hölle nicht der Ort des Schwefels und der Leiden war, wie die Christen immer behaupteten. Die Hölle sei ein Ort, behaupteten die Teufelsanbeter, an denen Sünder für ihre Sünden belohnt wurden; sie war in jeder Hinsicht der Ort ihrer Träume. Und ihr größter Vorzug war – in der Hölle gab es so etwas wie Schuld nicht. In der Hölle gab es keine Schande.

Conrad hatte Satan kaum als seinen Erlöser akzeptiert, da wußte er auch schon, daß er die richtige Entscheidung getroffen hatte. Die nächtlichen Träume von Feuer und Schmerz hörten nicht auf; doch er fand in seinem täglichen Leben mehr Frieden und Zufriedenheit, als er seit diesem schicksalhaften Heiligabend gekannt hatte; und zum erstenmal, seit er denken konnte, hatte sein Leben eine Bedeutung. Er war auf der Erde, um das Werk des Teufels zu tun, und wenn der Teufel ihm Selbstachtung anbieten konnte, war er bereit, lange und schwer für die Sache des Antichrists zu arbeiten.

Als seine Frau Victor tötete, wußte Conrad, daß sie Gottes Werk tat, und war wütend. Er hätte Ellen fast umgebracht. Aber ihm wurde klar, daß er für den Mord an ihr ins Gefängnis oder auf den elektrischen Stuhl kommen könnte, und dann würde er nicht die Rolle spielen können, die Satan ihm zugedacht hatte. Er hoffte, bei einer neuen Heirat würde Satan ihm vielleicht ein weiteres Zeichen schicken, ein anderes dämonisches Kind, das aufwuchs, um zur Geißel der Erde zu werden.

Conrad heiratete Zena, und nach einiger Zeit schenkte Zena ihm Gunther. Sie war die Maria des Teufels, wußte es jedoch nicht. Conrad hatte ihr nie die Wahrheit erzählt. Er hatte sich selbst als Josef des Antichrists gesehen, als Vater und Beschützer. Zena hatte das Kind einfach für einen Freak gehalten, und obwohl sie sich dabei nicht wohlgefühlt hatte, war sie Gunther mit jenem Gleichmut begegnet, mit dem Schausteller die Freaks immer behandelten.

Aber Gunther war nicht nur ein Freak.

Er war mehr als das. Viel mehr.

Er war heilig.

Er war die Wiederkunft. Die dunkle Parusie.

Als das Taxi jetzt auf das Kirmesgelände fuhr, betrachtete Conrad die ruhigen Vorstadthäuser und fragte sich, ob auch nur ein einziger Mensch dort draußen wußte, daß sie in den letzten Tagen von Gottes Welt lebten. Er fragte sich, ob auch nur ein einziger von ihnen spürte, daß Satans Kind auf Erden weilte und vor kurzem seine brutale Reife erlangt hatte.

Gunthers Schreckensherrschaft stand erst am Anfang. Tausend Jahre der Dunkelheit würden sich auf die Erde senken.

O ja, Gunther war mehr als nur ein Freak.

Wäre er nur ein Freak, würde das heißen, daß Conrad sich in allem geirrt hatte, was er in den letzten fünfundzwanzig Jahren getan hatte. Es würde mehr als das bedeuten; es hieß, daß Conrad sich nicht nur geirrt hatte, sondern völlig verrückt war.

Also war Gunther mehr als ein Freak. Gunther war das legendäre dunkle Ungeheuer, das gen Bethlehem kroch.

Gunther war die Zerstörung der Welt.

Gunther war der Herold eines neuen dunklen Zeitalters.

Gunther war der Antichrist.

Er mußte es sein. Um Conrads willen mußte er es sein.

10

Für Joey kroch die Woche vor der Kirmes unerträglich langsam dahin. Er war darauf versessen, Schaustellergehilfe zu werden und Royal City für immer hinter sich zu lassen, aber er hatte den Eindruck, daß die Zeit für seine Flucht erst kommen würde, wenn seine Mutter ihn im Bett ermordet hatte.

Niemand konnte dazu beitragen, daß die Zeit schneller verstrich. Mama ging er natürlich aus dem Weg. Daddy war wie immer mit seiner Kanzlei und den Eisenbahnmodellen beschäftigt. Tommy Culp, Joeys bester Freund aus der Schule, war mit seinen Eltern in Urlaub.

Selbst Amy war dieser Tage kaum noch zu Hause. Sie arbeitete täglich außer Sonntag im Dive. Und während der vergangenen Woche war sie jeden Abend ausgegangen, hatte sich mit einem Burschen namens Buzz verabredet. Joey wußte nicht, wie Buzz mit Nachnamen hieß. Vielleicht Saw. Schließlich hieß *buzz-saw* ja Kreissäge.

Joey wollte am Samstag, dem letzten Tag, zur Kirmes gehen, damit niemand herausfand, wo er war, bis der Jahrmarkt weit, weit weg in einem anderen Bundesstaat gastierte. Doch schon zu Beginn der Woche, am Montag, dem 30. Juni, fieberte er dem großen Ereignis so sehr entgegen, daß er seine Vorsätze vergaß. Er sagte seiner Mutter, er wolle zur Stadtbibliothek, stieg auf sein Fahrrad und strampelte die drei Kilometer zum Kirmesgelände. Zwar wollte er nach wie vor erst am Samstag von zu Hause ausreißen. Aber Montag war der Tag, da der Rummel aufgebaut wurde, und er mußte ja schließlich lernen, wie das gemacht wurde, wollte er jemals selbst Schausteller werden.

Zwei Stunden lang wanderte er auf dem Mittelgang umher, achtete darauf, den Leuten nicht im Weg zu stehen, beobachtete die Arbeiten und war baff erstaunt, wie schnell das Riesenrad und die anderen Karussells Form annahmen. Ein paar Schausteller, große Männer mit mächtigen Muskeln und einer Menge lustiger Tätowierungen, zogen ihn freundlich auf, und er scherzte mit ihnen, und alle, die er kennenlernte, schienen ganz toll zu sein.

Als er die Stelle erreichte, an der die Geisterbahn errichtet wurde, setzten die Arbeiter gerade ein riesiges Clownsgesicht auf das Dach des Gebäudes. Er sah einen Mann in einer Frankensteinmaske, und das brachte Joey zum Kichern. Einer der anderen war ein Albino; er schaute Joey an und nagelte ihn geradezu mit einem Blick aus farblosen, regenwasserklaren Augen fest, die so kalt wie Winterfenster waren.

Diese Augen waren das erste auf dem Jahrmarkt, das Joey nicht gefiel. Sie schienen direkt durch ihn hindurch zu sehen, und er erinnerte sich verschwommen an eine alte Geschichte über eine Frau, deren Blicke Menschen in Stein verwandelten.

Er erschauerte, wandte sich von dem Albino ab und schritt zur Mitte des Mittelgangs; dort wurde der Octopus aufgebaut, eins seiner Lieblingskarussels. Er hatte erst ein paar Schritte getan, als jemand ihn rief.

»He, du da!«

Er ging weiter, obwohl er genau wußte, daß der Mann ihn meinte.

»He, Kleiner! Warte mal.«

Seufzend schaute Joey zurück; er rechnete damit, des Mittelgangs verwiesen zu werden, und sah, wie ein Mann von der vorderen Plattform der Geisterbahn hinabsprang. Der Fremde war groß und schlank und vielleicht zehn

Jahre älter als Joeys Vater. Er hatte pechschwarzes Haar, außer an den Schläfen; dort war es schneeweiß. Seine Augen waren so blau, daß sie Joey an die Gasflammen des Küchenherdes zu Hause erinnerten.

»Du gehörst doch nicht zum Jahrmarkt, oder, mein Sohn?« fragte der Mann, als er näher kam.

»Nein«, gestand Joey verdrossen ein. »Aber ich stehe niemandem im Weg. Wirklich nicht. Eines Tages würde ich ... vielleicht ... gern auf dem Jahrmarkt arbeiten. Ich will nur sehen, wie die Karussells aufgebaut werden. Wenn Sie mich bleiben und 'ne Weile zusehen lassen ...«

»Immer mit der Ruhe«, sagte der Fremde. Er blieb vor dem Jungen stehen und ging in die Hocke. »Glaubst du etwa, ich würde dich rauswerfen?«

»Wollen Sie das denn nicht?«

»Du lieber Himmel, nein!«

»Oh«, sagte Joey.

»Ich hab' gesehen, daß du nicht nur ein Gaffer bist«, sagte der Mann. »Ich konnte sehen, daß du ein junger Mann bist, der sich wirklich für das Leben auf dem Jahrmarkt interessiert.«

»Das konnten Sie?«

»O ja. Es schimmert einfach durch«, sagte der Fremde.

»Glauben Sie, ich könnte eines Tages ein ... Schausteller sein?« fragte Joey.

»Du? Ja, klar. Du hast das Zeug dafür«, sagte der Fremde. »Du könntest Schausteller sein oder alles andere, was du sein willst. Deshalb habe ich dich ja gerufen. Ich hab' gesehen, daß du aus dem richtigen Holz geschnitzt bist. Selbst von der Plattform aus konnte ich das sehen.«

»Na ja ... herrje«, sagte Joey verlegen.

»Hier«, sagte der Fremde. »Die schenke ich dir.« Er griff in eine Tasche und zog zwei Rechtecke aus dünnem rosa Karton hervor.

»Was ist das?« fragte Joey.

»Zwei Freikarten für das Kirmesgelände.«

»Sie machen Witze.«

»Sehe ich aus, als würde ich Witze machen?«

»Warum schenken Sie mir die?«

»Ich hab's dir doch gesagt«, erwiderte der Fremde. »Du bist aus dem richtigen Holz geschnitzt. Wie die Schausteller sagen ... du hast es. Wann immer ich jemanden sehe, der es hat, jemand, der im Herzen Schausteller ist, gebe ich ihm zwei Freikarten. Du kannst jeden beliebigen Abend kommen und einen Freund mitbringen. Oder vielleicht deinen Bruder. Hast du einen Bruder?«

»Nein«, sagte Joey.

»Eine Schwester?«

»Ja.«

»Wie heißt sie?«

»Amy.«

»Und wie heißt du?«

»Joey.«

»Joey und wie weiter?«

»Joey Alan Harper.«

»Ich heiße Conrad. Ich muß die Rückseiten der Freikarten unterschreiben.« Aus einer anderen Tasche holte er einen Kugelschreiber hervor und schrieb seinen Namen mit einer schwungvollen Handbewegung, die Joey bewunderte. Dann gab er ihm die Freikarten.

»Vielen Dank«, sagte Joey strahlend. »Das ist toll!«

»Viel Spaß«, sagte der Fremde grinsend. Er hatte sehr weiße Zähne. »Vielleicht bist *du* eines Tages auch Schausteller und gibst Leuten Freikarten, die so offensichtlich aus dem richtigen Holz geschnitzt sind.«

»Äh ... wie alt muß man dafür sein?« fragte Joey.

»Um Schausteller zu werden?«

»Ja.«

»Da kann man in jedem Alter anfangen.«

»Könnte auch schon ein zehnjähriger Junge mit dem Jahrmarkt reisen?«

»Auf jeden Fall, wenn er ein Waisenkind ist«, antwortete Conrad. »Oder wenn seine Eltern sich einfach nicht um ihn kümmern. Aber wenn er eine Familie hat, der etwas an ihm liegt, würde sie ihn suchen und nach Hause holen.«

»Würden die … würden die Schausteller den Jungen nicht verstecken?« fragte Joey. »Wenn es für ihn das Schlimmste auf der Welt wäre, nach Hause gebracht zu werden … würden sie selbst ihn dann nicht verstecken, wenn seine Eltern nach ihm suchen?«

»Oh, das könnte ich nicht«, sagte der Mann. »Das wäre gegen das Gesetz. Aber wenn sich niemand um ihn kümmerte, wenn niemand ihn haben wollte, würde der Jahrmarkt ihn aufnehmen. Das hat er schon immer getan und wird es immer tun. Was ist mit dir? Ich wette, deinen Eltern liegt sehr viel an dir.«

»Nicht sehr viel«, sagte Joey.

»Aber klar doch. Ich wette, sie kümmern sich um dich. Was ist mit deiner Mutter?«

»Nein«, sagte Joey.

»Ach, ich wette, ihr liegt sehr viel an dir. Ich wette, sie ist wirklich stolz auf einen so hübschen, intelligenten Jungen wie dich.«

Joey errötete.

»Hast du dein gutes Aussehen von deiner Mutter?« fragte Conrad.

»Na ja … schon … ich sehe ihr ähnlicher als meinem Dad.«

»Diese dunklen Augen, dieses dunkle Haar?«

»Ja«, sagte Joey. »Wie bei Mama.«

»Weißt du«, sagte Conrad, »ich habe mal jemanden gekannt, der dir sehr ähnlich sah.«

»Wen?« fragte Joey.

»Eine sehr nette Dame.«

»Ich sehe nicht wie eine Dame aus!« sagte Joey.

»Nein, nein«, erwiderte Conrad schnell. »Natürlich nicht. Aber du hast ihre dunklen Augen und ihr dunkles Haar. Und da ist etwas in deinen Gesichtszügen ... Weißt du, es wäre gut möglich, daß sie jetzt einen Jungen in deinem Alter hat. Ja. Ja, das wäre sehr gut möglich. Wäre das nicht toll – wenn du der Sohn meiner Freundin wärest, die ich so lange nicht mehr gesehen habe?« Er beugte sich näher an Joey heran. Das Weiße seiner Augen hatte einen gelblichen Schimmer. Auf seinen Schultern lagen Kopfschuppen. An seinem Schnurrbart klebte ein Brotkrumen. Seine Stimme wurde noch herzlicher als zuvor, als er sagte: »Wie heißt deine Mutter?«

Plötzlich sah Joey etwas in den Augen des Fremden, das ihm noch weniger gefiel als das, was er in denen des Albinos gesehen hatte. Er starrte in diese beiden kristallblauen Punkte und hatte den Eindruck, daß die Freundlichkeit des Mannes nur vorgetäuscht war. Wie bei der Fernsehsendung ›Detektiv Rockford – Anruf genügt‹ – da konnte Jim Rockford, der Privatdetektiv, so charmant und freundlich sein, aber das war von ihm nur gespielt; er wollte auf diese Weise von einem Fremden wichtige Informationen bekommen, ohne daß der Fremde erfuhr, daß er ausgehorcht wurde. Plötzlich hatte Joey den Eindruck, daß dieser Bursche genau wie Jim Rockford sich nur so freundlich gab. In Wahrheit wollte er ihn, den Jungen, aushorchen. Allerdings war Jim Rockford unter seiner falschen Freundlichkeit wirklich ein netter Kerl. Aber unter Conrads Lächeln steckte überhaupt kein netter Kerl. Tief in seinen blauen Augen war gar nichts Warmherziges oder Freundliches; da war nur ... Dunkelheit.

»Joey?«

»Was?«

»Ich hab' dich gefragt, wie deine Mama heißt.«

»Leona«, log Joey, ohne genau zu wissen, warum er nicht die Wahrheit sagte. Er spürte nur, jetzt die Wahrheit zu sagen – das wäre das Schlimmste, was er je in seinem Leben tun konnte. Leona war Tommy Culps Mutter.

Conrad musterte ihn eindringlich.

Joey wollte den Blick abwenden, konnte es aber nicht.

»Leona?« fragte Conrad.

»Ja.«

»Na ja ... vielleicht hat meine Freundin ihren Namen geändert. Der, den die Eltern ihr einst gaben, hat ihr nie gefallen. Deine Mutter könnte es trotzdem sein. Was meinst du, wie alt ist deine Mutter?«

»Neunundzwanzig«, sagte Joey schnell. Ihm war eingefallen, daß Tommy Culps Mutter vor kurzem ihren neunundzwanzigsten Geburtstag gefeiert hatte, und – laut Tommy – hatten sich auf ihrer Party alle Gäste betrunken.

»Neunundzwanzig?« fragte Conrad. »Bist du sicher?«

»Das weiß ich genau«, erwiderte Joey, »weil Mamas Geburtstag einen Tag vor dem meiner Schwester liegt und wir deshalb jedes Jahr immer zwei Feiern dicht hintereinander haben. In diesem Jahr wurde meine Schwester acht und meine Mutter neunundzwanzig.« Es überraschte ihn, daß er so glatt und einfach lügen konnte. Normalerweise war er ein lausiger Lügner; er konnte niemanden täuschen. Aber jetzt war es etwas anderes. Jetzt war es fast so, als würde eine ältere und klügere Person durch ihn sprechen.

Er wußte nicht, warum er plötzlich davon überzeugt war, daß er diesen Mann belügen mußte. Mama konnte nicht die Frau sein, die Conrad suchte. Mama hätte nie Freundschaft mit einem Schausteller geschlossen; sie hielt diese Leute alle für schmutzig und verdorben. Und doch belog Joey den Mann, und er hatte das Gefühl, daß jemand anders seine Zunge führte, jemand, der auf ihn achtgab, jemand wie … Gott. Das war natürlich ein dummer Gedanke. Um Gott zu gefallen, mußte man stets die Wahrheit sagen. Warum sollte Gott eingreifen und einen dazu bringen, einfach zu lügen?

Die blauen Augen des Schaustellers wurden weicher, und die Anspannung wich aus seiner Stimme, als Joey sagte, seine Mutter sei neunundzwanzig. »Na ja«, sagte der Schausteller, »dann kann deine Mutter wohl schlecht meine alte Freundin sein. Die Frau, an die ich denke, müßte so um die fünfundvierzig sein.«

Sie sahen einander einen Augenblick lang an, der Junge, der dort stand, und der Mann, der vor ihm kniete, und schließlich sagte Joey: »Tja … vielen Dank für die Freikarten.«

»Sicher doch«, sagte der Mann und erhob sich. Offensichtlich war er nicht mehr im geringsten an dem Jungen interessiert. »Viel Spaß, mein Sohn.« Er drehte sich um und schlurfte zur Geisterbahn zurück.

Joey schritt über den Mittelgang, um die Aufbauarbeiten beim Octopus zu beobachten.

Später kam ihm die Begegnung mit dem blauäugigen Schausteller fast wie ein Traum vor. Lediglich die beiden rosa Freikarten – auf deren Rückseiten unter den gedruckten Worten ›Diese Freikarten wurden ausgegeben von‹ ordentlich der Name Conrad Straker geschrieben stand – bewirkten, daß sich Joey den Zwischenfall als ein Ereignis der Wirklichkeit im Kopf behielt. Er wußte noch, daß er Angst vor dem Fremden gehabt und ihn belogen hatte, konnte aber nicht mehr das Gefühl einfangen, das ihn davon überzeugt hatte, es sei unbedingt nötig, ihn anzulügen; und deshalb schämte er sich ein wenig, nicht die Wahrheit gesagt zu haben.

An diesem Abend holte Buzz Klemmet seinen Schwarm um halb sieben am Haus der Harpers ab. Er war ein gutaussehender Bursche mit markanten Gesichtszügen, einem anmaßenden Benehmen und dem sorgsam eingeübten Image eines harten Burschen. Ellen Harper hatte ihn kurz kennengelernt, am zweiten Abend, an dem er Amy abholte, und er hatte ihr überhaupt nicht gefallen. Obwohl sie sich an ihre Aussage hielt, es interessiere sie nicht mehr, was aus Amy würde, und kein Wort für oder gegen Buzz gesagt hatte, konnte ihre Tochter sehr wohl den Abscheu in den Augen ihrer Mutter lesen. Heute abend blieb Mama in der Küche und ließ sich nicht mal dazu herab, herauszukommen und Buzz wütend anzufunkeln.

Richie und Liz saßen bereits auf dem Rücksitz von Buzz' altem GTO-Kabrio. Das Dach war heruntergelassen, und kaum waren Buzz und Amy eingestiegen, als Richie auch schon sagte: »He, klapp das Verdeck hoch, damit wir auf dem Weg zum Kirmesgelände einen Joint rumreichen können, ohne gesehen zu werden.«

»Gutes altes Royal City, Ohio«, sagte Liz. »Noch immer im Mittelalter gefangen. Würdet ihr mir glauben, daß es in diesem Land einige Orte gibt, wo man Gras unter freiem Himmel rauchen kann, ohne sofort ins Gefängnis zu fliegen?«

Buzz klappte das Verdeck zwar hoch, sagte dann aber: »Wartet mit dem Joint, bis wir getankt haben.«

Knapp einen Kilometer vom Haus der Harpers entfernt, hielten sie an einer Union 76-Tankstelle. Buzz stieg aus, um den Ölstand zu überprüfen, und Richie stieg aus, um den Tank zu füllen.

Kaum waren Liz und Amy allein im Wagen, beugte Liz sich auch schon vom Rücksitz vor. »Buzz hält dich für die heißeste Schnecke, die er je gesehen hat.«

»Na klar«, sagte Amy.

»Nein, wirklich.«

»Hat er dir das gesagt?«

»Ja.«

»Wir haben noch gar nichts gemacht«, sagte Amy.

»Deshalb hält er dich ja für ein so heißes Gestell. Er ist so ein Traummann, daß die Mädchen für ihn gleich reihenweise die Beine breit machen. Aber du läßt ihn zappeln, läßt ihn ein wenig fummeln und hörst dann auf, bevor es ernst wird. Das ist er nicht gewöhnt. Das ist neu für ihn. Er glaubt, wenn du schließlich nachgibst, wird es eine absolut wilde Nummer.«

»Falls ich nachgebe«, sagte Amy.

»Du wirst nachgeben«, sagte Liz zuversichtlich. »Du willst es dir noch immer nicht eingestehen, aber du bist genau wie ich.«

»Vielleicht.«

»Seit einer Woche triffst du dich jeden Abend mit ihm, und jeden Abend läßt du ihn etwas weiter gehen als am Abend zuvor«, sagte Liz. »Du gehst zentimeterweise aus dir heraus.«

»Hat Buzz dir genau gesagt, wie weit ich ihn gehen lasse?« fragte Amy.

»Jau«, sagte Liz grinsend.

»Herrgott«, sagte Amy. »Der Bursche hat wirklich Klasse.«

»Ach, verdammt«, sagte Liz, »er hat doch nicht über dich getratscht. Ist doch nicht so, als hätte er es einer Fremden erzählt. Ich bin deine beste Freundin. Und Buzz und ich kennen uns schon sehr lange, sehr lange. Ich hab' mal mit ihm herumgevögelt, und wir sind noch immer die besten Freunde. Hör zu, Kleine, wenn wir heute abend vom Jahrmarkt zurückfahren, können wir ja noch zu mir. Meine Eltern sind immer noch im Urlaub. Du und Buzz könnt ihr Schlafzimmer nehmen. Laß den Jungen nicht länger zappeln. Gönn ihm mal was. Gönn dir mal was. Du brauchst genauso dringend einen Schwanz wie ich.«

Buzz und Richie stiegen wieder ein, und Richie zündete einen Joint an. Während Buzz zum Rummelplatz fuhr, reichten sie das Gras weiter, und jeder nahm ein paar Züge und hielt den Rauch so lange wie möglich in den Lungen. Auf dem Parkplatz des Kirmesgeländes zündeten sie einen weiteren Joint an und blieben im Wagen sitzen, bis sie auch den geraucht hatten.

Als sie das Tor erreichten, fühlte Amy sich ganz warm, schwindlig und ein wenig albern. Und beim Gang über das Kirmesgelände, im Tosen der Geräusche und im Strudel der Bewegungen, stellte sich bei ihr das seltsame Gefühl ein, daß dieser Abend einer der wichtigsten ihres Lebens werden würde. Heute abend würde sie Entscheidungen über ihre Zukunft treffen; heute abend würde sie entweder die Rolle im Leben akzeptieren, von der sowohl Liz als auch Mama glaubten, daß sie ihr zufiel, oder sie würde sich dafür entscheiden, die gute, verantwortungsvolle Person zu sein, die sie immer hatte sein wollen. Sie stand auf dünnem Eis, und es war an der Zeit, in die eine oder andere Richtung zu springen, sich endlich zu entscheiden, wie sie leben wollte. Sie wußte nicht, woher sie das wußte, aber sie wußte es. Das Gefühl war unerschütterlich. Zuerst ernüchterte es sie und jagte ihr ein wenig Angst ein, doch dann machte Liz eine lustige Bemerkung über eine fette Frau, die vor ihnen den Mittelgang entlangwatschelte, und Amy lachte, und das Gras tat seine Wirkung, und das Lachen verwandelte sich in ein unkontrollierbares Kichern, und sie schwebte wieder.

DREI

DIE GEISTERBAHN

11

Amy stellte fest, daß Liz mit der Bemerkung recht hatte, ein wenig Gras mache die Karussells noch interessanter, als sie ohnehin schon waren. Sie fuhren auf dem Octopus, dem Ro-und-up, dem Sturzflieger, dem Whip, dem Loop-de-Loop und der Raupe. Die Steigungen kamen ihr höher als bei den Karussells früherer Jahrmärkte vor; die Sturzflüge kamen ihr tiefer vor, die ganze Action, das Drehen, Wirbeln, Aufsteigen, Niedergehen und Schaukeln wilder und schneller als je zuvor. Amy hielt sich an Buzz fest und schrie vor Freude, aber auch mit einem Anflug echten Schreckens. Buzz zog sie näher heran; er nutzte ihre Furcht und das plötzliche Rucken der Sitze und Gondeln als Entschuldigung, um sie schnell und billig abzugrapschen. Wie Liz trug Amy Shorts und ein T-Shirt, aber keinen BH. Buzz konnte der Versuchung nicht widerstehen, ihre Brüste und ihre langen, nackten, schön gebräunten Beine zu berühren. Jedesmal, wenn Amy von einem Karussell stieg, hatte sie für zwei oder drei Minuten die Orientierung verloren und mußte sich an Buzz festhalten, und ihm gefiel das, und ihr gefiel es auch, weil Buzz so große, harte, muskulöse Arme und Schultern hatte.

Nur vierzig Minuten, nachdem sie auf dem Kirmesplatz eingetroffen waren, verließen sie den Mittelgang und gingen zwischen ein paar Buden zum hinteren Parkplatz, auf dem die Lastwagen der Schausteller geparkt standen. Sie schlichen hinter einen Lastwagen, in einer verlassenen Sackgasse, die am efeubedeckten Zaun des Rummelplatzes endete. Sie standen im schattengesprenkelten Sonnenschein des Sommerabends und ließen einen dritten Joint kreisen, den Liz aus ihrer Handtasche geholt hatte; sie sogen den süßen Rauch ein, hielten ihn so lange wie eben möglich in den Lungen und stießen ihn dann mit einem dringlichen Keuchen des Vergnügens wieder aus.

»Der hier ist etwas anders«, sagte Richie, als sie die selbstgedrehte Zigarette zum zweitenmal kreisen ließen.

»Der was?« fragte Amy.

»Dieser Joint«, sagte Richie.

»Ja«, sagte Liz. »Er ist versetzt.«

»Womit?« fragte Buzz.

»Vertrau mir.«

»Engelsstaub?«

»Vertrau mir«, wiederholte Liz.

»He«, sagte Buzz. »Ich weiß nicht, ob ich was rauchen will, von dem ich nicht weiß, was es ist.«

»Vertrau mir«, sagte Liz.

»Ich vertrau' dir so weit, wie ich dich sehen kann«, sagte Buzz.

»Ist auch egal«, sagte Liz. »Wir sind mit dem Joint sowieso schon fast fertig.«

Buzz hielt gerade die Kippe. Er zögerte. »Ach, verdammt, warum nicht gefährlich leben«, sagte er dann und nahm den letzten Zug.

Richie küßte Liz auf den Hals, und Buzz küßte Amy, und ohne so richtig mitzukriegen, wie es dazu gekommen war, stellte Amy fest, daß sie plötzlich mit dem Rücken an der Seite eines Lastwagens stand und Buzz' Hände über ihren Körper auf und ab glitten und er sie heftig küßte, die Zunge in ihren Mund stieß. Er zerrte ihr T-Shirt aus den Shorts und schob eine Hand darunter und drückte ihre nackten Brüste, nahm die Warzen zwischen die Daumen und Zeigefinger, und sie stöhnte leise. Sie hatte Angst, jemand könne hinter den Lastwagen hervorkommen und sie sehen, war jedoch nicht imstande, ihrer Besorgnis Ausdruck zu verleihen, und reagierte sogar auf Buzz' grobe Zärtlichkeiten.

»Das reicht jetzt, Jungs«, sagte Liz plötzlich. »Spart euch das für später auf. Ich werde ganz bestimmt nicht hier am hellichten Tag die Beine breit machen und mich auf dem Boden bumsen lassen.«

»Der Boden ist der beste Ort«, sagte Richie.

»Ja«, sagte Buzz. »Machen wir es auf dem Boden.«

»Das ist doch ganz natürlich«, sagte Richie.

»Ja«, sagte Buzz.

»Alle Tiere machen es auf dem Boden«, sagte Richie.

»Ja«, sagte Buzz. »Seien wir ganz natürlich, lassen wir uns einfach gehen und treiben wir es auf dem Boden.«

»Jetzt reißt euch mal zusammen«, erwiderte Liz. »Wir haben längst noch nicht alles vom Jahrmarkt gesehen. Kommt schon, gehen wir.«

Amy steckte das T-Shirt wieder in die Shorts, und Buzz gab ihr noch einen feuchten Kuß.

Als sie wieder auf dem Mittelgang waren, glaubte Amy, daß die Karussells sich schneller denn je zuvor drehten. Und auch die Farben waren viel strahlender. Das gute Dutzend der verschiedenen Musikquellen schien noch lauter als vor zehn Minuten zu tönen, und alle Lieder hatten viel feinsinnigere Melodien, als ihr zuvor bewußt gewesen war.

Ich habe mich nicht völlig in der Gewalt, dachte Amy besorgt und benommen. Ich habe die Kontrolle noch nicht vollständig verloren, doch darauf läuft es hinaus. Ich muß vorsichtig sein. Vernünftig. Paß auf dieses Dope auf. Das verdammte, aufgepeppte Dope. Wenn ich nicht aufpasse, werde ich im Schlafzimmer von Liz' Eltern landen, mit Buzz über mir, ob ich das nun will oder nicht. Und ich glaube nicht, daß ich es will. Ich will nicht die Person sein, für die Liz und Mama mich halten. Oder? Oder?

Sie fuhren wieder auf dem Loop-de-Loop.
Amy hielt sich an Buzz fest.

Nachdem Joey den Montag morgen und einen Teil des Nachmittags auf dem Kirmesgelände verbracht und beobachtet hatte, wie die Schausteller die Fahrattraktionen aufbauten, hatte er eigentlich erst am Samstag abend dorthin zurückkehren wollen, um endgültig von zu Hause auszureißen. Aber am Montag abend überlegte er es sich anders.

Eigentlich überlegte seine Mutter es sich für ihn anders.

Er saß im Wohnzimmer, sah fern und trank eine Pepsi, als er unabsichtlich das Glas umkippte. Die Limonade spritzte auf seinen Stuhl und tropfte dann auf den Teppich. Er holte eine Haushaltsrolle aus der Küche und wischte den Schlamassel so gut auf, wie er konnte, und war überzeugt, daß weder auf dem Teppich noch auf dem Polster des Stuhls Flecken zurückbleiben würden.

Mama jedoch bekam einen Wutanfall, als sie hereintrat und ihn mit einer Handvoll pepsigetränkter Papiertücher sah. Obwohl es erst halb acht war, war sie schon ziemlich betrunken. Sie packte und schüttelte ihn und sagte ihm, er benehme sich wie ein Ferkel, und dann schickte sie ihn zwei Stunden früher als gewöhnlich zu Bett.

Er fühlte sich ganz elend. Er konnte sich nicht mal von Amy trösten lassen, denn die war unterwegs, hatte sich wieder mit Buzz verabredet. Joey wußte nicht, wo sie und Buzz waren, und selbst wenn er es gewußt hätte, hätte er wohl kaum zu ihr laufen und jammern können, daß Mama ihn geschüttelt und ihm fürchterliche Angst eingejagt hatte.

Auf seinem Zimmer warf Joey sich aufs Bett, weinte, untröstlich und erzürnt über die Ungerechtigkeit seiner Mutter. Plötzlich fielen ihm die beiden rosa Freikarten ein, die der Schausteller ihm am Vormittag geschenkt hatte. *Zwei* Freikarten. Er würde eine benutzen, um am Samstag abend auf das Kirmesgelände zu kommen und den Schaustellern zu sagen, er sei ein Waisenkind und könne nirgendwohin, und ob sie ihn nicht mitnehmen wollten. Aber damit hatte er eine Freikarte übrig, und wenn er die nicht vor Samstag benutzte, würde sie nur verfallen.

Er setzte sich auf die Bettkante und dachte ein paar Minuten darüber nach, bis in ihm der Entschluß gereift war, daß er sich zum Rummelplatz schleichen, dort einen schönen Abend erleben und wieder ins Haus zurückschleichen konnte, ohne daß seine Mutter etwas von seinem Vergnügen ahnte. Er stand auf und zog die Vorhänge zu, so daß kaum noch etwas vom verbleichenden Licht des Sommerabends ins Zimmer fiel. Er holte eine Decke und ein Kissen aus seinem Schrank und formte daraus unter dem Bettlaken eine Puppe. Er schaltete das schwache Nachtlicht aus, trat vom Bett zurück und betrachtete sein Werk kritisch. Trotz der Lichtsplitter, die sich am Rand der Vorhänge zeigten, könnte die Puppe wohl Mamas Inspektion standhalten. Normalerweise trat sie frühestens um elf Uhr in sein Zimmer, und wenn sie auch an diesem Abend so lange wartete, bis nach Einbruch der Dunkelheit, würde der Trick bestimmt funktionieren; sie würde denken, ihr Sohn liege im Bett und schlafe.

Der schwierigere Teil bestand darin, das Haus zu verlassen, ohne ihre Aufmerksamkeit zu erregen. Er nahm ein paar Dollarscheine aus seiner Spardose, in der insgesamt zweiunddreißig Dollar steckten, und stopfte das Geld in eine Tasche seiner Jeans. Er steckte auch eine der Freikarten ein und schob die andere unter die gläserne Spardose auf seinem Schreibtisch. Vorsichtig öffnete er die Tür seines Zimmers, schaute nach links und rechts in den Korridor, trat hinaus und zog die Tür hinter sich zu. Er schlich zur Treppe und machte sich an den langen, gefährlichen Abstieg zum Erdgeschoß.

Amy, Liz, Buzz und Richie blieben vor einer Bude stehen, die einen Magier mit dem Namen *Der großartige Marco* anpries. Die Werbung bestand aus einem großen Poster, das eine schreiende Frau zeigte, die von einer Guillotine geköpft wurde, hinter der ein grinsender Zauberer stand, der die Hand auf den Hebel des Scharfrichters gelegt hatte.

»Ich liebe Zauberer«, sagte Amy.

»Ich liebe jeden, den ich in die Hände bekomme«, sagte Liz kichernd.

»Mein Onkel Arnold war mal Bühnenmagier«, sagte Richie und schob seine Brille den Nasenrücken hinauf, um sich Marcos reißerisches Poster genauer anzusehen.

»Hat er Dinge verschwinden lassen und so weiter?« fragte Buzz.

»Er war so schlecht, daß er das Publikum verschwinden ließ«, sagte Liz.

Amy war ganz schwindlig von dem versetzten Pot, das sie geraucht hatte, und Liz' kleiner Scherz kam ihr urkomisch vor. Sie lachte hysterisch, und ihr Gelächter steckte die anderen an.

»Nein, echt, wirklich«, sagte Buzz, als sie sich endlich wieder beruhigt hatten. »Hat dein Onkel Arnold auf diese Weise sein Geld verdient? Es war nicht nur ein Hobby oder so?«

»Kein Hobby«, antwortete Richie. »Onkel Arnold war ein Profi. Er nannte sich ›Der erstaunliche Arnoldo‹. Aber er hat wohl nicht besonders gut verdient, und nach einer Weile hat er den Job nicht mehr ausstehen können. Inzwischen verkauft er seit zwanzig Jahren Versicherungen.«

»Es wäre doch toll, Bühnenzauberer zu sein«, meinte

Amy. »Warum hat dein Onkel es nicht mehr ausstehen können?«

»Na ja«, sagte Richie, »jeder erfolgreiche Magier braucht einen Trick, der ihm ganz allein gehört, eine ganz besondere Illusion, durch die er aus der Menge der anderen Magier herausragt. Onkel Arnold hatte einen Trick, bei dem er zwölf weiße Tauben erscheinen ließ, eine nach der anderen, einfach aus dem Nichts, während Flammen aufloderm. Das Publikum applaudierte höflich, wenn die erste Taube erschien, und schnappte nach Luft, wenn die zweite und die dritte kam, und jubelte laut nach dem ersten halben Dutzend. Ihr könnt euch ja vorstellen, was los war, wenn schließlich das gesamte Dutzend aus den Verstecken in der Kleidung meines Onkels zum Vorschein gekommen waren, jede mit einer kleinen Stichflamme.«

»Das verstehe ich nicht«, wandte Buzz stirnrunzelnd ein.

»Ich auch nicht«, sagte Amy. »Warum hat dein Onkel aufgehört und Versicherungen verkauft, wenn er so toll war?«

»Manchmal«, sagte Richie, »nicht oft, aber so etwa bei jeder dreißigsten oder vierzigsten Vorstellung, fing eine der Tauben Feuer und verbrannte bei lebendigem Leib, mitten auf der Bühne. Das fand das Publikum gar nicht so toll, und es hat Onkel Arnold ausgebuht.«

Liz lachte, Amy ebenfalls, und Liz tat so, als wäre sie eine brennende Taube, die versucht, die Flammen mit den Schwingen zu ersticken, und Amy wußte, daß das gar nicht lustig war, daß es furchtbar war, wenn so ein armer Vogel Feuer fing, und sie wußte, sie sollte nicht lachen, aber sie kam nicht dagegen an, weil es die urkomischste Geschichte war, die sie je gehört hatte.

»Onkel Arnold fand das gar nicht witzig«, sagte Richie, als das laute Gekicher verebbte. »Wie ich schon sagte, es ist nicht oft passiert, aber er hat nie gewußt, *wann* es passieren würde, und deshalb war er immer furchtbar nervös. Von dieser ständigen Anspannung bekam er ein Magengeschwür. Und selbst wenn die Vögel nicht verbrannt sind, haben sie in seine Anzugtaschen geschissen.«

Sie lachten erneut, noch heftiger als zuvor, und hielten einander fest. Die Leute, die auf dem Mittelgang an ihnen vorbeischritten, warfen ihnen seltsame Blicke zu, was sie nur noch lauter lachen ließ.

Richie spendierte allen Eintrittskarten für Marcos nächste Vorstellung.

Der Boden im Zelt des Magiers war mit Sägespänen bedeckt, und die Luft roch muffig. Bunte Plastikfähnchen und Poster von Marco schmückten die erhellten Zeltwände.

Amy, Liz, Buzz und Richie gesellten sich zu zwei Dutzend Zuschauern, die sich um eine kleine, erhöhte Bühne an einem Ende des Zelts drängten.

Einen Augenblick später erschien Marco in einer blauen Rauchwolke und verbeugte sich, während vom Tonband eine Fanfare erschallte. Es war schmerzhaft offensichtlich, daß der Zauberer einfach durch einen Schlitz in der Rückseite des Zelts getreten war und den Rauch zur Tarnung benutzt hatte. Eigentlich war er gar nicht mal auf die Bühne getreten, sondern gestolpert.

Liz sah Amy an. Beide kicherten.

»Gott sei Dank ist er Zauberer und kein Drahtseilartist«, flüsterte Richie.

Amy kam sich vor, als stünde sie auf Luftballons, bewahrte nur unsicher das Gleichgewicht und würde gleich selbst einen tollen Zaubertrick vorführen.

Was hatte Liz nur in diesen Joint gemischt?

Marcos Erscheinung war so armselig wie sein Auftritt. Er war ein Mann mittleren Alters mit blutunterlaufenen

Augen und trug dickes Make-up. Er wollte wohl wie der Teufel aussehen. Seine Lippen waren rot; das Gesicht war frostbleich; die Augen wurden von dicker schwarzer Mascara betont, genau wie sein in der Stirnmitte spitz zulaufender Haaransatz. Er trug einen schäbigen Smoking und weiße Handschuhe, die mehrere gelbe Flecken aufwiesen.

»Er sollte diese Handschuhe nicht tragen, wenn er abspritzt«, flüsterte Liz.

Sie alle lachten.

»Ekelhaft«, meinte Richie.

»Er sieht so widerlich aus, daß ihm wohl nichts anderes übrigbleibt, als zu wichsen«, flüsterte Buzz.

Marco warf ihnen einen nervösen Blick zu; sicherlich konnte er nicht verstehen, was sie sagten. Er lächelte sie an, und in dem kläglichen Versuch, ihre Aufmerksamkeit zu erlangen, nahm er seinen Zylinder ab.

»Was immer ihr tut«, sagte Liz zu den anderen, »gebt ihm um Gottes willen nicht die Hand.«

Erneut brachen die vier in lautes Gelächter aus.

Einige der anderen Zuschauer schauten zu Amy hinüber, manche einfach neugierig, andere mißbilligend, aber ihr war gleichgültig, was sie von ihr hielten. Sie war einfach zu gut drauf.

Marco entschloß sich, die Störenfriede zu ignorieren, und nahm ein Spiel Karten, das auf dem kleinen Tisch in der Mitte der Bühne lag. Er mischte die Karten und hüllte sie in ein seidenes Taschentuch, so daß das Publikum nur eine Kante des Stapels sehen konnte. Dieses Bündel legte er mit fließenden Bewegungen in ein durchsichtiges Kelchglas. Als er zurücktrat und auf das Glas zeigte, erhoben die Karten sich einzeln von dem in Seide gehüllten Stapel; zuerst das Karo-As … dann das Kreuz-As … das Herz-As … und schließlich, ein kleiner Fehler, der Karo-Bube. Marco schaute verlegen drein, legte die Karten schnell fort und ging zu seinem nächsten Trick über.

»Mann, stinkt das«, sagte Buzz leise.

»Du riechst die Handschuhe«, sagte Liz.

»Richie, ist dieser Typ wirklich dein Onkel Arnold?« fragte Amy.

Marco blies einen Ballon auf und verknotete ihn. Als er eine brennende Zigarette an den Luftballon hielt, explodierte das Ding mit einem lauten Knall, und im Herzen der Explosion erschien eine lebende Taube. Diese Vorführung war geheimnisvoller als der Kartentrick, doch Amy merkte trotzdem, daß der Vogel unter der Smokingjacke des Zauberers hervorkam.

Marco führte noch zwei Tricks vor, die dem Publikum nur halbherzigen Applaus entlockten. Sie wandte sich an ihre Freunde: »Wollen wir gehen?«

»Noch nicht«, erwiderte Richie.

»Das ist doch beschissen langweilig«, beschwerte sich-Liz.

»Ich will das Finale sehen«, erwiderte Richie. »Die Guillotine.«

»Was für eine Guillotine?« fragte Buzz.

»Die auf dem Poster draußen«, sagte Richie. »Er hackt einer Tussie den Kopf ab.«

»Nur so schafft er es, daß der Kopf einer Frau mal sein Ding berührt«, sagte Liz kichernd.

Kurz darauf erhob Marco zum erstenmal seine Stimme, diese klang überraschend tief und befehlsgewohnt. »Und nun werde ich für jene von Ihnen, die Liebhaber des Bizarren, des Makabren, des Schrecklichen und Grotesken sind, die Vorstellung mit jenem Akt beenden, den ich stolz als ›Der Pfähler‹ bezeichne.«

»Was ist mit der Guillotine?« sagte Richie zu Buzz.

»Arschloch«, sagte Liz. »Das war nur ein Lockmittel.«

Marco rollte einen großen, aufrecht stehenden Kasten

auf die Mitte der Bühne. Er war vielleicht dreißig Zentimeter kleiner als ein Sarg, sah ansonsten aber genauso wie das Kernstück einer Beerdigung aus.

»Ich höre Sie da unten murmeln«, sagte Marco. »Ich höre, daß Sie sagen ... die Guillotine ... die Guillotine. Leider gehörte dieses Gerät meinem Vorgänger. Sowohl er als auch das Gerät befinden sich zur Zeit wegen eines unglücklichen Unfalls in Polizeigewahrsam. Die letzte Dame, die ihm assistierte, verlor ihren Kopf und hat eine ziemliche Schweinerei verursacht.«

Das Publikum lachte unbehaglich.

»Was für eine miese Vorstellung«, sagte Liz. »Mein Gott.«

Doch Amy war anderer Meinung. Für sie schien Marco eine unheimliche Metamorphose durchlaufen zu haben. Er sah jetzt nicht mehr schäbig und lächerlich aus wie zuvor, als er auf die Bühne gestolpert war. Sein primitives Make-up wirkte nicht mehr wie ein Scherz; von Sekunde zu Sekunde sah er zunehmend dämonischer aus, und in seinen Augen lag ein neuer, erschreckender, böser Glanz. Sein nervöses Lächeln war zu einem wissenden, verderbten Grinsen geworden. Als sein Blick den Amys traf, kam sie sich vor, als würde sie in Doppelfenster starren, die ihr einen kurzen Blick auf die Hölle gestatteten, und plötzlich fror sie bis ins Knochenmark.

Mach dich nicht lächerlich, sagte Amy sich erschauernd. Der großartige Marco hat sich nicht verändert. Nur meine Wahrnehmung von ihm ist jetzt anders. Ich habe eine leichte Halluzination. Bin auf einem Trip. Ich fliege. Das ist dieser verdammte Joint. Die Drogen. Was für ein Zeug hat Liz in das Gras gemischt?

Marco hielt einen sechzig Zentimeter langen, zugespitzten Holzstock hoch. »Meine Damen und Herren, ich verspreche Ihnen, diese Illusion wird Ihnen besser gefallen, als es bei der Guillotine der Fall gewesen wäre. Sie ist wirklich viel, viel besser.« Er grinste, und in diesem Ausdruck lag etwas Dunkles und Unheimliches. Er wirkte auf einmal wie eine Katze, die mit einer Maus spielte. »Ich brauche eine Freiwillige aus dem Publikum.« Sein boshafter Blick kroch langsam über die Gesichter im Publikum. Er hob eine Hand und zeigte drohend auf jede Frau im Publikum, auf eine nach der anderen, und einen atemberaubenden Moment lang schien sie auf Amy zu verharren; dann bewegte er die Hand wieder und verweilte noch länger bei Liz; aber schließlich wählte er eine attraktive Rothaarige aus.

»O nein«, sagte die junge Frau. »Das kann ich nicht. Nehmen Sie eine andere.«

»Natürlich können Sie das«, sagte Marco. »Kommt schon, Leute, gebt dieser bezaubernden jungen Dame einen Applaus.«

Das Publikum klatschte aufs Stichwort, und die Frau schleppte sich die kleine Treppe zur Bühne hinauf.

Marco nahm sie am Arm, als sie die Plattform erreichte. »Wie heißen Sie?«

»Jenny«, sagte sie und lächelte schüchtern in Richtung Publikum.

»Sie haben doch keine Angst, oder, Jenny?«

»Doch«, bekannte sie errötend.

Marco grinste. »Kluges Mädchen!« Er führte sie zum Sarg. Der Kasten stand leicht geneigt aufrecht und wurde von großen Metallklammern gehalten. Marco zog den Deckel auf, der mit Scharnieren an der linken Seite befestigt war. »Bitte treten Sie in den Sarg, Jenny. Ich verspreche Ihnen, daß Sie nicht den geringsten Schmerz verspüren werden.«

Mit der Hilfe des Zauberers trat die rothaarige junge Frau rückwärts, mit dem Gesicht zum Publikum, in den

Kasten. Ihr Hals paßte genau in einen U-förmigen Ausschnitt in der Oberseite der Kiste. Da der Sarg so klein war, schaute ihr Kopf oben heraus, als Marco den Deckel schloß.

»Haben Sie es bequem?« fragte Marco.

»Nein«, antwortete die Frau nervös.

»Gut«, sagte Marco. Er grinste zum Publikum hinüber und sicherte die Vorderseite des Kastens mit einem großen Vorhängeschloß.

Eine Vorahnung von Unheil, ein Gefühl, daß der Tod gegenwärtig war, erfaßte Amy mit unsichtbaren, eisigen Händen. Das sind nur die verdammten Drogen, sagte sie sich.

Der großartige Marco wandte sich ans Publikum. »Im fünfzehnten Jahrhundert hat Vlad der Fünfte der Walachei, bei seinen verängstigten Untertanen als Vlad der Pfähler bekannt, Zehntausende von männlichen und weiblichen Gefangenen gefoltert, hauptsächlich ausländische Angreifer. Einmal sah das türkische Heer von einem geplanten Einfall ab, als es auf ein Feld stieß, auf dem Tausende von Männern auf Pfähle aufgespießt waren, die Vlads handverlesene Todesschwadronen durch ihre Körper getrieben hatten. Als Vlad seinen Spitznamen leid war, suchte er sich einen neuen aus, den seines Vaters, eines gleichermaßen scheußlichen Mannes, der als Dracul bekannt war, was ›der Teufel‹ bedeutete. Er fügte den Buchstaben ›A‹ hinzu und wurde so zu Dracula, dem Sohn des Teufels. Und so, meine Freunde, werden Legenden geboren.«

»Schwachsinn«, sagte Liz.

Aber Amy war von dem seltsamen, neuen und gefährlichen Geschöpf, das anscheinend (zumindest in ihren Augen) Besitz von Marcos Körper ergriffen hatte, geradezu fasziniert. Der Blick der allwissenden, bösen Augen des

Magiers traf erneut den Amys und schien sie völlig zu durchdringen, bevor der Mann wieder wegschaute.

Marco zeigte erneut den über einen halben Meter langen, zugespitzten Holzpfahl. »Meine Damen und Herren, ich präsentiere … ›den Pfähler‹.«

»Wird auch langsam Zeit, verdammt«, meckerte Liz.

Marco hob einen kleinen, aber schweren Holzhammer hoch. »Wenn Sie sich die Vorderseite des Kastens ansehen, werden Sie feststellen, daß ein kleines Loch durch den Deckel gebohrt wurde.«

Amy sah die Öffnung. Sie wurde von einem hellroten Herzen umgeben.

»Das Loch befindet sich direkt über dem Herz der Freiwilligen«, sagte Marco. Er fuhr mit der Zunge über seine Lippen, drehte sich um und schob den Pfahl vorsichtig in das Loch. »Spüren Sie die Spitze des Pfahls, Jenny?«

Sie kicherte nervös. »Ja.«

»Gut«, sagte der Magier. »Vergessen Sie nicht … Sie werden nicht den geringsten Schmerz empfinden.« Er hielt den Pfahl mit der linken Hand und hob den Hammer mit der rechten. »Absolute Ruhe! Die Zartbesaiteten unter Ihnen sollten den Blick abwenden. Sie wird keinen Schmerz fühlen … aber das heißt nicht, daß es kein Blut geben wird!«

»Was?« sagte Jenny. »He, warten Sie, ich …«

»Ruhe!« schrie Marco und schwang den Holzhammer hart gegen den Pfahl.

Nein! dachte Amy.

Mit einem widerlichen, nassen, reißenden Geräusch sank der Pfahl tief in die Brust der Frau.

Jenny schrie, und Blut schoß aus ihrem verzerrten Mund.

Die Zuschauer schnappten nach Luft. Ein paar Leute schrien entsetzt auf.

Jennys Kopf sackte zu einer Seite. Ihre Zunge hing aus dem Mund. Ihre Augen starrten blicklos über die Köpfe der Leute im Zelt.

Der Tod verwandelte das Gesicht der Freiwilligen auf wundersame Weise. Das rote Haar wurde blond. Die Augen waren nicht mehr grün, sondern blau. Das Gesicht war nicht mehr das Jennys, der Frau, die aus dem Publikum auf die Bühne getreten war. Jetzt war es Liz Duncans Gesicht. Jede Ebene, jede Senke, jede Falte, jede Einzelheit entsprach Liz' Gesicht. Es war nicht nur ein Spiel des Lichts und der Schatten. In diesem Sarg befand sich Liz. *Liz* war gepfählt worden. *Liz* war tot, und zwischen ihren vollen Lippen sickerte noch immer Blut hervor.

Amy konnte kaum atmen, als sie zu dem Mädchen neben ihr schaute und erstaunt feststellte, daß ihre Freundin sich noch dort befand. Liz war im Publikum – und doch war sie auch auf der Bühne, in dem Sarg, tot. »Aber du bist das«, sagte Amy völlig verwirrt. »Du bist ... da oben.«

»Was?« sagte Liz-im-Publikum.

Liz-im-Sarg starrte in die Ewigkeit und sabberte Blut.

»Amy?« sagte Liz-im-Publikum. »Ist alles in Ordnung?« Liz wird sterben, dachte Amy. Bald. Das ist eine Vorwarnung ... Vorahnung ... was auch immer man dazu sagte. Konnte es stimmen? Konnte es wahr sein? Würde Liz getötet werden? Bald? Noch an diesem Abend?

Marcos entsetzter und schockierter Blick, den er in dem Augenblick aufgesetzt hatte, in dem das Blut aus dem Mund seiner Freiwilligen spritzte, verwandelte sich nun in ein Grinsen. Der Zauberer schnippte mit dem Finger, und die Frau in der Kiste erwachte plötzlich wieder zum Leben. Der Schmerz verschwand aus ihrem Gesicht. Sie lächelte betörend – und sie erinnerte nicht mehr an Liz Duncan.

Sie hat nie wie Liz ausgesehen, dachte Amy. Das habe ich mir nur eingebildet. Die Drogen. Halluzinationen. Es war keine Vorahnung; Liz wird nicht bald sterben. Mein Gott, muß ich ein Zeug genommen haben!

Das Publikum seufzte vor Erleichterung, als Marco den Pfahl aus dem Loch im Deckel des Kastens zog. Der Magier sah auch nicht mehr so unheimlich aus. Er war wieder der schäbige, pummelige, unbeholfene Mann, der vor zehn oder fünfzehn Minuten durch die Klappe im Zelt gestolpert war. Die allwissende, böse Persönlichkeit schaute nicht mehr durch Marcos Augen; seine Ähnlichkeit mit dem Teufel war verschwunden.

Reine Einbildung, sagte Amy sich. Wahnvorstellungen. Es hat nichts zu bedeuten. Überhaupt nichts. Liz wird nicht sterben. Keiner von uns wird sterben. Ich muß mich am Riemen reißen.

Marco half Jenny aus dem Kasten und stellte sie dem Publikum vor. Sie war seine Tochter.

»Noch ein billiger Trick«, sagte Liz empört.

Als Amy das Zelt des Zauberers verließ, spürte sie die Enttäuschung bei ihren drei Begleitern. Es war fast so, als hätten sie gehofft, daß man der Frau wirklich einen Pfahl durchs Herz trieb oder eine Guillotine ihr den Kopf abtrennte. Das Zeug, das Liz unter den letzten Joint gemischt hatte, war äußerst stark, denn es machte sie bereits zapplig, ruhelos; sie brauchten immer mehr und aufregendere Erlebnisse, um ihre neu gewonnene, nervöse Energie aufzuzehren. Eine Enthauptung und vergossenes Blut waren anscheinend genau das, was Buzz und Liz, vielleicht auch Richie, sehen mußten, um die Chemikalien zu verbrennen, die in ihren Blutkreisläufen schäumten; genau so etwas mußten sie erleben, um wieder ruhiger zu werden.

Heute abend kein Dope mehr, schwor Amy sich. *Nie*

mehr Dope. Ich brauche keine Drogen, um glücklich zu sein. Warum nehme ich sie überhaupt?

Sie gingen zu einer Bude, die sich ›Tierkuriositäten‹ schimpfte, und beim Anblick der bizarren Geschöpfe darin wurde Amy ganz anders. Sie sah eine Ziege mit zwei Köpfen; einen Stier mit je drei Augen und Hörnern; ein abscheuliches Schwein mit Augen auf beiden Seiten des Rüssels und zwei weiteren höher im Kopf, aufgerissenen und lederartigen Lippen, aus denen grünlicher Sabber tropfte, und zwei zusätzlichen Beine, die aus der linken Seite ragten. Schließlich gelangten sie zu einem Verschlag, in dem sich ein normal aussehendes Lämmchen befand, und Amy streckte die Hand aus, um es zu streichen; aber als es sich ihr zuwandte, sah sie, daß es eine zweite Nase und ein vorstehendes, blickloses drittes Auge an der Seite des Kopfes hatte, und sie zog die Hand zurück. Die alptraumhaften Tiere waren wie der Beschleuniger zu der berauschenden Wirkung des verpanschten Grases, das sie geraucht hatte; als sie die ›Tierkuriositäten‹ verließ, fühlte sie sich richtig high, noch stärker von der Wirklichkeit losgelöst als zu dem Zeitpunkt, da sie die Bude betreten hatte.

Sie fuhren auf der Rakete. Amy saß vor Buzz auf dem motorradähnlichen Sitz in dem kugelförmigen Waggon für zwei Personen. In der relativen Abschirmung des sich rasend drehenden Behälters legte er die Hände auf ihre Brüste. Die Zentrifugalkraft zwang ihren Rücken gegen ihn, und sie fühlte die Hitze und Größe seiner Erektion, als sein Schwanz hart gegen ihre Pobacken gedrückt wurde.

Er drückte den Mund gegen ihr Ohr, um sich über dem Tosen der Rakete und dem scharfen Winseln des Windes verständlich machen zu können. »Ich will dich«, sagte er.

Es fühlte sich gut an, so dringend gewollt zu werden, gebraucht zu werden, wie Buzz sie brauchte, und Amy fragte sich, ob es vielleicht gut war, wie Liz zu sein. Zumindest hatte man dann immer jemanden um sich herum, der einen für *irgend etwas* brauchte.

In der Bude von Bozo dem Clown gelang es sowohl Buzz als auch Richie, ins Schwarze zu treffen und den johlenden Clown in einen großen Wasserbehälter zu tunken. Buzz machte sich ganz verbissen an die Arbeit, kaufte drei Bälle, dann noch drei, dann noch drei, bis er schließlich traf und Bozo in die Wanne schickte. Richie hingegen lehnte dieses Vorgehen verächtlich ab. Er betrachtete die Situation mit dem Auge und Feingefühl des Mathematikers, warf zwei Bälle daneben, lernte aus beiden gescheiterten Versuchen und knallte den dritten mitten ins Ziel.

Als später ihre Gondel kurz am höchsten Punkt des Riesenrads anhielt und der diamantenhelle Mittelgang sich unter ihnen ausbreitete, küßte Buzz Amy, küßte sie tief und hungrig. Seine Zunge erkundete ihren Mund, und seine Hände waren überall auf ihrem Körper. Sie wußte, daß der heutige Abend der Wendepunkt in ihrer Beziehung sein mußte. Heute abend würde sie ihn entweder fallenlassen oder ihm geben müssen, was er haben wollte. Sie konnte es nicht mehr länger hinauszögern. Sie mußte sich entscheiden, wer und was sie war.

Doch sie war so high, so verwirrt, daß sie nicht über komplizierte Probleme wie dieses nachdenken wollte – nachdenken *konnte.* Sie wollte einfach treiben, die Lichter, die Töne, die verschwommenen Bewegungen, die ununterbrochene Action genießen.

Nach dem Riesenrad fuhren sie Autoskooter und rempelten sich gnadenlos an. Funken sprühten und flogen von dem freiliegenden Drahtnetz über ihnen. Die Luft roch nach Ozon. Jede laute, erschütternde Kollision schickte einen Ruck des sinnlichen Vergnügens durch Amys Körper.

Auf der einen Seite des Autoskooter-Pavillons drehte

das Karussell sich als verschwommener Fleck strahlender Farben. Auf der anderen Seite drehte, hob und senkte sich das Round-up. Dampforgelmusik mischte sich mit dem Tosen der Menge, dem ständigen Schnattern der Ausrufer und dem Krachen der Skooter-Stoßstangen.

Amy liebte den Jahrmarkt geradezu. Als sie Richies Wagen verfolgte und seine Breitseite rammte, als sie vom Aufprall herumgewirbelt wurde, dachte sie, daß der Jahrmarkt mit seinen Lichtern und Attraktionen vielleicht ein wenig wie Las Vegas war, und fragte sich, ob es ihr vielleicht Spaß machen würde, mit Liz nach Nevada zu fahren.

Vom Autoskooter gingen sie zum Freak-o-rama, und was sie in dieser Bude zu Gesicht bekam, verstärkte nur noch ihr Gefühl totaler Desorientierung: der dreiäugige Mann, dessen Haut wie die eines Alligators aussah; die dickste Frau der Welt, die auf einer riesigen Couch saß, die für sie trotzdem noch zu klein zu sein schien (ihr Körper war nur noch ein Klumpen, ihre Gesichtszüge verloren sich in teigigem Fett); ein Mann, dem ein zweites Armpaar aus der Brust wuchs; und einen Mann mit zwei Nasen und einem lippenlosen Mund.

Liz, Buzz und Richie hielten die Freakshow für die beste Attraktion auf dem Mittelgang. Sie zeigten auf die ausgestellten Geschöpfe und lachten über sie, als könnten die Leute, über die sie lachten, sie weder hören noch sehen. Obwohl Amy vom Gras noch sehr high war, verspürte sie nicht den geringsten Drang zum Lachen. Sie erinnerte sich an Jerry Galloways Fluch und Mamas Überzeugung, daß ihr Baby mißgebildet sein würde; und solche Anblicke wie die im Freak-o-rama trafen sie zu sehr, als daß sie sich darüber amüsieren konnte. Amy war verlegen berührt, sowohl wegen der Erinnerung an ihre Schwangerschaft und die schon beharrlich verdrängte Abtreibung als auch wegen der mitleiderregenden Freaks, die in diesen Verschlägen posierten, um sich den Lebensunterhalt zu verdienen. Sie wünschte, es gäbe eine Möglichkeit, ihnen zu helfen, aber die gab es natürlich nicht, und so hörte sie zu, wie ihre Freunde wohlfeile Witze rissen, lächelte pflichtschuldig und versuchte, sie zur Eile anzutreiben.

Seltsamerweise war das erschreckendste Ausstellungsstück der Freakshow das Baby in dem riesigen Glasgefäß. Alle anderen menschlichen Kuriositäten lebten und waren so groß, daß sie durchaus eine Bedrohung darstellen konnten, aber das tote, harmlose Ding in dem Krug, das niemanden mehr bedrohen konnte, brachte Amy Harper am stärksten aus dem Gleichgewicht. Seine großen, grünen Augen starrten blind aus dem Glasgefängnis; die aufgeblähten, verzerrten Nasenöffnungen schienen in die Richtung zu schnüffeln, in der Amy, Liz, Buzz und Richie standen; die schwarzen Lippen waren geöffnet, und die bleiche, gesprenkelte Zunge war sichtbar, und es sah so aus, als würde das tote Geschöpf sie anknurren, sie und sonst niemanden, als würde es den Mund schließen, nachdem sie gegangen waren.

»Unheimlich«, sagte Liz. »Gott im Himmel!«

»Es ist nicht echt«, sagte Richie. »Es hat nie gelebt. Es ist einfach zu unheimlich. Kein Mensch könnte so einem Wesen das Leben schenken.«

»Vielleicht war es auch kein Mensch«, sagte Liz.

»Aber das steht auf dem Schild da«, stellte Buzz fest. »›1955 als Sohn normaler Eltern geboren‹.«

Sie alle schauten zu dem Schild an der Wand hinter dem Gefäß hoch, und Liz sagte: »He, Amy, seine Mutter hieß Ellen. Vielleicht ist er dein Bruder.«

Alle lachten – außer Amy. Sie starrte das Schild an, die fünf großen Buchstaben, die den Namen ihrer Mutter bildeten, und ein weiteres Zittern der Vorahnung durchdrang sie. Sie kam sich vor, als sei ihre Anwesenheit auf diesem Jahrmarkt kein Zufall, sondern Schicksal. Sie hatte das unheimliche und entschieden unangenehme Gefühl, daß ihre siebzehn Lebensjahre sie nirgendwohin sonst, sondern einzig und allein zu dieser Nacht der Nächte hatten führen müssen. Sie wurde geschickt gesteuert, ständig manipuliert; wenn sie über ihren Kopf griff, würde sie die Fäden des Puppenspielers spüren.

War es möglich, daß dieses Ding in der Flasche tatsächlich Mamas Kind gewesen war? War es der Grund dafür, daß Mama darauf bestanden hatte, Amy müsse ihr Kind sofort abtreiben lassen?

Nein. Das ist verrückt. Absurd, dachte Amy verzweifelt.

Ihr gefiel die Vorstellung nicht, daß ihr Leben unausweichlich auf diesen winzigen Punkt auf dem Antlitz der Erde ausgerichtet war, auf diese Minute in den Trillionen Minuten, die den Fluß der Geschichte bildeten. Dieser Gedanke ließ sie fühlen, als treibe sie hilflos dahin.

Es waren nur die Drogen. Wegen der Drogen konnte sie ihren Wahrnehmungen nicht vertrauen. Kein Gras mehr, nie wieder!

»Ich mache ihrer Mutter keine Vorwürfe, daß sie es getötet hat«, sagte Liz und betrachtete das Ding in dem Glas eindringlich.

»Es ist nur ein Gummimodell«, beharrte Richie.

»Ich sehe es mir mal näher an«, meinte Buzz und glitt unter dem Seil her, das die Zuschauer zurückhalten sollte.

»Buzz, nicht!« sagte Amy.

Buzz ging zu der Plattform, auf der das Gefäß stand, und beugte sich näher heran. Er streckte die Hand aus, legte sie auf das Glas und ließ die Finger langsam auf der Vorderseite des Krugs hinabgleiten, hinter dem sich das Gesicht des Ungeheuers befand. Dann riß er die Hand abrupt zurück. »Du Arschloch!«

»Was ist los?« fragte Richie.

»Buzz, komm bitte zurück«, sagte Amy.

Buzz tat wie geheißen und hielt die Hand hoch, damit sie es alle sehen konnten. An einem seiner Finger war Blut.

»Was ist passiert?« fragte Liz.

»Muß eine scharfe Kante am Krug gewesen sein«, sagte Buzz.

»Geh lieber zum Wagen mit den Sanitätern«, sagte Amy. »Der Schnitt könnte infiziert sein.«

»Nee«, sagte Buzz, entschlossen, keinen Riß in seiner Macho-Fassade zu zeigen. »Es ist nur ein Kratzer. Aber komisch ist es trotzdem. Ich habe keine scharfen Kanten gesehen.«

»Vielleicht hast du dich gar nicht an dem Glas geschnitten«, sagte Richie. »Vielleicht hat das Ding da drin dich gebissen.«

»Es ist tot.«

»Sein Körper ist tot«, sagte Richie, »aber vielleicht lebt sein Geist noch.«

»Vor einer Minute hast du uns noch erklärt, das gottverdammte Ding sei eine Gummipuppe«, sagte Amy.

»Ich hab' mich schon öfter mal geirrt«, sagte Richie.

»Und wie erklärst du, daß es mich durch das Glas gebissen hat?« fragte Buzz sarkastisch.

»Ein übersinnlicher Biß«, sagte Richie. »Ein Geisterbiß.«

»Mir ist richtig unheimlich«, sagte Liz und schlug Richie auf die Schulter.

»Ein Geisterbiß?« wiederholte Buzz. »Ist doch Blödsinn.«

Das Ding in der Flasche beobachtete sie mit seinen bewölkten, smaragdgrünen Mondscheinaugen.

Der Name Ellen schien auf dem Schild heller zu leuchten als alle anderen Worte.

Zufall, sagte Amy sich.

Es mußte Zufall sein. Denn wenn es keiner war, wenn

das wirklich Mamas Kind war, wenn Amy tatsächlich von einer übernatürlichen Macht auf diesen Jahrmarkt geführt worden war, dann konnten auch die anderen Vorahnungen wahr sein. Dann würde Liz vielleicht tatsächlich hier sterben. Und das war undenkbar. Also war es nur ein Zufall.

Ellen.

Ein Zufall, verdammt!

Amy war erleichtert, als sie das Freak-o-rama verließen.

Sie fuhren auf dem Shazam und dann noch einmal auf dem Loop-de-Loop, und dann hatten alle plötzlich einen Bärenhunger. Es war ein von Drogen hervorgerufener Hunger, der unstillbare Appetit, unter dem alle ernsthaften Potraucher litten. Sie aßen Hot dogs, Eis und kandierte Äpfel.

Schließlich fanden sie sich vor der Geisterbahn wieder.

Ein großer Mann in einem Frankenstein-Kostüm tollte auf einer niedrigen Plattform herum und bedrohte die Leute, die in die Gondeln der Geisterbahn stiegen. Er schwang die Arme und schnaubte und sprang in einer schrecklichen Imitation von Boris Karloff auf und ab.

»Das ist ein richtiger Schmierenkomödiant«, sagte Richie.

Sie gingen ein paar Schritte weiter zur Plattform des Ausrufers, auf der ein großer, distinguiert wirkender Mann die Passanten anmachte. Er schaute zu ihnen hinab, während er seine Sprüche losließ, und er hatte die blauesten Augen, die Amy je gesehen hatte. Nach ein paar Sekunden merkte sie, daß das riesige Clownsgesicht auf dem Gebäude dem des Ausrufers nachempfunden worden war.

»Ent-setzlich! Ent-setzlich!« brüllte der Ausrufer. »Kobolde, Geister und Ghouls! Spinnen, größer als Menschen! Ungeheuer von anderen Welten und aus den tiefsten Tiefen unserer eigenen! Sind alle Geschöpfe, die in der

Geisterbahn lauern, lediglich Phantasie ... oder ist eins von ihnen echt? Sehen Sie selbst! Erfahren Sie auf eigene Gefahr die Wahrheit! Können Sie die Prüfung, die Spannung, die Furcht bestehen? Sind Sie Manns genug? Meine Damen, sind Ihre Männer stark genug, um Sie in der Geisterbahn zu beschützen ... oder werden Sie sie beschützen müssen? Ent-setzlich!«

»Ich liebe es, mit der Geisterbahn zu fahren, wenn ich richtig high bin«, sagte Liz. »Wenn man so richtig fliegt, wirklich abhebt, ist es ganz toll. All diese blöden Plastikungeheuer springen einen an.«

»Dann fahren wir doch«, sagte Richie.

»Nein, nein«, sagte Liz. »Das müssen wir uns aufsparen, bis wir richtig high sind.«

»Ich bin jetzt richtig high«, sagte Amy.

»Ich auch«, sagte Buzz.

»Ach, das ist doch gar nichts«, sagte Liz. »Ich meine, richtig high.«

»Wenn ich noch höher abhebe«, sagte Richie, »muß man mich in die Klapsmühle bringen.«

»Bestell direkt eine Doppelzelle«, fügte Buzz hinzu.

»Genau das ist es«, sagte Liz aufgeregt. »Man muß richtig high sein, um die Geisterbahn würdigen zu können.«

Ich nicht, mahnte Amy sich. Heute abend kein Dope mehr. Nie mehr Dope.

Sie kauften Karten für die Raupe. Der Mann an den Kontrollsperren war ein Zwerg, und während Liz darauf wartete, daß es endlich losging, zog sie den kleinen Mann auf und riß Witze über seine Größe. Er sah Liz wütend an, und Amy wünschte sich, ihre Freundin würde die Klappe halten. Als die Raupe sich endlich in Bewegung setzte, bekam der Zwerg Gelegenheit, sich zu rächen; er machte wesentlich mehr Tempo als üblich, und der Wagenzug raste im Kreis herum und hob und senkte sich so schnell, daß Amy befürchtete, er würde aus der Spur fliegen. Was eine aufregende Fahrt hätte werden sollen, wurde zu einer Folter, bei der einem der Schweiß ausbrach, die Knöchel weiß hervortraten und der Magen sich zusammenzog. Doch so unglaublich es war – als das automatische Segeltuchverdeck sich über der dahinrasenden Raupe schloß, nutzte Buzz die Dunkelheit aus, um Amy zu betatschen; seine Hände waren wieder auf ihrem gesamten Körper.

Der ganze Abend ist wie diese Raupe, dachte Amy: völlig außer Kontrolle geraten.

Danach fuhren sie wieder auf dem Octopus, und nachdem sie sich erneut fröhlich auf dem Autoskooter angerempelt hatten, kehrten sie in die Sackgasse hinter den Jahrmarkt-Trucks am Rand des Kirmesgeländes zurück, und Liz zündete einen weiteren ihrer eigenwillig gemischten Joints an. Die Dunkelheit hatte sich über den Rummelplatz gesenkt, und die vier konnten sich nicht mehr deutlich sehen, als sie die Zigarette herumreichten. Sie machten Witze darüber, daß ein Fremder aus der Dunkelheit trete und einen Zug nehme, ohne daß einer von ihnen etwas davon mitbekomme, und sie scherzten, sie würden Freaks sehen, die sich unter den sie umgebenden Lastwagen versteckten.

Amy tat nur so, als würde sie rauchen. Sie nahm einen Zug, inhalierte aber nicht. Sie hielt den Rauch einen Moment lang im Mund und blies ihn dann aus.

Selbst in der Dunkelheit, in der sie sich nur an der leuchtenden Zigarettenspitze und dem Geräusch des eingesogenen Atems orientieren konnte, merkte Liz, daß Amy das Gras nicht tief eingeatmet hatte. »Bleib nicht hinter uns zurück, Kleine«, sagte sie scharf. »Sei keine Spielverderberin!«

»Ich weiß nicht, was du meinst«, sagte Amy.

»Ach, hör doch auf. Zieh noch mal an dem Joint. Wenn

ich high bin, mag ich es, wenn meine Gesellschaft in demselben Zustand ist.«

Um Liz nicht gegen sich aufzubringen, zog Amy noch einmal an dem Joint und atmete den Rauch diesmal tief ein. Sie verachtete sich selbst wegen ihres Mangels an Courage.

Aber ich will Liz nicht verlieren, dachte sie. Ich brauche Liz. Wen habe ich sonst noch?

Als sie zum Mittelgang zurückkehrten, stießen sie fast mit einem Albino zusammen. Sein dünnes, flaumiges weißes Haar flatterte in der warmen Junibrise. Er richtete den Blick seiner durchsichtigen Augen auf sie, Augen wie kalter Rauch, und sagte: »Freikarten für Madame Zena. Freikarten, damit man Ihnen Ihre Zukunft wahrsagt. Eine für jede Dame, mit besten Grüßen von der Geschäftsleitung. Sagen Sie all Ihren Freunden, daß Big American der freundliche Jahrmarkt ist.«

Überrascht nahmen Amy und Liz die Karten aus den weißen und wie durchsichtigen Händen entgegen.

Der Albino verschwand in der Menge.

12

Die vier drängten sich in das kleine Zelt der Wahrsagerin. Liz und Amy saßen auf den beiden verfügbaren Stühlen an dem Tisch, auf dem die Kristallkugel mit strahlendem Licht erfüllt war. Richie und Buzz standen hinter den Stühlen.

Amy war nicht der Ansicht, daß Madame Zena wie die Zigeunerin aussah, die sie angeblich war, auch wenn sie bunte Tücher und einen Faltenrock und protzigen

Schmuck trug. Aber die Frau war sehr hübsch und wirkte angemessen geheimnisvoll.

Liz war zuerst an der Reihe. Madame Zena stellte ihr alle möglichen Fragen über sich und ihre Familie, Informationen, die sie brauchte (behauptete sie jedenfalls), um ihre übersinnliche Wahrnehmungsfähigkeit auf sie zu richten. Als sie keine weiteren Fragen mehr hatte, spähte sie in die Kristallkugel; sie beugte sich so nahe an das Ding heran, daß das unheimliche Licht und die Schatten, die es warf, ihre Gesichtszüge ganz anders, falkenartig, wirken ließ.

In vier Glasröhren in den vier Ecken des Zelts flackerten vier Kerzen.

In seinem großen Käfig rechts vom Tisch verlagerte der Rabe sein Gewicht auf der Sitzstange und gurrte tief in der Kehle.

Liz sah Amy an und verdrehte die Augen.

Amy kicherte; ihr war von dem Dope schwindliger denn je.

Madame Zena starrte mit einem theatralischen Stirnrunzeln in die Kristallkugel, als bemühe sie sich, die Schleier zu durchdringen, die die Welt von morgen verbargen. Plötzlich wandelte sich ihr Gesichtsausdruck und verriet echte Verwirrung. Sie blinzelte, schüttelte den Kopf und beugte sich noch näher zu der leuchtenden Kugel auf dem Tisch.

»Was ist los?« fragte Liz.

Madame Zena antwortete nicht. Ihr Gesicht war plötzlich leichenblaß, und es wirkte so echt, daß es Amy kalt über den Rücken lief.

»Nein ...«, sagte Madame Zena.

Liz schien noch immer der Meinung zu sein, daß die Wahrsagerin ihr nur etwas vormachte. Das Mädchen sah offensichtlich nicht den echten Ausdruck des Entsetzens auf Zenas Gesicht, den Amy genau ausmachen konnte.

»Ich kann nicht …«, begann Madame Zena, hielt dann inne und fuhr mit der Zunge über ihre Lippen. »Ich habe noch nie …«

»Was werde ich sein?« fragte Liz. »Reich oder berühmt oder beides?«

Madame Zena schloß kurz die Augen, schüttelte langsam den Kopf und schaute dann wieder in die Kristallkugel. »Mein Gott … ich … ich …«

Wir sollten von hier verschwinden, dachte Amy unbehaglich. Wir sollten hier gehen, bevor diese Frau uns etwas sagt, das wir nicht hören wollen. Wir sollten aufstehen und das Zelt verlassen und um unser Leben laufen.

Madame Zena schaute von der Kristallkugel auf. Alles Blut war aus ihrem Gesicht gewichen.

»Was für eine Schauspielerin!« sagte Richie leise.

»So ein Hokuspokus«, sagte Buzz verdrossen.

Madame Zena ignorierte das Geraune und wandte sich an Liz. »Ich … ich würde Ihnen … lieber nicht wahrsagen … noch nicht … Ich brauche … Zeit. Zeit, um zu interpretieren, was ich gerade im Kristall gesehen habe. Ich sage zuerst Ihrer Freundin die Zukunft, und dann … dann wende ich mich wieder Ihnen zu, wenn Sie nichts dagegen haben.«

»Sicher doch«, sagte Liz, die die Sache für einen Schwindel hielt, eine Methode, den Kunden auf einen Scherz vorzubereiten oder ihm so zuzusetzen, daß sie dann Geld für eine genauere Deutung verlangen konnte. »Lassen Sie sich so viel Zeit, wie Sie brauchen.«

Madame Zena wandte sich an Amy. Die Augen der Wahrsagerin nahmen wieder einen anderen Ausdruck an: jetzt wirkten sie gehetzt.

Amy wollte aufstehen und das Zelt verlassen. Sie nahm eine ähnliche übersinnliche Energie wahr wie die, die ihr bei der Show des Zauberers Marco so sehr zu schaffen gemacht hatte. Ein kaltes, unheimliches Gefühl durchdrang sie, und sie sah stroboskopische Bilder von Gräbern und verfaulten Leichen und grinsenden Skeletten, alptraumhafte Blitze, als würden Filmausschnitte auf eine Leinwand hinter ihren Augen projiziert.

Sie versuchte aufzustehen. Es gelang ihr nicht.

Ihr Herz hämmerte.

Es waren wieder die Drogen. Das war alles. Nur die Drogen. Das Zeug, das Liz unter das Gras gemischt hatte. Amy Harper wünschte sich, sie hätte nichts mehr von dem Stoff geraucht; sie wünschte sich, sie hätte sich Liz widersetzt und geweigert.

»Ich muß Ihnen ein paar Fragen ... über Sie und Ihre Familie stellen«, sagte Madame Zena stockend, ohne den theatralischen Glamour, mit dem sie ihre Show bei Liz abgezogen hatte. »Es ist genau so, wie ich es Ihrer Freundin hier gesagt habe ... Ich brauche die Informationen, um meine übersinnlichen Kräfte zu konzentrieren.« Sie klang, als wolle sie aufspringen und das Zelt genauso schnell verlassen, wie Amy es wollte.

»Machen Sie weiter«, flüsterte Amy. »Ich will es nicht wissen ... aber ich muß es erfahren.«

»He, was geht hier vor?« fragte Richie, der die neuen, bösen Schwingungen erfaßte, die das Zelt nun ausfüllten.

»Psst, Richie!« sagte Liz, die noch immer nichts von der plötzlichen Ernsthaftigkeit im Benehmen der Wahrsagerin mitbekommen hatte. »Verderb ihr nicht die Show!«

»Ihr Name?« sagte Madame Zena, an Amy gewandt.

»Amy Harper.«

»Ihr Alter?«

»Siebzehn.«

»Wo wohnen Sie?«

»Hier in Royal City.«

»Haben Sie Schwestern?«

»Nein.«

»Brüder?«

»Einen.«

»Sein Name?«

»Joey Harper.«

»Sein Alter?«

»Zehn.«

»Lebt Ihre Mutter noch?«

»Ja.«

»Wie alt ist sie?«

»Fünfundvierzig, glaube ich.«

Madame Zena blinzelte und fuhr mit der Zunge über ihre Lippen.

»Welche Haarfarbe hat Ihre Mutter?«

»Dunkelbraun, fast schwarz, genau wie ich.«

»Welche Farbe haben ihre Augen?«

»Sehr dunkel, wie die meinen.«

»Wie ...« Madame Zena räusperte sich.

Der Rabe schlug mit den Schwingen.

Schließlich fuhr Madame Zena fort. »Wie heißt Ihre Mutter?«

»Ellen Harper.«

Der Name schreckte die Wahrsagerin eindeutig auf. Kleine Schweißtropfen erschienen an ihrem Haaransatz.

»Kennen Sie den Mädchennamen Ihrer Mutter?«

»Giavenetto«, sagte Amy.

Madame Zenas Gesicht wurde noch blasser, und sie begann sichtbar zu zittern.

»Verdammt, was ...?« sagte Richie, der von der ungekünstelt wirkenden Furcht der falschen Zigeunerin völlig verwirrt wurde.

»Psst!« sagte Liz.

»Was für eine Scheiße«, sagte Buzz.

Madame Zena zögerte offensichtlich, in die Kristallkugel zu schauen, zwang sich dann aber doch dazu. Sie kniff die Augen zusammen, schnappte nach Luft und schrie auf. Sie stieß den Stuhl vom Tisch zurück und erhob sich. Dann fegte sie die Kristallkugel vom Tisch; das Gebilde knallte auf den Erdboden, zerbrach jedoch nicht. »Sie müssen hier weg«, sagte sie eindringlich. »Sie müssen gehen. Verlassen Sie den Jahrmarkt. Gehen Sie nach Hause, sperren Sie die Türen zu, und bleiben Sie dort, bis der Jahrmarkt weiterzieht.«

Liz und Amy standen auf, und Liz fragte: »Was soll dieses Geschwafel? Man hat uns Freikarten geschenkt, und Sie sollen uns die Zukunft vorhersagen. Sie haben uns noch nicht verraten, wie wir reich und berühmt werden.«

Madame Zena starrte sie von der anderen Seite des Tisches aus mit großen, verängstigten Augen an. »Hören Sie mir zu. Ich bin eine Schwindlerin. Eine falsche Zigeunerin. Ich habe gar keine übersinnlichen Fähigkeiten. Ich lege nur die Kunden herein. Ich habe noch nie in die Zukunft gesehen. Ich sehe in dieser Kristallkugel nur das Licht der Glühbirne im Holzsockel. Aber heute abend … vor einer Minute … mein Gott, da habe ich wirklich etwas gesehen. Ich verstehe es nicht. Und ich will es auch nicht verstehen. Mein Gott, Gott im Himmel, wer will schon die Zukunft sehen können? Das wäre kein Geschenk, sondern ein Fluch. Aber ich habe sie gesehen. Sie müssen den Jahrmarkt verlassen, sofort. Lassen Sie sich nicht aufhalten. Schauen Sie nicht zurück.«

Die beiden Pärchen starrten sie an, erstaunt von ihrem Ausbruch.

Madame Zena schwankte, und ihre Beine schienen sich in Pudding zu verwandeln. Sie sackte wieder auf ihren Stuhl. »Gehen Sie, verdammt! Verschwinden Sie von hier, bevor es zu spät ist! Geht, ihr verdammten Narren! Schnell!«

Als sie auf dem Mittelgang in einem Teich blitzender Lichter standen, die Leute an ihnen vorbeiströmten und Wellen von Dampforgelmusik über ihnen zusammenbrachen, schauten die vier sich an und warteten darauf, daß jemand etwas sagte.

Richie ergriff als erster das Wort. »Was hat das alles zu bedeuten?«

»Sie ist verrückt«, meinte Buzz.

»Der Ansicht bin ich nicht«, sagte Amy.

»Eine richtige Spinnerin«, beharrte Buzz.

»He, kapiert ihr nicht, was da gelaufen ist, Jungs?« fragte Liz. Sie lachte glücklich und klatschte vor Freude in die Hände.

»Wenn du eine Erklärung hast, raus damit«, sagte Amy, die wegen des Blicks, der sich auf Madame Zenas Gesicht gelegt hatte, als sie in die Kristallkugel schaute, noch immer bis ins Mark fror.

»Das ist nur 'ne Masche«, meinte Liz. »Die Sicherheitsleute des Jahrmarkts haben gesehen, daß wir Dope rauchen. Sie wollen so was nicht auf ihrem Platz haben, aber auch nicht die Bullen rufen. Schausteller haben mit Cops nicht viel am Hut. Also haben sie dafür gesorgt, daß der Albino uns Freikarten für Zena gibt, damit sie uns Angst einjagt und so verscheucht.«

»Ja!« sagte Buzz. »Verdammter Mist. Ja, das ist es.«

»Ich weiß nicht«, sagte Richie. »Für mich hört sich das nicht besonders logisch an. Ich meine, warum lassen sie uns nicht einfach von ihren Schlägern rauswerfen?«

»Weil wir zu viele sind, du Dummerchen«, sagte Liz. »Sie müßten mindestens drei Leute auf uns hetzen, und eine so große Szene wollen sie verhindern.«

»Könnte sie es denn nicht ernst gemeint haben?« fragte Amy.

»Madame Zena?« Liz verdrehte die Augen. »Willst du

damit andeuten, du glaubst, sie habe wirklich was in ihrer Kristallkugel gesehen? So eine Scheiße!«

Sie stritten noch eine Weile darüber, und schließlich schlossen sich alle Liz' Erklärung an. Sie kam ihnen von Minute zu Minute plausibler vor.

Aber Amy fragte sich, ob ihnen diese Mutmaßung auch so zwingend vorgekommen wäre, wenn ihnen das Dope nicht bis zu den Ohren stände. Sie dachte an den großartigen Marco; an Liz' Gesicht auf der Frau im Sarg; an Buzz, der sich an dem Gefäß, das das Monster enthielt, den Finger geschnitten hatte. Aber eigentlich wollte sie gar nicht darüber nachdenken; es war zu unheimlich. Auch wenn Liz' Erklärung weit hergeholt klang, war sie zumindest angenehm harmlos, und am Ende akzeptierte Amy sie frohen Herzens.

»Ich muß pinkeln«, sagte Liz. »Dann werde ich mir ein Eis reinziehen und auf der Geisterbahn fahren. Anschließend können wir nach Hause gehen.« Sie kitzelte Richie unter dem Kinn. »Wenn wir nach Hause kommen, nehm' ich dich auf ein Karussell mit, das besser ist als alles, was sie hier haben.« Dann wandte sie sich wieder an Amy. »Komm mit mir auf die Toilette.«

»Ich muß eigentlich gar nicht«, sagte Amy.

Liz nahm ihre Hand. »Komm schon. Leiste mir Gesellschaft. Außerdem müssen wir was besprechen, Kleine.«

»Wir treffen uns dann an der Eiscremebude da drüben«, sagte Richie und deutete auf einen Stand hinter dem Karussell.

»Wir sind sofort wieder zurück«, versicherte Liz ihm. Sie zog Amy durch die Menschenmenge zum Rand des Mittelgangs.

Conrad lauerte im Schatten neben Zenas Zelt, als die vier Teenager heraustraten und in der Pfütze des aufblitzenden roten und gelben Lichts stehenblieben, die das benachbarte Round-up warf. Er hörte, daß das blonde Mädchen sagte, es wolle auf die Toilette gehen, ein Eis essen und dann mit der Geisterbahn fahren. Als die Gruppe sich trennte und davonzog, schlüpfte Conrad in Zenas Zelt. Hinter sich zog er eine Segeltuchklappe hinunter, die den gesamten Eingang bedeckte und auf der zu lesen stand: GESCHLOSSEN / BIN IN ZEHN MINUTEN ZURÜCK.

Zena saß auf ihrem Stuhl. Selbst im flackernden Licht der Kerzen konnte Conrad sehen, daß sie kreidebleich war.

»Nun?« fragte er.

»Wieder eine Sackgasse«, sagte Zena nervös.

»Die eine ähnelt Ellen stärker als alle anderen, die ich zu dir geschickt habe.«

»Nur ein Zufall«, sagte Zena.

»Wie heißt sie?«

»Amy Harper.«

Diese vier Silben elektrisierten Conrad geradezu. Ihm fiel der kleine Junge ein, dem er an diesem Nachmittag zwei Freikarten gegeben hatte. Der Name dieses Kindes lautete Joey Harper, und er hatte gesagt, seine Schwester hieße Amy. Auch der Junge hatte Ellen ähnlich gesehen.

»Was hast du über sie herausgefunden?« fragte er Zena.

»Nicht viel.«

»Sag's mir.«

»Sie ist nicht die, die du suchst.«

»Sag's mir trotzdem. Brüder? Schwestern?«

Zena zögerte. »Ein Bruder«, sagte sie dann.

»Wie heißt er?«

»Was spielt das für eine Rolle? Sie ist nicht die, die du suchst.«

»Ich bin nur neugierig«, sagte Conrad ruhig. Er spürte,

daß sie die Wahrheit vor ihm verbarg, wollte aber nicht so recht glauben, daß er nach all diesen Jahren sein Opfer gefunden hatte. »Wie heißt ihr Bruder?«

»Joey.«

»Und ihre Mutter?«

»Nancy«, sagte Zena.

Conrad wußte, daß sie log. Er musterte sie eindringlich. »Bist du sicher, daß sie nicht Leona heißt?«

Zena kniff die Augen zusammen. »Was? Wieso Leona?«

»Weil ich heute nachmittag zufällig einen kurzen, freundlichen Plausch mit Joey Harper gehalten habe, als er uns zusah, wie wir die Geisterbahn aufbauten, und er hat mir gesagt, seine Mutter hieße Leona.«

Zena starrte ihn erstaunt und verblüfft an.

Conrad ging um den Tisch und legte eine Hand auf ihre Schulter.

Sie schaute zu ihm hoch.

»Weißt du, was ich glaube?« sagte er. »Ich glaube, der Junge hat mich belogen. Ich glaube, er hat irgendwie Gefahr gespürt und mich belogen, was den Namen und das Alter seiner Mutter angeht. Und jetzt belügst du mich.«

»Conrad … laß sie gehen.«

Ihre Worte waren das Eingeständnis, daß er Ellens Kinder gefunden hatte, und eine erschütternde, explosive freudige Erregung durchflutete ihn.

»Ich habe etwas in der Kristallkugel gesehen«, sagte sie mit einer Stimme, die Angst und Ehrfurcht enthielt. »Sie besteht nicht mal aus echtem Kristall. Es ist nur ein billiges Stück Dreck. Sie hat nichts Magisches an sich. Doch heute abend … als diese Mädchen hier waren … habe ich Bilder in der Kugel gesehen. Es war schrecklich, entsetzlich. Ich sah, wie die Blondine schrie, wie sie die Hände vor das Gesicht riß, als versuchte sie, etwas Fürchterliches abzuwehren, das nach ihr griff. Und ich sah die andere ... Amy ... in zerrissener, blutverschmierter Kleidung.« Sie erzitterte heftig. »Und ich glaube ... auch die Jungen ... im Hintergrund der Vision ... die Jungs, die bei den Mädchen waren ... ganz blutig.«

»Es war ein Zeichen«, sagte Conrad. »Ich hab' dir doch gesagt, man schickt mir Zeichen. Das ist auch eins. Es sagt mir, nicht zu warten. Es sagt mir, Amy noch heute abend zu holen, auch wenn ich mich dann um die anderen kümmern muß.«

Zena schüttelte den Kopf. »Nein. Nein, Conrad, ich kann das nicht zulassen. Du darfst deine Rache nicht bekommen. Das ist doch verrückt. Du kannst nicht einfach losziehen und diese vier jungen Leute töten.«

»Oh, ich werde sie wahrscheinlich gar nicht mit eigenen Händen töten«, sagte er.

»Was meinst du?«

»Gunther wird sich um sie kümmern.«

»Gunther? Er würde keinem was tun.

»Unser Sohn hat sich verändert«, sagte Conrad. »Ich weiß als einziger, wie sehr er sich verändert hat. Er ist endlich erwachsen geworden. Jetzt braucht er Frauen, und er nimmt sich, was er braucht. Er vögelt sie nicht nur. Er läßt eine ziemliche Schweinerei zurück. Ich habe ihn in den letzten paar Jahren gedeckt. Und jetzt wird er es mir vergelten. Er wird mir die Rache geben, von der ich so lange geträumt habe.«

»Was meinst du damit, wenn du sagst, daß er sich Frauen nimmt?«

»Er benutzt sie und zerreißt sie dann«, sagte Conrad. Er wußte, daß sie sich moralisch für die Taten ihres mißgebildeten Kindes verantwortlich fühlen würde, und lächelte, als er den Schmerz über ihr Gesicht huschen sah.

»Wie viele?« fragte sie.

»Ich zähle schon längst nicht mehr mit. Ein paar Dutzend.«

»Mein Gott«, sagte Zena zutiefst erschüttert. »Was habe ich getan? Was habe ich in die Welt gesetzt?«

»Den Antichrist«, sagte Conrad.

»Nein«, sagte sie. »Du bist nicht mehr bei Verstand. Du leidest unter Größenwahn. Unser Kind ist nichts Besonderes, nicht der Antichrist. Es ist ganz einfach ein bösartiges, tollwütiges Tier. Ich hätte so vernünftig wie Ellen sein sollen. Ich hätte es töten sollen, wie sie Victor getötet hat. Und jetzt ... trage ich die Verantwortung für jeden, der gestorben ist und noch sterben wird, bevor es zu Ende ist.«

Conrad stand über ihr. Er bückte sich und legte die Hände um ihre Kehle. »Ich kann nicht zulassen, daß du alles verdirbst«, sagte er.

Zena wehrte sich. Aber ihr Lebenswille war nicht stark genug, während Conrad sie unbedingt töten wollte. Er hatte niemals solche Macht und Entschlossenheit wie die gekannt, die ihn nun durchströmte. Er fühlte sich davon aufgeladen, schien vor dämonischer Energie zu knistern. Zena schlug und trat um sich und zerkratzte sein Gesicht, starb aber viel leichter, als er erwartet hatte. Er zerrte ihre Leiche in die dunkelste Ecke des Zelts; später würde er sich eine Möglichkeit einfallen lassen, sie endgültig zu beseitigen.

Der Rabe krächzte hysterisch.

Da Conrad befürchtete, daß der Vogel jemanden ins Zelt locken würde, bevor er die Leiche loswerden konnte, öffnete er den Käfig, griff hinein, packte den Raben und brach ihm das Genick.

Er verließ Zenas Zelt und eilte zur Geisterbahn zurück. Amy Harper und ihre Freunde würden bald dort eintreffen, und er wollte auf ihre Ankunft vorbereitet sein.

An diesem Abend hatte Joey eine Glückssträhne. An einem Stand, wo man mit Pfeilen auf Ballons warf, gewann er einen kleinen Teddybär. Später gewann er eine Freifahrt auf dem Karussell, als es ihm beim ersten Versuch gelang, einen Messingring zu ergreifen.

Er war auf dem Karussell und ritt auf einem schwarzen Hengst wie den aus dem gleichnamigen Film, als er plötzlich Amy sah. Er hatte die Möglichkeit, daß ihr Freund sie auf den Jahrmarkt ausführte, gar nicht in Betracht gezogen, aber da war sie, in dunkelgrünen Shorts und einem hellgrünen T-Shirt. Aber an ihrer Seite war nicht Buzz, sondern Liz: Die beiden Mädchen schlenderten zum Rand des Mittelgangs. Joey verlor sie aus den Augen, weil das Karussell sich drehte, und als er wieder auf derselben Seite war, waren sie in der Menschenmenge verschwunden.

Als er ein paar Minuten später vom Karussell stieg, machte er sich auf die Suche nach seiner Schwester. Er wußte, sie würde sich darüber freuen, daß er Mama hereingelegt hatte. Sie würde ihn für seinen Mut und seine Cleverneß loben. Er legte auf Amys Anerkennung mehr Wert als auf alles andere und konnte kaum erwarten, was sie sagen würde, wenn sie ihn hier ganz allein auf dem Jahrmarkt sah.

13

Die Toilette war hell erleuchtet. Sie roch nach feuchtem Zement, Schimmel und abgestandenem Urin. Die Waschbecken waren von Myriaden Tropfen mineralreichen Wassers befleckt.

Nachdem Amy und Liz sich die Hände gewaschen hatten, beugten sie sich zu den Spiegeln vor und brachten ihr Make-up in Ordnung, bis zwei ältere Frauen den Raum verließen und sie endlich allein waren.

»Bist du high?« fragte Liz.

»Ja.«

»Ich auch. Bis oben hin. Ich bin richtig drauf, soviel steht fest. Bist du nur high, oder bist du auch richtig drauf?«

»Mir kommt das Zeug aus den Ohren wieder raus«, sagte Amy, blinzelte in den Spiegel und legte mit zitternder Hand Lippenstift auf.

»Gut«, sagte Liz. »Das find' ich prima. Vielleicht wirst du jetzt etwas lockerer.«

»Ich bin ganz locker«, sagte Amy.

»Toll«, erwiderte Liz. »Dann muß ich dich ja nicht dazu überreden.«

»Wozu überreden?«

»'ne Orgie«, sagte Liz.

Amy sah sie fragend an, und Liz grinste wie eine Betrunkene.

»Eine Orgie?« sagte Amy.

»Den beiden Schnuckelchen da draußen hab' ich die Idee schon schmackhaft gemacht«, sagte Liz.

»Buzz und Richie?«

»Die sind beide scharf drauf.«

»Du meinst ... wir vier in einem Bett?«

»Klar«, sagte Liz, steckte ihren Lippenstift weg und ließ die Handtasche zuschnappen. »Das wird echt gut!«

»Ach, Liz, ich weiß nicht. Ich will nicht ...«

»Laß dich mal gehen, Kleine.«

»Ich hab' das College und ...«

»Und du hast die Pille. Du wirst dir nicht noch mal 'nen Braten in die Röhre schieben lassen. Sei doch nicht so verdammt prüde. Fließe mit dem Strom, Kleine. Sei, was du bist. Hör auf, so zu tun, als wärest du die keusche Nonne.«

»Ich könnte nie …«

»Natürlich kannst du«, sagte Liz. »Und du wirst. Du bist genau wie ich. Sieh den Tatsachen ins Auge und gönn dir etwas Spaß.«

Amy legte die Hand auf das Waschbecken, um sich zu stützen. Es war nicht nur das Dope, das ihr zu schaffen machte. Ihr war auch ganz schwindlig von der Vorstellung, sich einfach gehenzulassen, wie Liz zu leben, die Zukunft zu vergessen, nur den Augenblick zu genießen, ohne jemals Schuld oder Reue zu verspüren. Es mußte schön sein, so zu leben. So locker und frei.

Liz trat näher an ihre Freundin heran. »Wir fahren zu mir. Sobald wir den Jahrmarkt verlassen. Wir vier. Meine Eltern haben ein riesiges Ehebett. Stell dir das mal vor, Kleine. Du kannst beide Jungs gleichzeitig haben. Die können es kaum noch abwarten, dir ihr Ding reinzustecken. Das wird 'ne heiße Nummer, sag' ich dir. Du wirst dich riesig amüsieren. Ich weiß es, denn ich werde mich ebenfalls riesig amüsieren.«

Liz' melodische fröhliche Stimme drohte alle Widerstände und Einwände in Amy hinwegzuschwemmen. Amy lehnte sich gegen das Becken, schloß die Augen und spürte, wie diese warme, verführerische Stimme sie hinabzog, an einen Ort, von dem sie nicht genau wußte, ob sie sich überhaupt dorthin begeben wollte.

Dann fühlte Amy eine Hand auf ihrem Busen. Verblüfft öffnete sie die Augen.

Liz streichelte sie und lächelte versonnen.

Amy wollte die lüstern tastende Hand ihrer Freundin wegstoßen, fand aber nicht die Kraft, Liz auch nur diesen geringen Widerstand entgegenzubringen.

»Ich hab' mich schon immer gefragt, wie es sein würde, du und ich, nur wir beide«, sagte Liz.

»Du bist völlig hinüber«, sagte Amy. »Du bist so high, daß du nicht weißt, was du sagst.«

»Ich weiß genau, was ich sage, Kleine. Ich habe es mich immer gefragt … und heute abend kann ich es herausfinden. Das werden wir nie vergessen, Kleine.« Sie beugte sich zu Amy hinüber und küßte sie leicht auf den Mund, wobei ihre Zunge so schnell wie die einer Schlange vorschnellte. Einen Augenblick später verließ sie die Toilette und wackelte dabei übertrieben mit dem Hintern.

Amy kam sich schmutzig vor, empfand aber auch ein Vergnügen, eine Erregung, die jeden Zentimeter ihres Körpers durchdrang.

Sie schaute wieder in den Spiegel, blinzelte, weil das helle Neonlicht in ihren trüben Augen brannte. Ihr Gesicht sah ganz weich aus, als würde es gleich von den Knochen schmelzen. Sie starrte in ihre Augen und suchte erneut nach der Verderbtheit, die andere in ihrem Blick lesen konnten. Ihr ganzes Leben lang hatte Mama ihr eingebleut, in ihr stecke etwas Böses, das unter allen Umständen unterdrückt werden müsse. Nachdem sie jahrelang diese haßerfüllten Worte gehört hatte, konnte sie sich selbst nicht besonders gut leiden. Ihre Selbstachtung war soweit beschnitten worden, daß nur noch ein zerbrechlicher Stock übriggeblieben war; Mama hatte das Schnitzmesser geschwungen. Nun glaubte Amy, endlich einen Hinweis auf das Böse erkennen zu können, das Mama und Liz in ihr zu finden glaubten. Es war ein seltsamer Schatten, eine sich windende Dunkelheit tief in ihren Augen.

Nein! dachte sie verzweifelt, verängstigt von der Schnelligkeit, mit der ihre Entschlossenheit sich auflöste. Ich bin nicht so ein Mensch. Ich habe Pläne, Ehrgeiz, Träume. Ich will wunderschöne Bilder malen und die Leute glücklich machen.

Aber sie konnte sich lebhaft an die Erregung erinnern,

die sie wie ein Stromschlag durchzuckt hatte, als Liz' Zunge über ihre Lippen geglitten war.

Sie dachte daran, mit Richie und Buzz im Bett zu liegen, und die beiden nahmen sie gleichzeitig, und plötzlich war es ihr nicht mehr unmöglich, sich vorzustellen, bei einer Orgie mitzumachen.

Als sie in dem grellen Licht des Toilettenhäuschens stand, wo der Gestank des Schimmels und Urins und der verrottenden Hoffnung heftiges Unbehagen in ihr auslösten, kam Amy sich vor, als warte sie im Vorhof der Hölle.

Schließlich ging sie zur Tür und öffnete sie.

Liz wartete draußen in der Nacht. Sie lächelte Amy an und reichte ihr die Hand.

Conrad schickte Ghost zur Imbißbude, wo an diesem Abend mehr Betrieb herrschte als in der Geisterbahn. Nachdem der Albino gegangen war, schloß Conrad das Kassenhäuschen und schickte Elton zur Clownbude, die das dritte Standbein von Strakers Jahrmarktreich bildete.

Elton warf ihm einen seltsamen Blick zu. Trotz allem hatte die Geisterbahn viel zuviel Publikum, als daß man sie einfach schließen konnte. Aber im Gegensatz zu Ghost stellte Elton niemals Fragen; er tat einfach, was man ihm auftrug.

Während die Kunden, die sich noch in der Geisterbahn befanden, durch die Schwingtüren hinausfuhren und aus ihren Gondeln stiegen, schaltete Conrad den Strom der Gleise ab. Er schaltete aber nicht die Lampen oder die Musik aus; ganz im Gegenteil, er drehte die Lautstärke der Musik und die Stimme des lachenden Clowns höher.

Gunther beobachtete Conrad verwirrt. Aber als der ihm die Lage erklärte, verstand Gunther sofort und stapfte in die Geisterbahn, um dort zu warten.

Conrad baute sich neben dem geschlossenen Kassenhäuschen auf. Er schickte die Kunden weg, die fragten, ob sie hier Eintrittskarten erstehen konnten. Für den Rest des Abends war die Geisterbahn nur für vier ganz besondere Kunden geöffnet.

Nachdem sie Vanilleeis mit Schokoladen- und Nußüberzug gegessen hatten, schlurften Liz, Amy, Richie und Buzz zur Geisterbahn.

Der Ausrufer, der Mann mit den strahlend blauen Augen, der zuvor auf der Plattform gestanden hatte, forderte die Passanten nicht mehr auf, mit der Geisterbahn zu fahren. Er stand neben dem Kassenhaus, das geschlossen zu sein schien.

»O nein«, sagte Liz enttäuscht. »Mister, Sie machen doch nicht schon Feierabend?«

»Nein«, sagte der Ausrufer. »Wir hatten nur ein kleines technisches Problem.«

»Und wann wird das beseitigt sein?« fragte Liz.

»Es ist bereits beseitigt«, antwortete der Ausrufer. »Aber ich muß warten, bis der Boß zurück ist, bevor ich wieder aufmachen kann.«

»Wie lange wird das dauern?« fragte Richie.

Der Ausrufer zuckte mit den Achseln. »Schwer zu sagen. Drücken wir es mal so aus ... der Boß trinkt gern einen. Und wenn er einen zuviel getrunken hat, während wir die Motoren repariert haben, kommt er heute vielleicht überhaupt nicht mehr zurück.«

»Verdammte Scheiße«, sagte Liz. »Wir haben uns die Geisterbahn extra bis zum Schluß aufgespart, weil das mein liebstes Karussell ist.«

Der Ausrufer schaute Amy an, und ihr gefiel nicht, was sie in seinen Augen sah. Sein Blick war so eindringlich und hungrig, irgendwie bedrohlich. Ich hätte einen BH anziehen sollen, dachte Amy. Ich hätte nicht versuchen sollen, wie Liz auszusehen. Ich hätte nicht in kurzen Shorts und einem fadenscheinigen T-Shirt ausgehen sollen. Ich preise mich nur selbst an. Kein Wunder, daß er mich so anstarrt.

»Na ja«, sagte der Ausrufer und ließ den Blick seiner gasflammenblauen Augen über sie gleiten, »ich sage euch was. Ihr kommt mir nicht wie normale Kunden vor. Ihr seht so aus, als wäret ihr aus dem richtigen Holz geschnitzt.«

»Darauf können Sie Ihren Arsch wetten«, erwiderte Liz.

»Was auch immer das heißen soll«, sagte Buzz.

»Das ist ein Schausteller-Ausdruck«, erklärte der Ausrufer ihnen. »Und er bedeutet genau das, was er bedeutet.«

Liz lachte. »Dann ist ja alles klar.«

Der Ausrufer grinste und blinzelte ihr zu.

»Sie sind ein ziemlich scharfer Hecht«, sagte Liz.

»Danke. Und Sie sind eine ziemlich scharfe Lady. Aber ich knüpfe Ihnen trotzdem Geld ab.«

Richie und Buzz gruben in ihren Taschen nach Geld.

Der Ausrufer musterte Amy. Wieder dieser Hunger in seinen Augen.

Amy verschränkte die Arme vor den Brüsten, damit er durch den Stoff des hellgrünen T-Shirts, das sie trug, ihre Brustwarzen nicht sehen konnte.

Joey hatte gerade aufgegeben, Amy in der Menschenmenge zu suchen, die sich über den Mittelgang wälzte, als er sie entdeckte. Sie war mit Liz, Buzz und einem anderen Jungen zusammen. Der Schausteller, der Joey die Freikarten geschenkt hatte, half ihnen gerade am Tor der Geisterbahn in eine Gondel.

Joey zögerte, als ihm einfiel, wie unheimlich der Schausteller sich an diesem Nachmittag benommen hatte. Aber er wollte Amy unbedingt sagen, daß er Mama hereingelegt hatte, schüttelte seine Bedenken ab und lief zur Geisterbahn.

Die Gondel war ein Viersitzer: zwei vorn, zwei hinten. Liz und Richie nahmen die vorderen Sitze, Amy und Buzz die hinteren.

Sie fuhren mit einem Ruck los, der Liz erst aufschreien und dann lachen ließ. Die falschen Schloßtore öffneten sich, verschluckten sie und schlossen sich hinter ihnen.

Zuerst bewegte die Gondel sich schnell in die pechschwarze Dunkelheit, aber dann wurde sie langsamer. Eine Lampe leuchtete links vom Gleis und darüber auf, und ein grinsender, grauhaariger Pirat lachte und stieß mit einem Schwert in ihre Richtung. Liz schrie auf, und Buzz nutzte die Gelegenheit, den Arm um Amy zu legen.

Rechts von ihnen, direkt hinter dem Piraten, hockte ein sehr realistisch aussehender Werwolf auf einem Vorsprung und wurde plötzlich von einem Mond erhellt, der hinter ihm aufleuchtete. Seine Augen funkelten rot; an seinen riesigen Zähnen klebte Blut; und seine Klauen, mit denen er nach der Gondel schlug, schimmerten wie Splitter eines Spiegels.

»Oh, beschütze mich, Richie!« rief Liz mit gespieltem Entsetzen. »Beschütze meinen jungfräulichen Körper vor diesem schrecklichen Ungeheuer!« Sie lachte über ihre eigene schauspielerische Leistung.

Der Waggon wurde noch langsamer, und sie gelangten im Schneckentempo zu einem Schaubild, in dem ein Axtmörder über seinem Opfer stand. Das Beil steckte tief im Schädel des Toten und spaltete seine Stirn.

Jetzt kam die Gondel vollständig zum Stehen.

»Was ist los?« fragte Liz.

»Das Ding muß wieder kaputtgegangen sein«, sagte Richie.

Sie saßen in undurchdringlicher Dunkelheit. Nur das Axtmörder-Schaubild an ihrer Seite spendete etwas Licht – einen unheimlichen grünlichen Schimmer.

»He!« rief Liz in die Dunkelheit und die Wellen der unheimlichen Musik, die über ihnen zusammenbrach. »He, bringt die Show auf die Reihe!«

»Ja!« rief Buzz. »He, Sie da draußen!«

Eine oder zwei Minuten lang versuchten sie, die Aufmerksamkeit des Ausrufers zu erlangen, der hinter den geschlossenen Toren der Geisterbahn stand, keine zehn oder zwölf Meter von ihnen entfernt. Aber niemand antwortete ihnen, und schließlich gaben sie auf.

»Scheiße«, sagte Liz.

»Was sollen wir jetzt tun?« fragte Amy.

»Sitzenbleiben«, sagte Richie. »Irgendwann wird's schon weitergehen.«

»Vielleicht sollten wir aussteigen und zur Tür zurückgehen«, schlug Buzz vor.

»Auf keinen Fall«, erwiderte Richie. »Wenn wir das täten, und dann ginge es weiter, würde unsere Gondel ohne uns weiterfahren. Und wenn dann eine weitere Gondel durch das Tor kommt, wird sie uns über den Haufen fahren.«

»Hoffentlich müssen wir nicht allzulange hier warten«, sagte Amy, der einfiel, wie der Ausrufer sie angestarrt hatte. »Es ist unheimlich.«

»Was für ein Pech«, stöhnte Liz.

»Habt Geduld«, sagte Richie. »Wir fahren gleich weiter.«

»Wenn wir schon hier sitzen müssen«, meinte Liz, »sollten sie wenigstens die verdammte Musik ausschalten. Die ist doch viel zu laut.«

Etwas knackte laut über ihnen.

»Was war das?« fragte Amy.

Sie alle schauten in die Dunkelheit hinauf.

»Nichts«, sagte Buzz. »Nur der Wind draußen.«

»Heute abend geht gar kein Wind«, stellte Amy fest.

Das Knacken erklang erneut. Diesmal wurde es von anderen lauten Geräuschen begleitet; einem Schnarren, einem dumpfen Schlag und einem tierhaften Grunzen.

»Ich glaube, wir sollten ...«, begann Richie.

Etwas blitzte in der Dunkelheit auf und packte ihn an der Kehle. Ein Arm stieß von der niedrigen, unbeleuchteten Decke über der Gondel hinab, ein Arm, der in einer großen, langfingrigen, fellbedeckten Hand endete, die mit mörderisch scharfen Klauen versehen war. Obwohl der Arm sich schnell bewegte, sahen sie ihn alle im grünen Licht des Axtmörder-Schaubilds; aber sie konnten nicht sehen, was in der Dunkelheit über ihnen war, am anderen Ende des Arms. Was immer es sein mochte, die Klauen durchdrangen Richies Kehle, schlugen tief in sein Fleisch; und dann zerrte das Ding ihn von seinem Sitz hoch. Richie trat hektisch um sich, und seine Schuhe trommelten eine oder zwei Sekunden lang auf den Bug der Gondel. Schon war er aus dem Wagen, wurde immer höher und schließlich durch ein Loch gezogen, als würde er nur ein paar Pfund wiegen.

Über ihnen schlug eine Falltür zu.

Der Überfall hatte höchstens drei oder vier Sekunden gedauert.

Einen Augenblick lang war Amy zu fassungslos, um sich zu bewegen oder zu sprechen. Sie starrte in die Dunkelheit über ihnen, in der Richie verschwunden war, und konnte einfach nicht glauben, was sie gesehen hatte. Es mußte ein Trick sein, zur Fahrt durch die Geisterbahn gehören, eine unglaublich clevere Illusion.

Offensichtlich waren auch Liz und Buzz dieser Ansicht, denn auch sie waren erstarrt.

Allmählich jedoch wurde Amy klar, daß Richie tatsächlich verschwunden war und kein Jahrmarkt auf der Welt das Risiko eingehen würde, einen Kunden mit einem so gefährlichen Trick zu verletzen.

»Blut«, sagte Liz.

Dieses Wort brach den Bann.

Amy und Buzz sahen sie an.

Liz hatte sich halb auf dem Vordersitz umgedreht. Sie hielt die Arme hoch. Sie waren mit einer nassen, dunklen Substanz bespritzt. Selbst im schwachen grünen Licht konnte man erkennen, daß Liz mit Blut beschmiert war.

Mit Richies Blut.

Amy schrie.

14

Nachdem Conrad die Stromversorgung der Gleise abgeschaltet und den Waggon der Teenager zum Stehen gebracht hatte, stieg er von der Einstiegsrampe zum Mittelgang hinab. Er hatte vor, um die Geisterbahn zu gehen, sie durch die hintere Kellertür zu betreten, diese hinter sich abzuschließen und Gunther zu suchen. Er wollte, daß sein Sohn drei dieser jungen Leute tötete, nicht aber Amy Harper. Amy sollte mehrere Tage lang leiden, bevor sie starb; und sie sollte vergewaltigt werden, vielleicht sogar von ihm selbst, nicht nur von Gunther. So wollte Conrad es haben, so hatte er es sich seit fünfundzwanzig Jahren erträumt. Er hatte Gunther aufgetragen, vorsichtig zu sein, war aber nicht sicher, daß sein Sohn sich beherrschen konnte, sobald er das erste Blut vergossen hatte. Gunther mußte zur Ordnung gerufen werden; in der nächsten kritischen Stunde brauchte er Anleitung.

Als Conrad sich anschickte, den Weg zwischen der Geisterbahn und dem Freak-o-rama einzuschlagen, sah er den Jungen: Amys kleiner Bruder stand drüben bei den Schloßtoren, durch die die Gondeln die Geisterbahn verließen.

Er muß gesehen haben, wie seine Schwester hineinging, dachte Conrad. Er wartet auf sie. Was wird er tun, wenn sie nicht herauskommt? Hilfe suchen? Den Sicherheitsdienst alarmieren?

Der Junge sah zu ihm hinüber.

Conrad lächelte und winkte.

Er mußte wegen des verdammten Jungen etwas unternehmen, und zwar schnell.

Buzz kletterte auf den Vorsprung, wo das Axtmörder-Schaubild in grünes Licht getaucht war, und zog das Beil aus dem Schädel der Puppe, die verkrümmt zu Füßen der künstlichen Mördergestalt lag. Mit der Axt in der Hand sprang Buzz auf das Gondelgleis hinab, auf dem Amy und Liz sich zusammendrängten und auf ihn warteten.

»Die Axt ist echt«, sagte er. »Nicht sehr scharf, aber sie wird uns vielleicht ganz nützlich sein.«

»Ich verstehe das einfach nicht«, sagte Liz mit zittriger Stimme. »Was geht hier vor? Verdammte Scheiße, was hat das alles zu bedeuten?«

»Ich weiß es nicht genau«, sagte Buzz. »Ich kann es nur vermuten. Aber du hast gesehen, daß diese Hand …«

»Es war keine Hand«, sagte Liz.

»Klaue, Tatze, wie auch immer du sie nennen willst«, fuhr Buzz fort. »Auf jeden Fall sah sie genauso aus wie die

Hände dieses Dings in dem Krug, dieses toten Freaks, den wir im Freak-o-rama in Formaldehyd eingelegt gesehen haben. Nur war diese Hand viel größer.«

Amy mußte sich anstrengen, einen Ton über die Lippen zu bringen. Es überraschte sie, daß sie überhaupt sprechen konnte. »Du meinst ... wir sind hier drinnen mit einem Freak gefangen, der Menschen umbringt?«

»Ja«, sagte Buzz.

»Er hat Richie nicht umgebracht!« widersprach Liz mit versagender Stimme. »Richie ist nicht tot. Er lebt. Er ... ist irgendwo ... und er lebt.«

»Das ist durchaus möglich«, sagte Buzz. »Vielleicht ist das nur eine Entführung oder so. Vielleicht halten sie Richie nur fest, um Lösegeld zu erpressen. Es wäre möglich.«

Er und Amy sahen sich an, und obwohl sie seinen Gesichtsausdruck in dem grünen Licht kaum deuten konnte, wußte Amy, daß Buzz derselben Ansicht war wie sie. Richie konnte einfach nicht mehr leben. Die Chance, daß er sie je wieder anlächeln würde, betrug eins zu einer Million. Richie war tot, endgültig, für immer.

»Wir müssen hier raus und die Bullen rufen«, sagte Liz. »Wir müssen Richie retten.«

»Kommt mit«, sagte Buzz. »Wir gehen zum Eingangstor zurück. Wenn wir es nicht öffnen können, ist die Axt vielleicht scharf genug, daß ich uns den Weg freihacken kann.«

Zwischen dem grünen Schimmer des Schaubilds links von ihnen und den etwa fünfzehn Meter entfernten Eingangstüren gab es nicht das geringste Licht.

Liz schaute den pechschwarzen Tunnel entlang. »Nein«, sagte sie. »Nein, ich kann nicht durch diese Dunkelheit gehen. Was, wenn er dort auf uns wartet?«

»Du hast in deiner Handtasche Streichhölzer«, sagte Amy. »Wir können sie benutzen, um den Weg zu finden.«

»Gute Idee!« sagte Buzz.

Liz stöberte mit zitternden Fingern in ihrer Handtasche und fand zwei Schachteln Streichhölzer, die eine voll, die andere halbleer.

Buzz nahm sie ihr ab. Er machte ein paar Schritte in der Dunkelheit und zündete ein Streichholz an, so daß er wieder zu sehen war. »Gehen wir.«

»Warte«, sagte Liz. »Warte noch einen Augenblick. Vielleicht ...«

»Was ist?« fragte Amy.

Buzz blies die Streichholzflamme aus, damit er sich nicht die Finger verbrannte, und trat in das grüne Licht zurück.

Liz schüttelte heftig den Kopf, als könne sie so die Angst abwerfen. »Ich bin so verdammt fertig. Ich bin wirklich hinüber. Ich kann nicht mehr klar denken. Könnte es nicht sein, daß das in Wirklichkeit gar nicht passiert? Könnte das nicht nur ein schlechter Trip sein? Ich habe die letzten beiden Joints mit PCP versetzt. Ihr wißt ja, von Engelsstaub kann man auf einen schlechten Trip kommen. Auf einen furchtbar schlechten Trip. Vielleicht sind wir gerade auf einem. Vielleicht ist das alles nur ein lausiger Horrortrip.«

»Dann hätten wir aber nicht alle dieselbe Halluzination«, erwiderte Buzz.

»Woher soll ich wissen, ob es euch überhaupt gibt?« fragte Liz. »Vielleicht existiert ihr nur in meiner Einbildung. Vielleicht sitzt der echte Buzz neben Amy hinten in dieser Gondel und hat die halbe Fahrt schon hinter sich. Vielleicht sitze ich auch in diesem Wagen und bin so high, daß ich gar nicht mehr weiß, wo ich bin.«

Amy gab Liz eine sanfte Ohrfeige.

»Hör zu. Hör mir zu, Liz. Das ist kein Horrortrip. Das ist die Wirklichkeit, und ich habe eine höllische Angst.

Also hören wir auf, so einen Unsinn zu reden, und verschwinden von hier.«

Liz blinzelte und fuhr mit der Zunge über ihre Lippen. »Ja. Du hast recht. Es ist nur … ich wünschte, ich wäre nicht so hinüber.«

Buzz zündete ein Streichholz an, und dann noch eins und noch eins, und sie folgten ihm in den dunklen Tunnel zum Eingang der Geisterbahn.

Joey stand mit dem Ausrufer vor der Geisterbahn und versuchte sich zu erinnern, warum ihm dieser Mann am Nachmittag solche Angst eingeflößt hatte. Jetzt war der Schausteller so freundlich, wie man es sich nur vorstellen konnte, und lächelte so nett, daß Joey unwillkürlich ebenfalls lächeln mußte.

»Warst du schon in meiner Geisterbahn, mein Sohn?« fragte der Ausrufer.

»Nein«, sagte Joey. »Aber ich war auf vielen anderen Karussells.«

Trotz der beiden Freikarten hatte er die Geisterbahn gemieden, weil ihm in Conrad Strakers Gegenwart unbehaglich zumute gewesen war.

»Meine Geisterbahn ist die größte Attraktion auf dem Mittelgang«, sagte Conrad. »Warum kommst du nicht mit auf eine Fahrt mit persönlicher Führung? Wie wäre das? Nicht nur eine gewöhnliche Fahrt, wie alle normalen Kunden sie machen, sondern eine mit dem Besitzer. Ich kann dir zeigen, wie die Ungeheuer konstruiert sind, wie sie sich bewegen und knurren und die Zähne fletschen. Ich werde dir Dinge zeigen, die jemand, der aus dem richtigen Holz geschnitzt ist, gern sehen würde.«

»Mann«, sagte Joey, »das würden Sie wirklich tun?«

»Aber sicher«, versicherte der Ausrufer herzlich. »Wie

du bestimmt schon festgestellt hast, habe ich die Geisterbahn für heute abend geschlossen. Wie du siehst, ist das Kassenhaus zu. Ich habe gerade den letzten Wagen hindurchgeschickt, vier nette Teenager.«

»Eine davon war meine Schwester«, sagte Joey.

»Ach, wirklich? Laß mich raten. Eine hat tatsächlich wie du ausgesehen. Das dunkelhaarige Mädchen in den grünen Shorts.«

»Das ist sie«, sagte Joey. »Sie weiß nicht, daß ich heute abend hier bin. Ich wollte hier auf sie warten … und ihr guten Tag sagen. He, vielleicht würde ihr so eine Tour mit Führung auch gefallen. Kann sie mitkommen? Ich wette, Amy würde das wirklich gefallen.«

Die vorderen Tore der Geisterbahn öffneten sich auf hydraulischen Widdern nach innen. Sie waren nicht mit Griffen versehen, an denen man sie fassen und öffnen konnte.

»Wenn ich einen Vorsprung ergreifen könnte«, sagte Buzz, »könnte ich sie vielleicht aufbrechen. Aber sie sind so verdammt dicht geschlossen.«

»Es würde auch nicht helfen, wenn du die Finger in einen Spalt zwängen könntest«, sagte Amy. »Du könntest die Tore sowieso nicht aufziehen. Ich wette, die sind genauso konstruiert wie das automatische Garagentor zu Hause. Solange sie an dem Hydrauliksystem hängen, kann man sie nicht mit der Hand öffnen.«

»Ja«, sagte Buzz. »Du hast recht. Ich hätte daran denken sollen.«

Amy staunte über ihr eigenes Durchhaltevermögen. Sie hatte Angst, und wenn sie daran dachte, was mit Richie passiert war, stellte sich bei ihr ein flaues Gefühl im Magen ein, das zum Teil aus Trauer und zum Teil aus Abscheu bestand. Aber sie würde nicht zusammenbrechen. Trotz des Dopes, das sie geraucht hatte, hatte sie sich in der Gewalt. Sie dachte sogar schneller und klarer als Buzz. Mama hatte ihr immer gesagt, wie schwach sie sei. Jetzt staunte Amy, daß sie sehr wohl Willenskraft hatte. Liz hingegen stand am Rand eines Zusammenbruchs. Unablässig weinte sie vor sich hin. Sie sah mitgenommen aus, Jahre älter als noch vor ein paar Minuten. Sie winselte wie ein verängstigtes Kätzchen.

»Keine Panik«, sagte Buzz. »Ich habe noch die Axt.«

Amy zündete Streichhölzer an, während Buzz das Beil gegen die Türen schwang – sechs, acht, ein Dutzend Schläge.

Schließlich hörte er schwer atmend auf. »Sinnlos. Die verdammte Klinge ist einfach nicht scharf genug.«

»Jemand muß das Hämmern doch gehört haben«, sagte Liz.

»Das bezweifle ich«, erwiderte Amy. »Vergiß nicht, der eigentliche Eingang der Geisterbahn befindet sich mindestens fünf Meter vom Kassenhaus und Mittelgang entfernt, hinter der Rampe, am Ende des Eingangstunnels. Wer da vorbeigeht, wird die Axt wohl kaum hören, nicht bei dieser lauten Musik und dem Gelächter des Clowns.«

»Aber der Ausrufer ist da draußen«, sagte Liz. »Er wird es hören.«

»Um Gottes willen, Liz«, sagte Buzz, »reiß dich doch mal zusammen. Der Ausrufer steht nicht auf unserer Seite. Er steckt offensichtlich hinter dieser Sache. Schließlich hat er uns hier hineingelockt.«

»Damit irgendein Freak uns umbringen kann?« fragte Liz. »Das ergibt doch nicht den geringsten Sinn. Das ist lächerlich. Der Ausrufer kennt uns nicht mal. Warum sollte er aufs Geratewohl ein paar junge Leute aussuchen und sie diesem … diesem Monster vorwerfen?«

»Schaust du dir im Fernsehen nie die Nachrichten an?« fragte Buzz. »Die Dinge müssen keinen Sinn mehr ergeben. Die Welt ist voller Verrückter.«

»Aber warum sollte er so was tun?« fragte Liz.

»Vielleicht, weil es ihn anmacht«, erwiderte Amy.

»Wir werden schreien«, sagte Liz. »Wir werden uns die Lunge aus der Brust schreien.«

»Ja«, sagte Buzz.

»Nein«, sagte Amy. »Das ist auch sinnlos. Die Musik ist lauter als sonst, und das Lachen des Clowns ebenfalls. Niemand wird uns hören – und wenn uns jemand hören sollte, wird er glauben, wir hätten hier drinnen einen Heidenspaß. In einer Geisterbahn sollen die Leute schreien.«

»Was unternehmen wir also?« fragte Liz. »Wir können doch nicht einfach hier drauf warten, daß dieses Monster zurückkehrt. Wir müssen etwas tun, verdammt noch mal!«

»Wir gehen zu diesen mechanischen Monstren und suchen noch so was wie diese Axt, eine Waffe, mit der wir uns verteidigen können«, sagte Buzz.

»Die Axt ist nicht mal scharf«, sagte Liz bockig. »Die kann uns nicht helfen.«

»Sie ist scharf genug, um dieses Ding abzuwehren«, sagte Buzz und nahm das Beil in beide Hände. »Sie mag zu stumpf sein, um Holz zu durchtrennen, aber im Gesicht dieses Arschlochs wird sie einen ganz schönen Schaden anrichten.«

Als die Flamme sich Amys Fingern näherte, ließ sie das Streichholz fallen, das sie hielt. Als es den Boden erreichte, war es abgebrannt. Ein paar Sekunden lang standen sie in einer Dunkelheit, wie Amy sie noch nie erlebt hatte. Die Finsternis schien nicht nur eine Drohung zu enthalten; sie war die Bedrohung. Eine lebende, böse, zielstrebige Dunkelheit schien die drei zu umgeben, sie zu suchen, mit ihren kalten, schwarzen Händen zu berühren.

Liz jammerte leise.

Amy zündete ein weiteres Streichholz an. »Buzz hat recht«, sagte sie im willkommenen Aufflammen des Lichts. »Wir müssen uns bewaffnen. Aber das wird nicht genügen. Selbst eine Schrotflinte würde nicht reichen. Dieser Freak könnte durch die Decke kommen oder so schnell vom Boden hochspringen, daß uns keine Zeit zum Abdrücken mehr bleibt. Nein, wir müssen einen anderen Ausgang finden.«

»Es gibt keinen«, sagte Liz. »Die Ausgangstür wird genau wie die hier sein. Ihr werdet sie nicht öffnen oder einschlagen können. Wir sitzen hier in der Falle.«

»Wahrscheinlich gibt es einen Notausgang«, sagte Amy.

»Genau!« sagte Buzz. »Es muß irgendwo einen Notausgang geben. Und vielleicht auch eine Wartungstür.«

»Am besten, wir bewaffnen uns, so gut wir es können«, sagte Amy, »und suchen dann nach einem Ausgang.«

»Wollt ihr etwa tiefer in die Geisterbahn hinein?« fragte Liz ungläubig. »Habt ihr denn den Verstand verloren? Wenn wir uns da hinein wagen, wird dieses Ding uns umbringen.«

»Es wird uns genauso erwischen, wenn wir hier beim Tor bleiben«, sagte Amy.

»Genau«, sagte Buzz. »Gehen wir!«

»Nein, nein, nein!« schrie Liz und schüttelte energisch den Kopf.

Die Flamme flackerte.

Dunkelheit.

Amy zündete ein weiteres Streichholz an.

Das neue Licht enthüllte, daß Liz vor der versperrten Tür niederkauerte, zur Decke hinaufschaute und wie ein in die Ecke getriebenes Kaninchen zitterte.

Amy nahm das Mädchen am Arm und zog es hoch. »Hör zu, Kleine«, sagte sie sanft, »Buzz und ich werden auf keinen Fall hier herumstehen, bis dieses Ding zurückkommt. Du mußt uns jetzt also begleiten. Denn wenn du allein zurückbleibst, bist du unter Garantie erledigt. Willst du ganz allein hier in der Dunkelheit vermodern?«

Liz legte die Hände auf die Augen und wischte die Tränen weg; Tröpfchen funkelten noch auf ihren Wimpern, und auch die Wangen waren naß. »Na schön«, sagte sie unglücklich. »Ich komme mit. Aber ich gehe ganz bestimmt nicht als erste.«

»Ich gehe voran«, versicherte ihr Buzz.

»Ich gehe auch nicht als letzte«, sagte Liz.

»Ich bilde die Nachhut«, sagte Amy. »In der Mitte bist du sicher, Liz. Und jetzt laß uns gehen.«

Sie stellten sich in einer Reihe auf und machten drei vorsichtige Schritte. Dann blieb Liz stehen. »Mein Gott«, sagte sie, »wie hat sie es wissen können?«

»Wie hat wer was gewußt?« fragte Amy ungeduldig.

»Wie hat diese Wahrsagerin wissen können, daß so etwas passieren würde?«

Sie standen einen Augenblick lang in verblüfftem Schweigen da, und das Streichholz ging aus, und Amy fummelte lange an dem nächsten herum, bis sie es endlich angezündet hatte; plötzlich zitterten ihre Hände. Liz' unbeantwortbare Frage über die Wahrsagerin hatte ein seltsames Gefühl in Amy ausgelöst – eine Gänsehaut auf ihrem Rücken, kein Erschauern der Furcht, sondern das entnervende Zittern eines Déjà-vu-Erlebnisses. Sie hatte den Eindruck, schon einmal in dieser Lage gewesen zu sein – an einem dunklem Ort gefangen, mit genau demselben schrecklichen Freak. Ein paar Sekunden lang war dieses Gefühl so erschütternd stark, so überwältigend, daß sie befürchtete, ohnmächtig zu werden; doch dann ging es vorbei.

»Hat Madame Zena wirklich in die Zukunft gesehen?« fragte Liz. »Das ist doch nicht möglich, oder? Das ist zu verdammt unheimlich. Verdammt noch mal, was geht hier vor?«

»Ich weiß es nicht«, sagte Amy. »Aber darüber müssen wir uns jetzt keine Sorgen machen. Eins nach dem anderen. Wir müssen diesen Notausgang finden und von hier verschwinden.«

Draußen lachte der Clown. Amy, Liz und Buzz drangen tiefer in die Geisterbahn ein.

Nachdem Joey gebeten hatte, die Besichtigung der Geisterbahn zu verschieben, blieb Conrad eine Minute lang hinter dem Jungen stehen, betrachtete die beiden Hälften des Tors, das den Ausgang bildete, und tat so, als würde er darauf warten, daß die Schwester und ihre Freunde aus der Geisterbahn kamen.

»Wieso brauchen sie so lange?« fragte Joey.

»Ach, das ist die längste Fahrt auf der ganzen Kirmes«, sagte Conrad schnell. Er zeigte auf ein Poster, das genau diesen Vorzug der Geisterbahn anpries.

»Das habe ich gesehen«, sagte Joey. »Aber so lange kann es doch nicht dauern.«

»Zwölf volle Minuten.«

»Sie sind schon viel länger da drinnen.«

Conrad schaute auf seine Uhr und runzelte die Stirn.

»Und warum sind keine anderen Waggons herausgekommen?« fragte Joey. »Waren keine Gondeln vor ihnen?«

Conrad trat auf das Gleis der Gondeln auf der Ausgangsrampe und schaute das Gleis entlang. »Die mittlere Antriebskette bewegt sich nicht«, sagte er, Überraschung vortäuschend.

»Was heißt das?« fragte Joey und trat neben ihn.

»Es heißt, daß der verdammte Motor wieder kaputtgegangen ist«, erklärte Conrad. »Das kommt gelegentlich schon mal vor. Deine Schwester und ihre Freunde stecken da drinnen fest. Ich muß reingehen und nachsehen, was mit den Geräten nicht stimmt.« Er wandte sich ab und ging zur Ecke der Geisterbahn. Dann blieb er stehen und schaute zurück, als hätte er Joey völlig vergessen. »Komm mit, mein Sohn. Vielleicht brauche ich deine Hilfe.«

Der Junge zögerte.

»Komm schon«, sagte Conrad. »Wir wollen deine Schwester doch nicht im Dunkeln sitzen lassen.«

Joey folgte ihm zur Rückseite der Geisterbahn.

Conrad öffnete die Tür, die zu dem Raum unterhalb der Hauptebene der Konstruktion führte. Er ging hinein, tastete nach der Lichtschnur und zog daran.

Der Junge folgte ihm. »Mann!« sagte er. »Ich hab' gar nicht gewußt, daß hier so viele Maschinen sind!«

Conrad zog die Tür hinter sich zu und verriegelte sie. Als er sich dann zu Joey umdrehte, grinste er voller Häme. »Du verlogener kleiner Scheißkerl«, sagte er. »Deine Mutter heißt gar nicht Leona.«

Amy, Liz und Buzz befanden sich tief in der Geisterbahn, als über der Fahrspur eine Lichterkette aufleuchtete. Sie waren um mehrere scharfe Kurven gebogen, hatten sich nervös ein paar lange, dunkle Geraden entlanggeschlichen und gingen gerade eine steile Steigung hinauf, vorbei an Wachspuppen, die Ungeheuer aus verschiedenen Science-fiction-Filmen darstellten. Die Lampen vertrieben die Dunkelheit nicht vollständig. Tiefe Schatten lauerten in der Nähe. Aber jedes Licht war willkommen, denn Amy hatte nur noch ein einziges Streichholz übrig.

»Was ist los?« fragte Liz angespannt. Jede Veränderung ihrer Lage machte ihr angst, auch wenn diese Veränderung Licht statt Dunkelheit bedeutete.

»Keine Ahnung«, sagte Amy unbehaglich.

»Er hat das Licht eingeschaltet, damit er leichter nach uns suchen kann«, sagte Liz. »Das ist los, und du weißt es.«

»Tja, *falls* dem so sein sollte«, sagte Amy, »ist es viel schwieriger für ihn, uns zu finden, wenn wir in Bewegung bleiben.«

»Genau«, sagte Buzz. »Stehen wir nicht einfach hier herum. Suchen wir einen Ausgang.«

»Es gibt keinen«, sagte Liz. Aber sie ging mit ihnen nach oben.

Als sie die höchste Stelle des Anstiegs erreichten, stießen sie auf ein großes Schaubild, das sechs mannsgroße, tentakelbewehrte, glubschäugige Ungeheuer zeigte. Die Außerirdischen stiegen aus einer fliegenden Untertasse, absurde Gestalten, die im frostbleichen Licht der Lampen über den Gleisen erstarrt waren.

»Diese Untertasse ist verdammt groß«, sagte Buzz. »Ich wette, wir drei könnten uns darin verstecken.«

»Dort würde er ganz bestimmt nachsehen«, sagte Amy. »Wir können nicht an Ort und Stelle bleiben, und wir können uns nicht verstecken. Wir müssen hier raus.«

Sie hatte kaum das letzte Wort über die Lippen gebracht, als die Kette in der Mitte der Fahrspur sich wieder in Bewegung setzte.

Sie alle fuhren erschrocken zusammen.

In einiger Entfernung schepperte eine sich nähernde Gondel laut über die Gleise – *klapper-klink-klapper-klink* –, ein hartes, scharfes Geräusch, das über der Musik und dem auf Tonband aufgezeichneten Gelächter noch hörbar war und von Sekunde zu Sekunde lauter wurde.

»Er will uns holen«, sagte Liz. »O Gott, Gott im Himmel, dieser Freak kommt uns holen!«

Das stumpfe, rostige Messer, das Amy von einem der

Monstermodelle genommen hatte, kam ihr nun wie eine Waffe vor, über die man höchstens lachen konnte.

Klapper-klink-klapper-klink …

»Schnell«, rief Buzz. »Von den Gleisen runter!«

Sie kletterten auf den breiten Vorsprung, auf dem die sechs Aliens aus der fliegenden Untertasse stiegen.

Klapper-klink-klapper-klink …

»Ihr beide geht zum Raumschiff«, sagte Buzz. »Sorgt dafür, daß er euch sehen kann. Lenkt seine Aufmerksamkeit auf euch.«

»Und was wirst du tun?« fragte Amy.

Buzz grinste. Es war ein angespanntes, verängstigtes, völlig humorloses Grinsen. Er bemühte sich, sein Macho-Image zu bewahren. Er zeigte auf einen Stein aus Pappmaché. »Ich werde da drüben bei diesem Felsen stehen«, sagte er. »Wenn die Gondel dann die Steigung hinauffährt … wenn der Mistkerl darin euch beide sieht, mache ich ihn fertig, bevor er Gelegenheit bekommt, auf die Gleise zu springen.«

»Das könnte klappen«, meinte Amy.

»Klar«, sagte Buzz. »Ich reiße ihm den Arsch auf.«

Klapper-klink-klapper-klink …

Die Gondel bog um die nächste Ecke und fuhr die Steigung zu ihnen hinauf.

Liz wollte loslaufen und sich verstecken.

Amy ergriff sie am Handgelenk und zog sie zur fliegenden Untertasse hinüber. Dort würde der Insasse der Gondel sie erblicken, sobald er die höchste Stelle der Schräge erreichte.

Buzz baute sich neben dem Felsblock auf. Liz und Amy konnten ihn deutlich sehen, doch vor der sich nähernden Gondel war er verborgen. Er hielt die Axt in beiden Händen.

Klapper-klink … klapper-klink … klapper … klink …

Der Waggon wurde mit zunehmender Steigung langsamer.

Buzz hob die Axt über den Kopf.

Amy konnte nun den Vorderteil des bunt lackierten Waggons ausmachen.

»Mein Gott, laß mich los, laß mich los, Amy«, sagte Liz.

Amy hielt ihr Handgelenk noch fester.

Die vordere Sitzbank der Gondel war nun sichtbar. Sie schien leer zu sein.

Klapper … klink … klapper …

Die Gondel fuhr jetzt sehr langsam.

Bewegte sich kaum.

Schließlich kam die hintere Sitzbank in Sicht.

Amy kniff die Augen zusammen. Wäre das Licht nur einen Hauch schwächer gewesen, als es der Fall war, hätte sie das Ding auf dem hinteren Sitz der Gondel nicht sehen können. Aber sie sah es. Nur ein Klumpen. Ein formloser Schatten. Er kauerte auf dem Boden des Waggons und versuchte, sie zu täuschen.

Buzz sah ihn ebenfalls. Mit einem Wutschrei, wie ein Karatekämpfer ihn ausstoßen mochte, trat er hinter dem Felsen hervor und schwang die Axt hinab, unter seine Fußhöhe, in die Gondel. Am Endes des Bogens, den sie vollzog, traf sie mit solcher Gewalt auf, daß sie ihm aus den Händen gerissen wurde.

Das Ding in dem Wagen bewegte sich nicht, und die Gondel selbst hielt an.

»Ich hab' ihn erwischt!« rief Buzz.

Liz und Amy stürmten zu ihm.

Buzz ging auf die Knie, griff in den Gleistunnel, in den Waggon, und ergriff wieder den Axtstiel. Er zog ihn hoch, und das Ding, in das er die stumpfe Klinge getrieben hatte, wurde mit dem Beil hinausgehoben.

Ein Kopf.

Nicht der des Freaks.

Das Ungetüm hatte gar nicht auf dem Rücksitz gesessen.

Die stumpfe Klinge der Axt war tief in Richies Schädel eingedrungen. Gehirnmasse sickerte aus dem Riß im Knochen und glitt sein blutiges Gesicht hinab.

Liz schrie.

Buzz ließ die Axt fallen, wandte sich von der Gondel ab und übergab sich auf den Stein aus Pappmaché.

Amy war so verblüfft, daß sie Liz' Hand losließ.

»Du blödes Arschloch!« schrie Liz Buzz an. »Du hast ihn umgebracht! Du hast Richie umgebracht!« Wie Amy hatte auch Liz sich mit einem rostigen Messer von einem der Schaubilder der Geisterbahn bewaffnet, und nun hob sie es, als wolle sie Buzz damit angreifen. »Du blödes Arschloch! Du hast Richie umgebracht!«

»Nein«, sagte Amy. »Nein, Liz. Baby, hör zu. Buzz hat ihn nicht getötet. Hör zu, Richie war schon tot. In der Gondel lag nur seine Leiche.«

Vor Entsetzen schluchzend, drehte Liz sich um und lief los, bevor Amy sie festhalten konnte. Ihre Furcht wurde von den Drogen verstärkt, die sie den ganzen Abend lang genommen hatte. Sie floh über das Schaubild mit der fliegenden Untertasse, zwischen zwei tentakelbewehrten Aliens einher, deren Gummianhängsel in der Luft zitterten, nachdem sie sie gestreift hatte. Dann verschwand sie in den Schatten hinter den Felsen aus Pappmaché.

»Liz, verdammt!« rief Amy. »Bleib hier!«

Die Fußschritte der Flüchtenden wurden schnell leiser, und schon war Liz in den Eingeweiden der Geisterbahn untergetaucht.

Amy drehte sich wieder zu Buzz um.

Er war immer noch auf den Knien, hatte sich bis jetzt heftig übergeben. Der Gestank war fürchterlich. Er wischte sich mit dem Handrücken über den beschmutzten Mund.

»Bist du in Ordnung?« fragte Amy.

»Gottverdammt, es war Richie«, sagte er leise.

»Er war schon tot«, erwiderte Amy.

»Aber es war Richie!«

»Kipp mir jetzt bloß nicht um«, sagte Amy.

»Nein ... werd' ich nicht.«

»Wirklich alles in Ordnung?«

»Ich glaube schon ...«

»Reiß dich zusammen.«

»Ich bin in Ordnung.«

»Wenn wir überleben wollen, müssen wir kühlen Kopf bewahren.«

»Aber das ist *verrückt«*, sagte Buzz.

»Es ist verrückt«, sagte Amy. »Aber es passiert.«

»Mit einem ... einem Ungeheuer in einer Geisterbahn eingesperrt ...«

»Es passiert, und wir müssen damit fertig werden«, sagte sie geduldig.

Buzz nickte, atmete tief ein und bemühte sich, sein Macho-Selbstvertrauen wieder zurückzuerlangen. »Ja. Wir müssen damit fertig werden. Wir werden damit fertig. Vor so einem Freak habe ich keine Angst.«

Er hatte kaum das letzte Wort ausgesprochen, als eine Blüte aus Blut auf der Mitte seiner Stirn erschien. Zuerst war Amy gar nicht klar, daß es sich um Blut handelte. Es sah schwarz aus, wie ein Tintenfleck. Aber dann fiel das fahle Licht in einem etwas anderen Winkel darauf, und sie sah, daß es rot war.

Einen Augenblick, nachdem das Blut zum Vorschein gekommen war, hallte ein sonderbares Geräusch durch die Höhle. Es war kaum lauter als das Klappern, das die fahrende Gondel erzeugt hatte – *krach!*

Buzz' Mund klaffte auf.

Einen Sekundenbruchteil später – Amy hatte noch immer nicht mitbekommen, was geschah – explodierte Buzz' rechtes Auge in einer Gischt aus Blut und zerfetztem Gewebe und zersplittertem Knochen, und die dunkle, leere Augenhöhle sah wie ein schreiender Mund aus.

Erneut: *krach!*

Blut und Fleischstücke spritzten auf die Vorderseite von Amys grünem T-Shirt.

Sie wirbelte herum.

Der Ausrufer stand nur drei Meter von ihr entfernt. Er richtete eine kleine Handfeuerwaffe auf Buzz. Sie war nicht sehr groß und sah eher wie ein Spielzeug aus.

Hinter Amy seufzte Buzz, gab ein seltsames, gurgelndes Geräusch von sich und stürzte dann in sein eigenes Erbrochenes.

Das kann doch einfach nicht wahr sein! dachte Amy.

Aber sie wußte, daß es wahr war. Sie wußte, daß dieser Abend lange, lange darauf gewartet hatte, sich endlich ereignen zu können; es war ein Abend, der schon vor ihrer Geburt in ihr Leben geschrieben worden war.

Der Ausrufer lächelte sie an.

»Wer sind Sie?« fragte sie.

»Der neue Josef«, sagte er.

»Was?«

»Ich bin der Vater des neuen Gottes«, sagte er und lächelte wie ein Hai.

Amy hielt das verrostete Messer an der Seite und hoffte, der Ausrufer würde es nicht sehen und ihr so nah kommen, daß sie die Klinge benutzen konnte.

»Begrüße deinen kleinen Bruder«, sagte der Ausrufer. Er hielt in einer Hand ein Seil. Er zog daran, und Joey stolperte am anderen Ende des Taus aus der Dunkelheit.

»O Gott«, sagte Amy. »Gott steh uns bei.«

»Er kann euch nicht helfen«, sagte der Ausrufer. »Gott ist schwach. Satan ist stark. Gott kann dir diesmal nicht helfen, du Miststück.«

15

Liz stolperte in den Schatten gegen jemanden. Er war groß. Sie schrie auf, bevor sie merkte, daß es nicht der Freak war. Sie war gegen ein weiteres der mechanischen Monster gestolpert, die jetzt alle still und reglos dastanden.

Sie schwitzte, zitterte und hatte die Orientierung verloren; prallte in der Dunkelheit immer wieder gegen neue Hindernisse, und jedesmal schien ihr Herz stehenzubleiben. Sie wußte, sie sollte sich entweder hinsetzen, bis sie sich beruhigt hatte, oder zum Gleistunnel zurückkehren, wo es wenigstens ein wenig Licht gab. Aber dafür war sie viel zu verängstigt.

Sie taumelte weiter, die Hände ausgestreckt, das Messer in einer Hand, und mußte würgen, als sie an Richie dachte, an die Axt in seinem Kopf, widerstand aber dem Drang, sich zu übergeben. Ihr war ganz schwindlig von dem Adrenalin und dem Dope, sie wollte sich nur in Sicherheit bringen, sie keuchte, wimmerte leise, wußte, daß jedes Geräusch, das sie verursachte, ihren Tod herbeiführen konnte, schaffte es trotzdem nicht, still zu sein, versuchte nur, sich zu retten, auf welche Weise auch immer, hoffte, sie würde Glück haben und einen Ausgang finden, zählte darauf, daß sie schon immer ein Glückskind gewesen war. Sie wünschte verrückterweise, sie hätte die Zeit, einfach stehenzubleiben und noch einen Joint zu rauchen. In diesem Augenblick stolperte sie über etwas und fiel, hart, auf den Bretterboden, und sie griff nach hinten, um ihren Fuß zu befreien, und sie entdeckte einen Metallring im Boden, einen großen Ring, in dem die Spitze ihre Schuhs sich verfangen hatte, und sie fluchte angesichts der Schmerzen in ihrem verdrehten Knöchel, aber dann sah sie im Boden einen Lichtstrahl, Helligkeit aus einem darunterliegenden Raum, und ihr wurde klar, daß der Ring der Griff einer Falltür war.

Ein Ausweg.

Aufgeregt lachend, rutschte Liz von der Falltür, auf die sie gestürzt war. Sie kniete davor nieder und versuchte, den Ring zu ergreifen. Die Tür klemmte; sie wollte sich einfach nicht öffnen. Liz grunzte, legte all ihre Kraft in die Bewegung, mit der sie an dem Ring zog, und schließlich öffnete sich die Falltür.

Licht erfüllte die Geisterbahn um sie herum.

Der riesige, schreckliche Freak stand auf der Leiter direkt unter der Falltür. Er griff nach oben, so schnell wie eine zuschlagende Schlange, er giff eine Handvoll von Liz' blondem Haar und zerrte das schreiende Mädchen durch das Loch in dem Boden in den Keller der Geisterbahn.

»Lassen Sie meinen Bruder gehen«, sagte Amy.

»Ich denke nicht daran.«

Joeys Hände waren auf seinem Rücken gefesselt. Ein weiteres Tau war fest um seinen Hals gezogen; der Ausrufer hielt das Ende dieses Stricks in der Hand. Joeys Hals war von dem Seil aufgescheuert worden, und er weinte.

Amy schaute in die strahlend blauen, aber unmenschlichen Augen des Ausrufers, und zum erstenmal in ihrem Leben wußte sie über jeden Zweifel hinaus, daß sie nicht der böse Mensch war, als den ihre Mutter sie immer darstellte. Das da war das Böse. Dieser Mann war böse. Dieser Verrückte. Und der mörderische Freak, der Richie umgebracht hatte. Das war die Quintessenz des Bösen, und es unterschied sich von ihr so stark, wie sie sich von … Liz unterschied.

Es war unerklärlich, doch plötzlich wurde Amy trotz der Tatsache, daß sowohl sie als auch Joey in diesem Augenblick dem Tod sehr nah waren, von einem strahlenden, herabstürzenden Strom des Selbstvertrauens erfaßt, und in ihr breitete sich ein gutes Gefühl aus, wie sie es nie zuvor empfunden hatte. Dieser Strom spülte alle dunklen Gefühle der Verwirrung und Verbitterung davon, die sie so lange geplagt hatten.

Gleichzeitig blitzte ein weiteres Déjà-vu-Erlebnis in ihr auf. Sie gewann den unheimlichen Eindruck, daß diese Szene sich schon einmal ereignet hatte, vielleicht nicht in jeder Einzelheit, aber in ihren wesentlichen Elementen. Und sie hatte auch den Eindruck, daß sie mit diesem Ausrufer weit weniger beiläufig verbunden war, als es den Anschein hatte. Ein gewaltiges Gefühl von Schicksalhaftigkeit legte sich wie ein Umhang auf ihre Schultern, die Überzeugung, daß sie nur geboren worden war und gelebt hatte, um zu dieser Zeit an diesen Ort zu gelangen. Es war ein unheimliches Gefühl, aber nun hieß sie es willkommen.

Beweg dich, handle, sei tapfer, sagte eine Stimme in ihr.

Sie hielt das rostige Messer an der Seite, hoffte, daß der Ausrufer es noch nicht gesehen hatte, und trat auf ihren Bruder zu. »Schatz, ist alles in Ordnung? Hat er dir etwas getan? Weine nicht. Hab keine Angst.« Sie konzentrierte ihre Aufmerksamkeit auf Joey, damit der Ausrufer nicht glaubte, sie wolle gegen ihn vorgehen, und als sie sich bückte, um nach Joey zu greifen, änderte sie abrupt die Richtung, wirbelte herum, warf sich auf den Schausteller und stieß ihm das rostige Messer in den Hals.

Er riß die haßerfüllten Augen auf.

Instinktiv feuerte er die Pistole ab.

Amy bemerkte, daß der Windschatten der Kugel ihre Wange küßte, hatte aber keine Angst. Sie hatte das Gefühl, beschützt zu werden. Der Ausrufer würgte, ließ die Waffe fallen und legte die Hände an den Hals. Dann brach er zusammen und blieb tot liegen.

Liz rutschte wie eine wunderschöne Spinne auf Händen und Füßen über den irdenen Boden des Kellers der Geisterbahn zurück, bis sie gegen das schwach vibrierende Metallgehäuse einer großen Maschine stieß. Sie kauerte dort nieder, und ihr Herzschlag war so kräftig und schnell, daß er sie von innen zu zerreißen schien.

Der Freak beobachtete sie. Nachdem er sie durch die Falltür gezogen hatte, hatte er sie zur Seite geworfen. Er hatte aber keineswegs das Interesse an ihr verloren, wollte nur sehen, was sie tun würde. Er verhöhnte sie, bot ihr eine trügerische Gelegenheit zur Flucht, spielte Katz und Maus mit ihr.

Nun, da sie fünf Meter zwischen sich und den Freak gebracht hatte, stand Liz auf. Ihre Beine waren schwach. Sie mußte sich an der summenden Maschine festhalten, damit sie nicht zusammenbrach.

Das Geschöpf stand halb im Schatten, halb im gelben Licht, und seine grünen Augen leuchteten. Es war so groß, daß es sich ein wenig bücken mußte, um nicht mit dem Kopf an die niedrige Decke zu stoßen.

Liz schaute sich nach einem Ausgang um. Es gab keinen. Die untere Ebene der Geisterbahn war ein Labyrinth aus Maschinen; sollte sie davonlaufen, würde sie nicht weit kommen, bis der Freak sie eingeholt hatte.

Das Ding machte einen Schritt auf sie zu.

»Nein«, sagte Liz.

Es tat einen weiteren Schritt.

»Nein. Bleib stehen.«

Es schlurfte näher, bis es nur noch zwei Meter von ihr entfernt war, und dann blieb es stehen, hielt den Kopf schräg und schaute mit einer Regung zu ihr hinab, die sie für Neugier hielt.

»Bitte«, sagte sie. »Bitte laß mich gehen. Bitte.«

Sie hätte nie damit gerechnet, mal jemanden um etwas bitten zu müssen. Sie war immer so stolz auf ihre Kraft und Zähigkeit gewesen. Aber jetzt bettelte sie um ihr Leben, und es fiel ihr gar nicht schwer, zu Kreuze zu kriechen, da so viel auf dem Spiel stand.

Der Freak schnüffelte an ihr, wie ein Rüde an einer neuen Hündin schnüffeln mochte. Seine breiten Nasenflügel blähten sich auf und zitterten, als er mit zunehmender Erregung schnaubte.

»Riecht gut«, sagte der Freak.

Liz stellte erstaunt fest, daß er sprechen konnte.

»Rieche Frau«, sagte er.

Ein Funke der Hoffnung flackerte in Liz auf.

»Hübsch«, sagte der Freak. »Will hübsche Frau.«

Mein Gott, dachte Liz jetzt fast ausgelassen. Läuft es darauf hinaus? Auf Sex? Ist das der Ausweg für mich? Warum nicht? Verdammt, ja! Darauf lief es zuvor doch auch immer hinaus. Das war doch schon immer mein Ausweg gewesen.

Der Freak schlurfte näher, hob eine seiner gewaltigen, rattenähnlichen Klauen. Sanft streichelte er ihr Gesicht.

Sie versuchte, ihren Ekel zu verbergen. »Du … du magst mich, nicht wahr?« fragte sie.

»Hübsch«, sagte er, grinste und zeigte seine schiefen, scharfen, gelben Zähne.

»Willst du mich haben?«

»Wirklich sehr«, sagte er.

»Vielleicht könnte ich nett zu dir sein«, sagte sie mit zitternder Stimme und bemühte sich, wieder in die Rolle der Sexbombe zu schlüpfen, des steilen Zahns, das Partyimage anzunehmen, das sie geputzt und poliert und abgeschliffen hatte, bis es völlig glatt, bequem und splitterfrei war.

Die schreckliche Klauenhand des Dings glitt von ihrem Gesicht hinab zu ihren Brüsten.

»Tu mir nur nicht weh, und wir können uns einigen«, sagte sie zitternd.

Das Ungetüm leckte sich über die schwarzen Lippen; seine Zunge war bleich und gesprenkelt, völlig fremdartig. Es steckte eine Klaue in ihr T-Shirt und zerriß den dünnen Stoff. Ein rasierklingenähnlicher Nagel zog eine lange, flache Wunde über ihre rechte Brust.

Sie zuckte zusammen. »Warte«, sagte sie. »Jetzt warte aber mal.« Erneut stieg Panik in ihr empor.

Der Freak drückte sie gegen die schnurrende Maschine.

Liz wand sich, versuchte, das Geschöpf zurückzuschieben. Es schien aus Eisen zu bestehen. Sie war ihm nicht gewachsen.

Das Ding schien von dem Blutfaden, der ihre nackte Brust schmückte, wesentlich stärker erregt zu werden als von ihrer Nacktheit. Es zerriß ihre Shorts.

Liz schrie.

Das Ding versetzte ihr eine Ohrfeige, raubte ihr mit diesem einen Schlag fast das Bewußtsein und warf sie dann auf den Boden. Als Liz eine Minute später spürte, wie das Geschöpf ihre Beine spreizte und in sie eindrang, fühlte sie auch, wie seine Klauen sich in ihre Seiten bohrten. Als eine kalte, kastanienbraune Dunkelheit sich über sie senkte, wußte sie, daß Sex in der Tat, wie immer, die Antwort war; aber diesmal war er die *letzte* Antwort.

Amy glaubte, Liz schreien zu hören. Es war ein fernes Geräusch, ein kurzer, scharfer Schrei des Entsetzens und Schmerzes. Dann vernahm sie nur noch die üblichen Geräusche der Geisterbahn.

Einen Augenblick lang lauschte Amy ihnen weiterhin, doch als sie nur die unheimliche Musik und den lachenden Clown hörte, wandte sie sich wieder Joey zu. Er stand links vom Leichnam des Ausrufers und versuchte, ihn nicht anzusehen. Amy hatte den Jungen losgebunden. Obwohl Tränen sein Gesicht hinabrollten und seine Unterlippe zitterte, versuchte er, ihr zuliebe tapfer zu sein. Sie wußte, daß ihre Meinung ihm wichtiger war als die eines jeden anderen; und sie sah, daß er selbst jetzt, unter diesen Umständen, befürchtete, sie würde schlecht von ihm denken. Er schluchzte nicht. Er war nicht in Panik geraten. Er würde nicht völlig zusammenbrechen. Er versuchte sogar, unbekümmert zu wirken; er spuckte auf die von den Fesseln aufgescheuerten Handgelenke und schmierte den Speichel sanft über die rauhen, roten Stellen, um die gereizte Haut zu beruhigen.

»Joey?«

Er schaute zu ihr hoch.

»Komm, Schatz. Wir müssen hier raus.«

»Okay«, sagte er, und seine Stimme versagte zwischen den Silben. »Aber wie? Wo ist die Tür?«

»Keine Ahnung«, sagte Amy. »Aber wir werden sie finden.«

Amy verspürte noch immer das Gefühl, behütet und beschützt zu werden, und es hielt sie aufrecht.

Joey ergriff ihre linke Hand.

Die Pistole des Ausrufers in der rechten haltend, führte Amy den Jungen durch die dunkle Geisterbahn, vorbei an mechanischen Monstern vom Mars, an Zombies aus Wachs, hölzernen Löwen und Seeungeheuern aus Gummi.

Schließlich sah sie einen Lichtstrahl aus dem Boden kommen, in der Dunkelheit links von der Fahrspur, in die der Schein der Arbeitsbeleuchtung nicht vordrang. In der Hoffnung, das Licht würde auf einen Ausgang hinweisen, führte sie Joey hinter einige Felsblöcke aus Pappmaché, wo sie eine Falltür im Boden fand.

»Ist das der Ausgang?« fragte Joey.

»Vielleicht«, sagte Amy.

Sie kniete nieder, beugte sich vor und schaute in den schwach erhellten Keller der Geisterbahn. Der Raum war voller summender Motoren, rumpelnder Maschinen, riesiger Zahnräder und Flaschenzüge, voller Hebelreihen, Riemen und Ketten – und Schatten. Sie zögerte. Doch drängte diese beruhigende innere Stimme sie, nicht zurückzuweichen, und Amy Harper wußte, daß sie in den unteren Raum hinabsteigen mußte; sie konnte nirgendwo sonst hin.

Sie schickte Joey zuerst die Leiter hinab und gab ihm mit der Pistole Deckung. Als er unten angelangt war, folgte sie ihm schnell. Sehr schnell – denn plötzlich war sie nicht mehr davon überzeugt, daß auch Joey von dieser unsichtbaren Macht beschützt wurde, die sie selbst so deutlich zu spüren meinte. Vielleicht war ihr Bruder sehr wohl verwundbar.

»Das ist der Keller«, sagte Joey.

»Ja«, erwiderte Amy. »Aber wir sind nicht unter der Erde. Der Keller ist in Wirklichkeit das Erdgeschoß, also wird mit großer Sicherheit eine Tür hier hinaus führen.«

Sie hielt erneut seine Hand, und sie schlichen einen Gang zwischen zwei Maschinenreihen entlang, bogen um eine Ecke in einen anderen Gang – und sahen Liz. Das Mädchen lag auf dem Rücken auf dem Boden, den Kopf unnatürlich nach einer Seite abgewinkelt, die Augen groß und blicklos, der Magen aufgerissen, nur mit Blut bekleidet.

»Sieh nicht hin«, sagte Amy zu Joey und versuchte, ihm

den fürchterlichen Anblick zu versperren, obwohl ihr eigener Magen sich umdrehte.

»Ich hab's gesehen«, sagte er elend. »Ich hab's gesehen.«

Amy hörte ein Knurren aus tiefer Kehle. Sie wandte den Blick von Joeys tränennassem Gesicht ab.

Das schreckliche Ungetüm hatte hinter ihnen den Gang betreten. Es ging gekrümmt, um zu verhindern, daß der riesige, knorrige Kopf gegen die niedrige Decke stieß. Grünes Feuer flackerte in seinen Augen. Speichel benetzte seine Lippen und den drahtigen Pelz um seinen Mund.

Amy war nicht überrascht, das Ding zu sehen. Tief in ihrem Herzen hatte sie gewußt, daß diese Konfrontation unausweichlich war. Sie taumelte durch diese Ereignisse, als hätte sie diese schon tausendmal durchlebt.

»Miststück«, sagte das Geschöpf. »Hübsches Miststück.« Seine Stimme war belegt, seine schwarzen wulstigen Lippen waren aufgerissen.

Als würde sie sich in einem Alptraum befinden, der in Zeitlupe ablief, schob Amy ihren Bruder hinter sich.

Der Freak schnüffelte. »Frauenhitze. Riecht gut.«

Amy wich nicht vor ihm zurück. Sie hielt die Pistole an ihrer Seite und hinter ihrem Körper und hoffte, der Freak würde sie nicht sehen. Langsam machte sie einen Schritt auf das Ding zu.

»Will haben«, sagte er. »Will hübsche Frau haben.«

Sie machte noch einen Schritt, und einen dritten.

Der Freak schien von ihrer Kühnheit überrascht. Er hielt den Kopf schief und musterte sie eindringlich.

Sie machte einen vierten Schritt. Plötzlich durchzuckte sie eine böse Vorahnung: Wenn die Pistole nun leer ist? Aber dieser Zweifel verschwand genauso rasch, wie er aufgetaucht war. Es mußten noch Kugeln drin sein.

Das Geschöpf hob drohend eine Hand. Die Klauen funkelten.

Amy tat zwei weitere Schritte, bis sie sich nur eine Armeslänge von dem Freak entfernt befand. Mit einer glatten, schnellen Bewegung hob sie die Waffe, richtete sie auf die Brust des Dings und schoß – einmal, zweimal, dreimal.

Der Freak taumelte zurück, getrieben von den Kugeln. Er prallte gegen eine Maschine und legte mit seinen ausgestreckten Armen mehrere Hebel um. Überall im Keller drehten sich nun Zahnräder und Getriebe; die Riemen bewegten sich, und die Ketten schepperten von einer Stahltrommel zur nächsten.

Aber der Freak brach nicht zusammen. Er blutete aus drei Brustverletzungen, blieb aber auf den Füßen. Er stieß sich von der Maschine ab und torkelte auf Amy zu.

Joey schrie.

Mit hämmerndem Herzen hob Amy die Pistole, wartete aber noch. Der Freak hatte sie jetzt fast erreicht. Er schwankte, sein Blick war ins Leere gerichtet, und Blut strömte aus ihm hinaus. Sie konnte sogar seinen stinkenden Atem riechen. Das Ding schwang eine gewaltige Hand nach ihr, versuchte, ihr das Gesicht aufzureißen, verfehlte es aber um ein paar Zentimeter. Als Amy schließlich absolut sicher war, daß sie nicht vorbeischießen würde, gab sie einen weiteren Schuß in das Gesicht des Geschöpfs ab.

Erneut wurde der Freak zurückgeschleudert. Diesmal stürzte er hart gegen die schwere Hauptantriebskette, welche die Gondeln über ihnen bewegte. Die scharfzahnige Kette verfing sich in seiner Kleidung, riß ihn von den Füßen und zerrte ihn den Gang entlang, fort von Amy und Joey. Das Geschöpf schrie und trat um sich, konnte sich aber nicht befreien. Seine Hosenbeine zerrissen, als sie über den Boden gezogen wurden, und dann wurde seine Haut mit ähnlicher Gewalt abgeschält. Seine linke Hand verfing sich einen Augenblick lang dort, wo die Kette zuerst unter und dann über eine Stahltrommel geführt wurde; zwei oder drei Sekunden lang klemmte der Mechanismus, aber dann zerrten die starken Motoren die Kette wieder in Bewegung; als die Hand des Freaks das große Getriebe wieder verließ, war sie blutüberströmt, und es fehlten ein paar Finger. Jetzt wurde das Ungetüm wieder in Richtung von Amy und Joey gezerrt. Es wehrte sich nicht mehr gegen die Kette, hatte keine Kraft mehr, um Widerstand zu leisten; das Wesen heulte nur noch vor Schmerz, zuckte. Doch als es an ihnen vorbei glitt, griff es nach Amys Knöchel. Als es den nicht festhalten konnte, schlug es seine Krallen durch den Stoff von Joeys Hosenbein. Der Junge schrie auf und stürzte und glitt dem Freak hinterher. Doch Amy reagierte sofort: Sie ergriff Joey und hielt ihn fest. Einen Augenblick lang erstarrte die Kette wieder, und der Freak bewegte sich nicht mehr, und sie strengten sich in einem makabren Tauziehen an, doch dann brach eine der Klauen des Dings ab, und Joeys Hose wurde zerrissen, und die Kette setzte sich scheppernd wieder in Bewegung, und der Freak wurde davongetragen. Er wurde wie eine Puppe hin und her geschleudert, bis er schließlich in dem großen Zahnrad steckenblieb, wo die daumengroßen Zähne des Getriebes sich fast durch den gesamten Hals gruben, bis sie schließlich wieder erstarrten.

Der Freak lag reglos und schlaff da.

Amy ließ die Pistole fallen, die sie dem Ausrufer abgenommen hatte.

Joey starrte sie mit großen Augen und schockiert an.

»Hab keine Angst«, sagte sie.

Er lief in ihre Arme und drückte sich an sie.

Trotz des Bluts und des Entsetzens um sie herum in Freude getaucht, vor der erhebenden Freude des Lebens überfließend, wurde Amy klar, daß der Ausrufer sich geirrt hatte, als er gesagt hatte, Gott könne ihr nicht helfen.

Gott hatte ihr geholfen – Gott oder irgendeine universelle Macht, die manchmal unter dem Namen Gott bekannt war. Er war jetzt bei ihr. Sie fühlte ihn an ihrer Seite. Aber er war gar nicht so, wie die arme Mama es immer behauptete. Er war kein rachsüchtiger Gott mit einer Million Regeln und harten Strafen. Er war einfach … Freundlichkeit und Sanftmütigkeit und Liebe. Er war Mitgefühl.

Und dann verging dieser ganz besondere Augenblick, die Aura der Gegenwart dieser höheren Macht verblich, und Amy seufzte. Sie hob Joey hoch und trug ihn aus der Geisterbahn.

ENDE

Nachwort

Im Jahr 1980, als meine Bücher noch nicht auf den Bestsellerlisten aufgetaucht waren, bot der Verlag Jove Books mir an, die Romanfassung eines Drehbuchs von Larry Block zu schreiben (nicht der Lawrence Block, der die wunderbaren Privatdetektivromane um Matthew Scudder und andere ausgezeichnete Spannungsliteratur schreibt, sondern ein anderer Larry Block, der sich auf Drehbücher spezialisiert hatte), das von Tobe Hooper verfilmt wurde, dem jungen Regisseur, der sich durch einen mit kleinem Budget gedrehten Horrorfilm, *Blutgericht in Texas (The Texas Chain Saw Massacre)*, einen Namen gemacht hatte. Ich war schon immer der Ansicht gewesen, die Umwandlung eines Drehbuchs in einen *echten* Roman sei interessant und anspruchsvoll, und nahm die Herausforderung also gern an. Um ehrlich zu sein, auch finanzielle Gründe spielten eine Rolle: Das Honorar war viel großzügiger als das, was ich für meine eigenen Romane bekam. Als ich den Vertrag unterschrieb, *Geisterbahn (The Funhouse)* zu schreiben, betrug die Inflationsrate 18 Prozent, und die Zinsen lagen bei über 20 Prozent, und es hatte den Anschein, daß der totale wirtschaftliche Zusammenbruch unmittelbar bevorstand. Ich erhielt zwar nicht gerade Peanuts für meine eigenen Romane, wie es viele Jahre lang der Fall gewesen war, sondern hatte mich mittlerweile zu Cashew-Nüssen hochgearbeitet; doch angesichts der wirtschaftlichen Lage stellte das Angebot für *Geisterbahn* eine solche Verbesserung dar, daß sie für mich unwiderstehlich war.

Ja, manchmal *müssen* Schriftsteller Geld – genau wie die

Kunst – in Betracht ziehen. Das heißt, wenn sie gern dann und wann mal ein Paar neue Schuhe kaufen, mehr oder weniger regelmäßig essen wollen. Oh, ich kenne einige Schriftsteller, die über solch weltlichen Dingen stehen. Natürlich hat jeder einzelne von ihnen ein Treuhandvermögen, wohlhabende Eltern, noch wohlhabendere Großeltern oder eine werktätige und gut bezahlte Ehegattin, auf die er zurückgreifen kann. Nichts ermöglicht es einem Künstler so gut, die Bedeutung des Geldes zu ignorieren, als der Umstand, von Anfang an genug davon zu haben. Ich war immer der Ansicht, es läßt die Arbeit eines Schriftstellers besser werden, wenn er sich wenigstens im ersten oder den ersten beiden Jahrzehnten seines Berufslebens verzweifelte finanzielle Sorgen machen *muß;* auf diese Weise steht er seinen Mitbürgern und deren Sorgen näher, und das, was er schreibt, ist wesentlich relevanter.

Wie dem auch sei, ich habe also das Angebot akzeptiert, *Geisterbahn* zu schreiben. Das Drehbuch war als Filmmanuskript ganz gut, enthielt aber nur Material für zehn oder zwanzig Prozent eines Romans. Das ist nicht ungewöhnlich. Filme sind im Vergleich zu Romanen flach, Schatten von Geschichten, wenn man sie mit *richtigen* Geschichten vergleicht. Ich mußte die Charaktere aufbauen, Hintergründe für sie erschaffen und eine Handlung entwickeln, die auf die Ereignisse auf dem Mittelgang des Jahrmarkts in den letzten Kapiteln hinauslief; das waren die Szenen, mit denen der Film sich fast ausschließlich beschäftigte. Ich zog das Drehbuch erst heran, als ich vier Fünftel des Buchs geschrieben hatte.

Das Projekt hat mir jedoch Spaß gemacht, weil ich mich schon seit langem für Jahrmärkte interessierte und eine Menge Material darüber gesammelt hatte. Als unglückliches Kind in einer schwer gestörten Familie wohnte ich gegenüber von dem Platz, auf dem die Kirmes jedes Jahr im August die Zelte aufschlug. Ich hatte oft davon geträumt, mit dem Jahrmarkt durchzubrennen, um der Armut, Furcht und Gewalt meines Alltags zu entkommen. Jahre, nachdem ich *Geisterbahn* geschrieben hatte, griff ich in *Twilight Eyes (Zwielicht)* viel umfangreicher auf meine Kenntnisse über Jahrmärkte zurück. Aber das Schreiben von *Geisterbahn* war zum Teil auch so befriedigend, weil ich wußte, daß die Informationen über den Jahrmarkt, die ich hineinbrachte, nicht nur richtig und zutreffend waren, sondern für den Leser auch neu, denn das war eine amerikanische Subkultur, über die nur wenige Romanautoren je mit echtem Wissen oder ausreichender Genauigkeit geschrieben hatten.

Als *The Funhouse* zum erstenmal von Jove veröffentlicht wurde – einem Taschenbuchverlag der Berkley Publishing Group, die eine Abteilung des Verlags G.P. Putnam's Sons war, der wiederum MCA gehörte, dem Mediengiganten, der auch die Universal Studios besaß (das Leben hier draußen im späten 20. Jahrhundert ist wesentlich komplizierter als das auf dem Jahrmarkt) –, sollte der Roman zu der Zeit in die Läden kommen, da der Film in den Kinos aufgeführt wurde. Doch in letzter Minute wurde der Film zurückgehalten, weil er noch einmal neu geschnitten werden sollte, und das Buch kam drei Monate vor der Aufführung des Films heraus. Zu meiner großen Überraschung erlebte *The Funhouse* in kürzester Zeit acht Auflagen, wurde über eine Million Mal verkauft und tauchte auf der Taschenbuch-Bestsellerliste der *New York Times* auf. Ein befriedigender Erfolg für einen Roman, der lediglich im Taschenbuch erschienen war (also nicht auf eine gebundene Ausgabe zurückgreifen konnte), und *The Funhouse* verkaufte sich auch weiterhin – bis der Film in die Kinos kam.

Nun müssen Sie wissen, daß ein Film normalerweise den Abverkauf eines Buches fördert. Wenn ein Buch gut läuft, bevor es verfilmt wird, wird es normalerweise *außergewöhnlich* gut laufen, sobald der Film zusätzlich die Werbetrommel rührt. Das war bei *The Funhouse* nicht der Fall. Nach Aufführung des Films brachen die Buchverkäufe in sich zusammen. (Der Streifen kam in Deutschland übrigens unter dem Titel *Das Kabinett des Schreckens* in die Kinos.)

Ein Geheimnis?

Eigentlich nicht.

Sagen wir einfach, daß Mr. Hooper das Potential des Materials nicht in dem Ausmaß erkannt hat, wie das Studio, wahrscheinlich Mr. Block oder auch Hooper selbst es gehofft hätten. Anstatt als Werbung für das Buch zu dienen, legte der Film seinen Bannfluch darauf. Monate später war *The Funhouse* aus den Regalen der Buchhandlungen verschwunden, um nie wieder gesehen zu werden.

Nun ja, fast nie wieder.

Das Buch war unter dem Namen ›Owen West‹ veröffentlicht worden, weil der Verlag Jove darauf hoffte, einen markigen neuen Namen (oder einen neuen Markennamen) in der Horror- und Spannungsliteratur zu schaffen, und dem ›ersten‹ Buch des Autors einen möglichst guten Start geben wollte. Das zweite Buch von West war *The Mask (Die Maske),* und obwohl es sich gut verkaufte, trug der Erfolg des ersten Buches weniger zu Mr. Wests Ruhm und Ehre bei, als daß das Scheitern des Films seinen Ruf schädigte. Als ich das dritte Buch von ›West‹ ablieferte, *The Pit,* verkauften die Romane unter meinem richtigen Namen sich mittlerweile besser als die unter dem Pseudonym West, und es schien mir ratsam, seine Identität mit der meinen zu verschmelzen. *The Pit* wurde in *Darkfall (Wenn die Dunkelheit kommt)* umgetauft – zu meiner großen Erleichterung, denn ich konnte mir problemlos vorstellen, mit welch großem Vergnügen ein paar gemeine Kritiker einfach ein *s* an das zweite Wort des Titels gehängt hätten; ›the pits‹ bedeutet umgangssprachlich in etwa ›das ist wirklich das letzte‹ – und unter meinem richtigen Namen veröffentlicht.

Mittlerweile erzähle ich den Leuten, daß West unter tragischen Umständen ums Leben gekommen ist; er wurde in Burma von einem Moschusochsen totgetrampelt, während er dort Recherchen für einen Roman über eine riesige prähistorische Ente betrieb, den er nach langem Bedenken *Quackzilla* nennen wollte.

Schließlich wurde *The Mask* unter meinem Namen neu veröffentlicht und bescherte mir viel bessere Verkäufe als dem armen, glücklosen, von einem Ochsen niedergetrampelten West.

Und nun liegt auch *Geisterbahn* endlich unter meinem richtigen Namen vor, dank der Bemühungen der Leute von MCA Publishing, Berkley Books und der freundlichen Genehmigung von Larry Block. Er ist vielleicht nicht so gut wie *Dunkle Flüsse des Herzens* oder *Intensity* oder einige andere meiner besten Romane, aber er ist auch nicht schlecht und vielleicht besser als manch anderer. Mir gefällt der Roman. Ich habe Bücher geschrieben, die ich *nie* wieder nachdrucken lasse. Die Leser sollten nicht für Geschichten bezahlen, die ein Autor schrieb, als er noch lernte, nur um sehen zu können, welch großen Mist er bauen konnte, bevor er den Bogen herausgefunden hatte. *Geisterbahn* ist nach meiner Überzeugung besser als solche Romane. Er macht Spaß. Er hat etwas zu sagen. Der Hintergrund ist authentisch. Und genauso wichtig ist, er ist verdammt unheimlich, auch wenn ich als Autor das sage. Ich hoffe, das Buch hat Ihnen gefallen.

Und nun bitte ein Augenblick des stillen Gedenkens für den verstorbenen Mr. West, dessen sterbliche Überreste weiterhin auf diesem Feld in Burma zerfallen, auf dem die

Herde Ochsen – und *Das Kabinett des Schreckens,* die Filmversion von *Geisterbahn* – seinen nur allzu sterblichen Körper tief in den öligen, schwarzen Schlamm getrieben haben.

»Dieser Thriller hat es in sich! Atemlose Spannung ist garantiert.«

NEW YORK TIMES

Ian Smith
DER INNERE ZIRKEL
Thriller
464 Seiten
ISBN 3-404-15405-3

Als der berühmte und mit dem Nobelpreis ausgezeichnete Professor Wilson Bledsoe ermordet aufgefunden wird, bewegen sich die Nachforschungen der Polizei schon bald in eine ganz bestimmte Richtung. Rassistische Schmähungen, die in die Brust des farbigen Wissenschaftlers geritzt wurden, führen zu einer Gruppe von Fanatikern, die die Überlegenheit der weißen Rasse propagiert. Doch der Bruder des Ermordeten, FBI-Agent Sterling Bledsoe, bezweifelt einen solchen Hintergrund. Er wird in dieser Vermutung bestärkt, als er die Laborräume seines Bruders untersucht: Dort stößt er auf eine riesige Sammlung von Vogelkadavern – und auf ein geheimes Projekt, das zur tödlichen Bedrohung werden könnte …

Bastei Lübbe Taschenbuch

»Atemberaubend und verstörend. David Ambrose lehrt uns erneut das Fürchten.«

THE GUARDIAN

David Ambrose
MYSTERIUM
Thriller
352 Seiten
ISBN 3-404-15365-0

Tom Freeman glaubt, die Schatten seiner von Drogen- und Alkoholmissbrauch gekennzeichneten Vergangenheit hinter sich gelassen zu haben. Die Arbeit, seine Frau Clare und vor allem seine kleine Tochter Julia geben ihm Halt. Doch warum behauptet Julia eines Tages, ihr wirklicher Name sei Melanie und Tom und Clare seien nicht ihre wahren Eltern? Zugleich wird Tom von einem Albtraum geplagt, in dem er ein junges Mädchen tötet – eine Tat, die er nach eigenem Verständnis nie begehen könnte. Toms Nachforschungen ergeben, dass vor zehn Jahren ein Mädchen spurlos verschwand – an exakt dem Ort, wo Tom seinen finalen Drogenexzess erlebt hat ...

Bastei Lübbe Taschenbuch